국어교육연구의 문제와 방법들

국어교육연구의 문제와 방법들

저자 **최인자**

1966년 강원도 강릉 출생.

현재 신라대학교 국어교육과 부교수.

서울대 사범대학 국어교육과 졸업. 동 대학원에서 석·박사학위 취득. 주된 관심 분야는 국어과 사고력 교육, 서사 문화교육, 그리고 아동·청소년의 언어(서사) 발달 및 평가이다.

저서로 『국어교육의 문화론적 지평』(2001, 소명출판), 『서사문화와 문학교육론』(2001, 한국문화사), 『서사문화교육의 전망과 실천』(2008, 도서출판 역락), 논문으로는 「작중 인물의 의미화를 통한 소설교육 연구」, 「한국 현대 소설의 담론 생산 방법」이 있고 공저로는 『문학 교수·학습 방법론』(1998, 삼지원), 『문학 독서 교육, 어떻게 할까?』(2005, 푸른사상), 『TV드라마와 한류』(2007, 박이정) 등이 있음.

국어교육연구의 문제와 방법들

초판 인쇄 2008년 11월 10일
초판 발행 2008년 11월 20일

지은이 최인자
펴낸이 이대현
편 집 김지향
펴낸곳 도서출판 역락
　　　　서울 서초구 반포4동 577-25 문창빌딩 2층
　　　　전화 02-3409-2060(편집) 02-3409-2058(영업)
　　　　FAX 02-3409-2059
　　　　이메일 youkrack@hanmail.net
　　　　등록 1999년 4월 19일 제303-2002-000014호
ISBN 978-89-5556-638-3 93810

정 가 22,000원

* 잘못된 책은 교환해 드립니다.

국어교육연구의 문제와 방법들

최 인 자

도서출판 역락

 흔히들 국어교육 연구의 변화 주기는 너무 빠르다고 한다. 쉽게 동감할 수 있는 말이다. 그러나 급변의 시대를 살면서 어찌, 변화의 속도를 탓할 수 있을까. 언어와 문화야 원래 변화의 물살 속에 커 나가는 것이고 또 현대는 지식의 생산과 유통 주기가 빨라진 시대이니 말이다. 그러나 우리가 어디로 가고 있는지, 어디로 가야하는지 그 변화의 방향을 읽고, 새로운 흐름을 만드는 일이 힘에 부친다면 이처럼 더 막막한 일이 있을까?

 국어교육학은 짧은 역사에도 불구하고 비약적인 발전을 거듭하고 있다. 무엇보다 그 양적 팽창은 놀랄만하다. 국어교육 전공 박사과정을 신설하고 있는 대학이 늘고 있고, 전문 학자 뿐 아니라 교사 혹은 교육 전문가들도 속속 국어교육 연구자로 참여하고 있다. 국어교육 관련 학회도 우후죽순으로 생겨나면서 생산되는 논문들도 다양해지고 있다. 이러한 외양의 확장이 질적 심화의 밑거름이 될 수 있기를 기대해 본다.

 그러나 이 '꿈'이 가능하려면 먼저 갖추어야 할 것이 있다. 개별 연구자들이 자신들의 문제의식과 연구 방법을 확인하고 소통할 수 있는 기회가 그것이다. 비유컨대, 영토가 크게 커지고 식구가 늘었는데 서로 같은 지도를 쓰지 않는다면 그 나라의 발전을 이야기하기 힘든 것과 마찬가지일 것이다. 이는 어쩌면 학자로서 느끼고 있는 나 자신의 내면 풍경인지도 모르겠다. 혹, 남들은 알아듣지 못하는 자신만의 방언으로, 자가 발전의 닫힌 미로에서, 자기만족만을 위한 학문에서 맴돌고 있는 것은 아닐까 하는 의구심은 국어교육 연구의 내부적 소통에 대한 문제의식으로 나를 이끌었다. 국어교육학이 응용 학문이고, 또, 진정으로 다양한 학문에 바탕을 두고자 한다면 각각의 접근들이 함께 만나고 협동할 수 있는 연구 방법에 대한 큰 그림을 가져야 한다고 생각했다. 이 책이 그 소통을 위한 작은 징검다리가 될 수 있기를 기대해 본다.

이 책은 국어교육 연구 분야를 크게 기초·이론 연구와 응용·개발 연구로 나누어 살펴보았다. 기초·이론 연구는 언어와 문학의 본질을 국어 교육적 관점에서 이론적으로 해명하고, 국어교육과 문학교육 현상을 이해, 설명, 해석, 예측하는 영역이며, 응용·개발 연구는 특수 교육적 의도를 전제로 제반의 교육적 실천을 설계, 개발하는 영역으로 보았다.

1부와 2부에서는 현재 국어교육 연구에서 당면하고 있는 기초·이론 연구의 문제의식들을 모아 보았다. 1부는 개념적 이론 연구이고 2부는 경험·현장 연구이다. 1부에서는 국어교육에서 다룰 '문식성' 이론을 고찰했다. 특히, 다문화, 다매체 사회에 국어교육은 어떻게 대응할 것인가라는 문제의식을 바탕으로, 문화이론, 소통이론, 담론 이론에 기초하여 문식성 교육의 새로운 방향을 살펴보고자 했다. 2부는 현장 경험 연구이다. 학습자의 언어문화 및 문학 경험을 질적 연구로 살핌으로써, 교육과정의 현실적 적합성을 꾀하고자 하였다. 학습자를 문화적 존재로 보고 그 다양한 존재 양상을 정사하려고 했음이 중심 문제의식이다.

3부는 교육과정 구안과 관련된 실천적 개발 연구이다. 국가 주도하의 국어과 표준 교육과정만으로는 현대의 다양한 교육적 수요를 만족시킬 수 없을 것이다. 이에 영재를 위한 심화 교육과정, 대중 매체 교육과정,

매체 통합적 독서 교육과정을 개발하고자 하였다.

4부는 국어교육 경험 연구를 위한 내러티브 방법론을 모색해 봤다. 내러티브 방법은 경험의 생생함을 있는 그대로 전달할 수 있다는 점에서 여전히 매력적이라고 생각한다.

이 책의 문제의식과 연구 방법은 다양한 경로에서 얻은 것이다. 나 자신의 학문적 관심에서 출발한 것도 있지만 학회의 발표 요청이나 특정 단체의 프로젝트와 같은 사회적 요구에 의한 것도 있었다. 체계적으로 파고든 주제는 아니지만, 혈기왕성하게 뻗어 나가는 국어교육 연구의 다양한 문제의식을 전달할 수 있기를 바라는 마음이다.

사실, 이 책을 출간하기 위해서는 많은 용기가 필요했다. 뒤도 돌아보지 않고 앞만 보며 달려온 글들에서 서툴고, 엄밀하지 못한 부분을 발견하면 가슴이 무너져 내려 앉는 것 같았다. 그러나 그 논문들을 다시 가다듬고 고쳐 쓰면서 배운 것도 많았다. 무엇보다 학문은 개인적 분투만으로 가능한 것은 아님을 알게 되었다. 함께 읽고, 토론할 수 있는 학문 공동체의 소중함도 깨닫게 되었다. '학문하기'와 '사람 되기'가 행복한 만남을 가질 수 있다면, 바로 이 공동체 때문이 아닐까 생각한다.

이 책의 주제는 어쩌면 운명적인 것인지도 모르겠다. 1990년대 초반 대학원에 진학한 이후 나는 '국어교육학의 정립'이라는 뜨거운 화두를 들으며 공부했다. 열정으로 물음을 던지고 새겨 주신 모교의 구인환 선생님, 우한용 선생님, 김대행 선생님과 상생 화용의 문제에 관심을 갖도록 해 주신 최현섭 선생님과 박인기 선생님께 감사 드린다. 또, 학회에서 발표와 토론으로, 논문 투고자와 심사자로 의견을 주신 많은 분들께 이 자리를 빌어 고마움을 전하고 싶다. 격려와 질책을 아끼지 않는 선배님들, 언제나 힘이 되어 주는 동기와 후배, 현장 연구를 도와주며 묵묵히 시간을 나누어 주신 중·고등학교 선생님들과 제자들도 모두 나의 상상적 독자로 이 책의 문제 의식 한 켠에 자리잡고 있다.

이 책이 나오기까지는 우리 가족들의 노고도 컸다. 시간에 쫓기는 아내와 엄마를 이해하고 참아 준 남편 김형진과 딸 현재, 아들 현준에게 고마움과 사랑을 전한다.

마지막으로 도서출판 역락의 이대현 사장님과 지저분한 원고를 잘 정리해 주신 편집부 김지향님께도 진심으로 감사드린다.

2008년
낙동강의 저녁노을을 바라보며
저자

목차

제 3 부
국어교육의 심화 · 확장과 교육과정 개발 연구

제 4 부
국어교육 연구 방법의 새로운 모색

국어과 교사의 실천적 지식 성찰을 위한 방법론적 탐색 · 293

국어교육 현장 연구 방법으로서의 내러티브적 접근법 고찰 · 327

제1부 언어·문학의 본질과 국어 교육 이론 연구

'언어 문화' 개념의 성찰과 교육적 체계화
소통의 중층적 기제와 상생화용교육의 전망
다중 문식성과 언어문화 교육

'언어 문화' 개념의 성찰과 교육적 체계화

1. 경쟁하는 '언어 문화' 담론들

이 글은 한국 국어교육의 이론과 실천에서 '언어 문화'[1]란 개념이 어떻게 변화되어 왔는지를 다각도로 살피고, 언어 문화 교육의 체계화를 위한 기본 문제들과 향후 발전 방향을 검토하고자 한다.

국어교육 역사에서 '언어 문화'란 개념은 중핵적인 위치를 차지해 왔다. 김광해 교수[2]는 역대 국어교육과정을 양적으로 조사한 결과, "국어활동, 국어지식, 국어문화, 문학, 국민정신"의 다섯 개념이 핵심적인 용어로 사용되고 있음을 밝힌 바 있다. 특히, '언어문화'란 개념은 대단히 다의적인 '국어'란 개념의 내포와 외연에 대한 논쟁에서 그 핵심에 있었고 또 끊임없이 변화되어 왔으며, 끊임없이 재개념화의 대상이 되고 있다는 점에서 매우 문제적이라 할 수 있다.[3]

---

1) 국어교육 내부에서는 '언어문화'와 '국어문화'란 개념이 혼용되어 쓰이는 경향이 있다. 하지만 양자의 의미가 지향하는 바는 대단히 다르다. 이후 밝히겠지만, 전자는 언어의 사회 문화적 속성을 논의하는 것인 반면, 후자는 국가적 정체성을 강조하는 용어이다. 본고에서는 사용자의 어법에 따라 양자를 넘나들며 쓰도록 한다.
2) 김광해(2001), "역대 국어관과 국어교육평가의 방향", 사대논총 제 62집, 서울대학교 사범대학, 16면.
3) 국어교육 관련 학술 대회의 주제와 문화론에 대한 메타 연구들이 이를 반증한다. 학술대

물론 언어는 문화의 일부로서, 문화를 매개함과 동시에 그 결과로 존재한다. 그렇게 보면 '언어문화'는 동어반복일 수도 있다. 하지만 국어교육 내부의 논리에서 보면 문제는 달라진다. 국어교육에서 '언어문화'는 시대적 요구와 국어교육의 관점에 의해 구성된 일종의 전략적 혹은 수행적 개념의 성격이 짙기 때문이다. 학교에서 다루는 문식성이 현실의 언어를 배경으로 하되 선택적인 재구성의 결과이듯이 '언어 문화' 개념도 그러한 것이다. 때문에 '언어문화' 개념은 필연적으로 다의적일 수밖에 없다. 우리는 그 다의성을 탐색함으로써 다양한 국어교육관과 철학을 만날 수 있으며, 또 현재의 문제점과 대안 가능성도 점검할 수 있을 것으로 기대한다.

그동안 그 다의성은 긍정적이라기보다는 부정적으로 작용한 듯하다. 개별적인 논의들이 산발적으로 진행됨에 따라 문화에 대한 다의적 의미망이 체계화되지 못했다. 게다가 '문화론'이라 표방한 논의들이 국어교육 혁신의 의지를 지니고 다소 대타적인 시각을 취했기 때문에 동일 대상을 논의하면서도 다양한 이론들은 서로 소통조차 못한 측면도 있었다. 이는 이론적 진지함이나 깊이와 무관하게 교육 실천의 측면에서 보면 매우 우려할 사항이이 아닐 수 없다.

교육 현장에서는 일찍부터 교사 개인적 역량에 따라 대중문화 교육 등이 다양하게 시도되어 왔다. 또 지금은 국가에서 이른바 '문화 사회'

회의 경우, 2002년 한 해만 해도, 국어교육학회의 "국어교육과 문화교육"이란 의제 (김동환, "문화교육으로서의 국어교육", 박인기, "문화적 문식성의 국어교육적 재개념화", 노은희, "대중문화의 국어교육적 의미", 박복선, "청소년 문화와 국어교육의 소통을 위하여"), 초등국어교육학회의 "국어교육과 문화 창조"란 의제(김창원, "국어교육과 문화창조", 이도영, "음성언어교육과 문화창조", 이문규, "국어지식교육과 문화창조", 김재봉, "창조적 국어사용과 논증문화")의 학술발표가 있었다. 또 국어교육에서의 문화론에 대한 메타적 논의들도 이루어지고 있다. (김창원(2002), "국어교육과 문화창조", 초등국어교육학회 학술 발표대회. 김상욱(2005), "국어교육에서 문화의 개념과 지향성", 국어국문학학회 학술발표대회, 정재찬(2005), "국어교육과 문화론", 『문학교육 현상과 문학교육학』, 역락)이 그것이다.

에 대한 비전을 바탕으로 현장 기반의 '문화/예술교육'이 진행되고 있는 상황이다.4) 하지만 아직은 사회교육적 차원이고 국어교육에서의 문화 교육적 비전을 공유하고 있지는 못한 듯하다.

이 글의 일차적인 목표는 '언어문화' 개념의 역사적 변화와 다양한 연구 관점을 분석, 비판함과 동시에 소통하는 데 있다. 이를 위해 교육과정과 국어교육 이론에 나타난 '언어문화'5)의 의미 지도를 그려볼 것이다. 교육과정 분석은 그 자체가 방대하여 별도의 지면을 요구하는 것이므로 본격적인 실증적 논의는 이후로 미루고, 여기에서는 목표와 내용 체계를 중심으로 하여, 언어문화가 다른 영역과 어떻게 분류, 위계화 되는지를 담론 분석 방법6)으로 살피겠다.

또, 이론에서는 다양한 접근 방법을 소개하고 그것이 전제하는 문제 틀, 언어문화의 유형과 문화적 속성 등을 분석하고, 그 의의와 한계를 고찰할 것이다. 이런 논의를 바탕으로 하여 3장에서는 언어문화교육의 기본 개념, 범주, 위상을 논의하고, 4장에서는 21세기의 변화된 사회 상황에 대응할 수 있는 방향을 논의하도록 하겠다. 이를 통해, 언어 문화 교육이 특정의 관점이나 이론적 관심을 넘어서 국어교육의 핵심적인 영역으로 체계화될 수 있기를 기대한다. 2, 3장이 분석적, 객관적 진술이라면 4장은 의지나 희망을 담고 있는 윤리적, 선택적인 성격을 지닌다.

---

4) 한국문화관광부에서는 문화예술교육 진흥 분과를 두고 학교에 정책적으로 문화 예술 교육을 실시하고 있다. (www.arte.ne.kr/ 참조). 그 이념은 다음의 논문에 잘 설명되어 있다. 심광현 (2003), 『이제, 문화교육이다』, 문화과학사.

5) '언어문화'로 명시된 경우 외에도, 국어의 문화적 요소, 국어교육의 문화적 접근, 국어문화활동 등 입장에 따른 다양한 용어를 전반적으로 모두 아우르기로 한다.

6) 이데올로기는 대상의 분류와 위계화에서 작동한다. Robert, Hodge & Gunther Kress (1979), *Language as Ideology*, Routledge & Kegan Paul, p.62.

2. 국어교육 이론과 실천에 나타난 '언어(국어)문화'의 개념 고찰

1) 국어과 교육과정7)에 나타난 '언어(국어)문화' 개념의 변화

1차부터 7차에 이르까지의 교육과정에서 '문화' 개념의 의미있는 변화를 나타내는 4단계 시기로 나누어 살펴고자 한다. 1·2차, 3차, 4·5·6차, 7차 그것이다. 교육과정의 속성상 이들은 배타적으로 구분되기보다는 누적, 적층되는 성격이 강하지만 시대적 요구나 교육과정의 철학에 따라 이러한 구분도 가능하리라 본다.

(1) 1차·2차 교육과정(1955~1972) : '중견 국민 교양'으로서의 언어문화

우리나라의 전 교육과정 국어과 목표에는 '국어문화'의 항목이 빠짐없이 진술되어 있다. 이 시기도 마찬가지이다. 1·2차 교육과정은 공히, "국어교육은 언어의 기능을 바탕으로 한 것인 동시에 그것이 개인 생활이나 사회 생활의 향상을 위하는 것이 되어야 하며, 언어문화의 체험과 창조에 이바지하는 것이 되어야 할 것이다." 라고 규정함으로써 언어 사용 능력이 '사회생활의 향상', '개인적인 언어생활의 향상', '언어문화의 체험과 창조'에 이바지해야 한다고 적시하고 있다. 듀이의 언어의 3대 기능설 곧, 언어의 사회 형성, 개인 형성, 문화 형성에 바탕을 둔 것인데, 언어생활을 '사회와 개인, 문화'의 세 축으로 조직화하는 국어교육적 논법을 만들고 있다.

문제적인 것은 이로부터 '문화'가 '사회'나 '생활'과 다소 강제적으로 분리되는 의미론적 전통이 시작되고 되고 있다는 점이다. 1차 교육과정에서의 내용 구성을 살펴보면 ① 기초적 언어 능력, ② 언어 사용의 기

---

7) 교육과정자료는 다음을 참조하였다. 정준섭(1994), 『국어과 교육과정의 변천』, 대한교과서주식회사. www.kncis.or.kr/kncis/index.html.

술 ③ 언어문화의 체험과 창조로 구분되어 있다. ①은 언어 기능적인 요소(가령, “자기가 쓴 글을 더 정확하게 다듬어 가는 버릇을 붙인다.”)로 ②는 생활 기반적인 언어활동으로(가령, “선전문이나, 광고문을 써 본다.”) ③은 “국어를 정확하고 품위 있게 사용하는 세련된 국어교양”(가령, “우리말의 발음, 문자, 단어, 문법 등의 본질에 대하여 연구한다.”)과 “문학을 통한 국민적인 사상 감정의 교육”(가령, “자기가 좋아하는 형식으로 시를 짓는다.”)으로 되어 있다. 우리는 이 세 요소를 분류함으로써, ‘언어문화’의 의미와 내용이 어떻게 규정되는가를 살필 수 있다.

①의 ‘기능’은 그렇다 하더라도 ②는 사회생활과 연관된 언어활동으로 일종의 기능적 문식성이라 할 수 있으며 이는 인류학이나 문화사회학의 관점에서 보면 광의의 문화의 영역에 포괄될 수 있는 내용이다. 진보주의, 경험 중심 교육과정을 표방했던 시기인 만큼 언어를 사회생활의 구체적인 장면 속에서 가르치려는 노력은 당대 언어문화를 중시하는 문화론의 시각과 일부 유사성이 존재한다. 그럼에도 ‘문화’는 ‘사회’나 ‘생활’과 구분·분류되었고, 그 결과 ‘국어 교양’이나 ‘국민적인 사상 감정’으로 한정되었다.

또한 교과서 단원 구성 방식도 눈여겨 볼 필요가 있다. 1차 교육과정은 단원을 크게, ①생활 위주의 단원, ②기능 위주의 단원, ③ 순화 위주의 단원으로 구성하고 있는데 이 중 ‘언어문화 체험과 창조’의 영역이 소속된 곳은 ‘순화’ 단원8)이다. 그러니까 ‘언어문화’와 ‘국민 중견 교양’, 그리고 ‘언어 순화’는 동일한 의미 계열체로 이어지고 있는 것이다.

여기서 이 시기 문화를 보는 시각은 비교적 명확해 진다. 문화는 국가라는 상상적 공동체를 구축하는 ‘국가적인 표준 문화’와 동일한 의미

---

8) 그 예로 제시된 것은 다음과 같다. “ 1. 국어의 경체(敬体)와 상체(常体), 2. 표준말, 3. 품위 있는 말, 4. 정확하고 명료한 말(語法), 5. 똑똑하고 아름다운 말(修辭), 6. 한글의 짜임, 7. 표준되는 표기법(表記法), 8. 문장의 여러 가지 모습, 9. 문학 작품의 감상

인 것이다. 이 '국민 교양'은 정신 문화나 고급 문화적 교양과도 구분되는 독특한 것이다.

> 특히 국어과는 국가의 요청에 따라 문맹을 없애고 표준어를 확립시켜 이를 보급하는 데 의의가 있다. 우리나라는 아직 음성 표준어, 표기법, 문법 등 각 분야에 과학적인 표준이 확립되지 못하였으나, 방언이나 어법에 극단적인 대립이 없는 단일 어족으로서 문자 조직이 간단한 한글을 가지고 있는 만큼, 이 국민학교 시대에 적어도 언어 생활의 기반(基盤)을 닦고 표기법 통일과 어법에 대한 초보적인 지식은 갖게 하여야 한다. 이것이 곧 국어 순화 향상의 큰 터전이 될 것이다."(1차 교육과정)

이는 듀이가 제시한 교육의 동화적 기능과도 일치한다. 듀이는 산업화 시대, 학교는 이질적인 시민들을 국민으로 통합하는 데 기여해야 한다는 동화적 기능을 중시하였고 이를 통해 생활 세계의 다양성과 이질성을 순화하고자 한 바 있다.9) 이런 점에서 볼 때, 이 시기의 '언어문화'는 국가가 선정한 문화적 표준으로 이해되었고, 그 결과 문화의 속성 중에서도 순치성, 규범성, 집단성 등을 강조하고 있는 것이다. 그럼에도 언어문화를 전달이 아니라 창조와 체험의 대상으로 삼아 결과적인 '문화적 유산'의 측면보다는 과정적인 '문화적 활동'을 강조하고 있고 '구술문화'를 중시한 점은 다른 시기의 교육과정과 차별화되는 특징이다.

(2) 3차 교육과정(1973~1980)
: 국가적·민족적 가치관으로서의 언어문화

이 시기 국어교육의 주요 목표는 언어 사용 기능, 사고력, 국어문화의 세 가지 요소로 기술되어 있다.10) 특히, 국어 문화를 의식적으로 강

---

9) Bill Cope & Mary Kalantzis edt(2000), *Multiliteracies*, Routledge, p.18.

조하여 교육과정의 지도상의 유의점에는 "국어 사용의 기능 신장뿐 아니라 국어를 통한 문화의 계승, 발전적인 면과 가치의 체득 및 실현면도 동시에 강조되어야 한다."라는 진술이 있음을 발견할 수 있다. 또, 기본적인 의사소통 능력을 다룬 국어1 외에 국어2 에서는 고전과 작문 과목을 통하여 문화적 요소를 강화하기도 한다.

이 시기의 '언어문화'는 1·2차에서 규정한 '국가적, 민족적 정체성'을 이어 받되, 특히 가치관적, 태도적인 요소를 중시하고 있다. 예컨대 '민족문화'는 "사랑과 이해"의 대상으로 진술되는 것이다. 이는 결국 "우리는 민족 중흥의 역사적 사명을 타고 이 땅에 태어났다"는 국민교육 헌장 이념의 국어교육적 반영이라 할 것이다.

'국어문화'의 성격과 양상에서도 1·2차와 다소 달라진 모습이다. 비교한다면 1·2차 교육과정이 언어생활에서의 '정확성이나 규범성' 혹은 '문화적 '교양'을 '언어문화'와 연관지은 반면 3차는 국민, 국가, 민족정신과 관련된 가치적 요소를 중시한다. 그리고 언어활동보다는 텍스트의 내용적 요소에서 문화를 찾고 있다. 가령, 제재상의 유의점을 통해 특정 텍스트의 선정을 강조하고 있는데 이는 텍스트 내용차원에서 문화적 가치를 중시하는 것이라 할 수 있다.[11] 또 1·2차 교육과정이 당대 생활 문화를 강조한다면, 3차 교육과정에서는 고전, 전통 중심의

---

10) 구체적 내용으로는 "1. 교양 있는 생활에 필요한 국어 사용의 기능과 성실한 태도를 길러서, 효과적이고 품위 있는 언어 생활을 영위하게 한다. 2. 국어를 통하여 사고력, 판단력 및 창의력을 함양하고, 풍부한 정서와 아름다운 꿈을 길러서, 원만하고 유능한 개인이며, 건실한 중견 국민으로 자라게 한다. 3. 국어를 통하여 지식과 경험을 더욱 넓히고, 문제를 발견, 해결하는 힘을 길러서, 스스로 자기의 앞길을 개척하고, 사회 발전에 적응하며 나아가 이를 선도하는 데 참여하게 한다. 4. 국어와 국어로 표현된 문화를 깊이 사랑하고, 이에 대한 이해를 넓게 하여, 민족 문화 발전에 기여하게 한다."
www.kncis.or.kr/kncis/index.html.

11) 가령, 국어2의 내용에서 고전은 "(1) 선인들의 생활, 사상, 감정, 꿈 등을 이해하는 데 도움이 되는 것 (2) 우리의 주체성과 긍지를 드높이는 데 도움이 되는 것. (3) 기타 민족 문화를 발전시키는 데 도움이 되는 것"을 다루는 것으로 제시되어 있다.
www.kncis.or.kr/kncis/index.html.

복고적 민족 문화에 중심을 둔다. 국어문화가 특정의 텍스트로 실체화
됨에 따라 문화교육은 문화 전수의 입장으로 자리매김하는 것이다. 문
화의 실체론적인 본질과 이데올로성을 중시한 교육과정이라 할 수 있
겠다.

(3) 4차·5차·6차 교육과정(1981~1996)
: 민족 문화 유산으로서의 언어문화

이들 교육과정에서는 국어교육 내용이 '언어 사용 기능', '문학', '언
어지식'으로 정착되었다. 국어교육 목표는 '언어 사용 능력 신장'과 '민
족 문화 계승, 발전'의 이원법이다.12) 이들 항목이 비교적 안정된 모습
으로 병렬되어 있는 것은, 일종의 문화적 근대주의에 나타나는 분업화,
전문화의 과정이라 해석할 수 있지 않을까 한다. 그 이유는 이 시기부
터 국어교과의 영역별 구분이 진행되었기 때문이다.

그러나 이 과정에서 '언어문화' 개념은 실제적으로 축소되고 있다.

---

12) 4차교육과정의 목표는 "중학교의 교육 성과를 발전시키고, 국어의 발전과 민족 문화의
   창조에 이바지하려는 뜻을 세우게 한다. 1) 말과 글을 통하여 사상과 감정을 창의적으로
   표현하고, 비판적으로 이해하며, 합리적인 사고력과 판단력을 기른다. 2) 언어와 국어에
   관한 체계적인 지식을 가지게 한다. 3) 문학에 관한 체계적인 지식을 습득시키고, 문학
   감상력과 상상력을 기르며, 인간의 내면 세계를 이해하게 한다."이다.
   5차교육과정의 목표는 "국어 생활을 정확하고 효과적으로 하며, 언어와 국어에 관한 체
   계적인 지식을 갖추고, 문학을 이해하며, 국어의 발전과 민족의 언어 문화 창조에 이바
   지하게 한다. 1) 말과 글을 통하여 생각과 느낌을 효과적으로 표현하고 이해하며, 언어
   사용에 대하여 판단하는 태도를 가지게 한다. 2) 언어와 국어에 관한 체계적인 지식을
   익히고, 국어를 바르게 사용하게 한다. 3) 문학 작품을 통하여 문학에 관한 체계적인 지
   식을 갖추고 창조적인 체험을 함으로써 미적 감수성을 기르며, 인간의 삶을 총체적으로
   이해하게 한다.
   6차교육과정의 목표는 "국어 생활을 정확하고 효과적으로 하며, 언어와 국어에 대한 체
   계적인 지식을 갖추고, 문학의 이해와 문학 작품 감상 능력을 기르며, 국어의 발전과 민
   족의 언어 문화 창조에 이바지하게 한다.가. 말과 글을 통하여 생각과 느낌을 효과적으
   로 표현하고 이해하며, 언어사용에 대하여 바르게 판단하는 태도를 가지게 한다. 나. 언
   어와 국어에 관한 체계적인 지식을 익히고, 국어를 정확하게 사용케 한다.다. 문학 작
   품을 통하여 문학에 관한 체계적인 지식을 갖추고 창조적인 체험을 함으로써 미적 감
   수성을 기르며, 인간의 삶을 총체적으로 이해하게 한다. www.kncis.or.kr/kncis/index.html

국어교육의 일반 목표에만 추상적으로 진술될 뿐 하위 목표 영역에서는 ‘문학’과 ‘국어 지식’ 영역에서 부분적이고 한정적으로만 서술되기 때문이다. 결국, ‘언어문화’는 실제 교육 내용에서는 ‘문학’과 언어라는 특정 영역에 국한되거나 추상적인 이념 차원으로만 국한되는 것이다.

또, 언어문화의 내용도 3차와는 달리, 국가적 정체성보다는 민족적 정체성으로 한정되어 있다. 특히, 이 민족성이 ‘우리 문화’ 식의 자국문화 중심주의보다는 ‘한국문화’라는 객관적인 용어로 대체되고 있다는 점도 특기할만하다. 가령, “한국 특유의 문학 양식인 가사 작품의 형식 및 내용상의 다양한 모습을 작품을 통해 이해하며, 그 역사적 변모 과정을 파악한다.”(4차), “한국의 고전 및 대표적인 현대 작품을 읽고 감상한다.”(5차) “한국의 대표적인 고전 및 현대의 작품을 읽고, 다양한 삶의 방식과 가치에 대해 토론한다.”(6차) 등과 같이 ‘민족문학’이란 말보다는 ‘민족문학으로서의 한국문학’이란 개념이 등장하고 있음을 발견할 수 있다. 이 시기의 ‘문화’ 개념은 지식이나 전통적 요소가 중시되면서 문화 유산적인 의미를 중심으로 쓰이고 있다.

(4) 7차 교육과정(1997~2006) : 국어교육 철학으로서의 ‘국어문화 창조’

이 시기는 국어문화가 국어교육의 일개의 영역이 아니라 국어교육 전체를 포괄하는 철학과 지향으로 전격 상승하고 있다. ‘언어 사용 기능, 언어와 문학’이라는 기본 틀을 유지하면서도 “이를 통해 국어 문화를 바르게 이해하고 존중하며 사랑하는 태도를 길러 성숙한 문화 시민으로서의 역할을 다 하도록 한다.”고 하여 ‘국어문화 창조’를 궁극의 국어교육 목표로 제시하는 것이다. 이는 한국 고유의 역사적, 문화적 특수성에 기초하여 ‘한국인답게’ 말하고 듣고 표현할 수 있는 능력을 강조하는 것으로 한국문화의 특수성과 자국문화를 존중하는 시대적 분위기를 전달하고 있다. 이는 정보화 · 전지구화 시대에 나타나는 현상으로, 문화적 보편성과 함께 문화적 지역성이 강화되는 양상[13]이라는 점에서 이전 시기의 문화적 복고주의와는 구별되는 것이다.

문화관도 두 가지 면에서 기존 교육과정과 다르다. 첫째, 문화교육을 '과거의 유산 전달'이라는 복고적 관점으로부터 '창조적 활동'으로 전환하였다는 점이다. 특히, 학습자를 미래 문화 창조의 주체로 설정하고 그들의 주체적인 활동을 강조하였다는 점은 매우 특기할 만하다. 가령, "'듣기', '말하기', '읽기', '쓰기' 영역의 학습은 실제적인 목적으로 표현하고 이해하는 언어활동을 강조하여 창조적 국어사용 능력이 향상되게 한다.", "'국어 지식' 영역의 학습은 언어 현상에서 규칙을 찾아내는 탐구 학습 활동을 중심으로 하되, 학습한 지식을 국어사용 상황에 적용하는 활동을 강조한다." 등의 진술이 그러하다. 언어 문화교육의 추상적인 내용이 점차 구체화되고 있는 정황이다.

둘째, 언어활동 전반에서 문화적 요소를 찾아 교육 내용으로 삼고 있다. 이제 국어문화는 국어지식이나 문학 등의 특정 영역의 소관이 아니라 언어활동의 맥락과 원리 차원에서 전반적으로 논의된다. "글쓰기를 사회 문화적 과정이자 실천"으로 이해하는 항목이나 말하기/듣기에서 사회 문화적 맥락을 중시하는 내용이 그것이다. 이에 따라 문화가 '교양' 보다는 '사회'와 더욱 가까운 개념으로 이해되고 있다는 점도 특징적이다. 이전의 교육과정과 가장 크게 달라진 대목이다.

아울러 언어문화 개념은 통합과 확장의 적극적인 개념으로도 쓰이고 있다는 점도 특징적이다. 문학 문화를 "인접 예술을 비롯한 사회문화 현상과 밀접하게 관련"되는 것으로 인식하거나 기존의 일상어와 문학어를 통합적으로 이해하는 것이다. 그리고 문화의 범주도 전통 문화 뿐 아니라 대중문화, 문학문화, 다매체 문화 등으로 확장되고 있다. 하지만

---

13) Stuart Hall, 전효관·김수진 역(2000), "문화적 정체성의 문제", 『모더니티의 미래』, 현실문화연구, 342~360면.

'한국인의 삶'이라는 민족적 정체성을 중핵적인 문화 정체성으로 삼는 시각은 이전의 시기와 동일하다.

이제까지 살펴본 바, 국어과 교육과정의 역사에서 '언어문화'는 거의 '국어문화', '민족문화', '국민정신' 등 국가적, 민족적 정체성의 의미를 지니는 것으로 쓰였으나 점차 당대 문화적인 요소로 확장되는 경향이 있었다. 또 '문학이나 국어지식'과 같은 특정 영역에만 국한되던 것이 '언어활동' 전반의 주요 요소로 다루어지고, 국어교육의 철학 뿐 아니라 내용 요소로도 확장되는 양상이었다. 하지만 목표와 내용의 괴리는 여전히 큰 문제로 생각된다. 목표상으로는 국어사용 능력과 국어문화교육이 병렬적으로 강조되지만 정작 교육 내용으로 들어가면 국어문화교육의 내용은 분명하지 않았다. 이는 국어문화 개념의 추상성이기도 하고, 언어문화교육이 국어교육 내적 요소로 정위되고 있지 못하고 있음을 반증하기도 한다.

2) 국어교육 이론[14)]에서의 '언어문화'에 대한 시각

그렇다면 국어교육 이론에서는 '언어 문화' 개념을 어떻게 이해하고 있을까? 다음의 여섯 가지 관점으로 살펴보기로 한다.

(1) 정신적·전통적 가치론의 시각

이 관점은 언어의 문화적 요소를 해당 언어 공동체가 지향하는 '정신적, 전통적 가치'로 인식하고, 한국적 사고, 한국적 표현 교육을 언어문

---

14) 1990년대 후반 연구물을 중점적으로 다룬다. 이 시기는 '국어문화' 혹은 '문화론'적 접근에 대한 자의식을 지니고 있었기 때문이다. 사회주의 몰락에 의한 거대 담론의 해체, 그와 함께 문화론 담론이 인문학에 팽배했다는 시대적 맥락도 있었지만 국어교육 내적 맥락에서는 언어 사용 기능에 대한 대타의식으로 국어문화 개념이 강조되었다. 이전까지, '국어문화'는 연구 대상이라기보다는 다소 당위적인 규범이나 교육적 가치로 인식되는 경향이 있었다.

화교육의 핵심 내용으로 제시하고 있다. 문학(특히 고전문학)[15]과 국어지식 교육[16]을 중심으로 하여 '정신적, 전통적 가치'를 중시한 이유는, 기능 중심 언어 사용 개념에 담겨 있는 가치중립성과 탈맥락성에 대한 비판 의과 대안 모색 때문이라 할 수 있다. 이런 문제의식 때문에 언어의 문화 원리는 사용 원리와의 대립적인 이원[17] 구도로 논의된다. 곧, 언어 사용의 규범성, 가치중립성, 탈맥락성에 대한 대립항으로, 언어문화의 창조성, 가치성, 역사성, 심미성을 부각시키는 방식인데, 문제는 그 대타적 성격으로 하여 문화의 일면적인 측면만이 부각될 수 있다는 데에 있다. 가령, 문화의 규범적, 이데올로기적 속성은 고려되지 않는다.

이러한 접근은 전통과 민족, 대중에 대한 어떤 실체를 상정하고 있다는 점에서 문화에 대한 관념론적이고 낭만적인 접근[18]이라 할 수 있다. 하지만 이 관념성은 엘리트적인 문화론이 추구하였던 개인의 정신적 도야의 측면보다는 공동체적이고 집합적인 의미를 강조한다는 특징이 있다. 곧, 민족문화를 공동문화를 구축하기 위한 자원으로 재인식하고, 한 걸음 더 나아가 대중문화(popular culture), 생활문화로 다원화한 것이

---

15) 김대행(1995), 『국어교과학의 지평』, 서울대 출판부. 이삼형 외 (2000), 『국어교육학』, 소명출판. 김종철(2000), "글쓰기의 문화론적 척도", 『고전산문교육의 이론』, 집문당, 이지호(1996), "연암 박지원의 글쓰기 방식 연구", 서울대 박사학위논문, 염은열(2000), "대상 인식과 내용 생성에 대한 표현교육론적 연구", 서울대 박사 학위논문이 있다. 정신적 가치와 관련된 문학문화 연구로는 최지현(1997), "한국 근대시 정서체험의 텍스트 조건 연구", 서울대 박사학위논문.

16) 대표적으로 김광해(2001), "역대 국어관과 국어교육 평가의 방향", 서울대학교 사대 논총 6. 이도영(1998), "언어사용 영역의 내용 체계에 대한 연구", 서울대 박사논문. 이도영(2002), "음성언어교육과 문화창조", 한국초등국어교육 20집, 2집, 이문규(2002), "국어지식교육과 문화창조", 한국초등국어교육 20집. 박영순(2002), "국어교육으로서의 문화교육에 대하여", 『21세기 국어교육학의 현황과 과제』, 한국문화사.

17) 이 이원적 분류에 대해서는 비판이 제기되기도 하였다. 주장의 핵심은 언어 사용의 원리에 문화적 요소가 개입할 수 있고, 역도 가능하므로 양자는 대립적인 범주라 할 수 없다는 것이다. 대표적 논의로는 최현섭 외(2000), 『국어교육학 개론』, 삼지원. 김창원(2002), "국어교육과 문화론", 한국초등국어교육20집. 한국초등국어교육학회.

18) Jenks, Chris, 김윤용 역(1996), 『문화란 무엇인가』, 현대미학사, 25~26면.

다. 그 연구 결과는 매우 의미 있다고 본다. 서구 중심적 근대에 가려져 있던 '오래된 미래'로서의 전통을 재발견하였고, 문학 언어와 일상 언어, 문학과 생활을 둘러싼 기존의 가치적 위계를 재편성하였으며, 생활 문화로서의 문학의 영역을 개척하였다.

그러나 '전통'의 개념이 모호하고 또 정신적 가치로서의 문화는 '특정의 문화적 가치'를 상대우위로 전제하는 본질론적 접근이기 때문에 문화의 역동성을 어떻게 고려할 것인지의 문제가 남아 있다. 가령, 전통문화는 해석의 대상이라기보다 원리화, 모델화의 대상으로만 인식되는 것이다. 또한 언어를 앎과 삶의 영역으로 나누고, 국어에 대한 이해를 자신에 대한 앎과 혁신, 문화적 창조로 이어진다고 하여 문화의 실천적 성격을 부각시킨 연구도 있다.[19]

언어문화의 전통적 가치는 국어교육에서 매우 중요한 의제이다. 하지만 전통성이 자칫 '우리와 그들'의 이분적 대립 혹은 배제의 논리로 작동할 수 있다면, 디지털 시대의 대화 문화적 요구에 어떻게 탄력적으로 대응할 것인가의 문제가 남는다.

(2) 상징적 교섭과 소통론적 시각

이 관점은 언어의 문화적 속성을 상징적 교섭작용(symbolic interaction)으로 보고, 교섭에 개입하는 맥락의 중층적 요소를 강조하고 있다. 문화를 관념이나 경험으로 보는 것이 아니라 상징과 기호로, 또 고정된 유산이 아니라 소통 현상으로 파악하여 텍스트와 주체, 맥락을 포괄하고 역동성을 부여했다는 점이 특징적이다. 기본적인 문제의식은 전통적 국어교육에서 상정하고 있는 개인적인 인지론의 한계를 넘어서고자 하였으며, 유산 중심의 정태적 문화관을 극복하려는 의지도 담겨 있다.

---

19) 김수업(1998), 『국어교육의 원리』, 청하.

이러한 관점에서 '언어'와 '문화'의 관계는 역동적이다. 앞의 (1)의 전통적, 정신적 가치론의 입장에서는 문화는 언어 구조나 사고 구조에 반영되어 있다고 본다. 하지만 이 시각에 따르면, 상징적인 상호작용의 과정을 통해서 비로소 문화가 생성된다고 보는 것이다. 주로 논의된 영역은 '문학문화', '문화적 문식성 교육', 사회 구성주의적 글쓰기 교육론에서이다.

연구 성과를 보면, 먼저 '문학문화'[20] 개념이 있다. 문학을 문화로 이해함으로써, 문학이 특정 정전 텍스트가 아니라 독자, 사회 문화적 제도, 독자 등 다양한 존재들이 상징적 교섭하는 범주로 이해하게 되었다. 특히, 개인의 읽기와 쓰기에 간섭하는 물질적, 집단적, 환경적 중층 변인과 물질적 제반 조건을 두루 포섭하면서도 동시에 주체의 가치 실천으로 문학 행위가 존재한다는 시각은, 구조와 행위를 균형있게 고려한다는 점에서 매우 의미가 있다. 이런 맥락에서 언어적 소통에서 '문화적 문식성'[21]교육도 제기되었다. 소통에 개입하는 중층적인 사회 문화적 요소를 중시하면서, 비판적, 기능적 소통을 위한 문화적 지식의 중요성은 새롭게 부각된 내용이라 할 수 있다. 사회 구성주의에 기반한 글쓰기 교육론에서는 '장르' 범주를 통해 담화 공동체에서 통용되는 특정의 언어 문화적 관습을 바탕으로 한 소통적 교섭[22]의 문제를 다루었고, 사회·인지·맥락을 통합하였다. 이 시각은 다매체 교육으로의 확

---

20) 우한용(1997), 『문학교육과 문화론』, 서울대 출판부. 문학을 문화로 교육하는 방식에 대해서는, 정현선 (2004), 『다매체 시대의 국어교육과 문화교육』, 역락.
21) 박인기(2003), "문화적 문식성의 국어교육적 재개념화", 제21회 국어교육학회 학술발표.
22) 박영목(1997), "의미생성의 이론", 『선청어문』 29집. 박영목(2002), "독서교육 연구에 있어서의 사회 문화적 접근", 독서연구 7호, 한국독서학회. 박태호(2000), "장르 중심 작문 교육의 내용 체계와 교수·학습 원리 연구", 교원대 박사논문. 졸고(2001), "장르론의 시각에서 본 글쓰기 교육", 『국어 표현·이해 교육론』, 탑출판사. 김혜영(2002), "글쓰기 과정에 나타난 장르의 선택 조건과 변용 가능성", 국어교육 108호. 한국어교육학회. 박수자(2004), "읽고 쓰기 수업에 의한 정보 텍스트의 지도 방안", 부산교육대학 초등교육 연구소, 교과교육 연구 발표회.

장에 이론적 기반이 되기도 하였다. 언어를 기호와 상징 일반으로 확장함으로써 다양한 매체들도 확장된 언어의 차원에서 국어교육에서 논의할 수 있게 된 점23)도 의미있는 성과이다.

이런 접근은 문화가 언어 구조에 의해서가 아니라 기호적 상호작용에 의해 구성된다는 점을 밝혔다는 점에서 의미가 있지만, 실제적인 한국적 현실에서 이루어지는 언어문화의 실체에 대한 연구가 과제로 남는다. 또한 학습자의 실제적인 기호적 상호작용도 밝혀져야 한다. 이 부분이 해결되지 않는다면, 이 역시 추상적인 과정만 남을 우려가 있다.

(3) 화용적 · 기능론적(functional)적 시각

이 관점은 언어문화를 의사소통의 적절성과 효과성을 위한 맥락적 변인으로 인식한다. 기본 문제의식은 '정확성' 중심의 언어 사용 능력의 한계를 넘어서려는 것이며, 이 과정에서 '사회 문화적 맥락'의 문제를 중시하였다.24) 그 결과 진공의, 탈맥락적 언어 사용에 문화 맥락의 요소를 도입함으로써, 의사소통능력에 '사회 문화적 능력'과 '담화적 능력'이라는 상위의 고등의 언어능력을 추가, 확장하였다는 점에서 의미 있는 진전을 보이고 있다. 이 경우, 문화적 맥락은 다소 미시적이고 상황적인 맥락이 중심이 되고, 소통적 '효율성'의 측면에서 논의되기 때문에 문화에 대한 구조 기능론적 시각이 강화된다. 이 시각은 전통적 국어교육의 시각에서 '언어문화'의 관점을 재편성하려는 데 관심을 두었다. 그 결과 "국어 사용 문화'로 국어문화 개념을 초점화하기도 하였지만, 과연 국어문화가 국어사용문화로만 분리될 수 있는지, 또 문화에

---

23) 최병우 · 이채연 · 최지현(1999), 『매체언어의 교수— 학습 방법에 관한 연구』, 서울대 국어교육 연구소 보고서.
24) 이성영(1994), "표현의도의 표현방식에 관한 화용론적 연구", 서울대 박사학위논문, 최영환(2003), 『국어교육학의 지향』, 삼지원. 이창덕 · 임칠성 · 심영택 · 원진숙(2000), 『삶과 화법』, 박이정.

서 실체적, 유산의 요소를 완전히 배제할 수 있는지 그리고 문화의 제 반 요소를 어떻게 입체적으로 고려할 것인가의 문제가 과제로 남는다.

(4) 사회적 가치론과 비판 문화론의 시각

이 접근은 언어문화를 이데올로기나 헤게모니, 권력의 작용 등의 사회적 관점에서 인식하고, 국어교육에서 비판적 주체 형성의 문제틀로 접근하였다. 초기에는 문학교육 중심으로 연구[25]되었다가 이후 대중문화나 매체 교육과 연관되어 사회·문화적 문식성 논의[26]로까지 확장되었다. 언어의 가치중립성에 대한 문제의식을 바탕으로 하여, 언어 현상을 사회문화적 현상과 연관 지어 다루는 방법론적 정련을 보여주었다.

이는 미시적 상황 맥락을 넘어선 사회·문화적 거시 맥락까지 고려하여 '사회적 과정과 실천'으로서의 문식 활동을 다루는 것이다. 개인 언어활동 뿐 아니라 문화 민주주의나 사회 정의, 평등과 같은 사회적 가치를 지니는 거시 담론의 지평 속에서 이해하였으며, 교육적으로는 비판적 주체 형성을 강조하였다. 특히, 대중매체 교육과 접목되면서 언어문화교육이 고전 문화에서 당대 문화로 전환하였다는 의의가 있다.

논의가 진행되면서 '비판'이 지니는 권위적, 소극적 한계를 인식하고 '생성'의 개념으로 변화되었으며 이는 글쓰기 교육 이념과 접목되기도 하였다. 또, 텍스트 연구에서 나아가 국어교육 제도 차원의 연구[27]로 확장해서 문학 텍스트가 '정전'화되는 이데올로기적 기제를 제시하기도

---

25) 김상욱(1995), "소설 담론의 이데올로기 분석방법 연구", 서울대 박사논문. 최미숙(1997), "모더니즘 시의 글쓰기 방식 연구", 서울대 박사논문. 김성진(1998), "국어교육의 대중 문화 수용을 위한 시론", 『국어교육연구』5집, 서울대교육종합연구원, 방인태(2000), "문화 생산으로서의 국어교육", 『국어교육』101호, 한국국어교육연구학회.

26) 신명선(2000), "광고 텍스트의 문화적 의미와 국어교육", 국어교육103호, 한국국어교육연구회. 졸고(2001), 『국어교육의 문화론적 지평』, 소명출판. 조희정(2002), "사회적 문해력으로서의 글쓰기 교육 연구", 서울대 박사논문. 최인자(2002), "다중문식성과 언어문화교육", 국어교육115. 한국국어교육연구학회, 정현선(2004), 『다매시대의 국어교육』, 역락.

27) 정재찬(2003), 『문학교육의 사회학을 위하여』, 역락.

하였다. 그러나 문화론적인 틀을 국어교육 내적 본질로 정위하는 과제
가 남아 있다.

(5) 윤리적, 생태론적 시각

이 관점은 언어문화를 윤리적, 생태적 가치의 시각에서 접근하고 있
다. 언어문화를 민족 문화에만 한정했던 근대적 틀의 한계를 인정하고,
동서양의 특정 문화 모델과 비판적 대립을 넘어서는 상생적 소통을 강
조하고 있다. 문명사적 전환에 대한 철학적 지평을 국어의 문화적 요소
와 연결시키려는 이 작업은 언어의 윤리성을 제기하였고, 디지털 기반
상호작용 시대를 대비하는 의의가 있다.[28]

(6) 언어 인류학적 시각

이 관점은 언어문화를 현실의 실제적 맥락에서 이루어지는 경험적인
것으로 인식하고, 한국어 사용자의 언어문화나 그들의 경험을 질적으로
분석하여 현실 언어문화를 보여주려고 시도하고 있다. 특히, ‘지금, 여
기’에 거주하는 실제 학습자의 언어문화,[29] 국어교육 경험을 인류학적
방법으로 보여주고 있다. 또, 청소년 문학에 대한 연구[30]도 크게 보면
이런 관점이라 할 수 있다. 아직 연구의 양이 많다고는 할 수 없지만,
기존의 이론이나 텍스트 중심 문화론의 한계를 극복하고 실제적인 현
실 경험을 문제 삼고 있어 앞으로의 연구 결과가 기대된다.

---

28) 최현섭(1994), “생태학적 국어교육관과 국어교육 평가”, 한국초등국어교육 10, 한국초등
국어교육학회. 최영환(2005), “언어문화로서 상생화용 연구의 토대”, 국어교육학연구 22
집, 국어교육학회.
29) 유동엽(2004), “논쟁의 불일치 조정 양상에 관한 연구”, 서울대 박사, 민병곤(2004), “논
증텍스트의 생산 과정에서 논증 도식 운용 양상에 대한 분석 및 교육적 시사”, 국어교
육학 연구 18. 국어교육학연구학회, 졸고(2003), “중학생의 서사문화에 대한 발달적 연
구”,국어교과교육연구5, 국어교과교육학회.
30) 김중신(2003), 『한국문학교육론의 방법과 실천』, 한국문화사. 천정환(2003), “근대 초기
의 대중문화와 청소년의 책 읽기”, 독서학회 9호, 한국독서학회.

3) 기존 '언어문화' 개념의 접근법에 대한 성찰

앞에서 살펴본 시각들은 당대의 사회적 이슈나 국어교육의 문제와 맞물려 있는 것이다. 지금의 시각으로 재단하는 것은 적절치 않은 일이라고도 할 수 있으나 대안적 관점과 방향성을 모색한다는 차원에서 그 한계를 음미해 보도록 한다.

먼저, 언어문화를 특정의 유형으로 다루는 소재주의적 혹은 유형 중심 경향의 문제이다. 그간 논의에서 언어문화 유형은 특정의 문화적 관점을 주장하는 중요한 단위였다. '전통문화', '민족문화', '대중문화', '생활문화', '예술문화', '문학문화', '세계문화' 등 다양한 문화적 유형이 제시되면서 문화의 개념도 넓혀 갔었다. 가령, 문학 문화 중심의 국어교육을 강조하는 입장은 문화의 창조성을 중시하면서 특히 문학문화를 중시한다. 하지만 언어문화의 창조성이 문학문화에만 있는 것은 아니다. 문화의 속성을 특정 범주 문화와 단선적으로 연계할 수 없다는 것이다. 과연, "한국문화의 전통성은 고전문학, 혹은 전통문화에만 있을까? 대중문화에는 없는 것인가?", "대중문화는 이데올로기적이기만 한 것일까? 거기에는 문화적 창조성이 존재하지 않는가?" 대중문화에서도 전통적 가치를 이야기할 수 있고, 전통문화에서도 문화의 헤게모니를 교육할 수 있어야 한다. 그럼에도 기존의 관점이 이 문제에 대해 다소 경직될 수밖에 없었던 것은, 개별적 문화 유형을 포괄하는 상위적 차원의 '언어문화교육의 체계'가 없었기 때문이다. 곧 특정 유형, 특정 이론, 특정 관점을 존중하면서도 전체 언어문화교육에서 논의할 수 있는 언어문화의 내적 논리, 상위 체계의 부재가 다소 기계적인 문화 유형 분류학이 되도록 하는 셈이다.

둘째, 문화를 이상적이고 규범적이며 가치 정초된 형태로 받아들이려는 경향이다. 문화의 가치 상대성과 교육의 가치 지향성은 다소 충돌되는 측면이 있다. 그리고 교육에서 가치 지향성을 포기할 수는 없다. 하지만 '문화'를 이미 정해진 어떤 가치로 정초해 버릴 경우 언어는 문화를 전달하는 도구로 학습자는 문화 전수의 대상으로 전락하게 될 우려가 있다. 그들의 문화적 주권을 주장하기 힘든 것이다. 특히, 현대 사회에서 언어는 단일 문화의 공간이 아니라 대단히 다양하고 이질적인 문화들의 공존·경합의 장이라 할 수 있다. 그런 점에서 언어문화교육은 학습자가 문화 속에 내재해 있는 가치를 읽고, 판단하고. 이해하는 능력에 초점을 맞출 필요가 있다.

셋째, 문화적 속성 간의 탄력적 균형을 유지하는 문제이다. 문화는 억압과 창조, 과정과 결과, 실천적 측면과 구조적 측면을 모호하게 아우르고 있는데 그 애매함이 문화의 매력이자 역동성의 바탕이 된다. 또, 앞에서 다양한 접근이 보여주었던 것처럼 정신적 가치와 사회적 가치, 비판과 기능, 상호작용적 개방성과 구조적 폐쇄성이 함께 어우러져 있는 것이다. 훌륭한 체계라면 이 경계들 사이의 긴장을 잘 살려야 한다. 그런데 국어교육 이론과 실천에서는 그 긴장이 효과적으로 고려되지 못하는 듯하다. 가령, 90년대 이전에는 주로 유산으로서의 특징, 구조적 요소를 중시하였다면 그 이후는 실천적, 활동적 요소가 강조되어 왔다. 이들의 긴장을 생산적으로 유지하는 체계가 필요하다.

3. 언어문화교육의 체계화를 위한 시도

이제 언어문화교육은 특정의 시각, 특정의 문화 이론으로 기존 국어교육을 비판, 보완하는 역할에서 한 걸음 더 나아갈 필요가 있다. 곧, 혁신(혹은 배제)의 기획에서 체계화(혹은 포괄)의 기획으로 전환할 필요가 있다는 것이다.31) 이는 기존의 개별적 관점을 포괄하면서도 동시에 국어교육의 내적 체계로 육박해 들어가기 위한 조건이다.

1) '언어·문화'의 개념과 범주

언어문화교육을 체계화하기 위해서는 언어문화의 개념과 범주를 합의하고, 선명하게 할 필요가 있다. 문화 개념은 누구나 인정하듯이 매우 다의적이고 모호하다. 그것은 어쩌면 당연하기조차 한데, 문화는 인간의 자기 이해 및 배움의 과정으로서 그 의미 역시 실천적이고, 맥락적인 상황에서 규정32)되기 때문이다. 그런 이유로 언어문화 개념도 국어교육을 이해하고 발전시켜 나가는 내적 논리 속에서 문화관을 정위시키는 노력이 필요하다.

2장에서 다양한 시각을 살펴보았지만, 이제는 특정 문화관을 선택 혹은 배제하는 방식보다는 최소한의 일관성을 유지하면서 다양한 관점을 유연하게 포괄하는 식의 접근이 타당하다고 본다. 그것은 손쉬운 절충주의를 지향해서가 아니라, 국어교육에서 '문화' 개념은 모국어와 모어 화자의 삶이 맺고 있는 중층적 연관과 기능을 포함할 필요가 있기 때문이다. 이는 그 동안의 국어교육과정에서도 확인할 수 있었다.

'언어문화'가 '언어 사용'과 어울리지 않는 이질적이고 비체계적인 요소33)임에도 불구하고, 기필코 또 하나의 축으로 자리 잡았던 이유는 무엇일까? 그것은 모국어교육이 담당해야 할 몫 중 의사소통 능력만으로는 충분하지 못한 나머지 잉여적 부분이 있었고, 그것이 바로 '언어

---

31) 이런 문제의식은 다음 두 논문에 잘 나타나 있다. 박인기(2002), "문화적 문식성의 국어교육적 재개념화", 국어교육학회 21회 학술발표대회. 김동환(2002). "문화교육으로서의 국어교육", 국어교육학회 21회 학술발표대회.

32) Sedgwick, Peter, 박명진 외 역(2003), 『문화이론사전』, 나래, 160면.

33) 최영환(2003), 『국어교육학의 지향』, 삼지원.

문화'로 개념으로 표상된 것이 아닐까? 이제는 그 잉여를 향한 에너지를 합리적으로 구획하고, 체계화하는 노력이 필요하다.

모국어 화자에게 언어는 언어 그 자체를 넘어 삶 전반의 문제와 관련을 맺는다. 특정 담화 공동체에서 모국어는 의미 전달의 수단을 넘어서 자신의 정체성을 표현하고 사회적 관계를 형성하는 '사회 문화적 과정'이자 '실천'인 것이다. 실제로 현실적 삶에서 부딪히는 언어적 문제들은 언어 자체를 넘어서는 것이 많다. 가령, 가족 대화의 문제가 단지, 표현과 전달이라는 언어적 능력을 키우는 것만으로 해결할 수 있을까? 가족 대화에는 '가족'에 대한 인식, 좋은 자녀 되기, 좋은 부모 되기의 역할 모델, 이상적인 가족 문화에 대한 상이 분리 불가능하게 엉켜있다. 언어 사용의 문화 원리는 단지, 감사하기, 인사하기, 칭찬하기와 같은 행위 양식의 문제가 아니다. 오히려 "담화 공동체 구성원으로 그들을 정의하는 사회적 역할에 자신을 소속"시키는 데에 있다.[34]

이런 이유로 국어교육에서 언어문화 개념은, 모어 화자가 현실적 삶에서 겪는 언어적 사태와 경험을 풍부하고 심도 깊게 수용할 수 있어야 한다. 바흐찐(Bakhtin)의 어법을 빌어 단순화한다면, 개인의 의미전달과 표현에 머무르는 언어에 대한 최소한의 이해를 넘어서 맥락 속에서 언어와 타자, 사회, 문화가 맺는 최대한의 이해[35]로 나아가야 한다는 것이다. 따라서 국어교육에서 '언어·문화'는 언어가 '삶의 전체적 방식을 구성하는 요소와 맺는 관계를 중심으로 개념화'[36]할 필요가 있다.

---

34) Claire Kramsch(1996), *Language and culture*, 장복명 강혜순 김정희(2001), 『언어와 문화』, 박이정, 34~48면.

35) M Bakhtin, 전승희 외 역(1989), 『장편소설과 민중언어』, 창작과비평사.

36) 이 개념은 직접적으로는 윌리엄즈의 문화론에 바탕을 두고 있다. 윌리엄즈에게 중요한 것은 삶의 전체적 방식 그 자체가 아니라 이들이 맺는 상호적 관계였다. 하지만 꼭 윌리엄즈를 상기하지 않더라도, 국어교육에서 문화 개념은 관념적이고 이상적인 문화 개념에서 기술적이고 실제적인 문화 개념으로 변화되어 왔다. 그 흐름을 이어나가는 것이라 생각한다. Francis Mulhern, *Culture/Metaculture*, 이병권 역(2003), 『문화/메타문화』, 한나래. R. Williams(1982), The *Sociology of Culture*, 설준규·송승철 역(1991),

이는 협의의 정신문화 혹은 '한국문화'를 넘어서, 삶의 전체적 방식과 연계하는 광의의 인류학적, 문화 사회학적 접근이라 할 수 있다. 이 개념은 언어문화의 구체성과 다층성을 최대한 반영할 수 있다는 장점이 있다.

언어의 구제적 의미는 사회 문화의 전체 현상 속에 놓고 봐야 분석 가능하다. 먼저 발화자는 의미 전달자이지만 그 이전에 남자이거나 여자이거나 서울이나 지방에 거주하는 특정의 위치를 지닌 사회 문화적 주체이다. 그리고 자신의 세계관에 따라 특정의 담론적 위치를 지닌다. 동일한 언어라도, 어떤 사회 문화적 주체가 말했는가에 따라 그 의미는 달라진다. "얘는 머리가 나빠요"라는 말이 있다고 하자. 부모가 말한 경우와 교사가 말한 경우, 그 의미는 확연히 달라진다. 대화자의 담화 위치는 사회적 관계 속에서의 위치와 밀접한 관련을 맺는 것이다. 또, 모어 화자의 언어 행위는 항시 사회 문화적 행위와 함께 이루어진다. 내가 "어느 지역에서 살고, 어느 학교를 나왔다"라는 언술이 있다고 하자. 이 말의 진정한 의미는 그 어느 학교, 어느 지역이라는 특정의 문화적 상징을 이해하고 또 자신을 차별화하려는 발화자의 의도와 행위를 파악해야 하는 것이다.

또, 실제 언어활동은 문화의 다양한 층위와 연관된다. 우리는 일상적 소통에서의 잡음이나 단절이 오래 세월이 지난 뒤 보면 오히려 서로의 진정한 내면이나 본심을 드러내는 일이었음을 깨우칠 때가 있다. 야스퍼스도 실존적 상호 이해의 소통은 친한 친구끼리 목소리를 높이며 싸우는 듯한 대화 모델37)이라라고 제시한 바 있다. 진정한 충고라면 표현 방식과 무관하게 마음을 감동시킨다. 이는 '효과성'과 '적절성'에는 어긋나지만 소통의 윤리적 층위나 사회적 층위로는 타당하기 때문이다.

『문화사회학』, 까치.
37) W. Harbermas, 홍윤기 편역(2005), 『의사소통의 철학』, 민음사.

언어문화교육에는 언어문화의 구체성과 다층성을 반영한 체계가 필요하다. 실제로 2장에서 살펴본 국어교육 논자들의 다양한 접근법도 바로 이 문화의 다층적 차원을 보여주고 있다. 이를 고려하고, 언어와 문화의 연관을 설명한 크람쉬의 논의[38]를 변용한다면, 언어문화는 사회적 층위, 역사적 층위, 상상적 층위, 윤리적 층위로 중층화할 수 있겠다.

사회적 층위는 언어문화를 사회적 맥락과 변인 속에서 다룬다. 화자는 특정의 담화 공동체 구성원으로 그 집단 사람들만의 공통된 태도, 믿음, 가치나 언어 구사 방식을 공유한다. 말의 명료성이나 간결성, 말할 내용과 말하지 않을 내용에 대한 해석적 가정 역시 담화 공동체의 소유이다. 아울러 제도, 이데올로기 등의 거시적 사회 맥락과 관련되기도 한다. 언어문화의 사회적 층위에서는 언어의 사회적 의미와 가치, 태도를 중점적으로 교육할 수 있다. 비판 문화론적 접근이나 화용 기능론적 접근의 성과를 활용하여 이 층위에서 다룰 수 있는 언어문화의 특성을 설정한다면, '문화적 적절성', '권력과 헤게모니' '비판성' 등이 있을 것이다.

역사적 층위는 언어문화를 전통과 역사의 맥락에서 다룬다. 화자는 이미 전통을 형성한 이야기들의 흐름 속에서 자리 잡으면서도 자신의 미래를 상상하면서 의미론적 역사에 참여한다. 그는 이미 말해졌던 자아, 지금 말하고 있는 자아, 그리고 아직도 말하는 힘을 소유한 자아의 과거, 현재 및 미래라는 시간적 차원에 걸쳐서 언어와 만나는 것이다. 전통적 가치론적의 논의 결과를 바탕으로 언어문화의 특성을 설정한다면, '전통성', '생산성' 등이 가능하다.

상상적 층위는 공동체가 공유하는 희망, 상상과 연관되는 맥락 속에

---

38) 크람쉬는 사회적 층위, 역사적 층위, 상상적 층위까지만 이야기 했다. 하지만 자아와 타자의 관계를 문제삼는 윤리적 층위도 가능하다고 본다. Claire Kramsch, 장복명 강혜순 김정희 역(2001), 위의 책, 34~48면.

서의 언어활동을 다룬다. 허구적 상상이나 정서의 구조 속에서 상상적 공동체의 문화를 논의하는 것이다. 문학을 문화의 시각에서 접근하는 시각, 상징적 상호교섭의 시각을 참조한다면, '심미성' 등이 가능할 것이다.

윤리적 층위에서는 보이는, 혹은 보이지 않는 타자와의 관계 속에서 발생하는 책임감과 진정성의 문제, 언어문화의 다양성을 다룰 수 있다. 기존의 상생적 시각이나, 상징적 상호교섭의 시각의 논의에 따른다면, '진정성' '민주성' '사회적 관용' 등이 가능할 것이다.

또, 언어문화 개념에서는 '언어와 문화'의 관계 문제도 고려되어야 한다. 사실, 기존의 시각에서는 문화를 가르치기 위해 언어를 도구적 매체로 이해하거나 아니면 의사소통의 방법적 원리로 문화를 한정하기도 하였다. 물론, 언어와 문화의 관계에 대해서는 여러 의견이 가능하다. 문화의 언어에 대한 영향력(언어<문화)을 중시할 수도 있고, 언어의 문화 구성력을 강조(언어>문화)할 수도 있다. 하지만 언어는 문화의 일부로, 문화를 매개하고 또 그 결과를 반영한 것이지만 현대와 같은 다문화 사회에서 언어는 다양한 '문화들'이 자신의 영토를 마련하는 경합장이라는 점에서 언어와 문화의 상호작용설이 더 타당하다고 본다. 언어와 문화는 상호 긴장을 지닌 탄력적인 개념으로 만날 필요가 있다는 것이다. 본고에서는, 이런 문제의식 하에 '언어·문화'39) 교육이라고 하여 언어를 통하여 문화에 접근하고, 문화를 통하여 언어에 접근하는 언어와 문화의 상호작용적 역동성에 주목하고자 한다.

다음, 언어문화의 범주가 분명해야 한다. 그래야 언어문화가 철학의

---

39) '언어·문화'라고 한 것은 언어와 문화가 느슨하게 엮이면서도 또 상대적 자율성을 지니고 상호영향을 주고 받는 긴장을 표현하기 위해서이다. 언어와 문화의 역동적인 긴장을 고려할 때 언어문화는 몸짓문화, 여가문화처럼 문화의 한 양식이라기보다 언어심리, 언어사회학과 같이 상호 연계된 개념이다. 이 때문에 국어교육에서는 '문화교육'이란 용어보다 '언어문화교육'이란 용어가 더 타당하다고 판단된다. '문화교육' 내에서도 언어교육적 정체성을 확보하기 위해서는 더욱 필요하다.

차원을 넘어서 구체적 내용 차원으로 녹아 들어갈 수 있다. 7차 교육과정 이전까지 언어문화가 주로 문학과 언어지식의 범주에서만 다루어졌고, 말하기, 듣기, 읽기, 쓰기 등의 일반 언어활동과 연계되지 못한 것도 이 때문이다. 언어의 문화적 속성과 관점을 교육하기 위해서는 언어와 문화가 통합되면서도 주체, 맥락, 텍스트가 종합적으로 고려된 범주가 필요하다. 이는 앞으로도 지속적으로 개발해야 할 것이다. 다만, 이 글에서는 사회적 층위에서의 범주를 제시해 보고자 한다.

필자는 언어문화교육의 단위로 '장르' 범주의 효율성을 제시해 왔었다.[40] 장르 자체가 사회 문화적 현상이기 때문이다. 일일 연속극도 '멜로드라마' 장르로 접근하여 그 역사적 변화과정을 살펴본다면 '가족'과 '사랑', '성공'에 대한 사회·문화적 의미와 표현 방식 그리고 제작자와 시청자, 제도의 상호작용을 함께 파악할 수 있다. 언어문화 범주는 개별 텍스트나 개인의 언어 활동적 과정을 넘어서야 한다. 그것은 특정 담화 공동체 내에서 소통, 공유하는 의미 질서와 상호작용 방식, 관습이라는 상위 차원의 의미 질서(그리고 물질적 질서)와 연관되어 있기 때문이다. 사회언어학, 사회기호학, 담론 연구들은 개별 텍스트와 담화 공동체의 의미를 구성, 분배, 순환시키는 맥락과 연관짓기 위해 담론[41], 장르[42], 이데올로기의 범주를 제시한바 있다. 사회적 층위에서는 이런 범주들을 적극 활용해야 한다.

가령, "지금, 대한민국의 경제는 봄입니다."라는 공익광고를 보자. 의

---

40) 졸고(2003), "장르 문식력의 국어교육적 의의", 『국어교육의 문화론적 지평』, 소명출판.

41) 담론은 복잡한 용어이지만, 사전에서는 "우리의 행동과 우리 자신을 보는 관점에 영향을 미치고 그것들의 짜임새를 만들어내는 의미들"(Stuart Hall, 앞의 논문, 344면)이라고 설명되어 있다. 또 제임스 기 Gee는 "언어 자체도 아니고 문법도 아니며, '말하기(쓰기, 읽기, 듣기)-행하기-존재하기-가치 갖기-믿기의 조합"(James Paul Gee(1990), *Social Linguististics and Literacies*, Rotledge)이라 설명하였다.

42) 수사학에서 시도하고 있는 재정의된 장르개념을 말한다. 특정의 상황에서 특정의 의도로 특정의 주제를 표현하는 데 있어서 관례화된 표현. 혹은 상호작용의 방식을 말한다.

사소통적 차원에서는 이 문구에 담긴 뜻이나 표현의 의도, 표현 전략과 방법을 교육의 주된 범주로 삼을 것이다. 하지만 언어문화교육에서는 공익 광고 장르가 관습적으로 표현하는 낙관론적 의미망과 표현 관습의 틀을 살필 수 있다. 또 봄의 은유에 나타난 자연에 대한 우리의 의미론적 전통, 정서의 구조, 또 근대화 과정에서 주로 나타났던 진보주의 담론의 형식적인 희망을 해석할 수도 있을 것이다. 그리고 한 걸음 더 나아가, 이런 의미들이 우리 삶의 비전이나 정체성에 어떠한 영향을 미치며, 실제 나 자신의 경험과는 어떻게 같고 다른지를 살필 수 있겠다. 이처럼 이후에는 언어문화 범주가 각 층위에 따라, 그러면서도 주체, 텍스트, 맥락을 통합적으로 고려하여 제시되어야 할 것이다.

2) 언어 문화 능력의 요소

그렇다면, 언어문화교육이 다른 영역과 연계되면서도 나름의 정체성을 확보할 수 있는 방법은 무엇인가? 가장 효율적인 것은 능력 중심의 접근이다. 일단 현행 국어교육의 내적 체계에 가장 쉽게 적응할 수 있고, 또 문화적 소재(대중문화, 전통문화, 매체문화) 중심이나 특정의 본질적 가치(국어문화, 민족문화)중심의 언어문화교육의 한계가 거론된 만큼 언어 능력의 하위 영역으로 언어문화능력을 설정하고 그 특성을 규명하는 방법을 택할 수 있겠다.

언어문화능력의 개념, 하위 요소들에 대해 아직 합의된 바는 없다. 국어능력의 하위 요소로 '문화능력'을 논의한 경우, "국어 문화의 전통과 특성을 고려하여 국어를 사용할 수 있는 능력"[43]으로 포괄적인 규정을 하였고, 기존 교육과정에서는 '문화 전승과 창조'의 큰 도식만을

---

43) 김대행, 윤여탁, 김광해(1999), "국어능력 측정 방안 연구", 국어교육 연구 6호, 서울대 국어교육연구소

제시하였다. 또 '문화적 문식성'의 논의에서는 언어의 진정한 소통을 중심으로 한 '기능적 문식성'과 '비판적 문식성'이 하위 요소로 배치되었고[44], 고길섶은 '언어적 생성/인지 능력' '언어의 화용론적 활동' '언어에 대한 판단력'[45]을 제시하였다. 이 글에서는 언어능력을 문화 능력 차원에서 조회[46]하되 언어의 문화적 요소와 속성, 기능을 국어교육 내적 틀에서 종합적으로 고려하여 '언어문화능력'을 개념화하고 그 하위 요소를 설명하고자 한다.

문화는 양식화된 결과로서의 명사적 성격과 동시에 새로운 실천과 변화를 주도하는 동사적 특성을 지니고 있다. 이에 문화 능력은 범박하게 문화적 상징을 이해하고, 비판하며, 새로운 문화 형식을 창조할 수 있는 능력으로 정리할 수 있겠다.[47] 그런데 언어에서는 여기에 하나가 더 추가된다. 소통의 맥락에 참여하는 문화 영역이 그것이다. 이를 정리하면, 언어의 문화적 양태는 크게 세 가지로 나타나는바, ① 유산(실체)로서의 언어문화 ② 소통 맥락으로서의 언어문화 ③ 창조와 실천으로서의 언어문화가 그것이다. 이를 고려한다면, 언어문화 능력은 크게 세 가지로 구성될 수 있다.

그런데 여기서 짚고 가야 할 것 있다. 모국어 화자의 경우 언어문화 능력의 일부분은 일상생활 속에서 체득된다는 점이다. 학교에서 다룰 언어문화 능력은 이와 차별화된 것이라야 한다. 이에 대해 사회언어학

---

44) 졸고(2001), 『국어교육의 문화론적 지평』, 소명출판. 박인기(2002), "문화적 문식성의 국어교육적 재개념화", 국어교육학회 21회 학술발표대회,

45) 고길섶(2003), "국어교육의 전환, 언어문화교육으로", 『이제, 문화교육이다』 문화과학사, 218면.

46) 이런 접근은 다소 국어교육 외적인 틀에서 국어 능력을 접근하는 방식이라는 비판을 받을 수도 있겠다. 하지만 돌이켜 생각해 보면, 언어 능력은 언제나 '사고력' '소통 능력' 등 언어의 사용의 교육적 효과와 관련지어 논의 되었다. 그런 점에서 언어(사용)의 본질과 속성에 문화가 핵심적으로 참여하고 있다면, 이런 접근도 의미 있다고 본다.

47) 김문환(1999), 『문화교육론』, 서울대출판부, 210면.

자들은 1차적 언어, 2차적 언어의 개념을 써서 설명한다. 1차적 언어는 가족문화를 바탕으로 생활 속에서 체득한 생활 언어이다. 반면, 2차적 언어는 학교에서 학습하는 공식 언어인데 모어 화자의 경우, 생활언어를 비평적으로 성찰할 수 있는 메타 언어적 능력이나, 같은 언어를 사용하지만 다른 의미로 사용하는 담화 공동체들의 이질 언어 학습이 필요하다고 제안하고 있다.48) 비교적 타당한 지적이라 생각한다. 이를 고려하여 요목별로 구성하면 ① 언어문화에 대한 비평적 이해 능력 ② 언어 문화간 소통적 교섭능력 ③ 언어문화의 창조와 실천 능력으로 요약된다. 이들은 본질상 상호 연관되어 있지만 궁극적으로는 언어 문화간 교섭과 창조 능력으로 꽃 피워야 할 것이다.

(1) 언어문화에 대한 비평적 이해 능력

언어문화의 유산 혹은 실체를 이해하고, 비평하는 능력이다. 문화를 규범적이고 이상적인 것으로 이해하는 관점에서는 '전승' 혹은 '전수'의 역할을 중시하였고 반면 문화를 기술적이고 다양한 것으로 접근하게 되면 '비평'을 중시한다. 그래서 '전통문화'는 전승의 대상이었고 '대중문화'는 비평의 대상이었다. 하지만 비평능력은 언어문화에 대한 주체적 판단력의 차원에서 필요하다. 이 판단력은 언어와 텍스트가 특정의 문화와 상황적 맥락에 어떻게 연관되어 있는가를 분석/비교하고 해석, 평가하는 능력이라 할 수 있다. '언어문화 현상' 자체를 탐구의 대상으로 놓고, 일종의 '초언어'(meta-language)49)를 바탕으로 또 하나의 담론을 생산하는 능력인 것이다. 비평은 문학을 중심으로 하였지만, 언어문화 전반적인 차원에서 이루어질 수도 있다. 이미 장르비평, 담론비평, 대화비평, 서사비평 등이 정립되어 있다.

---

48) James Paul Gee(1996), op. cit pp.140~141.
49) Bill Cope & Mary Kalantzis(2000), op. cit., p.24.

비평적 이해 능력은 학습자가 언어활동에서 선택, 변형, 소통할 수 있는 '기호적 자원'(sign resources)을 풍부히 하는 데 매우 중요하다. 자칫 국어교육 외적인 지식교육이라 비판할 수도 있겠지만, 이는 의사소통에서도 매우 중요한 부분이다. 언어가 개인의 의도에만 충실한 사적 소유물이 아니라 보이지 않는 타자의 의도와 가치로 각인되어 있는 공유물이기 때문이다. 내가 '공부'라는 단어를 쓸 때, 이 단어가 시대, 집단, 상황에 따라 어떻게 다르게, 혹은 같게 쓰이는지, 그 의미론적 자원들을 읽고, 선택, 활용할 수 있음으로써만이 유능한 화자가 될 수 있는 것이다. 따라서 이 능력은 개인의 인지적 과정만 다루고, 실제의 기호적 자원은 고려하지 않는 과정중심 교육의 형식적 추상주의의 한계를 돌파하는 데에 그 의미가 있다. 이 기호적 자원에는 의미론적 차원, 표현 방식, 상호작용 방식을 모두50)고려할 수 있겠다.

(2) 언어문화간 소통과 교섭 능력

언어문화 능력의 또 다른 하위 요소는 소통과 교섭 능력이다. 문화에 대한 이해는 의사소통에 있어 중요한 영향력을 행사한다. 텍스트 형식에서부터 상호작용 방식에 이르기까지 개별 담화 공동체에서 문화는 소통의 주요 장면에 간섭하기 때문이다. 하지만 문화 능력 차원에서 요구되는 소통적 교섭 능력은 화자의 사회적 의도를 실현하기 위한 의사소통 능력을 넘어서 타자와의 대화적 능력과, 포괄적인 상징적 교섭 능력을 아우른다. 가령, 조선 시대의 논설과 근대의 논설을 비교하고 자신의 시각에서 가치를 교섭하는 일도 일종의 소통적 능력이라는 것이다.

진정한 소통을 위해서는 문화간 상호 이해가 필요하다. 하버마스는

---

50) 기존에 주로 논의가 된 부분은 '의미론적 차원'이다. 대상의 이념적 표상을 중시하는 것인데 대표적인 예로는 김상욱(2005), "국어교육에서 문화의 개념과 지향성", 국어국문학회 2005년도 봄 학술발표대회.

문화간 이해를 '전략적 이해'와 '상호 이해'를 구분한 바 있다.[51] 전자가 자신의 사회적 의도를 실현하여 타자를 설득하기 위한 전략적 소통이라고 한다면, 후자는 상호 이해를 추구하는 가운데 의미의 차이를 용인한다. 커뮤니케이션에서도 문화론은 송수관적인 과정 모델을 넘어서의미의 교환과 생산 전반으로 넓히고 있다. 이를 수용한다면, 문화 능력으로서의 '소통적 교섭[52] 능력'은 타자의 문화와 상호적 이해에 바탕을 두고 가치를 공유, 교섭, 협상할 수 있는 능력이라 하겠다.

앞의 비평적 이해능력이 자기 삶의 맥락에서 언어문화에 참가한 것이라면 이 단계에서는 이질적인 문맥들과 조우함으로써 기호적 자원을 확장할 수 있겠다. 교육 공간은 의도적으로 다양한 문화간의 교섭과 접촉의 장을 구성할 필요가 있다. 다양한 사회적 방언과 담화 공동체는물론이고 전통문화와 현대문화, 대중문화와 엘리트 문화, 지배문화와저항문화 간의 소통과 교섭이 중요하게 다루어져야 한다.

(3) 언어문화의 창조적 실천 능력

문화의 핵심적인 속성 중의 하나가 바로 창조성이라고 할 때 언어문화 능력을 구성하는 중요한 요소는 창조와 실천 능력이다. 창조적 언어능력은 그동안의 국어교육에서 중요하게 다룬, 중핵적인 능력이기도 하다. 언어문화교육에서의 창조력은 큰 틀에서는 유사하겠지만, 기존의개인적 인지 능력이나 의사소통 능력 중심의 접근과의 약간의 차별성도 지닌다.

먼저, 언어문화 창조는 교실 안에 제한된 '맥락적 창의성'을 넘어서현실의 언어문화에 실천적으로 개입하는 '역사적 창의성'[53]까지 포함

---

51) 박영도(1997), "하버마스에서 주체 중심적 사유의 지양과 언술 변증법", 『하버미스, 이성적 사회의 기획, 그 논리와 윤리』, 나남출판.

52) 교섭의 개념은 미디어 교육에서 강조한다. 이 경우, 교섭은 수용자가 자신의 삶의 위치에서 적극적으로 타자와 교류할 수 있는 능력이다.

할 수 있다. 그것은 언어를 실제 사회적 현실에 위치시켜(situated)하여 행동하고 혁신하는 실천능력을 중시하는 것이다. 그 과정에서 학습자는 자신의 정체성을 실현하고 자기 자신과 사회를 변혁시키는 경험을 얻는다. 따라서, 창조력의 질은 학습자 자신의 사회 문화적 정체성이나 그들의 문화적 주권과 연계되어 평가되어야 한다. 기존의 창조 모델을 얼마나 충실히 따르고 있느냐를 넘어서 학습자가 자신의 사회 문화적 위치를 얼마나 잘 표현하고 있으며, 그 결과 문화적 다양성을 실현하고 있는가를 문제 삼는 것이다.

또한 창조에 대한 개인주의적 신화를 넘어설 필요가 있다. 창조력은 기성 문화유산과 창조적 긴장을 유지함으로써 얻어내는 일종의 변형, 재구성이라 할 수 있다. 개인적인 차원에서만 머무르는 창조성을 넘어서기 위해서는 앞의 (1)과 (2)의 변인과 상호 연계될 수밖에 없다. 따라서 창조력의 교육도 언어와 문화가 맺는 다층적 연관에서 이루어져야 한다. 헐리데이(Halliday)의 기능 언어학을 원용한다면, 이념적 의미, 사회적 관계의 의미, 텍스트적 의미 층위 모두 다룰 수 있다. 일단, 관념적·의미론적 차원에서의 창조는 기성의 의미론적 유산에 대해 자신의 관점에서 재구성하는 의미론적 실천과 관련되는 것이다. 다양한 매체를 동시에 고려할 수 있다. 또 ‘사회적 관계’를 다루는 간주관적 차원에서의 혁신이 가능하다. 언어문화 창조를 통해 상호작용의 방식, 사회적 관계를 혁신할 수 있다는 것이다. 또 텍스트 형식 차원의 혁신도 가능하다. 앞의 내용을 표로 정리하면 다음과 같다.

---

53) 역사적 창조성은 주로 영재교육에서 영재아의 언어적 성취를 강조하면서 쓰이는 말이다. 하지만 그 성취란 것이 어른만큼 잘 만들었다는 것이라기보다 그들의 시각을 통해 현실적으로도 의미있는 성취를 거두었다는 의미인만큼, 언어교육 일반에서도 활용할 수 있을 것으로 보인다.

언어문화능력		
비평적 이해능력	소통적 교섭 능력	창조적 실천 능력
언어문화의 유산을 문화적으로 분석, 해석, 평가함으로써 자신의 상징적 자원으로 만드는 능력	다양한 담화 공동체의 언어문화와 상호이해적으로 교섭하고 소통할 수 있는 능력	언어문화 유산을 변용, 재구성하여 자기 삶의 위치에서 창조, 실천할 수 있는 능력

3) 언어문화교육의 위상과 가능성

언어문화교육의 위상은 두 가지 방식으로 생각할 수 있다. 하나는 기존 '언어능력(의사소통능력이나 사고력)' 개념에 문화적 요소를 고려하여 심화, 확장하는 방식54)이고, 또 다른 하나는 '언어문화능력'를 독자적인 영역으로 특성화하는 방식이다. 전자는 7차 교육과정에도 많이 반영되었다. 반면 후자는 국어 능력에 의사소통능력과 언어문화능력을 별도로 설정한다.55) 여기에서는 후자의 입장에서 그 가능성을 타진해 본다.

일단, 언어문화교육은 사고력 교육이나 의사소통 능력 교육이 전제하는 주관적이고, 경험주의적인 언어 사용을 넘어서 언어·문화의 포괄적인 장을 다룬다는 점에 그 독자성이 있다고 본다. 단적으로 이 영역에서는 기존의 언어 사용 범주인 '정확성' '적절성' '효율성'을 넘어서 '진정성', '생산성', '상생적 가치' 등을 제시할 수 있는 것이다.

---

54) 의사소통 능력 중심의 논의는 최영환, 사고력 교육 중심의 논의는 정재찬에서 찾아 볼 수 있다. 최영환(2003), 『국어교육학의 지향』, 삼지원. 정재찬(2003), 『문학교육의 사회학을 위하여』, 역락.

55) 대표적 논의는 박인기(2002), "문화적 문식성의 국어교육적 재개념화", 국어교육학회 21회 학술발표대회.

사고력 교육	의사소통 능력 교육	언어문화능력 교육
이해와 표현에서의 개인적 인지 과정을 중심으로 한 고등사고력 교육 (인지적 과정 중심)	화자의 사회적 의도를 적절하고, 효과적으로 실현할 수 있는 소통능력 교육 (소통적 과정 중심)	공동체가 공유하는 문화적 자원을 메타적으로 비평하고 교섭, 소통하며 이를 바탕으로 창조적으로 실천하는 언어문화능력교육 (언어문화 이해와 참여 중심)

위 표를 참조하여 ‘사고로서의 독서’와 ‘문화로서의 독서’를 구분해 보겠다. ‘사고로서의 독서’가 학습자의 인지적 차원에서의 이해와 분석, 해석을 중시한다면, ‘문화적 실천으로서의 독서’[56]는 담화 공동체에서 순환되는 의미들과 교류하면서 자신의 문화적 정체성을 실현하는 방향으로 이루어진다. 가령, 그 책에 대한 자신의 해석에만 충실한 것이 아니라, 그 책에 대한 다른 사회적 담론들, 곧 광고나 신문에서의 평가, 비평서의 의견들을 두루 접하면서 그 의미장 속에 자기 읽기를 위치시키는 것이다. 따라서 그 읽기의 결과는 타자와의 교류, 그리고 자신의 문화적 정체성에 입각한 선택이자 실천인 것이다. 이런 점에서 양자는 당연히 서로 보완적인 관계이겠지만, 보완을 위해서는 ‘언어문화능력’ 자체가 독자적인 영역으로 설정되어야 한다는 주장도 가능한 것이다.

특히, ‘언어문화능력’의 독자성을 인정할 경우, 국어교육의 도구 교과적 특징을 확장, 심화할 수 있다는 장점이 있다. 기존의 국어교육의 도구(형식)교과적 특성은 언어적 사고력, 혹은 사고의 형식에 바탕을 둔 것이다. 하지만 이 역시 시대의 변화에 따라 바꾸어질 수 있다. 현대는 문화의 시대다. 우리의 삶과 죽음, 소비와 생산, 일상의 모든 생활은 기호를 통한 문화적 의미의 그물망에 입각해 있다. 특히, 현재 대중매체가

---

56) 이러한 모델은 주로 미디어 수용자론에서 논의되었다. 이 부분의 설명은 다음 책을 참조하였다. Kathleen McCormick(1994), *The Culture of reading & The Teaching of English*, Manchester University Press, pp.51~64.

보여주는 문화의 물질성과 자본으로서의 가치는, 현대사회에서 문화를 읽고 이해하며 소통·생성하는 능력이 더 이상 고급적 취향도, 여가도 아닌, 생존 차원에서의 가장 기본적인 능력임을 웅변적으로 보여주고 있다. 그런 점에서 언어를 통해 문화를 읽고 실천하며, 문화를 통해 언어에 대한 이해를 확장하는 언어·문화적 문식성은 현대적 삶에서 요구되는 가장 기본 능력이다. 국어교육은 이를 교육함으로써 도구 교과적 위상을 확장, 강화할 수 있다.

4. 근대를 넘어선 국어교육의 지평

궁극적으로 언어문화교육의 개념은 항상 다시 재구성될 수밖에 없는 운명이다. 그 시대가 요구하는 문제의 능동적 응답이 문화 개념으로 표현되기 때문이다. 21세기의 사회 문화적 환경은 국어교육의 시각에 볼 때 매우 혼란스럽다. 국어교육은 근대 국가의 보호 장치 하에, 근대적 문자 체제로, 표준적 교양을 추구하는 근대문화의 틀 속에서 구축되었기 때문이다. 하지만 지금, 정치적으로는 국가의 영향력이 현저히 약화되었고, 경제적으로는 후기 포디즘의 변화된 생산 관계 속에 있으며, 문화적으로는 시간과 공간의 압축을 가속화하는 다매체, 다문화 사회를 향해 나아가고 있다.

이런 상황에서 문화는 지역적인 분화와 세계적인 통합을 동시에 진행시킨다. 매체의 다원화, 지역화는 지속적인 분화를, 대중매체나 생태 환경 등은 상호연관성을 높여 나가는 것이다. 언어문화도 마찬가지다. 세대나 지역에 따라 언어 분화가 급속해지고 있지만 동시에 언어는 서로 혼성하며 상호연관을 맺어 나간다. 아카데미즘의 언어가 광고의 언어와 짝을 이루고 공적 담론과 사적 담론도 서로를 오고간다. 매체 역시 다양한 매체들과의 상호 매체성을 극대화해 간다. 이런 현실은 '대화형 문화'라고 할 수 있는 디지털 시대[57]에는 더욱 강화될 예정이다.

이러한 시대는 '나의 언어'보다는 '타자 언어와의 관계'가 더 중요하다. 곧 타자의 다름을 인정하고 그것과 교류하며 그 속에서 새로운 것을 생산하는, 그래서 '차이성을 생산적 자원'으로 활용하는 교육이 필요하다. 언어문화교육이 언어문화의 다양성과 상호성을 존중하는 방향을 모색해야 하는 것도 이 때문이다. 한국어 언어적 공동체로의 통합과 함께, 하위문화와 담화 공동체별 언어적 변이체, 또, 다양한 미시 장르, 다양한 취향문화, 다양한 매체문화의 소통을 동시에 고려하는 방안을 찾아야 한다. 특히, 문화적 다양성에 주목해야 한다. 대신 그 다양성이 단순한 복수가 아니라 진정한 의미의 다양성이 될 수 있도록 다양한 언어문화를 둘러싼 권력적 배분을 이해하고, 그 속에서 자신의 위치를 되새기는 교육이 필요하다. 그리고 이는 국어교육의 공공성 문제와도 맞물린다. 국어교육이 문화적 공공성을 회복하고자 한다면 시장의 논리나 국가의 논리로부터 상대적인 자율성을 가져야 한다. 국가적 표준이 공공성의 잣대가 되던 시대는 지나갔다. 공공성은 이질적인 언어문화들이 상호 교섭하는 장에서 가능하다고 본다.

아울러 매체의 발달에 의한 탈학교 교육의 성장도 주시할 필요가 있다. 이제 단순 사회화를 위한 교육은 학교의 공간이 아니더라도 가능하다. 사회가 요구하는 문식능력을 교육하는 것만으로는 국어교육도 살아남기 힘들 것이다. 성찰과 비판을 중시하는 문화 교육의 가치[58]는 바로 여기에 있다. 그리고 현대는 탈문화의 시대이기도 하다. 문화가 자본이

---

57) 임기대(2004), "쌍방향 문화 시대의 지식과 인간 진화", 『양방향 쌍방향의 문화』, 한양대 출판부.
58) Hermann · Giesecke, 조상식 역(2002), 『근대교육의 종말』, 내일을 여는 책.

된다. 이에 언어문화의 윤리성과 생태성의 문제도 중요하게 다루어져야 한다.

5. 언어 문화교육의 전망

이 글에서 논의한 것은 국어교육과정과 이론에 담긴 '언어문화' 개념과 언어문화교육의 체계화 방안, 그리고 앞으로의 방향성이었다. 다소 긴 논의였지만, 국어교육에서 언어문화 개념이 언어 사용이나 활동 못지않게 중요한 핵심 항목이었고, 문화의 시대에는 점차 강화되어야 한다는 확신을 갖게 된 것은 큰 수확이라고 생각한다. 교육과정에서 언어문화를 국어문화, 한국문화, 민족문화로만 한정하여 사용하는 용례는 빨리 바뀌어져야 한다는 생각이다. 언어문화교육은 특정 유형의 문화를 배우는 영역이 아니라 자신이 소속되어 있는 공동체의 언어와 문화의 포괄적인 관계를 이해하여, 기호적 자원을 읽고, 분석, 평가, 교류, 창조하며 자신의 사회 문화적 주체성을 실천하는 영역으로 거듭 나야 한다. 이를 위해서는 언어문화교육의 체계가 빨리 정립되어야 한다고 보았다. 그 방안으로 '언어·문화'를, 사회적 층위, 역사적 층위, 상상적 층위, 윤리적 층위로 구분되는 삶의 전체적 방식의 요소로 체계화 해 보았다. 현 언어문화교육은 근대 문화적 속성에서 벗어나 후기 산업사회에 적응하는 문제를 과제로 안고 있다. 그 해결 방법은 '민족문화'의 단일한 규정에서 벗어나 언어문화의 다양성과 상호성을 존중함에 있다. 문명사적 과제에 따른 문화의 윤리성과 생태성의 문제, 학습자의 실제적 언어문화에 대한 후속 연구를 기대한다.

소통의 중층적 기제와 상생화용교육의 전망

1. '상생화용'의 문제를 제기하며

'소통'이란 개념은 현대 문화에서 핵심적인 이슈가 되고 있으면서도 다양한 의미망을 지니고 있다. 국어교육에서도 이 개념은 국어교육의 방향과 철학을 전제하는 언어관을 규정함에 있어 가장 중핵적이라 할 수 있겠다. 단적으로 7차 교육과정은 소통이 이루어지는 사회 문화적 맥락을 강조함으로써 기존의 언어관을 확장하고 있다.

'상생화용'이란 개념은 다소 생경하다. 하지만 이 개념은 언어 사용에서의 상생적 철학을 중시하는 목적 지향적이고, 실천 지향적인 지향을 통하여, 국어교육에서 윤리성 문제를 제기하는 의미있는 시도[1]를 담고 있다. 이 글에서는 상생이라는 윤리적 목적과 의도를 중시하는 언어 사용으로 상생 화용을 파악한 기존 논의[2]에 동의하면서 소통의 그 중층적 기제를 살피고자 한다. 이로써 상생화용 교육의 내용이 구체화될 수 있기를 기대한다.

현대는 노동으로부터의 소외보다는 소통으로부터의 소외가 더욱 문제

---

1) 최현섭(2003), "相生話用論 序說", 국어교육113집, 한국국어교육연구학회, 27~78면.
2) 최영환(2006), "상생화용 연구의 과제", 한국어교육학회 261회 봄 학술대회 발표문, 15~20면.

적인 시대라 할 수 있다. 살인과 폭력, 전쟁 등의 이면에는 어김없이 '소통'의 문제가 들어 있다. 그러나 정작, 소통 혹은 커뮤니케이션(communication)에 대한 명확한 정의나 개념을 내리는 것은 대단히 어려운 일인 듯하다. 그 어려움은 무엇보다 소통 자체가 대단히 복합적인 속성을 지니고 있다는 데 기인한다. 소통과 불통 자체의 경계조차 분명치 않아, 아무리 단절된 소통 상황이라 하더라도 거기에는 연결과 단절, 일치와 불일치 등이 복합적으로 엉켜 있다. 게다가 소통의 유형과 매체, 또 소통에 관여하는 요소 역시 다양하여 그것 중 무엇을 강조하느냐에 따라 소통 개념은 매우 다르게 이해될 수 있다.

이런 점에서 보면, 현대 소통 이론이 통합적인 관점으로 나아가는 것은 매우 당연한 일이라 할 수 있겠다. 체계이론이나 학제적 연구가 대표적인데 특히, 체계이론은 이 글의 문제 의식에 많은 시사점을 준다. 이 관점3)은 소통은 서로 분리되어 있지만 또한 상호 연결되는 있는 역동적인 체계의 틀 안에서 접근해야 한다고 본다. 원래 체계란 두 개 이상의 대상이 기능적 관계의 도움을 받아 서로 연결되는 사물을 일컫는 것으로, 소통을 체계로 접근하게 되면 소통에 관여하는 환경과 체계 내의 복합적인 관계들의 층위를 되살려야 한다. 이것은 소통 현상을 상호 연관되어 있는 대단히 복잡한 복합적인 실체로 보는 것을 의미한다. 이 글도 이런 문제의식을 지니고 있으며 이를 소통의 상호 교섭적 특성이란 개념으로 강조하고자 한다.

소통의 개념은 다양하게 변모되어 왔다. 물론 소통 개념 자체가 그 공동체의 문화적 전제들을 반영4)하기도 하지만 큰 흐름은 '전달' 혹은 '송신 모델'에서 '상호교섭 모델'로 변모되는 방향으로 진행되어 왔다

---

3) 커뮤니케이션 이론 중 체계이론의 역할에 대해서는 다음의 책을 참조한다. Hans Strohner(2001), 진정근 역(2003), 『커뮤니케이션-인지적 기초와 실제적 응용』, 유로서적, 14~20면. 김성재(2005), 『체계이론과 커뮤니케이션』, 커뮤니케이션북스.

4) 김정탁(2004), 『禮&藝』, 한울.

고 할 수 있다.5) 전자가 발신자와 수신자의 이분법적 설정 속에서 메시지의 전달/전이를 강조한다면, 후자는 이 둘의 이분법적 대립을 넘어선 역동적인 교섭 과정을 중시한다. 이 글에서는 소통이 지니는 '역동적인 상호 교섭'의 특징을 검토할 것이며, 각별히 '소통적 교섭이 이루어지는 기제의 중층성과 다차원적 측면'을 중시할 것이다. 비록 새로운 관점에서 쟁점을 제기하는 논의라고는 할 수 없겠지만, 소통이 언어적 의미나 정보 전달의 차원을 넘어서 인간의 의식과 사회, 역사, 문화가 포괄적인 상호 연관 속에서 중층적으로 자리매김하는 현상을 짚어 봄으로써 소통 철학의 논의에 일조하고자 한다. 이러한 작업으로 대화 현상의 심층적 분석 뿐 아니라 대화의 이상적인 상을 기획하는 데에도 기여하고자 한다. 다만, 소통에 관여하는 매체, 맥락, 기능 등의 변인은 거의 고려하지 못함을 미리 알려둔다.

2. 역동적 상호교섭으로로서의 소통과 그 중층성

'소통 현상'을 정의하는 데에는 다양한 관점이 있다. '의미 전달'(황소이론) 모델, 상호작용 모델(interactive model)(평퐁이론), 능동적인 의미 생산을 강조하는 기호학적 모델 등이 있었지만, 이들은 발신자와 수신자의 상호주관성이나 공동의 역할을 충분히 고려하고 있지 못하다는 단점이 있다. 상호 교섭(transaction, negotiation)으로 소통을 이해하는 시각에서는 소통을 이루는 체계의 부분들이 분리되어 있는 것이 아니라 상호 의존하고 있음

---

5) Gail E. Myers Michele Tolelia Myers(1985), 임칠성 역(1995), *The Dynamics of Human Communication : A Laboratory Approach*, 『대인 관계와 의사소통』, 집문당. John Fiske(1990), *Introduction to Communication Books*, Methuen. 강태완·김선남 역(2001), 『커뮤니케이션학이란 무엇인가』, 커뮤니케이션북스.

을 강조한다. 발신자와 수신자는 이쪽 끝과 저쪽 끝을 차지하는 각각의 존재가 아니라 둘 다 함께 동시 공존하는 '공저자'라 할 수 있다. 소통의 송신자는 자신의 의미를 표현하기 전에 수신자의 반응을 먼저 읽는 수신자이기도 하고, 수신자 역시 송신자의 의미를 받아들임과 동시에 얼굴 표정이나 의상 등으로 자신의 의미를 보낸다. 소통 주체, 맥락 등은 서로가 원인이자 결과이고 자극이자 반응인 것이다. 이는 소통에 대한 일종의 관계론적 인식을 바탕으로 하고 있는데 자아와 타자, 맥락과 의미가 분리되어 있는 것이 아니라 서로 맞물려 있고 함께 엉켜 있음을 보여준다는 점에서 소통의 복합적 실체에 적합하다. '대화'(conversation)개념과 구분되는 '대화'(dialogic) 개념 등도 이와 유관하다.

이러한 관점에서는 소통을 '조직화되고, 의도적이며 상호 영향적이고, 상호인지 가능한 행위와 경험'이라 본다. 소통의 역동성, 창조성, 상호성, 의도성을 강조하는 것이다. 소통은 역동적 과정이다. 소통은 발신자의 '메시지'나 '정보'를 전달하는 행위를 넘어서 소통 주체들 간에 의미가 끝없이 교섭, 생산, 재창조되는 과정이기 때문이다. 소통 주체들은 의미에 자신의 해석소와 가치평가를 반영함으로써 의미의 공유와 차이가 이어지는 부단한 과정을 형성해 나간다. 또한 소통은 상호적이고 의도적이다. 소통은 분명, 참여자가 기호 체계나 배경 지식 등을 공유함으로써만이 가능한 것이지만 이러한 공유는 소통의 전제가 아니라 소통의 결과라고 할 수 있다. 우리는 같은 말을 사용하고 있기 때문에 소통할 수 있는 것이 아니라 소통하기 때문에 같은 말을 사용할 수 있는 것이다. 상호교섭은 두 참여자의 노력의 결과이고, 의도적이고 합리적인 과정인 것이다. 때문에 메타적으로 성찰할 수 있고 합리적으로 계획하며 나아가 비평할 수 있다.

이와 같은 소통의 상호교섭은 매우 중층적이고 다양한 차원에서 이루어진다. 소통은 메시지나 정보의 전달, 또 그 과정에서의 언어적 절차 과정을 넘어서며 인간의 사회성에서 개발된 모든 모드들을 포괄하기 때문이다. '나'는 '너'의 '말'에 담긴 '뜻'과도 교섭하지만 너의 사람됨과 사회적 위치와도 교섭하며, 뿐 아니라 '나와 너'가 속한 공동체와 사회적 조직을 생각하면서 '너'의 말에서 들리는 다른 사람의 '말'에도 반응한다. 또한 '나'와 '너'의 이전의 만남들 그리고 이후 만들고 싶은 관계들까지 고려하게 된다. 여기서 소통은 '발신자와 수신자' 사이의 상호 관계뿐 아니라 이들을 둘러싼 '보이지 않는 타자'들 간의 역동적인 교류이자 공생적 사건으로 이루어져 있다. 메시지의 언어적 상호작용은 표면일 뿐이고, 그 이면에는 의식적, 사회적, 역사적, 윤리적 층위 다양한 상호교섭이 포괄적으로, 그리고 다상관적으로 맞물려 있는 것이다. 이들 층위들은 나름의 자기 완결적인 구조를 지니고 있으며 그러면서도 상호 교섭 관계 속에 존재한다는 점에서 중층적인 기제라 할 수 있겠다.

이 글에서는 이를 인지적, 정서적, 사회적, 역사적, 존재론적, 윤리적 층위로 나누어 보았다. 이러한 분류는 소통에 참여하는 주체의 지, 정, 의의 요소와 소통 맥락의 공시적, 통시적 측면을 체계화한 것이다. 다소 체계적인 분류는 아니지만, 이러한 중층적 변인들을 통해 소통 현상에 대한 심층 해석과 이상적인 소통의 상을 모색하는 데 이바지하고자 한다. 이를 위하여 이론 중심으로 서술하도록 한다.

3. 상호교섭의 중층적 기제

1) 상호교섭의 인지적 층위

소통 현상을 인지적 층위에서 보자면, 서로 다른 두 개의 인지체계가 서로를 파트너 삼아 정보를 전달하고, 공유하는 과정이라고 할 수 있다.

물론 소통에서의 인지적 상호교섭의 가능성을 완전히 부정할 수도 있다. 루만과 같은 사람은 블랙 박스와 같은 서로 다른 인지 체계들이 서로 간의 의미를 공유, 교류할 수는 없기 때문에 커뮤니케이션은 실현될 수 없다고 보고 있다. 이런 견해는 소통 주체들이 실은 자율적인 독립 구조임을 표 나게 내세운 것이다. 그러나 어쨌거나 '인지적 상호교섭'이란 개념 자체는 소통의 송신 모델을 극복하고 소통이 지니는 의미 구성의 역동성을 보여준다는 점에서 의미가 있다. 그렇다면, 이제, 상호교섭의 인지적 과정이나 활동의 특성에 대해 살피기로 하겠다.

먼저, 코드 이론적 접근에서 해답을 검토할 수 있겠다. 여기에서는 '기호' 코드에 대한 지식을 공유함으로써 소통이 가능하다고 보면서 자신의 생각이나 의도를 '기호'에 기호화(encoding)하고 또 이를 해호화(decoding) 하는 인지적 과정을 중시한다. 그러니까 소통은 '기호'가 수행하는 것이니, 소통자는 자신의 의미를 구현할 수 있도록 문장을 구사하고 또 문장에 담겨 있는 의미를 해석하는 과정이 중요하다는 것이다. 이런 입장은 맥락이나 주체에 따른 기호 의미의 가변성 등이 충분히 고려되지 않기 때문에 한계가 있다.

또, 정보 구성 모델6)은 사회화된 개체의 의미를 구축하는 행위로 본다. 소통은 기호를 매개로 한 정보의 교환으로 축소되어서는 안 되고, 기호에 의해 자극받고 동기가 유발되며 조정되는 체계 구조의 변화과정으로 이해하는 것이다. 인지적 측면에서도 지각의 재귀성을 중시하면서 커뮤니케이션을 지각 과정의 선택 강화로 보고 있다.

반면, 커뮤니케이션의 인지이론은 인지적 과정을 크게 수용과 표현으로 구분하면서도 체계이론을 바탕으로 인지를 지식, 감성, 행동의 삼분법 속에서 보고 있다. 인지라고 하더라도 사고뿐 아니라 정의적 가치 평

---

6) Siegfried J. Schmidt(1994), 박여성 역(1996), 『미디어 인식론 : 인지−텍스트−커뮤니케이션』, 까치, 74~77면.

가나 행위적인 실천을 모두 포괄해야 한다는 것이다. 이어 정보 수용과정을 '이해', '평가', '실행'으로, 정보 표현 과정은 '의도', '평가', '실행' 과정으로 요소화 하고 있다. 이러한 설명은 인지 과정의 기본적인 요소를 보여주고 있지만, 소통을 개인이 자신의 목표에 도달하기 위한 '행위'를 중심으로 하면서 상호교섭을 부차적인 것으로 설정한 것이라 할 수 있다.[7] 때문에 내가 아닌 '다른 인지 체계와의 연결을 형성'하는 상호주관적 차원의 인지에 대해서는 충분한 설명을 하지 못한다.

이런 점에서 인지적 화용론, 혹은 소통의 '추론적 모델은 한결 발전된 해답을 제시한다. 추론적 모델은 의사소통이 기호를 송신, 해독하는 과정이라기보다는 화자가 자신의 의도를 실어 던져준 언어적, 비언어적 단서를 추론하여 그의 의도와 의미를 이해하는 과정으로 설명하였다. 윌슨(D. Wilson)의 의견에 따른다면',[8] 상호교섭에서 추론은, 말하는 사람과 듣는 사람이 공유하는 상호 인지환경을 토대로 함으로써만이 가능하다. 이 때, 인지 환경이란 어떤 사람에게 알려진 현시적인 것들을 모아 놓은 것이다. 그리고 상호인지 환경은 인지 환경 중에서도 두 사람이 공유하는 교차되는 부분이다. 이 교차 부분이 없다면, 추론을 공유할 수 있는 토대가 없어진다고 할 수 있다. 이런 지적은 흥미로운데, 가령, 두 사람 사이에 공유하는 지식보다는 상호인지의 현시적인 환경이 더 중요하다고 보기 때문이다. 상호 인지를 위해서는 화자는 자신의 의도가 청자에게도 이해될 수 있도록 특정의 단서를 드러내되 '상호현시'하여 청자가 자기 의도를 받아들일 수 있도록 해야 한다.[9]

---

7) Hans Strohner(2001), 진정근 역(2003), 『커뮤니케이션-인지적 기초와 실제적 응용』, 유로서적, 22~24면.
8) D. Sperber · D. Wilson, 김태옥 · 이현호 공역(1993), 『인지적 화용론』, 한신문화사.
9) 윌슨은 이를 위해서는 '적합성'의 개념을 제시하고 있다. 여기에는 두 조건이 있는데 하나는 맥락 효과라고 하여 구정보에 비추어 새로운 정보를 확장, 생산하는 것이고, 다음은 발화를 해석하기 위해 필요한 처리 비용이 적은 경우이다. D. Sperber · D. Wilson, 김태옥 · 이현호 공역(1993), 『인지적 화용론』, 한신문화사.

상호교섭에서 인지적 요소는 소통적 합리성과 상호간 이해를 도출할 수 있는 주요 기제로 간주되기도 한다. 곧, 소통 참여자들 사이에 문화적 차이와 다원성이 존재한다고 하더라도 소통적 이성의 도움을 얻어 합의와 일치를 유도할 수 있다는 것이다. 이때의 이성은 어떤 실체를 지니고 있지는 않지만, 소통 상황에서 타당성을 요청할 수 있는 일련의 형식적이고 보편주의적인 절차라 할 수 있다. 우리는 어떤 일상의 대화라도 마치 논쟁과 같이 합리적으로 타당성을 증빙하거나 요청할 수 있고, 만약 그렇다면 비록 나와는 의견이 다르더라도 이해하고 합의할 수 있다. 이러한 이성의 힘으로 우리는 외적인 강제나 회유, 억압에 의하지 않고 온전히 언어의 힘을 빌어 이해와 일치에 도달할 수 있는 것이다.[10]

여기에는 (1) 이해 가능성의 요구(그가 발언한 것이 언어학적 의미에서 문법적으로 이해 가능한가 혹은 명료한가?) (2) 진술의 참됨의 요구(그 발언을 구성하는 명제들이 갖는 내용이 참인가? 거짓인가?) (3) 표명의 진실성의 요구(그의 의도의 명시적 표현이 진실성이 있는가?) (4) 언어 행위의 정당성(정확성)의 요구(그 언어 행위 혹은 발언이 승인된 규범적 맥락과의 관계 속에서 정당한가 혹은 적합한가?) 등이 포함된다. 청자는 화자에게 이 내용에 대한 증빙을 요청하면, 화자는 '예 / 아니오'라 답하는 가운데, 청자가 납득할 수 있다면 그것은 '상호이해'될 수 있다.

이제까지 상호교섭에서도 인지적 국면을 다각도로 살펴보았다. 인지적 층위는 소통이 가능할 수 있는 근거이자, 소통적 합리성을 제시하는 주요 요소라 할 수 있겠다.

---

10) 정호근(1996), "의사소통적 합리성과 권력, 그리고 사회 구성", 장춘익 외, 『하버마스의 사상』, 나남출판.

2) 상호교섭의 정의적 층위

의미를 공유하고 해석하는 과정에는 정의적 요소, 곧 감정, 태도, 의지 등이 중요하게 작용한다. 의미 해석에는 감정적 해석이 병행하며 또, 상호작용의 관계 해석에도 의지와 태도는 개입되기 마련이기 때문이다. 특히, 충동과 갈등의 언어 상황에서는 감정(변연계)와 논리(신피질)가 각기 독자적인 의미와 사고를 소유하면서 상호 연관성이 부족하다는 점도 밝혀진 바 있다. 그리하여, 소통상의 장애와 불일치가 가속화되는 상황을 자세히 살펴보면 인지적인 합리성의 문제보다는 감정이나 정의적 요소가 핵심적인 문제인 경우가 많다.11) 반대로 지속적인 상호교섭을 위해서도 감정의 역할이 중요하다. 서로 다른 인지 체계와 문화를 가지고 있는 두 존재가 자신의 특수한 가치 체계를 넘어 다른 사람과 지속적으로 교섭하는 것은 인지적 당위론만으로는 설명되기 힘들기 때문이다. 왜 그렇게 해야 하는가에 대한 도덕적 정당화가 되어 있어야 하는 것이다. 여기에서는 상호교섭의 과정에서 긍정적 기능을 하는 정의적 요소는 무엇이 있을까? 또, 여기에는 어떤 감정, 태도, 의지가 작용하는지를 살피고자 한다.

대표적인 도덕 감정으로 '배려'가 있다. 배려는 일종의 '관계'의 윤리로서 발화자와 수화자 모두, 상대방과의 긍정적인 관계를 형성, 유지, 고양하려는 일종의 태도와 관련된다. 나딩스에 따르면, '배려'는 개인적인 덕성의 문제라기보다는 '배려자와 피배려자'가 상호성을 바탕으로 관계를 맺고, 유지하는 데 필요한 논리이다.12) 배려자는 열린 마음으로 상대방에 전념하여 그가 실제로 듣고, 보고, 느끼는 것을 수용해야 하고, 배려를 받는 사람은 이를 감지하고 인정하며, 다시 응답을 할 때라

---

11) Alwin Fill(1993), 박육현 역, 『생태 언어학』, 한국문화사, 107~108면.
12) Nel Noddings(1992), 추병완 · 박병춘 · 황인표 역(2002), 『배려교육론』, 다른우리.

야 배려적 관계가 형성될 수 있는 것이다.

이러한 배려 관계는 진정한 대화의 전제가 되며, 동시에 대화를 통해 완성된다. 이러한 배려가 고취된 '진정한 대화'는, 단순한 이야기(tallk)나 담화(conversation)이 아니다. 진정한 대화는 근본적으로 열려 있으며 이해와 공감을 가지고 공동으로 탐색하는 것이다. 이 진정한 대화는 때로 유쾌한 것, 심각한 것, 논리적인 것, 상상적인 것, 목표 지향적인 것, 과정 지향적인 것일 수 있으며, 처음에는 결정되지 않았던 것에 대한 순수한 탐색 활동이다. 또한 이러한 진정한 대화를 '도덕적 대화'(moral dialogue)라고도 한다. 대화는 타협을 전제로 의견 일치를 지향하며 공동의 관심사를 발견하여 협동하려고 노력하는 모습으로 나타난다.13) 이러한 입장은 소통은 비대칭적이고 맥락 의존적인 것으로 보고, 둘을 이을 수 있는 공약수를 찾기보다는 서로에 대한 태도와 관계 방식을 중시하는 것이라 할 수 있다. '배려'의 태도는 타자에 대한 윤리를 전제로 하고 있으며, 차이와 불일치를 소통의 장애로 보지 않고 오히려 소통의 본질적 특징으로 보면서 이를 존중할 수 있는 태도를 강조한다.

이러한 대화에는 '대인간 추론'(interpersonal reasoning)이 중요한 역할을 한다고 한다. 이 추론은 대화적 결과보다는 대화의 관계 자체를 유지, 형성하는 데 중요하게 작용하는 것이며 개인적 인지 차원을 넘어서 상호작용에서의 일정한 태도를 전제로 한다. 간주관적 추론(interpersonal reasoning)이라고 할 수 있겠다. 노딩스(Noddings)는 이 추론의 정서적 측면을 특히 강조하였으며, 여기에 필요한 요소로 크게 다섯 가지를 지목하였다.

첫째는 염려 혹은 배려의 태도이다. 이는 상대방을 수용하고 걱정하는 것이며, 분리나 추상보다는 연결, 접근을 더욱 중시하는 태도이다. 둘

---

13) Norma Haan(1978), "Two moralities in action context", *Journal of Personality and Social Psychology*, Nel Noddings(1991), "Stories in Dialogue", *Stories*Carol Witherell & Nel Noddings, *Lives Tell*, Teachers College Press.

째, 주의(attention)이다. 진정한 대화에는 타인을 수용하기 위하여 스스로를 비우는 식의 완전한 수용성이 필요하다. 배려를 할 때, 비록 짧은 순간이라도 나는 타인이 전달하고자 하는 것을 실제로 보고, 듣고, 느낀다. 진정한 대화, 도덕적 삶은 특정의 정의의 원리를 따르느냐의 문제보다는, 차이가 있을 경우에조차 비폭력적으로 협력하며 함께 생활하는 일이다. 셋째, 유연성이다. 대화 상황에서의 추론은 수학 등에서 요구하는 분석적 추론과 다를 수밖에 없다. 분석적 추론은 미리 세워 놓은 고정된 명제와 전제를 바탕으로 체계적으로 이루어짐에 반해, 대화 상화에서는 먼저 세워 놓았던 목표가 바뀌기도 하고 대화의 전개 과정에 따라 무엇이 말해져야 하고, 무엇이 침묵되어야 하는가 등도 달라진다. 만약, 이것이 가능하지 않다면, 대화는 독선이나 권력적 계몽으로 종결된다. 넷째, 관계 향상에 대한 노력이다. 대인간 추론에는 실제 대화에서의 문제 해결 뿐 아니라 서로 신뢰할 수 있는 관계 자체를 유지하고, 개선하려는 데 중심을 둔다. 대인간 추론자들은 타자에 대한 확신과 자기 평가를 구축하며 이를 기반으로 관계를 강화하고자 노력하게 된다. 다섯째, 적절한 응답에의 탐구이다. 대화는 무수한 응답과 반응의 연쇄 고리로 이루어져 있다. 간대화적 추론자들은 가능한 응답의 스펙트럼과 이 응답을 만족스럽게 전달할 수 있는 방법을 탐색한다. 어떻게 응답할 것인가야말로, 대화의 가장 중요한 문제라고 할 때, 대인간 추론자들은 도움을 필요로 하는 사람들이 수용할 수 있는 응답이 무엇일까를 고민한다. 거절을 피하느냐, 혹은 거절되느냐 하는 것은 대화에서 매우 민감한 문제이다. 때문에 주로 '제안'이나 '가능성'의 형식으로 표현하여, 타인을 방어 해야만 하는 고정된 위치로 몰아넣지 않으려고 한다.14)

이와 유사하게 현상학적 대화 철학에서도 참된 의미에서의 '대화'를

---

14) Nell, Noddings (1991),op. cit., pp.20~50.

위한 상호성의 원칙을 제시하고 있다. 그 특징은 세 가지로 정리될 수 있는바, 1) 말하고 들을 때, 나는 나와 대화하고 있는 "당신"에 내 자신을 맞추어야 한다. 2) 알고 평가하고 추구할 때, 나는 나의 대화의 대상이 되는 일에 내 자신을 맞추어야 한다. 3) 알고 평가하고 추구할 때, 나는 나와 대화하고 있는 "당신"의 방식과 형식적으로 같은 방식으로 토론중인 대상에 접근해야 한다.15) 등을 그 내용으로 한다. 여기에서도 중시하는 것은 타자와의 관계와 교섭 그 자체이다.

이와는 다른 접근이지만 '공통감' 요소 역시 상호교섭의 정의적 층위에서 고려될 수 있다. 칸트의 '무목적적 목적성'의 개념 이후, 예술을 매체로 한 미적 판단력에서는 개념적 매개를 거치지 않으면서도 보편적인 소통에 이를 수 있는 기제로 공통감에 주목한 바 있다. 한나 아렌트는 이 '공통감'을 정치적 소통에 창의적으로 접목시켜 개별적 특수성이 어떤 합리적 토대나 논증을 거치지 않고도 그 자체로 인정되고, 합의될 수 있는 '소통'에 대해 논의한 바 있다.16) 그녀가 문제 삼은 것은, 인간의 다양한 가치와 삶의 방식에 근거를 둔 정치적 판단이 어떻게 서로 소통될 수 있는가의 문제였다. 여기서 정치적 판단이라고 하면 그 사람만이 가지는 고유한 '좋다 / 싫다'의 가치 평가를 내포한 것이다. 이는 객관적인 지표나 척도에 의해 평가되고 측정될 수 있는 '진리'가 아니라 사람마다 달라지는 '의견'과 관련된 부분이다. 그러니까 현대적 용어로 표현한다면 '문화적' 영역이 더 적합할지도 모르겠다.

가령, 이런 것이다. '보신탕'을 둘러싸고 한국 언론과 영국 언론은 미묘한 갈등을 벌인 바 있다. '개'가 음식의 재료로 쓰일 수 있느냐 없느냐 하는 것은 모두 각 공동체의 삶의 방식과 문화적 가치 의식을 담고 있다. 이 두 집단은 애초부터 세계를 해석하고 평가하는 시각의 차이

---

15) Stephan, Strasser, 김성동 역(2002), 『현상학적 대화 철학』, 철학과 현실사.
16) 김선욱(2002), 『정치판단이론』, 푸른숲.

때문에 합의에 도달하기 힘들다. 하버마스의 생각처럼, 언어적 조정이나 합리적 논증 과정이 없기 때문에 소통이 되지 않는 것이 아니라 세계를 해석하고 평가하는 가치관의 차이 때문에 서로를 이해하지 못하는 것이다.17) 그러나 한나 아렌트의 관점은 이러한 경우도 이해와 소통은 가능하다. 이 때 소통은 양자 간의 차이를 명확히 인정하고 차이가 있다는 사실 자체에 대한 합의를 이루며, 그 서로의 차이를 인정하고 존중하며 공존을 모색하는 성격의 것이다. '보신탕에 대한 취향'은 다를 수 있겠지만 좋은 삶, 인간다운 삶을 살려는 공통감의 측면에서 보자면 그들의 이야기는 존중될 수 있다는 것이다. 적어도 이들이 상대방에게 공통감에 기대어 '동의를 호소'한다면 말이다. 이 공통감은 특정 공동체를 넘어서 전지구적 연대로 확장될 수도 있다. 한나 아렌트(Hanna Arendt)는 '공통감'은 특정 공동체에만 귀속되는 것을 넘어서 '인간다움의 원리' 라는 다소 추상적인 신념까지 확대될 수 있다고 보았다. 물론 그녀의 논의는 다소 신념 차원의 것이지만, 대화는 문화적 차이를 전제로 이루어져야 하며 상호 인정과 존중, 공존을 위한 소통 그 자체만으로도 가치 있으며, 서로의 차이를 이해하고 다양성이 공존할 수 있는 '상호성'(reciprocity)을 형성함으로써 국가간, 문화간 대화를 통한 전지구적 연대까지 넓히는 소통을 기획하고 있다. 이처럼 소통의 정의적 층위는 소통에서의 불일치의 요소를 승인하면서도 공통감, 배려 등의 요소로 소통의 상위 기제를 논하고 있다.

3) 상호교섭의 사회적 층위

소통은 사회적 행위로서의 속성을 지니고 있다. 소통을 통하여 사회

---

17) 하버마스는 자신의 '이상적인 의사소통'에서 문화적 가치는 소통될 수 없다고 밝혔다. 정호근(1996), "의사소통적 합리성과 권력 그리고 사회구성", 「하버마스의 사상」, 나남.

적 관계를 형성하고, 변화, 유지하는가 하면, 사회적 구조나 이데올로기 등이 소통 현상에 매개되기도 한다. 상호교섭을 사회적 층위에서 본다면, 소통 주체는 '사회화된 개체'들이며 그 사회적 관계 속에서의 의미를 교환하고 창조한다고 할 수 있다. 여기서 사회적 맥락은 소통 외적인 요소가 아니라 대화 내용과 형식, 구조를 결정짓는 내적인 요소라 할 수 있다.[18] 그리고 사회적 맥락은 소통이 이루어지는 즉각적인 상황 맥락뿐 아니라 사회적 관계나 권력 구조를 포함한 사회 구조 등의 거시적인 맥락까지 포함한다. 구체적이고 개별적인 상호작용을 강조하는 입장과 거시적인 맥락을 중시하는 입장을 구분지어 그 교섭의 중층적 특징을 살피기로 하겠다.

먼저 소통에 참여하는 상황 맥락을 중심으로 살펴보자. 소통은 '상황적 상호작용'이 이루어지는 공간이다. 자아와 타자가 '상황'을 공유하고 이 상황이 요구하는 역할 분담과 구성, 정체성을 받아들이는 것은 소통의 조건이 된다. 따라서 대화의 과정은 특정 공동체에서 개인이 사회화, 문화화와 과정과 연계되기도 한다. 물론, 각 역할이나 위치들이 서로 불일치할 수 있고, 또 갈등할 수도 있다. 특히, 한정된 자원을 놓고 경쟁할 때, 또 서로 상황과 역할 분담에 대한 인식이 다른 문제적 상황에서는 갈등하는 경우가 더 많다. 그러나 이런 상황에서도 서로 조정하기 위한 '정렬 행위'(aligning actions)가 존재한다는 점에 주목한다. 자기 동기를 밝혀 다른 사람들의 문제제기에 대응하거나, 부인을 통하여 다른 사람들의 부정적 평가에 대해 자신의 정체성을 손상하지 않으면서도 자기 의견을 제시하려고 하며, 변명으로 문화적 지지를 받으려고 한다. 이는 사회적 교섭에서 발생할 수 있는 우발적인 충돌에 안정과 연속성을 부여해 주는 장치라 할 수 있겠다.

---

18) Robert Hodge & Gunther Kress(1988), *Social Semiotics*, Cornell University Press.

이러한 사회적 교섭은 극단적으로 보면 자아는 상황적 역할이 요구하는 타자적 관점에서만 자신을 투시하는, 그래서 마치 오케스트라에서 정해진 위치에 따라 조화롭게 자신을 연주한다는 의미가 될 수 있다. 이는 자신의 개인적 자아상과 거리를 두거나 과장 기만적인 형태로 위선을 취할 수 있는 극단적인 적응론이나 기능론으로 갈 수도 있을 것이다. 그러나 그 기능은 부정적일수도 있고, 긍정적일 수도 있다. 이데올로기 비판의 관점에서는 부정적이겠지만, 교육적 의사소통에서는 이를 통하여 교육적 효과를 만들어 내기 때문이다. 또 정체성과 역할이 고정적으로 주어지는 것이 아니라, 상황적 정체성, 개인적 정체성, 사회적 정체성 등으로 다양화되고 개인은 이 가운데 선택함으로써 자신의 의도를 실현하며 주체적으로 참여하는 것이다.

아울러 사회 문화 구조의 거시적 맥락도 소통 현상에 매개된다. 여기에는 사회적 관계, 사회적 제도와 이데올로기, 경제 구조 등의 복합적인 요소가 있으며, 지배와 권력 관계 사회적 갈등 관계 등이 이에 반영된다. 먼저 사회 구조 및 권력 관계와 소통과의 연관이다. 참여자는 전체 사회 구조 속에서 특정의 사회적 위치를 점하고 있는 구체적 존재들이고 그 속에서 사회적 관계를 형성하고 있다. 이들 사회적 관계는 '권력' 구조에 의해 구조화된다. 권력 관계란 비대칭적인 힘을 기반으로 타자를 포섭하는 것이다. 부모와 아동, 고용주와 피고용주, 의사와 환자, 교사와 학생, 정부와 국민들이 대표적인 관계라 할 수 있는데, 이들 권력 관계 속에서 이루어지는 소통의 언어는 불평등에 기여하게 된다. 사회 기호학에서는 이 권력 관계를 바탕으로 강자의 언어는 자신의 의도를 직접적으로 드러내는 비상호적인 언어인 반면 약자 언어의 특징은 자신의 말을 분명하게 전달하지 못하는 가운데 장황하고 과잉적인 특징을 지니고 있다고 제시한 바 있다.[19)]

또, 담론 질서와 사회적 제도, 이데올로기라는 거시적 맥락 역시 매개된다. 개별 담론은 거시적인 관점에서 본다면 '담론의 질서'라는 전체적인 언술의 네트워크 망 속에 소속되어 있다.

가령, 가족 저녁 식사에서 나누는 대화는 우리 사회의 가족주의 담론이 생산되거나 소비되고, 또 분배 / 교환되는 장면이라고 할 수 있다.[20] 우리가 자연스럽게 여기는 가족 내의 소통 관습은, 가족에 대한 이러저러한 인식 혹은 지식을 지속적으로 소비하는 과정이며, 또 반면 그것이 자연스럽지 않고 일탈적으로 느끼는 상황은 그러한 관습이 깨어졌을 때 가능한 것이다. 여기에는 가족에 대한 우리 사회의 이데올로기가 저장되어 있다. 이렇게 보면, 상호작용에서의 타자와의 상호작용에 의한 '의미의 공유'란 다른 한편으로는 지각되지 않는 가운데에서의 이데올로기 교류라고도 할 수 있다. 물론 이 이데올로기는 단지 지배적인 이데올로기만으로 한정되는 것은 아니다. 그것은 지배와 저항의 역동적인 체계 속에 있으며, '연대'(solidarity)와 '권력'(power)의 관계 속에 위치한다.

또, 소통이 이루어지는 상황 맥락에는, 경제적 요소 역시 매우 중요하다. 특히, 어떤 제도나 기관을 전제로 이루어지는 소통의 경우, 그 기관의 경제적 상태는 소통의 형식과 내용을 결정하는 데 매우 적극적인 역할을 한다. 페어 클라프(Norman Fairclough)의 분석[21]에 따른다면, 영국의 국립 의료원에서 이루어지는 의사와 환자의 상호작용 방식은 의료원의 재정 조달 체계에 결정된다. 가령, 의사들이 약속 시간을 5분으로 제한하는 곳에서는 상호작용의 양과 질이 모두가 크게 줄어 들 수밖에 없다는 것이다. 교실 내 담화 상황 역시 동일한 논리가 적용될 수 있을 듯하다. 교육비 규모에 따른 교사의 1인당 학생 수, 교실 환경 등이 교사와 학생의 상호작용 방식에 중요한 영향을 미칠 수밖에 없는 것이다.

---

19) Robert Hodge & Gunther Kress(1988), *Social Semiotics*, Cornell University Press.
20) James Paul Gee(1996), *Social Linguistics and Literacies : Ideology in Literacies*, Taylor & Francis.
21) Norman Fairclough, 이원표 역 (2004), 위의 책, 62~65면.

특히, 대중매체의 경우, 경제적 맥락은 더욱 중요하다. 자본주의 사회에서 대중매체는 문화 산업으로서 이윤창출에 적극적으로 기여해야 하며 다른 방송사들과의 시청률 경쟁 속에서 프로그램의 편성, 내용, 형식이 결정되는 측면이 많다.

다음, 소통의 관습 역시, 사회 문화적 관습과 발생론적으로 연관되어 있다. 이른바 소통에 통용되는 장르에는 그 사회의 제도, 사고 관습, 이데올로기, 사회적 관계 등이 복합적으로 엉켜 있다. 뉴스의 서사 도식은 그 사회의 사회 문화적 관행과 분리하여 이해할 수는 없는 것이다.[22] 흥미로운 점은 소통 텍스트와 사회 문화적 관행은 '담론적 관행'이라는 담론의 생산과 수용 방식의 관습을 통해 간접적으로 매개되어 있다는 점이다. 개별 텍스트는 곧바로 사회 문화적 상황을 반영한다기보다는 텍스트가 생산 수용되는 담론 관습의 차원에서 연결된다는 것이다. 소통 생산과 소비의 특징 관행은, 사회적 권력 구조를 유지 재생산하거나 변혁하는 실천성을 지니게 된다. 이러한 담론 관습은 소통 참여자들에게는 선택 가능한 잠재적인 자원으로 활용된다. 그러나 이 관습은 끊임없이 변화하기도 하는데, 발화는 거시적 맥락에 영향을 받을 뿐 아니라 이 맥락을 변화시켜 나가기도 하는 '맥락화'의 기능을 담당하기 때문이다. 이로써 소통은 사회 문화적 실천으로 기능한다.

<table>
<tr><td colspan="3" align="center">텍스트 생산</td></tr>
<tr><td colspan="3" align="center">텍스트</td></tr>
<tr><td colspan="3" align="center">텍스트 소비
담화 관행</td></tr>
<tr><td colspan="3" align="center">사회 문화적 관행</td></tr>
</table>

〈소통에 관여하는 중층적 사회 맥락〉

---

22) 졸고(2001), 『국어교육의 문화론적 지평』, 소명출판.

4) 상호교섭의 역사적 층위

상호교섭의 사회적 층위가 공시적 차원의 논의였다면, 역사적 층위에서는 소통의 시간성과 통시적 차원을 보여준다. 그 어떤 의사소통에도 과거와 미래가 있다. 단지 분석 상황에서만 고립될 뿐이다. 모든 대화는 시간적인 연쇄의 사슬 속에서 존재한다. 비록 현재의 상황 맥락에서 발화한다고 하더라도 여기에는 배경으로 하는 이전의 발화가 있고 또 다음에 올 것으로 기대하는 이후의 발화가 있다. 이 이전의 발화와 이후의 발화는 현재의 발화는 상호 교섭한다. 바흐찐(Bakhtin)은 모든 발화는 '기존의 발화에 대한 능동적인 응답'이라고 하여, 발화의 통사적 국면을 지적한 바 있다. 현재 진행되는 말은 현재적인 상황뿐 아니라, '이미 말해진 언어'라는 과거 지향적(retentional) 배경과 함께 '다음에 있을 언어'라는 미래 지향적(protentional) 배경이라는 역사적 맥락을 함축하고 그 배경에서 존재하는 공생적 사건이라 할 수 있다. 소통에서는 처음의 말도 최종적인 말도 존재할 수 없다. 모든 말의 의미와 형식은 시간적 흐름이 아로새겨짐으로써 무한한 시간의 적층 속에서 부단히 새롭게 자리매김하기 때문이다. 특히, 미래적 지향은 매우 중요하다고 본다. 로젠버그는 '비폭력적 대화'란 개념을 제시하면서, 소통 주체가 지금 여기의 현재적 상황에서 새로운 가능성을 창조하려고 하지 않고, 기성의 것, 과거의 것을 환원하려는 데에서 '소통의 장애'가 발생한다고 한다.[23]

미디어나 문학, 일상 대화 장르들의 '장르사'[24]를 살펴보면 이러한 층위를 보다 선명히 알 수 있다. 가령, 텔레비전 드라마 장르는 지금, 여기의 상황만을 반영하는 것은 아니다. 그것은 방송사의 제작 관습으

---

23) Marchall B. Rosenberg, 캐서린 한 역(2004), 『비폭력 대화』, 바오출판사.
24) 원용진(2000), 『텔레비전 비평론』, 한울. 특히, 7장 "장르 비평"을 참조할 수 있다.

로 이어 온 '그 때', '거기'의 시간적 연속에 바탕을 두면서도 동시에 새로운 실험으로 미래의 혁신을 꾀한다..

결론적으로, 모든 소통에는 그 소통을 추동하고 이끌어 나가는 이면의 '이야기'가 존재한다고 할 수 있겠다. 이 이야기성(narrativity)은 담론이나 발화 이면에 존재하는 역사적 지평이며, 이로써 사람들은 소통을 통해 일련의 통일성과 동일성을 형성해 나가는 바탕이 된다는 것이다. 여기에서 맥킨타이어가 말한 '전통적 합리성' 의 문제를 생각해 볼 수 있다. 전통은 정태적인 유산이 아니라 실험과 성찰을 통해 부단히 갱신된 것이다. 어떤 담론은 그러한 담론이 있어온 과거 전통의 연관 속에서 합리성을 인정받을 수 있다는 것이다.

5) 상호교섭의 존재론적 층위

소통은 의미를 전달·공유하는 행위이기도 하지만, 소통하는 사람이 자신의 정체감을 드러내고, 형성하며, 다른 사람의 정체성과 교섭하는 행위이기도 하다. 소통은 어떤 정체성을 가진 존재로 자신을 정립하며 자신의 진정성을 드러내는 과정이라 할 수 있다. 개인의 정체성이란 개인의 선택에 의해 이루어지는 것이 아니라 소통의 과정을 거쳐 비로소 형성되는 것이라 할 수 있다. 미드의 의견대로 '자아화'는 '사회화의 과정 속에서 이루어지는 것이다.

르꾀르(Ricoeur. P)가 서사적 정체성이란 개념을 통해 정체성이란 이야기적인 소통을 통해 공유적으로 형성됨을 밝힌 것도 이와 유사한 맥락이라 할 수 있다. 이야기를 매체로 한 소통은, 객관적인 정보 중심의 소통과는 달리, 소통하는 사람들의 주관적인 의도와 경험, 삶의 흔적을 드러내고 공유하는 과정이다. 이러한 대화 과정에는 화자의 존재론적 관심이 인식론적 전제보다 중요하게 개입한다. 따라서 이들의 의사소통적 관계가 왜곡되었다는 것은 존재론적 차이가 억압됨을 의미하는 것이기도 하다.

이와 관련하여, 야스퍼스의 실존적 의사소통이란 개념도 함께 고찰할 수 있겠다. 그는 실존적 문제만큼은 이성적인 일치나 토론적 논쟁으로 동의를 이끌어 낼 수 없는 만큼 불일치가 상존할 수밖에 없다고 하면서, 그 경우 소통의 일치감은 합의나 동일한 결론에 의해서가 아니라 자신이 공유하지 않는 다른 생활 형태 역시 진정성을 가지고 있음을 확인하고 존중함으로써 발생한다고 한다고 주장하고 있다. 곧, 상대방의 실존, 정체성을 인정하고, 자신이 그들을 어떻게 평가했는가와는 무관하게 이들 역시 근본적으로는 '좋은 삶'에 대한 나름의 생각을 가진 상이한 해석으로 보고 존중할 필요가 있다는 것이다. 이는 정의적 영역과도 연관되지만 하지만 소통이 상호간의 개인적, 문화적 정체성을 존중하고 교섭하는 과정임을 보여주고 있다.[25]

6) 상호교섭의 윤리적 층위

소통에서 윤리는 중요하면서도 본래적인 문제이다. 소통은 다른 사람에게 영향을 행사하는 행위이기도 하기 때문이다.[26] 특히 극단적인 가치 갈등이 내재한 소통 상황의 경우, 이를 어떻게 조율하고 조정할 것이며 어떤 방식으로 정합성을 부여할 것인가의 문제가 생긴다. 언어는 사회적, 인간적 갈등을 무마, 조정하는 힘도 가지고 있지만 갈등을 증폭시키거나 폭력으로 부추키는 힘도 동시에 가지고 있는데, 이런 문제는 소통에서의 윤리적 층위와 연관된다고 할 수 있겠다.

---

25) U. Harbermas. 홍윤기 역(2004), 『의사소통의 철학』, 민음사.

26) Berko, Wolvin(1998), Communicating : A Social and Career Focus, 이찬규 역(2003), 『언어 커뮤니케이션』, 한국문화사, 28~29면.

윤리학에 따를 때, 우리가 어떤 가치 갈등을 조율할 수 있는 방향은 크게 두 가지 방향이 있다. 하나는 개인 인격의 자율과 권리, 정의에 대한 보편적 원리를 중심으로 조정하는 것이고 또 다른 하나는 그 공동체(개인)가 좋은 것으로 간주하고 있는 가치와 덕목을 우선시하는 방향이다. 전자는 모든 인간이 인간으로서 보호받아야 할 권리와 인격에 대한 것으로 공통의 보편적 원리를 존중하며, 반면 후자는 각 공동체라는 맥락에서 전통적으로 유지되어 온 맥락과 가치를 존중한다. 이 둘은 각각, 정의, 옳음, 보편주의, 자유주의적 가치 對 연대, '좋음', 맥락주의, 다원주의적 가치를 지향하는 것으로 대립되어 왔다.

'옳음'을 지향하는 보편주의적 관점에서는, 형식적인 보편적 절차에 따라 다양한 의견들이 조율될 것이 요구된다. 두 사람 모두, 타당성 요청을 통해 논증하고 그 논증을 수용할 수 있으면 받아들이는 것이다. 그러나 과연, 맥락에서 벗어난 '보편적 합리성'이 가능하겠는가, 그 합리성은 특정의 문화적 맥락에 기반한 것은 아니겠는가의 문제 역시 제기될 수밖에 없다. 형식주의적이고 절차주의적인 합리성은 자칫 특수한 문화적 연관을 파괴하고 무조적인 타당성을 요구할 수 있기 때문에 서구문화에만 치중하고 있다는 비판도 가능하다. 가령, 소통에서 예절이나 인간 관계적 요소를 강조하는 의사소통의 동양적 전통, 자신의 이야기를 표출하면서 자연스럽게 다른 사람을 배려하는 여성의 수다 문화 등에는 배치되기 힘들다고 볼 수 있다. 물론, 내부에서는 '약한 보편주의'라고 하여 차이성과 다양성을 억압하지 않고, 사회적 연대성의 에너지를 손상하지 않고자 노력하지만 특수성에 대한 인정과 존중은 희석화 되고 있다. 합리성이 단수가 아니라 문화에 따라 다양할 수 있다는 입장에서 보자면, 소통 이성적 합리성이란 대단히 서구 문화적 발상이라는 비판에서 자유로울 수 없다는 것이다.

반면, 공동체주의의 시각은 개별 공동체가 좋은 것으로 간주하는 가치들과 덕목들, 그 문화적 특수성을 우선적으로 인정하고 존중해야 한다고 본다. 각각의 문화는 자신들의 전통에 바탕을 둔 것이기에 이들의 차이와 불일치는 '합리적 불일치'(reasonable disagreement)라고 할 수 있다. 이들 문화는 번역 불가능한 차이를 지니고 있고 또 합리적인 중첩지대'가 존재하지 않기 때문에 '우리'와 '그들' 사이에 선입견 없는 대칭적 의사소통의 가능성은 거의 불가능하다고 보는 것이다. 그렇다고 이들 사이에 소통 가능성이 없는 것은 아니다.

대표적인 논자인 맥킨타이어는, 그 소통은 맥락 초월적인 보편적 방법에 의해서가 아니라 자신이 변화하면서 다른 문화와 연대하는 '지평 확장'과 '지평 융합'의 원칙에 의해서 가능하다고 본다. 그는 우리가 낯선 전통들로부터 배울 수 있는 것과 마찬가지로, 낯선 전통들 간에도 유익한 의사소통이 가능하다는 내성적 학습 이론에 바탕을 두고 있다.[27] 그러나 이 경우도, 서로 다른 전통들을 가로지르는 교량이 어떻게 형성될 것인가가 해결되지 않는다면 자기중심적인 소통이 될 우려가 상존한다. 또, 상대주의를 해결할 수 있는 구체적인 지침이 부족하다는 비판이 있는 것도 사실이다. 그러나 이들은 여전히 대화 윤리가 특정의 절차나 규범으로 환원될 수는 없으며, 구체적인 맥락 속에서 특정 형태로 존재하는 윤리적 실존이 절차나 규범보다 더 중요하다고 보는 것이다.

양자는 자유주의 대 공동체 주의의 논쟁을 불러 일으켰지만, 이 둘은 서로 제약적이며 상호 보완적인 관계에 있는 것도 사실이다. 가령, 나의 문화적 차이, 특수성이 고려되기 위해서는 동시에'내'가 인격체로서 보호받을 때만이 가능한 것이다. 우리나라에서 가족 내 폭력적(혹은 폭력적 대화)가 공공 차원에서 자유롭게 거론되지 못하면서 상황이 악화된 사례에서도 이는 쉽게 알 수 있다. 그 가족의 특수한 대화 문화는 그들

---

27) A. ManIntyre(1998), *Whose Justice? Which Rationality?*, University of Notre Dame Press, 362면. 박구용(2003), "다원주의와 담론 윤리학", 철학 76, 한국철학회, 221~226면.

문화로 존중되어야겠지만 동시에 그 구성원들이 고유 인격체로서 자신의 권리를 인정받을 수 있도록 해야 하는 것이다. 정의와 연대, 보편과 특수, 옳음과 좋음이 통합될 수 있는 모색이 중요하다.

여기에 통합적인 모색의 하나로 제시된 '진정성'(authenticity) 윤리는 많은 시사점을 준다. 자유주의적 공동체주의에 기반하여 타일러는 '진정성'은 솔직히 자신을 드러냄과 동시에 다른 사람과의 대화에서 자신을 해명하고 검증받는 관계적 윤리로 재개념화하였다. 근대 초기, 진정성은 자기 자신에 대한 진실만 강조하였다. '진정성'을 추구하는 대화는 자신의 진실을 표현하면서도 동시에 의견이 다른 사람(타인, 공동체, 문화)에게도 자신을 설득하고 인정받기 위해 노력하는 과정28)이 포함되어 있다. 이러한 대화는 정보 전달이나 목적 달성으로 완성될 수 없으며 또 특정의 절차나 규범을 실현하거나 자기만의 진실을 표명함에서도 만족할 수 없다. 그래서 그 대화는 일종의 진지한 탐색 과정으로 이루어진다. 각각의 공동체와 개인의 문화적 특수성과 차이를 '인정'하면서도 동시에, 인간에게 적용되어 하는 '인권'이라는 측면에서는 '중첩적 합의'(overlapping consensus)29)를 하고 이를 쉽게 깨지 않음으로써 서로의 공존을 유지하는 것이다. 이와 같은 대화를 통하여 우리는 다원주의 사회의 창조성을 유지하면서도 그 나르시시즘적인 주관주의를 극복할 수 있다. 또 물론 '진정성' 외에도 양자를 통합하려는 다양한 시도가 이루어져야 할 것이다.

---

28) 진정성은 "오로지 형식적인 측면에서만 자기 연관적일 뿐, 내용적인 측면에서는 자기를 넘어서 보다 넓은 전체 세계로, 즉 타인, 문화, 공동체, 더 나아가 자연과 연결될 때 올바로 성취될 수 있다" (박구용(2001), "진정성의 윤리와 인정의 정치", 용봉논총 31, 전남대 인문과학 연구소, 94~95면).

29) Taylor, Charles(1996), "Conditions of an Unforced Consensus on Human Rights", *Dissent 43*, 소동빈 역(1996), "인권에 대한 비강제적 합의의 조건", 사상 겨울호, 사회과학원.

4. 상생화용교육을 위하여

언어의 본질 중의 하나는 다른 사람과 소통하고 그들을 이해하는 데 있다. 이제까지의 논의를 통하여 '소통'은 합의와 일치에 이르는 것 뿐 아니라, 차이를 인정하고 이해하는 것까지 포함하는 매우 포괄적인 개념을 확인할 수 있었다. '소통'이란 개념으로 우리는 우리의 문화, 곧 의식과 경험, 존재 등 많은 부분을 설명할 수 있다. 가령, 교육에 대한 의식, 경험, 교사와 학생의 존재 방식은 이들이 나누는 교실 대화, 그러한 대화를 규정짓는 생태학적 조건들, 또 교육과정을 둘러싼 잠재적인 대화들로 설명할 수 있다. 그러나 고려해야 할 점은 이러한 소통 현상은 대단히 입체적이고 복합적인 실체라는 점이다. 이를 파악하기 위해서는 대화의 이면에 존재하는 해석의 이야기를 되살리는 작업이 필요하다.

이러한 해석을 통하여 우리는 상생 화용에 이를 수 있지 않을까 생각한다. 상생 화용은 단지 일치만을 추구하지도 그렇다고 불일치의 논쟁만으로 이루어지지 않는다. 소통에 개입하는 인지적, 정의적, 사회적, 역사적, 존재론적, 윤리적 기제들의 복잡다단한 조율이 필요할 것이다. 이 글은 다소 원론적인 논의가 되었지만, 상생적인 소통을 위해 고려해야 할 복잡한 여러 연관을 살폈다는 점에 만족하고자 한다.

다중 문식성과 언어문화 교육

1. '문식성'의 재개념화 필요성

시대에 따라 그 사회가 요구하는 문식성[1]은 다양하게 변화되어 왔다. 특히, 20세기 이후 사회, 문화적 환경이 급변함에 따라 국어교육은 전통적 개념으로는 수용하기 벅찬 과제와 만나고 있다. 그 대표적인 것으로 언어 개념의 확장 문제와 문식성 개념의 재개념화 문제를 들 수 있다. 전자가 전통적인 말과 글 중심에서 나아가 영상이나 전자 매체 등 다양한 매체에의 적응과 관련된 문제라면, 후자는 언어와 주체, 사회·문화의 연관을 중요하게 인식하면서 문식성의 개념을 입체적으로 파악하는 시도와 연관되어 있다. 아직도 지속적으로 논의되고 있는 상황이지만, 이 과정에서 국어교육의 언어기능교육과 언어문화교육의 두 층위

---

1) 문식성(literacy)은 사용하는 사람에 따라 다양한 용어, 다양한 의미로 사용되어 왔다. '문변력'(김대행(1998), "매체언어교육론 서설", 국어교육 97, 한국어교육학회)이나, '문해력', 그리고 '문활력'(김문환(2000), 「문화교육론」, 서울대출판부) 등이 있었으나 일단 '문식성'이 널리 알려져 있고, '비판적' 문식성, '문화적 문식성' 등 수식어를 붙여 특정 관점을 강조할 수 있다는 점에서 그대로 사용하도록 한다. 이 글에서 사용하는 '문식성' 개념은, 범박하게 말해 문자 뿐 아니라 제반의 매체를 주체적으로 활용하여 원만한 의사 소통과 사회, 문화적 실천에 도달할 수 있는 능력을 의미한다. 여기에는 능력과 지식이 모두 포함되며, 학교에서 제도화된 문식성 외에도 현실에 존재하는 문식성도 포괄한다.

를 인식하고 양자를 상호 보완적 관계로 설정한 것은 큰 연구 성과라 할 수 있다. 각 층위가 인정된 만큼, 이제는 논의를 다소 안으로 돌려 내부의 문제와 쟁점을 개발하는 일이 필요할 것이다.

이 글에서는 언어문화교육을 논의의 대상으로 삼는다. 언어문화교육은 국어교육의 새로운 가능성을 발굴하면서 이제는 국어교육의 중핵적인 부분으로 성장하고 있다. 그 동안 연구의 핵심 아이디어를 살펴보면, 김대행 교수[2]와 이삼형 외『국어교육학』[3]에서는 언어 사용을 고립된 기능이 아닌 주체의 인식과 가치의 측면에서 인식하면서 '사고력 교육', 생활 문화에 입각한 매체언어교육, 그리고 한국적 전통에 입각한 국어문화교육의 문제를 제기하였고, 또 박인기[4] 교수는 언어 사용이 사회, 문화적 현상과 밀접한 관련을 맺고 있다 하여 문화에 대한 지식이 언어 소통에 활용되어야 한다는 취지의 '문화적 문식성' 기반 교육을 제시하였다. 그 동안의 논의가 다소 '기능 교육'과의 대타적 차이를 염두에 두면서 이루어진 측면이 있었고 국어교육철학의 거시적 시각에서 논의되었기 때문에 이제는 실천을 위한 구체적인 문제들을 해결해야 하는 과제를 고민해야 한다. 교육과정이나 교수, 학습 방법, 지식과 활동 등에서도 국어문화교육의 철학을 실천할 수 있는 새로운 모델들이 개발되어야 한다는 것이다.

이 글에서 다루고자 하는 것은 언어문화 중심의 교육과정 개발과 관련된 문제들이다. 여기에는 이 시대의 사회, 문화에 적합한 언어문화의 범주, 성격, 그리고 교육 내용의 위계화, 교수 학습 방법 문제들이 포함되어 있다. 문화란 원래 다의적인 개념이고, 시대적인 요청이 다양하게

---

2) 김대행(1995),『국어교과학의 지평』, 서울대출판부.
3) 이삼형 외(2000),『국어교육학』, 소명출판.
4) 박인기(2003), "문화적 문식성의 국어교육적 재개념화", 제21회 국어교육학회 학술발표
   대회문, 92~102면.

변화하는 만큼 국어교육에서 다룰 '언어 문화'의 범주 및 외연, 그리고 언어의 문화적 정체성과 관련된 문제들이 중요하게 부각된다. 가령, 언어문화를 어떠한 문화적 정체성과 연관을 짓느냐는 중요한 문제이다. 만약 민족적, 국가적 정체성을 중시한다면 한국어(korean language)의 특수성이나 표준어를 비롯한 국가적 언어(national language) 규범을 강조하면서 외국어 교육과 구별되는 우리문화의 특수성을 중시할 것이다. 반면, 개인적 정체성이나 사회 집단별 정체성을 강조할 경우 국어문화의 통합성보다는 문화적 '차이성'이 중시되며 문화적 다양성이나 상대성을 고려할 것이다. 여기에는 문화관도 중요하게 작용하여 언어문화의 공통점을 강조할 것인지, 언어문화의 차이성과 다양성을 중시할 것인지 등 어떤 관점을 강조하느냐에 따라 교육과정은 다른 방향을 취하게 된다.

관점은 자신의 입장에 따라 선택하는 것이기 때문에 당연히 다양한 것이다. 하지만 학교 국어교육에서는 다양한 관점을 합의하고 통합해야 하는 문제가 생긴다. 연구자는 그 범주의 하나가 바로 당대 사회, 문화적 적합성이라 생각한다. 학교 문식성은 불변의 진리가 아니라 '사회, 문화적 현상'의 하나이기 때문이다. 문식성이 '지금의 담화 공동체가 가치롭게 여기는 이해와 표현 능력'이라고 포괄적으로 본다면, 학교 문식성은 어떠한 문식성을 기반으로 할 것인지에 대한 연구와 합의가 필요하다.

20세기 후반은 후기 산업화 사회로 이른바 다문화 사회라 할 수 있다. 박인기 교수는 현 사회와 관련지어 "사회적 다양성과 문화적 역동성이 두드러진 현대 사회에 의미있는 문식성"이 무엇인지 해결하는 것이 과제라고 하면서 '문화적 문식성'의 의미를 강조한 바 있다.5) 필자 역시 현 사회에 대한 이러한 진단에 동의하면서 '다중 문식성' 개념으

---

5) 박인기(2003), 위의 논문, 94면.

로 언어문화교육의 내용과 방법을 연구하고자 한다.

다중 문식성(multi-literacy)6)는 일반적으로는 '멀티 미디어'와 같은 새로운 매체를 다루는 능력으로 이해되고 있으나, 매체 뿐 아니라 언어 일반으로 확장하여 사용되기도 한다. 뉴런던 그룹은 이 개념을 단일 매체, 단일 언어문화를 바탕으로 하는 '단일 문식성'과 구별하면서 문화에 따른 언어적 변이체7)와 소통 모드에 따른 다양한 매체언어와 소통, 협상할 수 있는 능력으로 제시하였다. 이 개념은 언어를 '규범 중심'이 아닌, '차이와 변화', 그리고 '상호 연관성' 중심으로 접근한다. 따라서 언어문화의 다양성'을 포괄하는 국어교육의 내용 구성에 원용될 수 있다는 점에 그 장점이 있다. 기존 논의에서도 언어적 다양성과 문화적 역동성을 고려8)하고자 노력하였으며 그 성과로 다양한 매체의 언어, 문학어와 일상어의 경계 해체 등이 제시되었다. 하지만 '문학' 중심으로 논의가 집중되었다는 아쉬움이 있다. 특히, '국민(민족 구성원) 만들기'나 '개인의 발달' 중심의 국어교육은 단일한 언어문화, '자아' 중심의 언어활동을 모델로 삼고 있기 때문에 다문화 사회에서 요구되는 '타자'의 언어문화에 대한 이해에는 다소 역부족이다.

이 글은 이러한 문제의식에서 '문화적 차이'와 이들의 '상생'적 대화를 동시에 추구하는 철학9)을 '다중 문식성'이란 개념을 통해 사고하고

---

6) 이 개념은 홀리데이의 기능 언어학과 비판 언어학, 담론 이론을 바탕으로 문식력 교육을 연구한 '뉴 런던 그룹' 연구자들에 의해 제안되었다. 대표적인 학자는 Norman Fairclough, James Gee, Bill Cope & Mary Kalantzis, Carmen Luke, Gunther Kress, Courtney B. Cazden 이다. '멀티 리터러시'의 교육적 기획에 대한 전반적인 고찰은 다음을 참조할 수 있다. Bill Cope & Mary Kalantzis edt(2000), *Multiliteracies,* London and New York, pp.9~38.

7) 언어 변이체(variation)는 다른 언어권자가 아니라 동일 언어 사용자 내부에서 문화적 차이에 따라 발생한다. 국어교육의 틀 안에서 '다중문식력'이 중요한 것도 이 대목이다.

8) 김대행(1995), 『국어교과학의 지평』, 서울대출판부.

9) 이런 문제의식을 최현섭 교수는 동양의 상생 철학 관점에서 제기한 바 있다.(최현섭(1999), "21세기를 대비한 한국어교육의 과제", 한국초등국어교육 15, 한국초등국어교육학회) 이 글에서는 'intercultural'의 관점에서 접근한다.

자 한다. 그것은 한국어라는 단일 언어 내부에서도 존재하는 다양한 언어적 변이체들, 곧 사회·문화적 정체성에 따라 분화된 이질적 언어문화를 국어교육에서 생산적으로 활용해야 할 뿐 아니라 '차이성'의 확인에 그치지 않고 상위의 공통적 유대를 마련해야 한다는 것으로 요약될 수 있다. 그리하여 '문화 통합'은 '문화 분화'와, '국가 표준'으로의 구심력은 '문화적 변이체'로 확장되는 원심력과, '자아'는 '타자'와 탄력적으로 결합하는 국어교육 모델을 구안해 보고자 하는 것이다.10) 미리 밝혀둘 것은 이 글이 '단일 문식성' 대 '다중 문식성'의 대립 구도를 상정하고 있지 않다는 점이다. 양자는 상호 보완 차원에서 결합되어야 한다는 가정 하에 서술된다.

2. '다중 문식성'의 언어 문화 교육적 의의

학교 국어교육은 어떠한 방식으로든 현실 언어 중 일부를 선택하여 제도화한다. 이 과정에서 현실에 존재하는 다양한 언어문화 중 어떠한 언어를 선택할 것인가에 따라 국어교육의 문화적 정체성은 규정된다. 물론 그것이 어떠한 선택이든 선택인 이상 그 이면에는 배제가 따를 수밖에 없다. 하지만 그 선택이 당대의 사회, 문화적 적합성에 대한 검토와 합의를 거친 것이냐, 아니면 다소 정치적이거나 경제적인 요구를 앞

---

10) 이러한 문제는 유네스코가 21세기 문화, 예술 교육의 내용과 방법적 원리를 개발하면서, 주목한 긴장과도 만난다. 그리고 그 긴장들로 1) 세계적인 것과 지역적인 것과의 긴장 2) 보편적인 것과 개별적인 것간의 긴장 3) 전통과 근대성간의 긴장 4) 장기적인 배려와 단기적인 것간의 긴장 5) 경쟁을 요구하는 필요와 기회균등을 위한 관심간의 긴장 6) 지식의 비상한 폭발과 인간의 동화 능력간의 긴장, 그리고 7) 정신적인 것과 물질적인 것의 긴장을 제시한 바 있다(김문환(2000), "문화·예술 교육의 기초", 『문화교육론』, 서울 대출판부, 29면).

세워 일방적으로 이루어진 것이냐에 따라 그 교육적 의미는 달라진다. 이 문제를 해결하기 위해서는 국어교육사회학이나 언어인류학, 사회언어학 등에서의 연구가 뒷받침 되어야겠지만11) 이는 다음 과제로 돌리고, 여기에서는 20세기 이후 다문화의 현실적 문화 환경과 근대적 제도 속에서 성립된 국어교육 사이의 불균형을 지적하고, 이를 바탕으로 21세기 국어문화교육에는 '다중 문식성' 개념이 근간이 되어야 한다는 점을 지적하고자 한다.

이른바 20세기 후반을 다문화 사회로 규정함에 이의를 제기할 사람은 거의 없을 것이다. 물론 대중 매체가 문화적 제국주의의 역할을 하고 있다는 점을 방기할 생각은 없다. 하지만 후기 산업 사회는 산업화 사회와는 다른 모습을 보여주고 있다. 정치적으로는 국가적 영향력이 현격히 약화되었고 경제적으로는 다품종 소량 사회로 변화를 주도할 수 있는 능력과 네트워크가 중요해졌다. 문화적으로도 개인은 다중 정체성의 복잡한 삶을 살고 있다. 이러한 사회에서는 지역적인 분화와 세계적인 통합이 동시에 진행된다는 특징이 있다.12) 매체 채널의 다원화, 지역화 등으로 문화는 지속적으로 분화해 나가지만 대중매체의 영향이나 생태 환경에 의해 하나로 통합됨에 따라 문화 간의 교류와 협상, 그리고 상호작용이 빈번해지고 있다.

이러한 상황에서 언어는 집단에 따라, 개인에 따라 끊임없이 문화적으로 분화되면서 동시에 다른 언어들과 혼성하며 변화해 나간다. 세대나 지역에 따른 언어분화는 우리나라에서도 매우 급속하게 진행되고 있다. 청소년층과 노년층은 같은 어휘, 같은 문장을 사용한다고 해도

---

11) 연구자는 현 '활동' 중심 교육은 학습자의 다양한 활동을 강조하는 이면에 '공적인 언어', '전문직 언어'를 국가적 표준으로 내세우고 있다는 점을 밝힌 바 있다(졸고(2001), "문식성의 사회, 문화적 접근과 국어교육", 「국어교육의 문화론적 지평」, 소명출판).

12) James Paul Gee(2000), "New people in new words: networks, the new capitalism and schools", *Multiliteracies*, Bill Cope & Mary Kalantzis, Routledge.

그 함축적 의미가 다르기 때문에 소통의 장애를 느끼는 일이 왕왕 있다. 또, '의미' 뿐 아니라 상호작용의 방식이나 언어사용의 패턴 자체가 다르기 때문에 만약 두 집단이 소통하고자 한다면 상대방의 문화에 대한 상당한 지식이 요구된다. 그런데 언어는 이렇게 '분화'만 되는 것은 아니다. 분화된 언어들은 서로 혼성하며 다양하게 변화해 나간다. '재미있는 말'을 위해 아카데미즘의 언어가 광고의 언어와 짝을 짓고, 효율성을 위해 '교육의 담론'은 '경영의 담론'과 결합된다. 예전에는 공적인 언어와 사적인 언어가 분리되었지만, 지금은 공적인 상황에서도 재미있고, 정감 넘치는 사적인 스피치 패턴이 인기를 끈다. 또 매체 역시 마찬가지다. 구어, 문자, 영상 매체들은 실제 소통 상황에서는 홀로 존재하지 않는다. 문자 매체라도 서체와 편집 디자인의 영상적 요소가 관여하며 특히 하이퍼 텍스트 상황 속에서는 더욱 적극적으로 이들의 '상호 매체성'이 극대화된다. 현대의 언어문화는 끊임없는 분화와 통합을 통한 상호]텍스트, 상호 매체, 상호 문화적으로 교류되는 것이다.

이러한 시대에서는 나와는 다른 '타자'가 문제가 된다. 아니, 정확히 말하면 '타자성과의 관계', 타자의 다름을 인정하고 그것과 교류하며 그 속에서 새로운 것을 생산하는 능력이 중요하다는 것이다.[13] 이러한 시대적 요구를 반영하기 위해서는 '다양한, 이질적인 언어문화'가 교육되어야 할 것이다. 하지만 기존 근대적 국어교육에서는 이러한 문제를 적극적으로 해결하지 못하고 있다고 판단된다. 국어교육의 근대성에 대해서는 차후 실증적인 연구가 뒤따라야겠지만, 기본적으로 근대적 주체성에 바탕을 둔 교육은 '국민' 혹은 '민족'이거나 '자아'의 정체성을 바탕으로 하기 때문에 '내가 어떻게 표현하고 이해할 것인가'하는 '자아' 중심의 문화이고('나'든, '우리 문화든) 또, '단수'의 언어문화를 중심으로

---

13) 김문환 교수도 "간문화(intercultural) / 다문화적(multicultural) 교육"을 문화교육의 중요한 의의로 지적하고 있다. 김문환(2000), "문화교육의 의의", 『문화교육론』, 95면.

하기 때문이다. 여기에서는 '타자의 언어문화'를 타자적인 것으로 이해하고 이를 소통 장면에 활용하는 과정은 상대적으로 약화된다.

이러한 비판은 '학습자 중심', '활동 중심'의 교육과정에도 그대로 적용된다. 개인의 다양한 활동을 유도하고 있음에도 불구하고, 이것이 곧 문화적 다양성의 수용을 의미하는 것은 아니다. 학습자의 현실 경험이 중시되더라도 그것은 이내 교육과정이 정해 놓은 표준적인 언어 형식으로 안내되기 때문이다. 이런 지적은 '본질―원리―실제'로 진행되는 교육과정의 구조가 매우 단선적이기 타당한 것이 된다. 특정의 언어활동이 '본질'로 규범화되는 순간, 특정 문화에 바탕을 둔 언어 활동은 권위를 인정받아 모든 학생들이 본받아야 하는 이상적 모델이 된다.

교과서에 제시된 '장르' 이해를 살펴보자. 가령, 근거와 증명 중심의 설득과 토론의 원리는 서구 아리스토텔레스적인 전통에 바탕을 둔 것이다. 동양적 전통에서는 로고스보다는 에토스가 더욱 중요하다.14) 하지만 문제는 그 내용이 '동양'적 전통이 아니라 '서구'적 전통이라는 데에 있지는 않다. 로고스 중심의 설득 방식이 서구적인 문화에 근거하고 있다는 것, 그 특정 문화 맥락에 대한 '읽기'가 누락되어 있는 것이 문제이기 때문이다. 전통적 언어 문화에서 설득의 원리를 구한다고 하더라도 이 역시 일반화, 탈맥락화 되어 버린다면 마찬가지의 결과를 초래한다. 여기서 문화적 다양성이 존중되기 위해서는 다양한 문화를 가르치는 문제가 아니라, 각 문화를 읽고 이해하는 문화적 문식성이 요구됨을 알 수 있다. 그리하여 '다양한 설득의 문화'가 있고, 특정의 설득의 원리가 어떠한 집단, 어떠한 시기의 문화였는지, 그 문화적 정체성을 '읽을 수 있어야 하고' 또 이를 주체적으로 활용할 수 있어야 한다.

이런 맥락에서 국어교육의 '민족주의 담론'도 재검토 될 필요가 있

---

14) Robert Shuter(1999), "The Cultural of Rhetoric", *Rhetoric in Intercultural Contexts*, Alberto Gonzalez & Dolores V. Tann, Sage Publication Inc, pp.12~13.

다. 사실, 국어교육에서 '민족주의 담론'만큼 큰 영향력을 발휘하고 있
는 것도 없을 것이다. 식민지 강점 이후 국어교육은 민족교육으로서의
의의를 지녔고, 지금도 '민족 주체성의 확립'은 국어교육의 중요한 과
제로 설정되어 있다. 하지만 문제는 '민족'을 어떻게 설정하느냐에 있
다. 홍윤기 교수는 서구적인 것과 구분되는 것으로서의 순연한 '우리'
란 이념상으로나 존재하는 허구적인 것이며, 현대와 같이 대규모의 문
화 혼합이 복합적으로 일어나는 세계화 시대에는 민족적 자아 역시 다
양한 문화 속에서 함께 거주하는 '공주체적 혼성 자아(co-subjective hybrid
ego)'라는 점을 밝힌 바 있다.15) 단일 민족의 신화가 국내에서는 이데올
로기적으로 기능하게16) 된다고 할 때, '민족'은 민족 내의 다양한 하위
문화들을 봉합하는 결과를 초래할 수 있음을 염두에 둘 필요가 있다.

물론 '문화 통합'의 기능이 교육의 주요 기능이라는 점을 무시할 생
각은 없다. 다만, 허구적인 '상상적 공동체'의 신념만으로 과연 실제적
인 문화통합이 이루어지겠는가 하는 것이다. 생태 언어학에 의하면 진
정한 화해와 평화는 각 문화의 차이성을 인정하고 그 바탕에서 공존을
추구함으로써 가능하다.17) 정체성(identity) 역시, 단일자만의 고유함으로
지켜지는 것이 아니라 다른 정체성(타자)과의 '관계' 속에서 생성되고 발
전된다는 현대철학의 공리를 참조하더라도, 국어교육의 민족적 정체성
은 복수적인 것, 관계적인 것으로 접근할 필요가 있다. 그렇다면 '단일
민족'으로 수렴되는 국어교육은 이를 보완할 수 있는 또 다른 축이 필
요하다. 그것은 '민족적 동일함'으로 똘똘 뭉치는 수렴의 축 외에 민족
내 다양한 차이들이 교류할 수 있는 원심의 축이다.

---

15) 홍윤기(2002), "지구화 조건 안에서 본 문화 정체성과 주체성", 『세계화와 자아 정체성』,
   이학사.
16) 김병익·한홍구·홍윤기·윤건차·박노자(2002), "특집 : 다시 생각하는 민족주의의 빛
   과 그림자", 황해문화 여름호, 새얼문화재단.
17) Peter Mhlhausler(1996), *Linguistic Ecology*, Routledge, pp.2~20.

이런 맥락에서 다중 문식성은 그 의의가 있다. 다중문식성은 언어의 문화적 차이와 변화, 그리고 상호 관련성을 중시하고, 다양한 언어 문화와 협상, 교류할 수 있으며 나아가 새로운 의미를 기획, 설계할 수 있는 능력을 말한다.18) 그것은 각 언어와 문화의 '차이', 그리고 동시에 '상호 매체적', '상호 텍스트적', '상호 문화'적 관련을 맺음으로써 타문화에 대한 '편견'을 버리고 관용을 키우며 타자의 언어문화를 창조적 자원으로 활용하는 능력을 중시한다. 마치 축구 경기에서 멀티 플레이어는 하나의 정해진 역할에만 충실하지 않고, 다양한 위치와 기능을 소화하여 주어진 상황에 창의적으로 대응할 수 있는 것처럼, 표준화된 특정의 언어문화만을 습득하는 것이 아니라 다양한 언어문화, 다양한 매체 언어를 동시에 익혀 이에 상황의 변화에 창의적으로 대응할 수 있는 능력을 중시하는 것이다.

이러한 접근은 전통적인 국어교육은 물론이고 비판 교육학이나 다문화주의 교육학과 일정한 거리를 유지한다. 비판 교육학이 '지배와 억압'의 대결을 바탕으로 하여 창의적 생산을 포괄하지 못하는 '비판'에 초점을 두고, 또, 다문화주의(multi culturalism)가 문화적 차이를 정태적으로 인정하는 데에만 그친다면, 다중 문식성 교육은 이른바 '간 문화적(cross cultural)적 상호작용', 그리고 이를 통한 언어문화의 변용과 창조에 핵심을 둔다는 점에서 그러하다. 특히 이 개념은 전자 교과서와 같은 사이버 교육 환경에 매우 유의미하다. 다양한 언어문화들을 동시에 열어 놓고 서로 비교하거나 대조하고, 여러 가지를 재구성하여 창의적인 언어로 표현해 볼 수 있기 때문이다.

하지만 '다중 문식성'이 외국의 다민족국가에서 시작한 논의이고 보면, 우리 사회 현실에 어떻게 적용할 것인가의 문제는 여전히 남는다.

---

18) Bill Cope & Mary Kalantzis edt(2000), op. cit., pp.9~38.

교육적으로 의미 있는 문화적 차이, 또 학교 급별로 위계화 하는 문제 등은 지속적으로 연구되어야 할 것이다. 하지만 문화 분화가 현대의 보편적인 문화 상황이라는 점을 인정한다면 언어문화의 차이와 보편, 그리고 윤리적 상호 이해라는 새로운 문제를 제기한다는 점에서 나름의 의미를 지닌다.

3. '다중 문식성' 기반 언어 문화 교육과정

1) '심화'와 '확장'의 교육과정

이제까지의 논의를 구체화하기 위해 다중 문식성 기반의 교육과정 구성 방향을 생각해 보기로 하겠다. 서론에서도 지적한 바와 같이 다중문식성이 이른바 단일 문식성의 대체가 아니라 보완 차원에서 설계된다면, 그 보완은 일종의 '심화'와 '확장'의 차원에서 생각해 볼 수 있다. 그 핵심에는 '언어문화 유산' 교육의 문제가 걸려 있다. 사실, 국어기능 교육에서 언어문화 유산은 그리 문제가 되지 않았다. 언어활동의 과정이 중심이 되기 때문이다. 하지만 다중문식성에서는 문화 창조를 '문화적 혼성'(hybrity)에서 이해하기 때문에 이질적인 언어문화 유산과의 다양한 접촉(contact)을 중시한다. 여기서 '지식'과 '활동', 그리고 '집단적인 유산'과 '학습자 개인의 활동'을 입체적으로 결합해야 하는 문제가 생긴다.

가령, '소개하기'의 장르를 교육한다면, 단일 문식성에 바탕을 둔다면 '소개의 원리'를 정해 놓고 그 원리를 학습자가 개인이 실제 활동으로 구현하는 수업을 하게 된다. 하지만 다중문식성에 기반을 둔다면, 시대별, 지역, 세대, 성 등의 주체의 정체성에 따라, 그리고 상황에 따라 달라지는 '소개하기 장르의 언어 유산들'을 이해, 비교하는 과정이 필요하고 이들과 소통, 협상하는 활동이 요구된다. 그리고 타 문화를 이해하는 과정에서 자신이 소속되어 있는 언어문화의 문화적 코드들을 심층적으로 분석, 비평하는 단계를 거치게 된다. 전자가 '다양한 언어문화와 매체문화의 유산'과의 가로지르기를 시도한다는 점에서 '확장' 단계라 한다면 후자는 언어 전통의 사회 문화적 원리를 읽는다는 점에서 '심화' 단계이다. 이러한 단계들은 친숙한 언어에서 낯설은 언어로, 동시에 경험적인 맥락에서 의식적이고 체계적인 초맥락으로 이동함으로써 활동과 지식을 위계화 하는 것이기도 하다. 이는 다음의 세 단계로 구조화될 수 있다.

> 1) 학습자의 생활 세계 언어 → 생활 맥락적 활동 교육
> 2) 확장된 지평 속의 언어 : 심화와 확장 → 간(間) 맥락(문화)적 소통 교육
> 3) 초월적 지평 속의 언어 → 초(超) 맥락적 통합 교육

1)단계에서는 학습자가 생활 세계에서 쉽게 만날 수 있는 언어를 중심으로 한다. 친숙한 언어를 대상으로 한다는 점에서 학습자의 '언어활동'이 중심에 있을 수 있다.

2)단계는 일상의 언어 세계를 심화, 확장하는 단계이다. 심화는 '사용된 언어'를 메타적으로 성찰, 분석, 비평하는 단계라 할 수 있다. 개인적으로 언어를 '사용'하는 것이 아니라, 사용되고 있는 언어를 메타적으로 통찰, 분석, 비판한다는 점에서 '메타적인' 성격[19]을 지닌다. '언어 사용'에 개입하는 사회, 문화적 맥락과 구조를 체계적으로 고찰하는 이른바, 담론 혹은 장르 분석, 비평 활동이 주가 될 수 있겠다. 반면, '확장'은 '타자의 언어', '다양한 매체 언어'에 대한 이해 단계이다. 여기에서는 자신의 일상 세계와는 다소 거리가 있는 다양한 문화의 언어,

---

19) 박인기(2000), 『국어교육과 미디어 텍스트』, 삼지원.

다양한 매체 언어에 '가로 지르며' 접근한다. 하지만 만약 이 다양성이 서로 무관한 것으로 기계적으로만 나열된다면 '호기심'을 만족시키는 수준을 넘어서지 못할 것이다. 문화적 다양성은 '상호매체', '상호 텍스트', '상호 문화'적 관련을 맺음으로써만이 '차이'와 '유사', 다원성과 보편성의 긴장을 유지할 수 있는 것이다. 이 경우 교육과정은 이질적 것들의 '접촉 영역'(the zone of contact)으로 이해될 수 있다. 정해진 내용을 전수하는 '전이'(transmission)를 넘어서 다양한 것들 사이의 대화적 참여를 유도하는 것이다.[20]

3)단계는 2)단계의 '분화'된 언어를 '통합'하는 단계이다. '다름 속의 차이', '차이 속의 같음'을 지향하여, 민족 공동체, 세계 시민으로서의 소통과 공감을 도모한다. 여기에서 중요한 것은 윤리적 태도이다. 이로써 차이를 용인하며, 나아가 새로운 지평을 생성할 수 있다. 차이만을 강조하는 다문화주의와 달리 상생적 소통을 추구함으로써 이는 가능할 것이다. 이것은 '문화의 상대적인 고유함'을 '보편성' 속에서 인식하는 과정이기도 하다.

이러한 위계적 단계들이 초, 중, 고등에서 수용하기에는 너무 어렵고, 또 학습 부담만 가중한다는 우려도 가능하다. 실제 현실과 접목되기 위해서는 많은 기초 연구가 필요한 대목이다. 하지만 국어문화교육은 개인의 사회화 기능 뿐 아니라 문화적 공공성 확보의 측면에서 접근하는 것도 필요하다고 본다. 근대교육이 '사회화 과정'으로서의 교육에 충실하고자 했다면, 이제 그런 사회화는 대중매체나 가정, 또 또래집단에서 충분히 이루어지고 있고 학교에서는 이들로부터는 제공받지 못하는 것을 제공할 필요가 있다는 것, 그래서 탈근대 사회에서 학교는 경험을 넘어서 본질을 이해할 수 있는 함축적인 지식의 '도야'와 '공공성'의 확

---

20) Arthur N. Applebee(1996), *Curriculum as conversation*, Chicago, pp.66~69.

장이 중시된다는 주장21)에 비추어 본다면 더욱 그러하다.

2) 언어 문화 범주

이러한 구도를 수용한다면, 다음에는 '다양한 언어문화'의 범주를 어떻게 설정할 것인가의 문제가 발생한다. 단일 문식성에 기반한다면 언어사용의 일반적 규범과 그것의 개인적 활동으로 구조화되기 때문에 언어문화는 일반 언어 양식(장르)나 아니면 언어활동의 절차로 범주화될 수 있다. 하지만 다중 문식성은 맥락에 따른 언어적 차이와 분화를 의미 있는 것으로 수용하기 때문에 특정 언어를 표준적인 모델로 내세우기보다는 다양한 전통과 맥락에서 형성된 '차이나는 언어 문화 전통'을 교육에 최대한 수용하고자 한다.

그런 점에서 매체적, 문화적 변이체(variation)가 언어문화의 주요 범주로 고려할 수 있다. 영국 교육과정을 입안하고 있는 로날 카터(Ronal Carter)22)의 제안을 원용한다면, 언어문화는 언어활동의 '시간', '사용 주체', '상황'별로 구조화될 수 있다. '시대별', '주체별', '상황별' 언어 변이체를 중심 내용으로 하자는 것이다. 여기에 이 글의 관심에 따라 매체적 변이체를 첨가할 수 있다.

시대별 변이체(diachronic variation)는 역사적 시기에 따라 달라지는 언어문화이다. 동일한 논설 장르라 해도, 조선시대, 개화기, 근대초, 1970년대, 1990년대는 각기 다른 형태로 나타난다. 우리나라의 경우, 전근대와 근대, 탈근대의 모습이 뚜렷하게 구별되고 각 시기마다 서구적인 것과 전통적인 것의 갈등이 존재하기 때문에 이러한 변이체는 매우 중요

---

21) Hermann, Giesecke, 조상식 역(2002), 『근대 교육의 종말』, 내일을 여는 책.
22) Ronal Carter(1994), "Knowledge about language in the curriculum", *Teaching English, Susan*, pp.253~255.

하다.[23)]

다음, 주체별 변이체는 언어 사용자의 정체성과 관련된 방언적 변이체들(dialect variation)이다. 지역, 직업, 성, 나이, 계층 등의 사회적 정체성과 개인적인 정체성이 해당된다.[24)] 물론 이 정체성들은 본질로 정해져 있는 것은 아니다. 각 언어 사용자들의 자신과 상대방에 대한 인식, 또 상황에 따라 각각의 변이체 중 하나를 선택 할 수 있다는 있기 때문이다. 우리나라의 언어현실을 고려하여 남북한의 이질 언어 등도 고려될 수 있을 것이다.

셋째, 상황별 변이체(diatype variation)는 동일한 메시지, 동일한 의도라도 상황에 따라 분화되는 언어를 담고 있다. 특히, 소통 '매체'(말로 표현하느냐, 글로 표현하느냐 등)나 해당 주제, 참여자의 사회적 권력 관계 등의 변수는 변이체 형성에 매우 중요한 역할을 한다. 동일한 주제의 말하기라도 친구, 가족, 선생님 중 누구와 어디에서 말하느냐 그리고 전화, 인터넷, 서면, 직접 면대면 중 어떠한 매체로 말하느냐에 따라 대화의 장르적 형태는 달라진다. 이처럼 변이체 중심의 언어문화는 동일 장르의 문화적 보편성을 유지하면서도 이질적인 그리고 다양한 문화적 전통을 고루 수용한다는 점에서, 언어문화에 대한 편견을 제거하고 관용을 형성하는 교육을 가능케 한다고 판단된다.[25)]

---

23) 이는 일종의 표현사 혹은 장르사의 과정이 될 것이다. 졸고(2001), "묘지명 서사의 시대별 차이", 『국어교육의 문화론적 지평』, 소명출판.

24) 필자는 대중매체를 매개로 이러한 교육이 가능하다는 입론을 확인해 본 바 있다. 졸고(2001), "사회적 정체성과 스피치 패턴의 연관을 중심으로 한 TV 드라마 교육", 『국어교육의 문화론적 지평』, 소명출판.

25) Louise Derman Sparks & A.B.C. Task Force, 이경우·이은화 역(1999), 『반편견 교육과정』, 창지사, 20~35면.

3) '변용' 모델에 입각한 교육과정구성

다음, '다양한 언어문화 유산'과 '개인 활동'을 입체적으로 결합하기 위해서는 언어활동을 '변용'(transformation)[26] 모델로 기획할 수 있다. '변용'은 언어 사용하여 기존 언어문화 유산에 터해 있으면서도 새로운 의미를 생산하여 관습유지와 관습 혁신의 측면이 동시에 존재하는 언어활동의 특성을 포착한 개념이다. 이 개념의 장점은 언어활동에서 '결과와 과정', '개인과 문화', '구조와 행위'의 측면 양자를 포괄한다는 데에 있다. 가령, 이상의 글쓰기를 '변용' 차원에서 본다면 단지 '개인적 글쓰기 활동'으로서만이 아니라 그가 어떠한 글쓰기 유산에 토대를 두고 있고 그 유산을 자신의 개인적, 역사적 상황에 따라 어떻게 변용하고 있는지를 살피는 일이 된다. 그러니까 쓰기 활동은 글쓰기 주체가 언어문화 유산을 선택하고 여기에 자신의 시각으로 재해석하여, 새로운 의미와 구성을 보태는 과정이 된다. 여기서는 '규범'과 '관습' 그 자체보다는 그것이 어떻게 변용될 수 있고, 또 변용되어 왔는지가 관건이 되며, 규범과 일탈의 이분 구도가 아니라, 기존 규범의 다양한 변용이 문제가 된다.

이러한 관점에 따른다면 언어활동은 '활용 가능한 유산들'(available designs) → '의미 설계하기'(desining) → '새로 설계된 의미들'(The redesigned)의 과정으로 구조화될 수 있다. 이 과정은 개인의 언어활동을 기존의 언어 유산의 전통과 관련짓고 그러면서도 다시 구조로 환원되는 것이 아니라 새로운 의미를 생산하는 활동으로 이루어져 있다. 여기서 '의미

---

26) 뉴런던 그룹의 연구자들은 '창의적 지성'을 강조하기 위해 문식 활동을 '디자인' 개념으로 전환할 것을 제안한다(Gunther, Kress(2000), "Design and transformation : new theories of meaning", *Multiliteracies*, Routledge, pp.156~158). 이 개념은 특히, 다양한 매체를 통합하는데 유효한데, 이 글에서는 매체 통합의 문제보다는 언어 문화적 변이체에 중심을 두고 있기 때문에 '변용' 개념으로 설정하였다.

설계'는 기성의 유산을 '다시 표현'(representation)하고 '변용'(transformation)하는 기호적 활동인 것이다. 이는 기존의 것을 읽음으로써, 새롭게 쓸 수 있다는 중층적 과정으로 되어 있기 때문에 읽기와 쓰기, 비평과 표현을 자연스레 결합할 수 있다.

또, '새로 설계된 의미'라는 범주를 독립함으로써 의미의 과정 뿐 아니라 '결과'를 중시할 수 있다. 기존 활동 중심에서 '결과'는 학습자들의 흥미와 의욕을 반감시킨다고 하여 '과정'보다는 비교 열세에 있었다. 하지만 언어활동은 주체 형성을 동반한다는 것, 그리고 언어 사용의 결과를 인정함으로써만이 기존 언어문화 유산을 변화해 나가는 실천이 가능하다는 점을 고려한다면 학습자의 활동 '결과'를 존중하는 것은 매우 중요하다. 이를 위해 의미의 층위를 중층적으로 나누는 방안도 고려할 수 있다. 가령, 헐리데이(Halliday)의 기능주의 언어학에서는 현실을 새로이 구성하는 지시적 의미, 언어 참여자들과의 관계적인 의미, 텍스트적 의미로 구분하고 있다. 이에 따른다면, 지시적 의미 차원에서는 학습자가 현실에서 새로운 발견을 한 결과 관계적인 의미에서는 언어 활동을 통한 새로운 관계 형성의 결과 텍스트적 의미에서는 학습자의 의미 구성의 결과를 구체화할 수 있다.

앞 절에서 설정한 단계에 따라, 선정되는 '언어 유산'이나 '변용' 활동 내용을 구체화한다면 다음과 같다.

위계별 단계	활용 가능한 언어문화	변용 활동
1단계	당대의 언어, 생활 기반의 언어	자기화, 장르 혼합 활동
2단계	상황별, 매체별 변이체	비교와 대조, 비평과 비판
3단계	시대별, 세대별, 성별, 지역별 변이체	상호매체, 상호문화, 상호텍스트적 관계화

이와 같은 '변용' 모델에 입각한다면 말하기, 듣기, 읽기, 쓰기, 언어,

문학 등 국어교육영역의 기계적 나열은 입체적으로 재분류될 수 있다. 곧 앞에서 제시한 '교육과정 심화와 확장'의 아이디어를 빌어, 언어활동을 1차적, 2차적 활동으로 위계화 함으로써 가능하다고 본다. 1차적 활동은 언어와 장르에 대한 매체적 고찰 없이 현재의 친숙한 경험 맥락 기반의 활동을 의미하고, 2차적 활동은 장르와 매체성에 대한 메타적 고찰이 개입한 활동이다.

곧, 말하기, 듣기, 읽기, 쓰기 등, 자신의 경험에 기반한 맥락적 활동을 '1차적 언어활동'이라고 한다면, 기존의 언어문화 유산에 대한 메타적 비평과 변용은 '2차적 언어활동'이라 할 것이다. 양자는 중층적으로 결합할 수 있다. 가령, '서사 쓰기교육'이라고 한다면, 일차적 단계에서는 서사적 쓰기 과정에 대한 절차적 지식을 바탕으로 서사 쓰기 활동을 수행한다. 다음 이차적 단계에서는 서사문화의 역사, 주체나 맥락에 따라 변화되는 서사의 장르적 변이체를 이해한 뒤, 이를 비평, 비판하거나 창의적 변용을 유도한다. 이러한 위계적 구조는 쓰기와 읽기를 결합하고 구조와 체계에 대한 지식이 과정적 활동으로 자연스레 유입될 수 있도록 한다. 이를 위해서는 국어 지식의 언어문화를 분석, 비평할 수 있는 심층적인 지식 교육이 가능하도록 확장하고, 이를 바탕으로 언어문화비평이나 장르사, 표현사 등의 새로운 영역을 설정하는 것도 검토할 수 있겠다.

이와 같은 '변용' 모델은 창의력과 변용의 질(quality)을 판단할 수 있다는 장점을 지닌다. 변화에도 창의적 변화와 재생산적 변화가 있고 또 의미있는 변화와 무의미한 변화가 있다. 활동만을 내세울 경우 이를 구분하기는 매우 힘들다. 하지만 기존 '언어문화 유산과의 결합' 유무를 기준으로 삼는다면 이는 변용의 질, 창의력의 수준을 세분화하는 데 중요한 될 수 있다. 곧, 전통이나 언어유산과의 긴장이 없는 자의적인 변용은 수준 높은 변용이 될 수 없는 반면, 다양한 전통을 참조하여 새로

운 방식으로 재결합함으로써 높은 수준의 변용이 가능하다는 점을 고
려하여 다양한 수준을 설정할 수 있다는 것이다. 그리하여 읽기와 결합
된 쓰기, 결과와 결합된 과정, 구조로부터 도출된 행위, 집단적인 문화
와 결합한 개인적 활동을 중시할 수 있다.

4) 교수 · 학습의 입체적 결합

앞에서 논의한 내용을 구체화하기 위해서는 다소 대립적인 것으로
인식되었던 '활동 중심교육'과 '명시적 지식교육'(overt instruction), 또 '창
의성'과 '비판'을 입체적으로 결합하는 문제가 중요하다.

먼저 '맥락적 활동'(situated practice)와 '명시적 지식 교수'(overt instruction)
의 결합을 살펴본다. 맥락적 활동은 학습자가 '경험'을 통해 공동체의 사회
적 맥락에 적합한 기능을 터득하는 과정을 중시한다. 이에 따라 학습자의
실제적 경험을 중시하는 수업이 이루어지며, 사회적 맥락에 '동화'되는
태도가 강조된다. 하지만 이러한 활동은 '경험'의 한계에서 크게 자유로울
수 없다. 자신의 경험에 대한 의식적인 반성은 경험 자체만으로는 불가능
하기 때문이다. 또, 공동체에의 적응과 '동화'를 중시하는 사회화 과정만으
로는 타자에 대한 이해에 도달하기 힘들다. 타자에 대한 이해에서 지식은
필수적이다. 이에 '맥락적 활동'은 '명시적 지식'과 결합될 필요가 있다.
명시적 지식의 교육은 교사가 언어 체계적인 지식을 제공하는 것으로 언어
/ 언어 사용에 대한 일반적 지식, 언어 내적 특징(내용, 형식)과 언어의 맥락
적 기능 관련 내용이 속한다.

기존의 활동 중심에서는 '명시적 지식'이 학생들의 자율적이고 창의
적인 활동에 역기능을 가진다고 보았지만, 중요한 것은 지식 그 자체의
문제라기보다는 어떤 맥락 속에 교육되느냐의 문제일 것이다. 학습자의
발달적 과정에 적절하게 개입하고 그들의 활동에 기초를 둔다면 명시

적 지식은 경험을 의식적으로 자각하고, 주체적인 선택을 하는 데 큰 도움을 준다. 오히려 '절차적 지식'만 강조된다면 학습자는 정태적이고 평면적인 사고에 머물게 된다.[27]

다만, 다중 문식성은 언어문화에 대한 단일한 진실을 확증할 수 없기 때문에 '지식'의 형태면에서도 새로운 모색이 필요하다. 단일한 진실을 본질화 하는 '실체적 지식'은 적합하지 않기 때문이다. 이에 대해서는 본격적인 연구가 필요하겠지만, 이 글에서는 '역사적 지식'을 검토해 본다. '역사적 지식'은 단일한 논증 형태가 아닌 서사로 기술되는 지식으로, 언어문화의 이러저러한 변화과정을 변화 그 자체로 포착할 수 있는 지식이다.[28] 그러니까 고정된 절대 진리가 아니라 변화하는 과정 자체를 지식의 대상으로 삼는 것이다. 가령, '장르' 지식의 경우 기존에는 주로 텍스트들 간의 공분모를 잡아 일반 원리로 교육하였다면 이제는 개별 텍스트들 간의 공분모 속에서도 존재하는 차이와 변화를 동시에 포착할 수 있는 '역사적 지식'으로 담아 낼 수 있다는 것이다.

다음은 비판·비평과 창의성의 결합의 문제이다. 비판이 있어야 창조가 가능하고 또 창조는 비판을 전제한다는 것은 매우 당연한 사실이다. 그럼에도 이러한 연관이 교육 내용 영역에 유연하게 반영되지 못한 것 또한 사실이다. 비판적·비평적 활동(ciritical framing)에는 체계적 지식을 바탕으로, 언어의 사회 문화적 맥락을 분석하고, 그 기능을 분석하는 활동이 들어간다. 이를 통해 이 언어는 누가 썼으며 또 누구를 대상으로 하고 있는가, 그러한 과정에서 어떠한 사회적, 이데올로기적 기능

---

27) 경영학에서도 논의되지만 '절차'란 노동의 생산성과 효율성을 위한 것으로, 미숙한 기능 보유자도 능숙한 능력을 갖출 수 있도록 특정 활동을 분절해 놓은 것이다. 여기에는 주체의 의식적인 판단 과정은 거의 배제된다. 일을 처음 하는 사람도 전임자의 숙련된 노동을 따라갈 수 있도록 표준화 해 놓은 것이기 때문이다. 바로, 이 대목에서 언어에 대한 체계적 지식이 주체적인 언어활동을 도와준다는 주장이 가능해진다.

28) Rosaldo, Renato, 권숙인 역(2000), 『문화와 진리』, 대우학술총서.

을 담당하는가, 언어의 사회, 문화적 맥락, 곧 직접적인 맥락(상황, 관계, 효과, 관련성 등)과 확장된 맥락(문화, 역사, 사회, 정치, 가치) 등을 학습자는 탐색할 수 있다. '비판 교육학'의 과제이기도 하였던 이러한 과제는, 그러나 '분석가'의 냉소적이고 정태적인 분석에만 그칠 수 있다는 우려를 불러들이는 것도 사실이다. 비판에 그치고 마는 것이다.

창의적 비판은 자신의 입장에서 기존 유산의 잠재적 가능성까지도 발굴, 미래를 형성할 때 가능하다. 크레스(Kress)는 기존의 '비판'이 '창의'와 결합되지 못한 주요 이유로, 비판의 의제가 개인의 성찰 속에서 나오지 않고 사회적 이슈를 무조건적으로 따라갔기 때문이라는 것과 또 하나는 미래의 시각이 아닌 현재의 시각만으로 대상을 이해하였기 때문이라 지적하고 있다.[29] 비판·비평은 학습자 개인의 자기 맥락 속에서 이루어져야 한다는 것, 또 비판은 기존의 것, 자신의 것도 함께 변화해 나가는 과정 속에 이해되어야 한다는 것에 대한 지적이다. 이에, 비평은 '변용적 실천'(transformed practice)으로 전이될 필요가 있다. 기존의 맥락을 또 다른 맥락(그것이 자신의 맥락이든, 또 다른 맥락이든)으로 전이시켜, 새로운 의미를 창조하는 활동과 결합하는 것이다.

4. 언어 문화 교육의 전망

이 글은 다중 문식성 개념에 기대어, 21세기 사회, 문화적 상황에 적합한 국어교육의 내용과 방법에 대해 고찰하였다. 다중문식성은 단일 언어 중심, 문자 언어 중심에 비판하고, 다양한 언어문화를 이해하고 적용, 교섭하며 나아가 새로운 언어문화를 창조할 수 있는 능력을 말한

---

29) Gunther Kress(2000), op. cit., pp.156~158.

다. 국어문화교육의 경우, 문화 일반이 지니는 문제 곧 문화적 다양성과 보편성, 지역성과 전체성의 갈등이 문제가 될 수 있다. 이제까지는 근대 국가의 기획 아래, '국민 만들기'를 위한 표준적인 언어 학습을 강조해 왔다. 또 정체성 면에서도 '민족적 정체성'이나 '개인적 정체성' 획득이라고 하여, 단일한 정체성의 틀 속에서 교육을 생각해 왔다. 국어교육에서는 문화도, 정체성도 단수였던 셈이다. 이것은 한국문화의 특징이기도 하고 근대교육의 요구이기도 하였다. 하지만 지금과 같은 매체적, 경제적, 사회적 상황 속에서는 다양하고 이질적인 문화적 혼합과 교류가 일상이 되었다. 이에 따라 '자아의 언어'만큼이나 '타자의 언어 문화'에 대한 폭넓은 이해가 필요하고 또 이러한 차이를 새로운 문화 창조의 기회로 활용하는 능력이 요구되고 있다. 이에 따라 '문화 통합'의 구심적 기능에만 중심을 두었던 국어교육에서 이제는 '문화 분화'의 원심적 기능도 동시에 고려하는 균형잡힌 시각이 필요할 때가 되었다. 그것은 '지역적인 것과 세계적(중심부적)인 것', '개별적인 것과 전체적인 것', '전통과 근대'를 결합하는 과제이기도 하다.

다중 문식성을 기반으로 교육과정을 구성한다면 무엇보다 '언어문화 유산들'과 개인적 활동의 입체적 결합이 관건이 된다. 기존의 활동 중심이 학습자의 직접적인 활동을 강조하여 '결과와 과정', '문화와 개인', '구조와 행위'가 서로 분리되었다면, 다중 문식성은 문식 활동을 일종의 '변용 과정'으로 이해하고 '활용 가능한 언어문화유산' → '의미 설계' → '의미 다시 만들기'의 과정으로 구조한다. 이러한 구도는 '읽기와 쓰기', 곧 '문화의 결과적 변인과 과정적 변인'을 동시에 포괄한다는 장점이 있다. 이 과정은 '언어문화 유산'의 수준에 따라 다시 위계화될 수 있다. 1) 친밀하고 익숙한 생활 맥락 2) 다양하고 이질적인 간(間) 문화 맥락 3) 보편성을 추구하는 초(超)맥락이 그것이다.

이러한 구도는 교육 방법에서도 '활동'과 '지식'의 입체적인 결합을 요구한다. '맥락적 활동'과 언어에 대한 체계적 지식을 담은 '명시적 교수'법을 결합하여 가르치고, '비판'과 '창의적 변형'을 결합하는 문제가 그것이다. 궁극적으로 다중문식성은 국어능력을 확장적으로 규정하는 문제이다. 이에 따라 국어교육 영역 확장 문제도 제기된다는 점을 확인하였다. 1단계의 교육이 주로 말하고 듣고 읽고 쓰는 학습자의 직접적인 활동을 중시한다면, 2단계는 언어 문화를 분석, 비평하고 이를 변용하는 언어문화비평과 창작, 언어문화사(표현사, 수용사) 등 새로운 영역이 요구된다.

제2부 학습자의 언어문화와 문학경험 연구

청소년 문학 경험의 질적 이해를 위한 독서 맥락 탐구
중학생 구어 서사문화의 지역별 특성 비교 연구
청소년의 TV 드라마 수용 패턴과 수용 문화

청소년 문학 경험의 질적 이해를 위한 독서 맥락 탐구
— 학교에서의 다양한 문식적 클럽들을 중심으로

1. 청소년 독자를 어떻게 '이해'할 것인가?

이 글은 청소년 독자의 문학 독서 경험을 '질적으로 이해'하는 데 관심을 가지고 있다. 그간 연구사를 살펴보면, 의외로 '청소년 독자'에 대한 연구가 미진하다는 점을 발견할 수 있다.[1] '어린이 독자'나 '청소년 독자'라는 개념은 학습자의 연령이나 문화, 발달적 특성을 특화한 개념인데, 국어교육 이론에서는 아직 충분한 논의를 거치고 있지는 않은 듯하다.[2] 그러나 전반적으로 학습자의 현실적 언어문화와 그들의 실제적 발달 과정에 대한 관심이 증대되고 있음을 볼 때 이 분야에 대해서도 많은 연구가 이어지리라 기대된다.

그동안 '청소년 독자' 대신에 사용된 개념은 '학습 독자'라는 개념이

---

[1] 정작 청소년 독자에 관심을 보였던 분야는 '출판업계'였다. 청소년 도서 선정과 관련된 연구나 공공 도서관 이용과 관련된 연구들이 이에 해당된다. 김병집 (1999), "한국에서의 청소년 도서 개발과 출판윤리", 『출판학연구』, 한국출판학회, 335~354면.,

[2] 학습자의 문학 수용과 창작에 관한 질적, 양적 연구로는 김남희(1997), "현대시 수용에 관한 문화기술적 연구", 서울대 석사학위논문. 구영산(2001), "시 감상에서 독자의 상상 작용 연구 : 정서체험을 중심으로", 서울대 석사학위논문. 진선희(2006), 『문학체험 연구』, 박이정. 졸고(2004), "아동기와 청소년기, 문학 창작 경험의 발달적 특징 시론" 문학교육학15, 문학교육학회. 선주원(2005), "범교과적 관점에서의 청소년 문학교육 연구", 청람어문학 30, 청람어문학회.

다. '학습 독자'라는 개념은 청소년이 교육 대상자임을 강조한 것으로 이 개념으로 보면 독자들에게 '무엇을 어떻게 읽도록 할 것인가?'라는 처방적 질문을 앞세우게 된다. 이 질문은 자칫 교육하는 사람의 입장에서 청소년을 대상화하고 그들만의 고유한 자질은 다소 부차적인 것으로 만들 수도 있다. 다시 말해, 처방 이전의 이해의 문제, 가령, "청소년들은 왜 그렇게 읽는가?"라는 그들의 독서경험 실상을 '배려'할 수 있는 측면은 약할 수밖에 없다는 것이다. 그러나 교육의 질적 내실화를 위해서는 교육 경험에 대한 해석학적 노력이 필요하다, 외국의 경우, 현실의 언어문화와 소통하기 위해, '청소년 문식력'이란 개념을 이슈로 삼고 있는 정황은 눈여겨 볼만하다.3)

'청소년 독자'를 어떻게 볼 것인가라는 질문에 답을 하기 위해서는 청소년에 대한 개념, 독서 활동의 본질이나 독자에 대한 개념 등을 두루 고려해야 한다. 특히, 문제적인 것은 '청소년'에 대한 개념이 '청소년 독자'에 대한 선입견으로 전이되는 경우를 쉽게 볼 수 있다는 것이다. 청소년 집단에 대한 별명인 영상 세대, N세대라는 이름은 그들과 독서의 거리를 더욱 넓혀 놓았다. 또 '불온한 청소년'이란 개념 역시 교정, 개선, 개발의 시각에서의 보호주의적 입장을 강제하는 측면이 있다. 이는 마치 '순진한 어린이'라는 개념이 어린이 문학에 대한 천사주의적 경향을 유도하였고, '여성' 정체성에 대한 지배적 담론이 여성 독자에 대한 이미지를 형성하는 현상4)과 동궤의 것이다.

기존의 '청소년 독자'에 대한 사회적, 이론적 담론은 '청소년 문화'라는 틀보다는 '청소년 문제'의 틀로 접근하는 경우가 많았다. 국책 기관에 통계 처리되는 청소년 독서는, 주로 '개선', '진흥', '문제'의 용어와

---

3) Allan Luke & John Elkins (2000), "Special themed issue : Re/mediating adolescent literacies", *Journal of Adolescent & Adult Literacy* 43 : 5, International Reading Association.
4) 슈테판 볼만, 조이한, 김정근 역(2006), 『책 읽는 여자는 위험하다』, 웅진지식하우스.

함께 다루어지고 있었다.5) 학문의 장에서도 이와 크게 다르지는 않다. 청소년, 혹은 중 고등학교의 독서 문화는 문제, 치료와 극복이라는 차원에서 접근되는 경우가 많았었다.6)

그러나 청소년 개념과 마찬가지로 청소년 독자 개념 역시 사회적, 역사적으로 구성된 것이다. 이에 우리가 지니고 있는 청소년에 대한 이미지, 청소년 독자에 대한 이해가 과연 합당한가, 이 시대의 요구에 부합하는가를 따져 볼 필요가 있다.

무엇보다 '청소년 문제'가 아니라 '청소년 문화'의 시각에서 '청소년 독자'를 '이해'하는 접근이 필요할 듯하다. 청소년학이나 매체교육에서는 이미 90년대 이후, 적극적으로 수용된7) 관점이다. 그 근본 취지는 어른들의 시각이 아니라 청소년 자신의 삶의 맥락에서 그들의 문화 창조 가능성을 살피자는 것이다. 매체 교육에서는 이미 그들의 매체 활동을 의미화 실천으로 이해함으로써 그 능동성을 포착하고 있다.8)

이런 문제의식 하에 이 글에서는 청소년 독자의 독서 행위를 그들 삶의 맥락에서 그들이 느끼는 비전과 의미를 질적으로 고려하면서 '이해'하는 작업을 하고자 한다. '질적 이해'는 대상을 있는 그대로의 전체상 속에서 파악하되 참여 주체들이 그 행위에 부여하는 주관적 의미를 존중하고 이를 해석하고자 한다.

---

5) 한국 청소년 개발원(2003), 『청소년 책 읽기 사업의 효율적인 추진 방안』., 문화 광광부.
6) 대표적인 논의로는 정옥년(1998), "독서와 청소년 지도", 독서 연구 3호, 한국독서학회. 한철우·박영민(2003), "독서 클럽 활동을 통한 인성지도", 독서연구 9호. 한국독서학회. 서미옥(2004), "청소년의 정신 건강 증진을 위한 독서치료에 활용될 수 있는 도서 탐색", 아동학, 25. 6, 한국아동학회. 박혜영(2006), "중등학교 독서 문화 비판", 독서 연구 15호, 독서학회. 여기에서는 청소년의 공격성, 향략성과 폐쇄성, 과격성 등을 통한 독서 치료가 주로 논의되고 있다.
7) 정유성(1998), "청소년 문화 담론 형성을 위한 시론", 한국청소년연구 제28호, 한국청소년연구원.
8) David Buckinghum(2004), 정현선 역(2004), 『전자 매체 시대의 아이들』, 우리교육. 정현선(2004), 『다매체 시대의 국어교육과 문화교육』, 역락.

이 글에서 다루는 하위 문제는 다음과 같다. 첫째, 청소년 독서 경험을 이해하기 위한 전제로 청소년 문화에 대해 살펴보고, 독서 경험의 질적 이해 방법이 왜 맥락적 접근이어야 하는가 그 필요성을 논의한다. 둘째 청소년 독서가 이루어지는 학교 맥락에서는 '문식적 클럽'이 이들 독서의 사회적 맥락으로 작용한다는 점을 논의하며 이 맥락을 탐구할 수 있는 사회적 관계를 해석하는 틀을 논의할 것이다. 셋째, 실제 인문계 고등학교 2학년 학생을 대상으로, 이들이 다양한 의도로 참여하고 있는 독서 클럽 활동의 사례를 밝혀 개인적 독서 경험과 문식적 클럽의 상호작용 사이의 연관성을 밝히고자 한다. 이를 통해 청소년의 독서가 이루어지는 다양한 삶의 맥락에 관심을 두면서[9] 문화 창조의 잠재적 가능성을 통찰할 것이다. 마지막으로 이 논의가 독서 교육에서 어떠한 의의를 지니는지를 논의하겠다. 이 논문은 경험에 대한 해석적 연구를 취한다. 곧, 수업 상황을 넘어 존재하는 자발적 독서 클럽의 맥락들을 들추어 내어 청소년 독서가 이루어지는 다양한 맥락 속에서 경험을 해석하고자 한다.

2. 청소년 문화의 양면성과 독서 경험의 화행적 접근

1) 청소년의 양면성과 독서 경험의 '맥락적 접근'에 의한 질적 이해

청소년의 독서 행위를 청소년 문화의 맥락에서 이해하기 위해, 먼저

---

9) 한국의 국어교육 논의에서도 청소년 언어문화에 대한 실존적 연구가 가장 시급한 연구 과제로 제기된 바 있다. 기존에 진행되었던 논의로는 양정실(2000), "반응일지 쓰기의 문학교육적 함의", 국어교육 102, 한국국어교육연구회. 김남희(1997), "현대시 수용에 관한 문화기술적 연구", 서울대 석사학위논문.

청소년 문화에 대한 이론적 검토를 하겠다. 청소년은 아동과 성인기 사이에 존재하는 집단이다. 그들은 근대 산업화 시기, 노동 시장이 불안정해지면서 취직이 되지 않자 생긴, 상대적으로 긴 기간의 교육을 받는 존재로 인식되었기 때문에 태생부터가 질풍노도의 격변과 불안, 불온하다는 이미지를 지니게 되었다고 한다. 그러나 자아 정체성의 문제는 청소년에게만 국한되는 것이 아니라 생애사적 과업이라고 본다면, 그들의 혼란은 특별히 청소년의 문제라고만은 할 수 없을 것이다. 청소년은 경제적으로 독립하지는 못하였지만 기득권 구조로부터 자유로움으로 해서 삶에 대한 자유로운 실험을 시도할 수 있다는 특징을 지닌다. 직업을 갖지 않은 이들에게는 가족, 학교 등의 권력이 명령한 세상의 모든 질서를 성찰하고 자유롭게 저항하며, 실험적으로 도전하고 새로운 문화를 창조할 수 있는 가능성이 존재한다.10) 따라서 청소년 문화는 적응과 저항, 성인과의 연속과 불연속, 수용과 창조의 양면적인 길항 관계 속에 존재하며, 청소년의 다양한 독서 활동 역시 기성세대 문화의 전수라는 측면과 독자적인 문화 창조라는 긴장감 속에서 이루어진다.

청소년의 독서 활동 역시 이러한 양면성 속에서 보아야 그 전체상을 온전하게 보아낼 수 있을 것이다. 학교에서 문화화되기 위해 거쳐야 하는 독서도 있지만 그들 나름의 자유로운 탐색과 실험을 위한 독서도 존재할 수 있는 것이다. 이 때, 어떤 독서로 존재하느냐 하는 것은 독서가 이루어지는 맥락적 변인에 의한 영향이 크다.

독서도 일종의 화행적 활동이라 볼 수 있다. 담론적 관점이나 독서 사회학에 따른다면, 독서에서 구성되는 의미는 엄밀히 말해 '상황적 의미'(situated meaning)이라고 할 수 있다. 이것은 특정의 상황과 관습에 의

---

10) 추병식(2005), "문화 창조 가능성에 비추어 본 청소년 개념의 재고찰", 청소년학연구, 제12권 제3호. 정유성(1998), "청소년 문화 담론 형성을 위한 시론", 한국청소년연구 제28호, 한국청소년학회.

해 생산되는 의미로서,11) 독서가 어떤 상황과 언어적 관습 속에서 이루
어지는가의 문제가 독서에서 생산하는 의미에도 중요한 역할을 한다
개인은 명시적이든, 암묵적이든, 그 공동체가 규정하는, 혹은 인정하는
'의미있는 행위'라는 맥락에서 해석하기 때문에, 마치 쓰기에서 '장르'
적 관습과 마찬가지로 일종의 의미론적 관습 속에서 이해한다. 물론 이
상황적 의미는 고정된 것이 아니라 무한히 변화될 수 있는 역동적인 것
이지만, 개인의 의식 속에서 이루어지는 독서 활동도 사회적 관습과 분
리될 수 없다. 문학 독서의 반응 중심 이론조차 예전에는 카니발적 기
호 해독이나 유희적 체험과 같은 개인적인 의미 구성을 강조하였지만,
90년대 중반 이후부터는 독자의 도서 선택권이나 자발성을 발휘할 수
있는 사회적 관계 등의 맥락적 요소에 더욱 관심을 기울이고 있는 형편
이다.12) 이처럼 독서 과정에서 생겨난 의미들을 '상황적 의미' 의미로
본다면 개인의 반응을 심층 해석할 수 있고 또 다른 가능성을 구안할
수 있다는 이점이 있다.

　독서를 이런 관점에서 보자면, '독서 경험'이라는 문제틀이 적합하다.
기존에는 주로 사용했던 '수용', '반응', '체험', '활동'은 '독서 경험'13)
이란 개념에 비해, 독서 활동에 작용하는 복합적인 요소를 포괄하기 어
렵다. 듀이가 지적하였듯이 경험은 상황적, 상호작용적, 연속성의 특징
을 지닌다. 우리가 '독서 경험'(literary reading experience)이라고 한다면, 독

---

11) James Paul Gee(2001), "Reading as situated language : A Sociocognitive perspective"
　　Journal of Adolescent & Adult Literacy, May. James Paul Gee(2002), "Discourse and Socio-
　　cultural Studies in Reading", *Handbook of Reading Reasearch.*
12) James Marshall(2002), "Research on Response to Literature", *Handbook of Reading Reasearch.*
　　M. Alayne Sullivan(1995), Reader Response, Contemporary Aesthetics and the Adolescent
　　Reader, *Journal of Aesthetic curriculum,* Vol. 29.
13) '경험'과 '체험'은 의미의 차이가 있다. 벤야민이 '경험'을 강조한 것은 경험에는 공동체
　　와의 연속성, 사회적 요소가 강조되었기 때문이고, 아도르노가 '체험'을 중시한 것은 체
　　험에는 개인의 고유함이 살아 있기 때문이다. 교육에서 경험과 체험은 상위한 위상을
　　지닌, 별도의 범주로 사용되어야 할 것이다.

서에 개입하는 사회적 요소와 개인적 요소, 그리고 개인의 사고, 정서, 동기 등을 모두 포함할 수 있는 것이다.[14]

우리나라에서도 사회 구성주의 이론이 도입되면서, 개인의 인지는 공동체의 담화 관습, 사회적 관계, 이데올로기 등과 분리될 수 없다는 인식이 대중화되었지만 그러나 정작, '맥락'에 대한 엄밀한 규정이나 실증적 논의는 부족한 것도 사실이다. 상황적 맥락을 강조하는 논의들은 토론이나 토의의 사회적 상호작용을 중시하는 독서교육을 강조[15]한 반면, 문학 독서교육에서는 주로 거시적 맥락에 초점을 두고 이데올로기와 윤리에 대한 비판적 읽기[16]를 중시하였다. 그러나 전자의 경우, 소집단 토론, 토의 중심의 독서라는 다소 원론적이고 추상적인 논의로 단순화되어, 정작, 실제 학교 교실에는 어떤 맥락이 실제적으로 작용하고 있는지, 그 맥락을 어떻게 해석하고, 재구성할 수 있는지 하는 실질적인 논의는 부족한 경향이 있다. 사회구성주의 이론이 '관점'에 국한되고 있다는 우려[17]가 나오는 것도 이와 무관하지 않으리라 본다. 반면, 후자의 경우도 텍스트 생산 변인의 맥락만을 지나치게 강조하다보니, 정작 독서의 실제적 맥락이 사장되고, 텍스트의 맥락으로 환원될 우려 역시 생긴다.

이런 사정이고 보면, 독서에서 맥락 문제는 이제 원론적인 논의에서

---

14) Sharon, Kletzin B,(1992) "Comprehension strategies of literary Engagement : A Study of Adolescent Readers", Paper presented at the annual meeting of the National Reading Conference. December 2-5, pp.20~25.

15) 북클럽 교육과 독서 토론교육이 대표적인 예이다. 한철우 외(2001),『문학 중심 독서 지도』, 대한교과서 주식회사. 한철우·박영민(2003), "독서 클럽 활동을 통한 인성지도", 독서연구 9호, 한국독서학회. 김라연(2005), "북클럽 활동에 적합한 텍스트 요건 분석", 독서 연구 13호, 한국독서학회.

16) 김상욱(2005), "실천적 이론과 이론적 실천", 문학교육학 18호, 한국문학교육학회. 김성진(2005), "서사이론과 읽기 교육의 소통을 위한 시론", 문학교육학 28호, 한국문학교육학회.

17) 김봉순(2002), "균형있는 읽기 교육의 가능성",『국어교육학연구』15집, 국어교육학회, 169~194면.

나아가 독서 경험에 작용하는 실제 맥락을 해석하고 설계하는 논의로 접어들고 있는 상황이다. 이 글의 관심과 유사한 문학 토론, 북 클럽 활동 역시 주로 텍스트나 토론 방식18)에 국한하여 연구되었는데, 이제는 그러한 토론 방식이 어떠한 맥락적 효과를 발휘하는지, 또 어떤 경험을 유도하기 위해서는 어떤 맥락을 제공해야 하는지를 살필 필요가 있다.

2) 청소년 독서의 사회적 맥락으로 작용하는 문식적 클럽들

그렇다면, 사회적·문화적 맥락 변인19)을 이해, 해석할 수 있는 방법론은 무엇일까? 본고에서는 청소년의 독서 맥락으로 학교 생활에서 참여하는 다양한 문식적 클럽(literacy club)들에 주목하고, 특히 그들 내부의 '사회적 관계' 유형을 해석하는 방법을 탐구하고자 한다.

문식적 클럽이란 문어에 대한 특정의 가치와 신념, 의미를 공유하며 특정의 상호작용 패턴으로 의미를 구성하는 문식 공동체이다. 스미스(Smith)는 읽기는 대부분 이 리터러시 클럽에 입문, 유지하려는 과정 속에서 이루어지며, 이 클럽에서의 '회원으로서의 지위와 자격'이 개인들의 읽고 쓰는 능력을 인도한다고 하였다.20) 청소년들은 '국어 수업' 뿐 아니라 다양한 사회 문화 활동과 매개된 독서 활동을 통해 특정의 읽기 방식을 배우고 독서 경험을 쌓아 나간다. 다양한 교과에서의 수업, 동

---

18) 이재기(2005), "문식성 교육 담론과 주체 형성에 관한 연구", 교원대 박사학위논문.

19) 아직 '맥락'에 대한 엄밀한 합의조차 되어 있지 않은 형편이다. 본고에서는 반딕의 설명대로, 맥락을 상황적 맥락과 거시적 맥락으로 분류하여 이해한다. 상황적 맥락에는 제도적 공간에서의 관습들, 가령, 교육 제도, 과제 유형, 교사의 유형이나 평가 등의 맥락이 포함된다. 특히, 학생과 교사, 학생과 학생의 사회적 관계, 담론적 위치, 상호작용 방식이 문학 독서 경험에 대단히 중요한 역할을 할 수 있다. 또, 거시적 맥락에서는 계층이나 인종, 연령과 같은 권력 관계, 이데올로기, 제도, 담론 등 교실 밖의 맥락이 문학 교실과 연계될 수 있다. 이러한 맥락들은 특정 독자의 성공과 실패, 부진과 약진, 독서 반응과 경험들을 개인적 원인을 넘어선 맥락 차원에서 해석할 수 있는 해석틀을 제공한다. 그리하여 동일한 정전이 왜 동서양에 따라 다르게 읽혀지느냐, 혹은 학습자의 배경이 되는 계층에 따라 소설 읽기에서의 추론 방식이 달라지는 점 등을 설명할 수 있다.

20) Smith(1988), *Joining the literacy club : Further essays into education,* Portsmouth.

아리나 취미 활동, 또 가정이나 사회에서의 종교적, 사회적, 문화적 활동에는 대부분 '책 읽기'가 매개되어 있다. 그 모임은 회원들만이 공유하는 나름의 가치와 '의미있는 활동'을 지니고 있으며 이를 통해 일종의 문식적 클럽으로서 개인의 독서 활동에 주요 맥락으로 작용한다. 특히, 이 클럽에 유지되는 사회적 관계와 회원이 참여하는 방식은 개인의 독서 경험에 큰 영향을 미친다.

청소년들의 독서 경험을 이해함에 있어 이러한 문식적 클럽은 매우 의미가 있다. 일단, 문식적 클럽은 거시적 맥락보다는 덜 고정되어 있고 상황적 맥락보다는 포괄적이기 때문에 효율적이다. 또한 수업 장면을 벗어나 이루어지는 청소년들의 다양한 독서 맥락들을 고려할 수 있다는 장점도 있다. 독서가 다양한 상황에서, 다양한 의도를 위한 다양한 방식의 읽기로 이루어지는 '다(多)전략적인 행위'라고[21] 한다면, 다양한 맥락의 고려는 매우 중요할 것이다.

기존 연구에서는 학교에서의 문식적 클럽으로 '성취형 클럽', '아카데미형 클럽', '개인적 클럽' 등이 드러난바 바 있다.[22] 이런 유형은 그 공동체가 공유하고 있는 가치와 신념에 의한 것이기도 하지만, 그 속에 관습화되어 있는 사회적 관계에 따른 것이기도 하다. 마이어 Jamie Myers는 그 사회적 관계를 해석할 수 있는 틀을 '구성원 되기'(membership), '앎', '위험도' 등의 범주로 지적한 바 있다.

먼저 '구성원 되기'(membership)는 클럽 회원들의 상호 공유 정도를 의미하는 것으로 의미 구성이 타자와 공유하려는 방향으로 이루어지는지

---

21) 이러한 논지는 문식성을 사회 문화적으로 바라보는, Brunerm Edelsky, Erisckson,. Langer, Heath 등에서 강조되었다. 이 글에서 참조한 논문은 Nalie Myers(1992), "The social contexts of school and personal literacy". *Reading Research Quarterly* 27. 4. A Journal of Intrernational Reading Association, p.307이다.

22) Jamie Myers (1992), "The social contexts of school and personal literacy", *Reading research Quarterly* 27, A Journal of the International Reading Association, 문식적 클럽의 해석틀은 이 논문을 원용하였다.

혹은 배척하는 방향으로 이루어지는지를 분석하는 범주이다. 또, '앎'은 세계나 자신, 타자에 대한 지식이, 주로 외부적인 권위적 담론에 의존하여 이루어지느냐 아니면 참여자들 간의 경험과 아이디어를 공유하여 협상하여 생성되는가를 다루는 범주이다. '위험도'는 새로운 아이디어를 내는 데 얼마만큼의 부담과 위험을 받는지, 관습적인 의미들에 대해 얼마나 혁신적일 수 있는가를 측정하는 범주이다.

그런데 필자는 이 범주들 외에 연구 과정에서 '책임성'(responsibility)의 범주를 발견하였다. 자신의 독서 경험에 대해 다른 사람에게 책임감을 갖고 표현하는가? 또 다른 사람의 응답에 책임감을 갖고 응대하는가?는 일종의 상호작용에서 갖는 윤리성이다. 다른 사람이 말하는 것에 자신이 응답해야 한다고 느끼는 책임감이 많고 적음 역시 사회적 관계를 형성하는 범주인 것이다. 이를 정리하면, 다음 <표 1>과 같다.

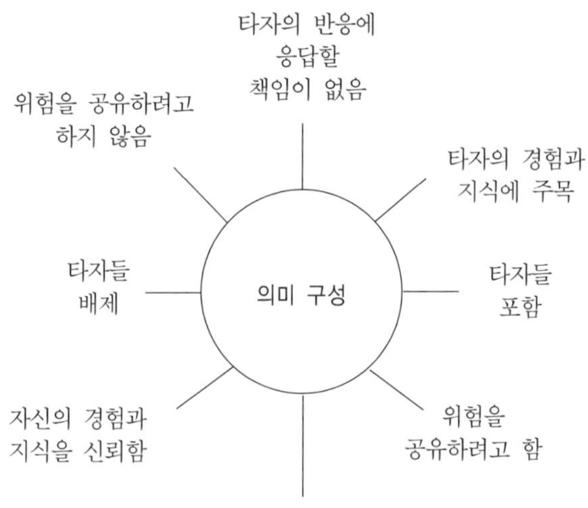

〈표 1〉 회원 간의 사회적 관계를 해석하는 틀

이러한 사회적 관계는 심리, 그리고 기호의 의미 구성과 밀접하게 통합되어 있다. 다음 <표 2>는 이를 통합적으로 정리한 것이다.

<표 2> 문식성의 사회심리기호학 이론에 따른 유형

공동체	사회 (화행론)	심리 (상호주관성)	기호 (상호텍스트성)
① 성찰적 비판적 협동적 다양성	공유적 회원되기 (share membership)	자신의 경험을 조직하고 기호 의미를 협상하며 앎을 공유하기 위하여 타자와 연결되고자 노력함.	기호는 개인적 교섭과 의미 창조에 잠정적으로 개방되어 있음.
② 반항적 저항적 협동적 합치지향	대항적 회원되기 (contest membership)	권력에 의해 권위적 지식을 전도하고, 저항적인 의미를 생산하고자 함. 종종 동일한 기호를 사용함.	기호는 열려 있으나 이중적으로 닫혀 있음. 곧, 공동체의 권력과 대안적 의미를 만드는 공동체에 의해 폐쇄됨. 공동체에서는 기호의 일치를 위하여 상이한 회원에 주목함.
③ 기만적 권모술수적 (마키아벨리적) 개인적	가장의 회원되기 (fake membership)	자신이 보상받을 수 있을 만큼만 공동체의 권위적인 의미를 받아들임. 자신의 진정한 의미는 종종 숨김.	기호는 의미를 위한 것도 경험을 공유하기 위한 것도 아니며, 단지 문을 열기 위한 열쇠로서만 존재. 기호의 기능은 폐쇄되며, 의미있는 차원에서 교섭이 힘듦.
④ 권위적 엘리트적 경쟁적 획일적	유지적 회원되기 (maintain membership)	올바른 행위와 지식을 학습함으로써 권화된 의미를 재현하고자 노력함.	기호의 기능은 폐쇄되어 있고, 텍스트는 특정의 의미와 교섭으로 고정되어 있음.

이와 같은 사회적 관계의 유형은 개인의 의미 구성을 입체적으로 이해하는 데 기여한다. 청소년 독자가 기반으로 삼고 있는 문식적 클럽을 확인하고 그 사회적 관계 유형이 개인의 문학 독서 경험에 어떠한 영향을 미치는지 상관성을 고려하면서 청소년의 다양한 독서 경험을 살펴도록 하겠다.

3. 문식적 클럽 맥락에서 청소년 문학 독서 경험의 이해

1) 연구 대상과 방법

앞의 문헌적 검토를 바탕으로, 실제 고등학교 2학년 학생들의 독서 경험을 살펴보았다. 연구 대상으로 잡은 학교는 부산 지역 소재, 인문계 고등학교 2학년 교실이다. 이들은 진학 준비에 바쁨에도 불구하고 중학생에 비해 다양한 형태의 독서 활동을 하고 있었다. 이 학교는 부산 지역 중에서도 다소 변두리에 위치하고 있는데 단독 주택으로 둘러싸여 있고 학부모들의 사회 경제적인 지위는 다소 낮은 편이었다. 학력은 부산 지역에서 중간 정도이었고 대부분의 학생이 대학교로 진학하였다.

연구자는 주로 외부 참여자로 관찰하였으며, 그들의 생각과 말을 존중하면서 기록하였고, 그들 내부의 상호작용을 관찰하였다. 주된 자료 조사 방법은 참관 및 관찰, 심층 면담, 성찰지 수합이었다. 참관 및 관찰은 2006년 9월부터 11월까지 총 6회에 걸쳐 이루어졌고, 심층 면담은 클럽별 집단 인터뷰로 이루어졌다. 집단 인터뷰에서는 그들끼리 자연스럽게 나누는 집단 대화를 통해 그들이 공유하고 있는 의미를 살펴고자 하였다. 집단 대화 자료는 MP3로 녹음되었고, 토론이나 교실 상황은 비디오로 녹화되었다. 또, 대화 자료만으로는 그들 내면적 의미를 파악하기 힘들다고 판단하여, 성찰지를 부탁하였다. 그래도 부족한 자료는 이메일 등을 통해 수시로 보충하였다.

연구 참여자는 이 교사와 6명의 학생이다. 이 교사(36세, 남)는 발령 받은 지 8년차로 이 학교에서는 2학년 문학 수업을 맡고 독서 동아리를 운영하고 있었다. 독서 동아리는 '고등학생들은 자기가 좋아하는 책을 스스로 고를 수 있어야 한다'와 '책을 통해 세상과 소통할 수 있어야 한다'는 개인적 신념으로 만들었다고 한다. 6명의 학생들은 각각 독서 동아리 참가자(3명), 만화 클럽 참가자(3명)로서, 2명을 제외하고는 같은 반 학생이다.

자료 코딩은 앞의 문헌적 검토에서 살핀 문식적 클럽의 유형과 그들의 사회적 관계를 해석하는 개념들에 기초하여 만들었다. 관련 범주들이 나올 때마다 별도로 복사하여 모아 두고, 해석하는 방식을 취하였다. 원래 질적 연구는 아래에서부터 위로 범주를 만들어야 할 것이나, 본고는 문헌적 검토에서 도출된 범주를 주로 적용하면서 새로운 범주를 부분적으로 보완하였다. 그리하여 기존의 '구성원 되기'(membership), '앎', '위험도', '책임감'의 범주로, 독서 경험은 인지적 경험, 정의적 경험, 사회적 경험으로 나누어 코딩하였다. 독서 경험은 원래는 인지적 경험과 정의적 경험으로 나누었으나 자료를 접하면서 사회적 경험의 범주가 필요하다고 판단되어 보완하였다.

이들 해석은 독서의 '상황적 의미'[23]에 주안점을 두었다. 이 의미는 독자들 개인의 주관적 의미나 일반화될 수 있는 보편적 의미가 아니라, 특정의 상황과 집단에서 공유하고 있는 관습적인 차원에서의 의미를 말한다. 이를 위해 개인적 의미도 관습적 의미도 아닌 '중간 수준'에서 일반화하고자 노력하였다. 아울러 연구 결과의 타당성을 위하여 교사

---

23) James Paul Gee(2001), "Reading as situated language : A Sociocognitive perspective". *Journal of Adolescent & Adult Literacy* May. International Reading Association.

참여자와도 함께 검토하였다.

필자는 외부 참가자로 이 클럽에 참여하였지만 그럼에도 관찰과 해석 과정에서는 필자 자신의 독서관과 독서경험이 영향을 미쳤음을 부인하기 힘들 것이다. 필자는 독서가 개인의 정체성 형성에 중요하다고 생각하고 있으며 가장 의미있는 독서 방식으로 비판적 읽기를 중시하고 있다. 주로 문학과 철학 중심의 독서 취향을 지니고 있으나, 고등학교 시절에는 인기 있는 베스트셀러 북 클럽 활동을 경험한 바 있다. 이번 기회에 대중 만화와 판타지를 읽은 경험이 있다.

〈표 3〉 청소년 연구 참여자[24]

학생 이름	학교 수업 참여		참여 클럽			가정 환경
	전체 성적	국어 성적	유형	참여 정도	참여 동기	
A(남)	중상	상	독서 동아리	열성적인 참여	대입 논술을 대비하기 위하여	극빈층
B(여)	상하	상		열성적인 참여	친구들과 다양한 의견을 접할 수 있어서	중산층
C(여)	상	상		열성적인 참여	원래는 논술 대비용이었으나 선생님과 친구들이 좋아서	중산층
D(남)	상	상	만화 판타지 동아리	열성적인 참여	초학교 4학년때부터 줄곧 보아왔고 심심하니까	중산층
E(남)	중간	중간		열성적인 참여	따분한 학교 생활에서 웃을 수 있어서	하층
F(남)	중하	중하		중간수준 참여	학교 생활이 지루해서, 그리고 친구들이 보니까 덩달아서	하층

---

24) 이 참여자들의 국어 성적과 전체 성적은 학교 단위 상대 평가에 의한 것이다. 성적은 문학 수업에서의 독서 경험과 학교 성취도의 상관성을 보기 위한 참고 자료이다. 가정 환경은 문식적 클럽의 사회적 관계와 계층간의 상관성을 보기 위한 참고 자료이다.

2) 학교 문식적 클럽의 맥락에서 독서 경험 이해하기

(1) 수업 맥락에서 문학 독서 경험 이해하기

① 성취형 문식적 클럽

학교 교실은 읽고 쓰기 방법을 교육하는 대표적인 문식적 클럽이라 할 수 있다. 여기에서는 국가에 의해 제도화된 문식력을 주로 다룬다. 이 집단은 교육과정이나 국가 시험 등 정해 놓은 규준에 도달한다는 목표를 공유하고 있다는 점에서 마이어에 기대어 말한다면, '성취형 클럽'에 해당된다고 할 수 있다.[25] 교실에서 그 규준은 주로 교사에 의해 확정 제시되며 여기에 학생들은 참여하기 힘들다는 점에서 폐쇄적인 의미 공동체라고 할 수 있다. 표 2중에서는 '④의 권위적 / 엘리트적 / 경쟁적 / 획일적 공동체에 속한다고 할 수 있겠다.

> <장면 1>
> 이 교사 : (학습 목표를 칠판에 쓰고, 학습지를 나누어 준다) 오늘은 춘풍의 처를 배우도록 하겠습니다. 학습 목표는 자, 학습지 내용을 보세요. 일, 내용을 이해할 수 있다. 이, 희극적 정신을 이해한다. 자, 알겠죠? 춘풍의 처. 수학 여행 갔다 와서 노곤하지만 그냥 갑니다. 정신 차려 봅시다.
> −(중략)−
> 이 교사 : (본문을 읽다가) 그런데 여기서 '출세'란 무엇일까?
> 학생 : 과거에 급제하는 거요.
> 이 교사 : 그렇지. 다음 교과서를 봅니다. 이제 춘풍은 무엇을 할까요?
> —11월 1일 수업 참관 일지 중

이 교사는 먼저 학습 목표를 제시하고 연습 문제가 적힌 학습지를 배부하였다. 이 학습지는 학습 목표를 요약하고 관련 문제를 빈칸 메우기

---

25) Jamie Myers(1992), "The social contexts of school and personal literacy", *Reading research Quarterly* 27, A Journal of the International Reading Association.

식으로 제시한 것이다. 이 교사는 수업 중간에 연습문제용으로 이 학습지를 활용하였다. 이 교사 수업에서 핵심적인 역할을 차지하는 것은 학습 목표였다. 그는 수업 처음부터 학습 목표를 반복 강조하였고, 칠판에 적어 명확히 전달하고자 하였는가하면, 이후의 내용이나 발문 역시 이를 고려하였다. 낭독을 비롯한 대부분의 의미 구성이 교사의 주도로만 이루어졌기 때문에 학습지는 문제를 푸는 방식으로만 참여하고 있었다.

이 클럽에서의 사회적 관계는 어떤 특징을 지니는가? 일단, '구성원 되기'(membership)의 정도를 보면 이들은 타자와의 의미 공유에 거의 관심을 두지 않았다. 교사 외에 타자를 특별히 배척하지는 않았지만 그렇다고 존중하거나 협상하지도 않는 것이다. 오히려 동료들의 관계는 협동적이라기보다는 경쟁적 관계라고 보는 것이 더욱 타당하다. '누가 선생님의 묻는 말에 올바른 답을 제시하는가?'가 중요하기 때문이다. 그리고 여기서 존중되는 '앎'은, 역시 교사가 제시하는 정전화된 지식이다. 참여자들은 자신의 경험과 지식에 근거하기보다는 교사가 제시하는 최종적인 작품 해석 결과와 지식 등의 내용을 일방적으로 수용한다.

이러한 사회적 관계에서는 이질적인 의견을 제출할 수 있는 부담이 크다. 위험도가 높은 셈이다. 학습자는 '틀린 답'을 말하지 않으려고 새로운 이야기, 남다른 이야기를 하려하지 않는다. 11월 1일의 수업에선, <춘풍의 처>를 수업했는데, 교사의 의견에 대한 질문이나 다른 의견을 제시하는 경우는 하나도 없었다. 특히, 고등학교 2학년의 교실에서는 교사의 발문 자체가 다양하고 창의적인 반응을 유도할 수 있는 질문보다는 지식을 확인하는 질문이 많았기 때문에 다양한 의견을 제출할 수 있는 기회가 거의 없었다. 또, 타자의 반응에 응답해야 하는 책임감은 높은 편이나, 주로 교사의 질문에 대해서만 그러했다. 그러나 이는 자발적이라기보다는 외적인 권위에 따른 것이었다. 책임감이 높기 때문에 기회가 되었을 때에는 자신의 의견 표출을 적극적으로 하지만 상대방의 의견에 자신을 적극적으로 표현하지는 않았다.

종합해 본다면, 수업의 성취형 문식적 클럽에서는 교사 중심의 폐쇄적이고 엘리트적이며, 경쟁의 사회적 관계에 의해 문학 독서가 이루어지고 있었다. 그러나 이러한 사회적 관계는 교사 개인의 선택에 의한 것이라기보다는, 학교 전체 일정에 의해 정해진 시간에 정해진 진도를 나가야 하고, 상위 학교 진학과 관련된 부담 등의 맥락적 요소가 강하게 작용한다고 할 수 있겠다.

② '필기'로서의 문학 독서 경험

이러한 클럽에서 청소년들이 경험하는 문학 독서는 "필기"라는 은유로 형상화되었다. 그것은 생각 없이 교사의 말을 따라 적는 시간이라는 의미이다.

> "수업 시간은 그야말로 필기 시간이죠? 잡생각이 들지 않는 한에는"(학생 D의 인터뷰)
>
> "특별히 생각한 것 없이 수업에 열중했다. 말뚝이 이야기가 나왔을 때는 전에 그 내용을 배웠던 게 생각났고, 바리 공주와 (선생님이) 비교했을 때는 얼마 전에 배운 바리 공주 이야기가 떠 올랐다. (비극적인 상황을 희극적으로 재현하는 우리나라 옛 시민들의 정서를 알게 되었다. <춘풍의 처>는 별로 재미없었다. 그 외엔 딱히 느낀 게 없다. 옛날에는 이 내용이 매우 재밌었겠지만 요즘은 별로라는 말을 듣고, 해학에도 세대 차이가 있구나 하고 느꼈다."
>
> — 학생 D의 성찰지

이 학생은 수업 시간에서 요구하는 사회적 관계에 큰 불편 없이 적응하는 일종의 '유지적 회원'이라 할 수 있다. 이 학생의 성찰지에 나타나는 경험은 예전에 배웠던 것을 떠 올리거나 수업 시간에 새로 알게 된 지식에 의미를 부여하는 인지적 의미이다. 반면, 작품에 대한 반응, 느낌 등의 개인적인 의미는 찾아보기 힘들다. 개인적 생각은 '잡생각'일 뿐이다. 때문에 수업 시간은 교사가 제시하는 내용을 얼른 받아 적고, 수용하는 '필기'가 된다.

기존 연구에서는 이러한 경험에는 학습자의 자발적 의미 생산이 부재하다는 점에서 '무의미(meaningless)'의 경험이라고 규정짓기도 하였다.26) 그러나 이렇게 단순화할 수는 없는 듯하다. 왜냐하면 수업 시간에서 이들은 '권위적인 존재로부터 인정받기' 혹은 '정해진 기준에 맞추는 성취' 라는 사회적 경험을 하기 때문이다.

> 연구자 : 그러면 수업 시간이 너무 지루했네?
> 학생 E : 좀 그렇죠. 그래도 미래를 위해 배워야 할 지식이 있으니까요. 상식이 있어야 사회 생활을 하잖아요. 그러니까 참고 들으려고 하죠.
> — 연구 참여자 E 1월 9일 집단 인터뷰

> 자고 싶어 죽을 뻔 했다. 선생님은 희극적이라고 하는데 나는 너무 지겨워 죽겠다. 그래도 선생님한테 걸리지 않으려고 큰 소리로 묻는 말에 '예'라고 대답했다. 솔직히 뭐라 했는지도 기억나지는 않는다.
> — 학생 F의 성찰지

학생 E와 F는 모두 수업 자체에서는 인지적, 정서적 의미를 발견하지 못하고 있다. 그들은 수업 시간에 배우는 문학 작품 자체에는 큰 관심을 가지고 있지 않았지만 대신, 교사가 제시하는 정전화된 지식을 습득함으로써 미래의 자아를 준비한다는 사회적 동기를 중요시하고 있다. 의미 구성 활동에는 수동적이었지만, 자신의 사회적 동기를 실현하고 사회적 관계를 유지하는 데에는 적극적인 것이다. 또 학생 C의 경우는,

---

26) Jamie Myers(1992), "The social contexts of school and personal literacy", *Reading research Quarterly* 27, A Journal of the International Reading Association.

이 때문에 실제 내면으로는 교사의 독해에 전혀 동의하지 않으면서도 표면적으로는 그의 권위를 수용하는 '기만적인 회원'으로서의 모습을 보여주고 있다. 여기서 우리는 성취형 클럽에서는 인지적, 정의적 경험의 측면보다는 사회적 경험으로서의 특성이 더욱 큰 비중을 차지하고 있음을 알 수 있다.

(2) 독서 동아리 클럽 맥락에서의 문학 독서 경험

① 아카데미형 문식적 클럽

아카데미형 클럽은 특정의 주제를 중심으로 토론하는 클럽이다. 이 학교의 독서 동아리 모임은 이 교사가 도서와 주제를 선정하고 학생들은 미리 준비한 내용을 바탕으로 토의, 토론, 창작, 발표하는 활동을 하고 있었다. 이런 점에서 광의의 아카데미형 클럽으로 봐도 무방할 듯하다.27) 이 클럽에서의 사회적 관계는, <표 2> 중에서도 "① 비판적, 공유적, 협동적 문식적 클럽"의 유형으로 설명할 수 있다.

<장면 2>

이 교사 : (전략) 나는 이 시를 보고 우리 엄마 생각이 났어요. 예전에는 별로 생각하지 않았는데, 요즘은 엄마가 얼마나 외로웠는지, 힘들었는지 생각이 들어요.

학생 E : "보통 시는 예쁘고, 곱고, 아름다운 기존의 시하고 뭔가 달라요. 우울하고, 그래서 이 작품을 선택하게 되었어요. 난 아버지란 단어가 나오면 멈칫하거든요. 아빠란 단어가 나오면 눈길이 머물러요. 전 아빠란 친하지 않거든요. 크다 보니까 조심스럽게 대하시는 것 같고 해서, 한 번

---

27) 이 모임을 주제하는 이 교사(38 남)는 학생들의 이해 능력과 사고력이 너무 뒤떨어져 함께 책으로 이야기를 나누려는 취지로 이 모임을 마련했다고 한다. 학습자들은 자발적으로 참여했으며, 20명이 모여 활동하고 있다. 도서와 독서 활동은 교사가 선정하고, 학습자들은 숙제 형태로 이 활동을 수행한다. 이들은 2005년 12월부터 1년 정도 기간 운영하였으며, 그 동안의 주제는 '생태, 인권, 문화 예술, 전쟁과 평화 '등이었다. 홈페이지는 http://cafe.daum.net/WNET 참조.

씩 아빠가 앉아 있는 걸 보면, 아빠의 쓸쓸한 뒷모습을 보는 것 같아요.”
　학생 A : (중략) 이 대목은 뭔가 그리움이 느껴지잖아요. 매일 배고 있던 더러운 배개 같은. 맘에 들어. 맞아, 그거예요. 갖다 붙이기 나름이잖아요.
　학생 G : 저는 별로였어요. 무덤덤할 수도 있고, 저번에 우리가 읽었던 그게 더 마음에 와 닿았어요. 이건 못 살고 가는 한 사람을 더 가난하게 하는 거구나. 그 비슷한 이야기들이 그저 그렇게 이어지는구나 하고 이해했던 것 같아요. 못 사는 사람들이라고 이렇게만 보는 건 좀 그래요.
—11월 8일 독서 토론 참관 일지 중에서

　이 클럽에서의 사회적 관계를 해석해 보자. 먼저, 이 교사는 수업과는 전혀 다른 방식으로 학생들과 상호작용하고 있다. 객관적 지식이 아니라 자신의 느낌과 생각에 대해 말하는 것이다. 학생들도 역시 자기 방식으로 시를 해석하기도 하고 자신의 주관적인 평가를 내세우기도 한다. 이런 점에서 이 클럽은 타자와의 공유를 강조하는 ‘구성원 되기’(membership) 분위기가 중요시되고 있다 하겠다.

　특히, 문학 토의 이전에 먼저, “자신의 생활 이야기”로부터 시작하는 방식은 자신에 대한 이야기를 통해 상호 유대감과 신뢰감을 형성하고 있다. 학생들은 ‘나’의 이야기에서 부끄러움, 비밀, 분노 등의 감정이나 생활 계획 등 사생활과 학교생활에서의 불만 등 다소 민감한 이야기도 표출한다. 학생들 뿐 아니라 교사도 자신의 사생활을 비롯하여, 자신의 고민과 생각을 자연스럽게 이야기한다. 이를 통해 같은 클럽 구성원으로서의 유대감을 높이고 있는 것이다.

　이러한 클럽에서 주로 다루는 ‘앎’은 외부 지식에 의존하기보다는 자신의 개인적인 경험과 느낌을 바탕으로 새롭게 구성되는 형태로 나타났다. 토의식 발표를 보면, 일단, 학생들이 스스로 의제를 선택하고 그에 대한 답을 나름의 논리로 풀어나갔기 때문에 집단적 의미 구성이 원활하게 일어났다. 게다가 형식적인 토의 절차에 따르지 않았기 때문에 다양한 의견들이 개진될 수 있었다. 최종적인 결론을 지향하지 않았기 때문에 학생들은 자신의 생각에 충실할 수 있었고, 부담 없이 다른 사람과 교섭, 협상하고자 하였다.

<장면 3>

사회자 : 자, 그렇다면 B조가 제기하였던 문제를 다루어 보죠. 과연 "의도가 좋다고 그 결과도 좋다고 평가할 수 있는가"?의 문제입니다. 설명 해 보죠.

학생 1 : 우리는 "기표와 같은 악을 순치하려는 의도가 좋다고 해도, 과연 그것이 결과적으로도 좋다고 할 수 있는가? 라는 문제를 다루어 보려고 합니다.

학생 2 : 기표는 나쁘다고 할 수 있겠지만, 교사도 자기 이익 때문에 그런 게 아닐까요. 다른 아이들은 기표의 무서움이 자라졌기 때문에 이익을 봤다고 할 수 있지만, 기표 개인으로 봤다면 자기 인생을 송두리째 바꾼 것이잖아요. 인위적으로 선생이 가게 했잖아요. 그건 별로 안 좋다고 봐요. 상담이나 치료도 있잖아요. 위선이 아닌 깨달음을 줄 수도 있었을 터인데.

학생 3 : 그러니까 처음부터 진심이 없었던 거지.

— 11월 13일 참관 일지 중에서

이 클럽에서는 반대되는 의견을 제출할 때 느끼는 '위험도'가 거의 없는 편이었다. 자유롭게 이야기하고 다른 의견을 존중하며 새로운 의견을 오히려 긍정적으로 받아주는 분위기였다. <장면 2>의 학생G는 노골적으로 작품에 등장하는 교사의 이중성을 비판하였다. 지도 교사는 당황스러워하였지만 별다른 제재를 하지는 않았다. 토론 뿐 아니라 상황극, 창작 등의 또 다른 지적 생산물을 산출하는 방식의 독서 후 활동이 많았는데, 여기서는 더욱 학생들을 저자로 인정하고 의미 생산 활동을 격려하였다. 이는 응답의 '책임감'을 강화하는 결과가 되었다. 친구나 교사의 의견에 질문하거나 혹은 대답하는 경우 응답에 따른 외적 보상은 없지만 자발적으로 응답하였다. 그것은 '다른 사람의 의견을 나눈다'는 것이 이 모임에서의 가장 의미 있는 활동이라는 가치를 공유함으로써 가능한 것이었다.

종합한다면 이 모임은 서로 다른 의견을 제시하면서도 상호 연결되려고 하는 유대감과 신뢰감이 바탕이 되어 자기 지식에 기반한 의미 생성과 타자와의 협상이 강조되는 사회적 관계를 형성하였다.

② '자아의 성찰과 공유'로서의 문학 독서 경험

그렇다면, 이러한 함께 읽기의 문식적 클럽에서 학생들이 경험하는 것은 무엇인가?

> 3, 4월 쯤에 읽었던 '우리들의 행복한 시간'이 가장 기억에 남는다. 그 책을 읽고 나서 느꼈던 감동 때문이기도 하지만 그 때 열띠게 토론했던 '사형제도' 때문에 더 많이 기억에 남는 것 같다. 그 때 난 사형제도를 폐지하는 것에 대해 찬성하는 입장이었는데, 의외로 반대하는 쪽의 수가 더 많아서 놀랐다. 그 날 난 아무 것도 준비해 간 게 없어서 조용히 앉아 있으려 했는데 나중엔 내가 더 나서서 이야기 했던 것 같다. 사형은 필요악이다. 사형이란 국가가 하는 또 다른 살인에 불과하다, 누군가의 생명을 빼앗은 자의 생명을 존중해 볼 필요는 없다. 생명을 가진 존재는 모두 존중받아야 한다. 등등 여러 가지 의견이 나왔지만, 시간 관계상 어느 한 쪽으로도 결론을 짓진 못하였다. 그날 반대하는 입장의 친구들 이야기를 들으며 수긍이 가는 부분도 조금은 있었지만 내 생각에는 변함이 없었다. 신기했다. 책의 내용만이 아니라 책의 한 부분에 관련된 것만으로도 이렇게 토론할 수 있다는 사실이... 그 날.... 그 기억은 오래도록 잊지 못할 것 같다.
>
> — 학생 F 성찰지 중에서

먼저, 이 클럽에서의 독서 활동은 인지적, 정의적, 사회적 경험이 고루 나타난다.

위의 학생 F 성찰지를 보면, 나 자신의 의견을 확인할 뿐 아니라 다른 사람의 의견을 발겨하게 된 경험을 담고 있다. 그는 독서 토론 과정에서 자신과 다른 의견이 존재한다는 타자를 발견하였음을 대단히 의미있는 경험으로 생각하고 있다. 학생들이 이처럼 나와 타자의 생각의 차이를 이해하는 것은 매우 중요한 경험이었다. 그것은 학교 교실에서의 정해진 역할 속에서 가려 있던 '개인적 내면'의 기호들을 확인하는 과정이라고 할 수 있기 때문이다. 이는 궁극적으로는 "내가 누구이고, 누구여야 하며, 세계는 무엇이고, 또 무엇이어야 하느냐에 대해 인식하고 재인식하는" 과정으로서의 문학 독서[28]를 잘 보여주고 있다. 특히,

> "혼자 읽을 때는 몰랐는데, 이렇게 다르게 읽을 수도 있고, 저렇게 생각하는 애도 있구나 하는 것을 알게 된 것이 가장 큰 경험이죠."
>
> — 학생 B 인터뷰 중에서

> 그 친구들과 같이 준비하고, 이야기하고, 알아 두면서, 남다른 유대감을 갖는 거죠. 웃고 그냥 이야기하는 것을 넘어서 생각을 안다는 것, 사상을 안다는 것이 독특해요. 예를 들어 태우는 4차원적인, 진정한 의미의. 한 단계 높은 아이란 걸 알았죠. 1학년 때는 같은 부여도 그런 애인지 몰랐거든요. 이 모임하면서, 걔가 대단히 철학적인 생각을 많이 하는 아이라는 걸 알았어요."
>
> — 학생 C 인터뷰 중에서

이 학생들은 문학 작품을 통해, 다른 친구의 내면과 정체성을 이해할 수 있다는 점을 문학 독서 토론의 중요한 경험으로 다루고 있다. 성찰지에서는 선정된 책 내용과 관련된 경험보다는 다른 동료들과의 토론과 대화 경험을 더 인상적으로 기억하고 있을 정도였다. 문학이 개인과

---

28) Judith A. Langer(1995), *Envisioning Literature*, Teachers college press.

세계, 다른 사람에 대해 정의하고 재정의하며, 나아가 이를 공유할 수 있도록 한다는 점을 다시 한 번 알 수 있다.[29]

이러한 인지적 경험 뿐 아니라 정서적 경험도 두드러졌다. 여기에서는 텍스트 자체에 대한 반응보다도 다른 동료와의 대화에서 느끼는 내용이 많았다. 일단, 참여자들은 자신의 목소리로 작품을 읽고, 자신의 감상문을 발표하면서 자신의 감정을 마음껏 발산할 수 있다는 데에서 즐거움을 느끼고 있었다. 주로 읽은 책의 주제들이 사회적 약자, 소외된 내용이었지만, 청소년들은 이에 공감함과 동시에 반발하면서 "눈치보지 않고, 자유롭게 이야기할 수 있다는 것" 자체를 즐겼다.

이 모임에서 가장 의미 있는 경험으로 지적된 것은 문학 독서를 통한 사회적 경험이었다. 일단, 책을 매개로 하여 자신과 타자가 공유하며, 확인할 수 있다는 경험 자체가 남다른 것이었다. 이는 현상학자 훈스버거가 말했듯이, 책을 통하여 "다른 사람과 함께 이 세계 안에서 존재한다는 존재적 실체감"을 느낀 것[30]이다. 이 모임에서 참여자들의 공유와 유대감은 매우 높았다. 이 문학 독서 클럽의 가장 큰 장점으로 "끼리끼리가 아니고 다 같이 어울려 이야기 할 수 있으며" "친밀하고, 솔직하게 이야기할 수 있다."는 점을 지적하였다. [31]다른 친구에 비해 이 독서토론 모임의 친구들은, 편하고, 친하며, 친밀하며, 선생님과도 "인간 대 인간"으로 만날 수 있다는 평가를 하고 있었다. 결국, 학교 문학 독서 동아리는 교실이나 가족과는 전혀 다른 공동체 경험으로 이어지고 있는 것이다.

---

29) Judith A. Langer(1995), op. cit., 참조.
30) William F. Pinar 외, 김복영 외 역(1995), "현상학적 텍스트로서의 교육과정 이해", 『교육과정담론의 새 지평』, 원미사.
31) 그들의 홈페이지의 사이버 공간에서는, 다양한 코너를 통해서 자아를 공유하고 소통할 수 있는 계기를 만들고 있었다. 홈페이지는 독서가 대화의 매개체가 되는 데에 훌륭한 역할을 하였다.

(3) 또래 집단의 문학 독서 경험

① 향유형 문식적 클럽

연구 대상이 되는 교실에는 나름의 문화적 취향을 바탕으로 특정 장르 소설(일본 소설, 환타지)이나 만화를 읽는 클럽이 존재하였다. 이들 클럽은 마니아층 3~5명 정도의 학생이 주도적으로 빌려오고, 다른 학생들에게 빌려주어 '돌려 읽는' 형태의 독서를 진행한다. 이런 유형의 클럽은 거의 초등학교 4~5학년 때부터 형성되며, 중, 고등학교 때까지 지속된다. 연구한 학교에서도 보통 7~10권 정도의 환타지 소설과 만화물이 하루 종일 돌고 있다. 이 책들은 마니아층 3~5명 정도의 학생이 자신이 부담하여 빌려오고, 나머지 학생들은 수업 시간과 노는 시간에 번갈아 가면서 함께 읽는다.

이 클럽의 회원은 특별한 제한은 없고, 판타지나 만화책을 좋아하는 취향을 공유한다는 최소한의 조건만 있다면 참여할 수 있다. 빌려 오는 학생도 빌려 주는 학생도 부담은 없다. 주도적으로 빌려오는 아이들과 빌려 보는 역할상의 차이는 있으나 이것이 권력 관계를 형성하지는 않는다. 그것은 판타지나 만화책이 인정받는 문화적 자본이 아니기 때문이다. 그저 단순한 취향 정도로 인정받기 때문이다. 때문에 여기에는 매우 다양한 부류의 다양한 학생들이 참여한다.

이 클럽에서의 회원들은 협동적인 태도를 지닌다. 일단, 집단적인 형태의 독서이기 때문에 다음 사람을 생각해서 읽을 시간을 조절해야 하고 도서 선택에서도 친구들이 함께 볼만한 대중적인 것을 고려한다고 한다. 때문에 소수 마니아층의 배타적인 '구성원 되기'(membership)와는 차이가 있으며 학교생활의 대중적인 독서 문화의 한 유형이라고 할 수 있겠다. 또, '숨어서 돌려보기' 형태 때문에 공동의 유대감을 발휘하기도 한다. 교사에게 만화책을 찢길 경우, 이들은 서로 분노의 감정을 공유한다.

내 친구가 만화책 보다 걸렸어요. 걔 스킬이 없어 자주 걸리거든요. 선생님은 또 다시 "넌 정신 상태가 글러 먹었다. 커서 뭐가 될려고 이런 걸 보냐?"라고 갈구는 거예요. 우린 이런 걸, 언어 공격이라고 보거든요. 차라리 맞고 말지 이런 게 더 힘들어요. 그리고 만화책을 찢긴 왜 찢어요. 변상하려면 돈이 얼만데. 그냥 돌려 주지. 우리 모두 욕했어요.

— 학생 D 인터뷰 중에서

이를 놓고 보면, <표 2> 중에서도 "②반항적 / 저항적 / 협동적"의 공동체에 속한다고 하겠다. 서로 일치감을 가지고 있으나, 외부 권위에 반항하기도 하기 때문이다. 그러나 외부 권위에 대한 반항이 일상적이지는 않았다. 이 클럽에서의 '지식'은 외부의 권위적 지식을 해체하거나 혹은 자신의 아이디어나 경험을 바탕으로 만들어진다. 특히 이들은 만화나 판타지의 세계를 통해 공식적 세계의 전복을 웃음으로 받아들인다. 작품의 일탈적 세계에 몰입하여 외부적 권위의 세계와 충돌하는 것이다. 이들이 추구하는 '재미'란 바로 이러한 전복, 협상에서 나온다고 할 수 있다.

학생 C : "<괴짜>는 몽땅 거꾸로 되어 있어요. 제 정신 가지고 있는 사람은 그 아이 하나밖에 없어요. 진짜 신나는 거죠. 똥 누다가 화장실이 폭파되고, 선생님은 딴 짓하고, 아이들이 시험 감독을 하거든요. 이런 것은 있을 수 없는 세계잖아요.
학생 A : 야 그게 뭐 신나냐. 그저 단순 재미지. 너무 단순하잖아. 그 작가, 너무 뻔한 이야기만 해. 그래도 생각과 감동을 주는 것은 <21세기 소년쯤은 되어야지> (집단 인터뷰)

이 클럽에서는 다른 이야기를 할 수 있는 권한이 최대한 보장되어 있어 '위험도'는 거의 없는 편이다. 그러나 친구들과의 만남에서 지나치게 진지하면 '썰렁하고 재미없다.' '머리 아프게 하지 마라' 등의 감정적인 배제가 있기도 하다.

그러나 정작 책과 관련된 대화적 상호작용을 많이 하는 편은 아니다. 그것은 공식적인 모임이 활성화되어 있지 않기도 하지만 구심이 없기 때문에 스스로의 반응이나 생각을 스스로 구성하여 말하지 않기 때문이다. 여기서는 응답의 책임감이 거의 존재하지 않았다. 자신의 감상을 말해야 하는 의무도, 친구의 질문에 답변을 해야 하는 책임감도 없는 사회적 관계였기 때문에 집단적인 독서임에도 불구하고 정작, 표현은 부족한 편이었다.

② '웃음'과 갇힌 공간에서의 은밀한 몰입

이 클럽에서 경험하는 것은 '웃음'이란 말로 압축할 수 있다. 웃음 자체가 인지적 요소와 정의적 요소가 통합되어 있는 것이지만, 이 독서 경험에도 역시 양자는 서로 통합되어 있다. 일단, 이 웃음은 상상적 세계로 몰입하는 경험을 유발한다. 감정 이입과 동일시가 주된 읽기 방식으로 줄거리를 따라가면서 허구적 세계를 구축하는 상상(envisionment) 체험이 주를 이루는 것이다. 동일시를 중요시하기 때문에 남학생의 경우 여자가 주인공으로 등장하는 작품은 거의 읽지 않는다고 하였다. 대부분의 만화가 단편적인 옴니버스 형태를 취하고 있지만, 이 상상의 체험은 수업 시간에도 지속적으로 이어지면서 철학적 의문을 던지기도 한다.

> "극적 반전을 따라 읽다 보면, 진짜 손에 놓칠 수 없거든요. 수업 시간 종이 나도, 그 주인공들이 자꾸 생각나요? 공부요? 그러니까 만화 보는 애들은 공부는 좀 손 놓은 거라고 볼 수 있겠죠? 수업 시간에도 만화책에서 본 거 떠 올리면서 여러 생각을 해요, 죽음이란 것은 무엇인가? 전쟁이란 무엇인가? 내가 작가라면 저 결말을 어떻게 할 것인가"
>
> — 집단 인터뷰 중에서

만화책 읽기가 특별한 문화적 자본이 되지도 않고, 인정되지도 않지만 학생들이 몰입하는 이유가 여기에 있다. 현재적 순간에 몰입하고 상상의 즐거움을 느끼며, 또 권위화된 지식들에서는 허락되지 않는 욕망을 투사해 보는 경험이 가능한 것이다. 이것은 일종의 '갇힌 공간에서의 책읽기'라고 할 만한 것이다. 이는 '강요된 공간'에서 오는 답답함을 책으로 푸는 것인데 독서는 단순 마취가 아니라 일종의 자신을 비추는 거울 32)로 활용되고 있는 것이다.

특히, 이 장르들은 일탈적 세계, 판타지 세계를 통해 청소년 특유의 낭만적 관심을 만족시키고 있다. 에간(Egan)이 말했듯이, 청소년 시기는 이국적 세계, 크고 강력한 세계, 일탈적 세계에 매력을 느끼는 일종의 '낭만적 이해기'이다.33) 만화나 판타지 세계의 일탈적 주인공이 자신의 상상적 자아로 동일시되면서, 이들은 현실 속의 욕망을 대리 만족한다. 그러나 이 낭만적 세계는 주관적이지만 현실 세계와 긴장을 가지고 있기 때문에 이들의 독서 경험 역시 일탈적 세계의 마취적 탐닉과는 구분되는 측면이 있기 때문이다. 지나치게 개연성이 부족한 작품의 경우 비판한다.

> "그 작품은 지나친 민족주의예요. 우리나라가 일본의 은행을 왕창 사서 멸망시키고, 우리나라 사람들이 세계의 주인이 되고, 말이 안 되죠. 짜증나요."
>
> — 집단 인터뷰 중에서

에릭슨(Erison)은 청소년기에는 기존의 도덕적 규범에서 벗어나 새로운

---

32) Alberto, Manguel, 정명진 역, "갇힌 공간에서의 책읽기", 『독서의 역사』, 세종서적, 325~340면.

33) Egan, Kieran(1990), *Romantic Understanding : the Development of Rationality and Iimaginatio, ages 8-15*, Routledge.

대안적 질서를 모색하는 과정에서 도덕적 퇴행이 나타난다고 지적한 바 있다. 이 퇴행은 다소 유아기의 상상적 퇴행과 유사하기도 하지만 몰입을 통해 또 다른 자아나 세계를 탐구하는 잠재적 가능성 역시 가지고 있다.

> "난, 실은 평범하면서도 재밌게 살고 싶거든요. 요리사, 탐정, 체육 선생님 같은 게 내가 바라는 직업이예요. 그런데 그런 이야기는 바로 내가 보는 만화책에만 그려져 있어요. 선생님이나 부모님이 바라는 세계는 너무 따분해요"
>
> — 학생 D 인터뷰 중에서

이런 독서가 지니는 사회적 경험 역시 특징적이다. 이러한 독서를 통해서 청소년들은 나만의 은밀한 시공간에서 마음대로 상상할 수 있는 경험을 한다. 네모 교실 안에서 억지로 해야 하는 학교 생활과 여러 제도적인 강요 앞에서 만화책이나 환타지 소설은 강제 받지 않은 채 존재할 수 있는 실존의 공간이고, 나만의 세계였다. 이 장르들은 대부분 학교에서만 읽힌다.

<장면 4>
학생 A : 수능에도 들어가지 않는 수업할 때 만화책 읽는 거죠.
학생 D : 그래도 만화책 보면서, 우린 한 줌의 미소를 찾을 수 있어요. 그래도 우린 이게 있어 학교에서 웃어요. 학교에서는 할 일이 없잖아요. 매일 수다로 때우기도 입 아프고, 이런 거라도 읽으면 생각이라도 하죠.

이 클럽의 참여 범위는 학교 성적과는 무관하다. 책을 주고 받을 때 이들의 말은 "재밌냐?" "재밌다"이다. 별다른 설명 없이도 이 말 하나면 통한다고 한다. 책을 매개로 청소년들은 그들만의 답답함, 괴로움 등을 은밀하게 공유하고 있는 것이다. 이는 권위적 세계로부터 벗어난 그들만의 세계를 구성하는 사회적 경험이라고 할 수 있다. 결국, 만화책 읽기는 이들에게는 텍스트 그 자체가 재미있다기보다는 학교에서의 폐쇄적이고 자율성이 없는 생활이라는 맥락 안에서 그나마 자신들이 운영할 수 있는 시간이라는 점에서 의미가 있는 것이다. 이는 마치, 여성 시청자에게 텔레비전 드라마의 시청의 의미가 드라마 텍스트 자체에 있다기보다는 끊임없이 밀려드는 가정사로부터의 놓여남에 있는 것과 거의 유사하다. 또한 스스로 도서 선택권을 지니고 있으며 작가에 대해 자유롭게 비평하고 선택할 수 있다는 점 청소년들에게 독특한 사회적 경험이었다.

4. 학교 독서 맥락들의 교육과정적 시사점

1) '의미있는 맥락'의 확장

이제까지 청소년의 학교 일상생활의 맥락에서 이루어지는 다양한 독서 활동을 문식적 클럽이라는 개념을 통해 살펴보았다. 이 논의를 통해 무엇보다 독서 경험에서 '맥락 설계'가 얼마나 중요한지 증명되었다고 본다. 가령, 문학 독서 토론에서 자신의 개인적 감상과 의미를 거침없이 이야기하기 위해서는, 공동체에서의 유대감과 신뢰감이 있어야 하고, 새로운 의견에 대한 위험도가 낮아야 한다. 또, 통용되는 지식 역시 의미 협상의 분위기가 마련되어야 한다. 문학 독서에 '상상적 경험'이 원활하게 이루어지기 위해서이다. 앞에서의 분석으로 같은 책을 읽더라도 사회적 맥락에 따라 그 독서 경험은 달라진다고 할 때, 맥락에 대한 설계 없이 특정의 텍스트나 특정 유형의 읽기 방식을 '진정한 리터러시'(authentic literacy)로 실체화하는 것은 문제가 있을 수 있다.

이렇게 본다면, 독서 교육은 독서 활동이 이루어지는 다양한 맥락을 설계하고 디자인함으로써만이 의미 있는 성취를 거둘 수 있다. 이 맥락은 실제 학습자의 독서 생활에 작용하는 사회·문화적 맥락의 살아 있는 구체상에 근거하여 모색될 필요가 있다. 학습자들의 삶에 녹아 있는 구체적이고 실제적 맥락을 무시한다면, 교육과정과 교육 현장이 괴리되고 교육 방식은 슬로건화 되는 고식성에서 벗어나기 힘들 것이다.

이러한 문제를 해결할 수 있는 방법 중의 하나는 학교, 가정, 사회에 존재하는 다중의 문식적 클럽을 복원하는 것이다. 그것은 학습자의 살아 있는 구체적 경험 맥락의 다양성과 풍요로움을 포괄하는 것이라고 주장하고자 한다. 곧 청소년의 학교생활 맥락에서 '동시적'으로 이루어지는 다중의 문식적 클럽들을 의미 있는 자원으로 활용하자는 것이다. 앞에서 살펴본 바와 같이 학교 독서는 수업 맥락, 동아리 맥락, 또래 집단 맥락 간에의 다양한 맥락으로 구성되어 있었다. 더 구체화 한다면, 교과에 따라, 또, 동아리나 또래 집단에 따라 다양하게 나타날 것이다. 나아가 학교 뿐 아니라 가정, 사회 등으로 맥락이 확장된다면 더 다양한 맥락을 확인할 수 있을 터이다. 이들 각각의 클럽에서, 청소년 독자들은 기성의 문화를 수용하거나, 자기 이야기를 모색하거나, 대안적인 가치의 상상을 하기도 한다. 이러한 다중의 문식적 클럽들이 통합적으로 고려될 때만이 독서 경험의 생태적 전체를 온전히 살릴 수 있다고 본다.

청소년 시기는 교우 관계에 민감한 의식을 나타내고, 복잡한 사회적 기능을 학습하고 실천할 때이다. 다양한 사회적 역할 모델과 기능들을 접하면서 자신의 정체성을 모색하는 시기이기 때문이다. 청소년은 성인이 되었을 때의 확장된 사회적 맥락에 적응하고 창조적으로 대응하기 위한 방법을 모색해야 한다.34) 언어 교육, 특히 독서교육은 다양한 모델의 문식적 클럽을 조직적으로 활용하고 나아가 사회 속에 존재하는 클럽들과 연계함으로써 이러한 목표에 효과적으로 도달할 수 있다고 본다.

이는 청소년 문식력의 국제적인 흐름이기도 하다. 청소년 문식력에 대한 재정의의 시도가 있는바, 그 대안적 모색35) 중의 하나가, 생태적 관점, 곧 문식력을 청소년 자신의 삶의 맥락 속에 위치짓는 것이다. 사적인 문식력과 사회적 문식력, 학교 안의 문식력과 학교 밖의 문식력의 통합이 주로 제안된 바 있다. 문식적 클럽의 다중적 체계화에 대한 논의는 다음으로 미룬다.36) 다만, 이 디자인 과정에서 본고에서 설정한 '문식적 클럽'의 개념과 그 내부에서 그 클럽이 지향하는 가치, 사회적 관계를 해석하는 범주(회원 자격과 관계, 지식, 위험도)은 맥락을 설계하는 데 의미 있는 개념으로 활용될 수 있다고 본다.

2) 독서 능력의 질적 평가 문제

다음 독서교육에서 교사가 학습자의 독서 능력을 질적으로 평가하는 문제를 고려할 수 있겠다. 교사는 학습자들의 독서 경험에서의 질적 측면을 이해할 필요가 있다. 실제 만나는 학습자들은 일반 이론의 명제나 표준적 측량으로 환원될 수 없는 특정의 상황에서 그들만의 고유한 주

---

34) Havinghurst, Rober(1972), "Developmental tasks and Education", New York : Band Mckay, 선주원(2005), "범교과적 관점에서의 청소년 문학교육 연구", 청람어문학 30, 청람어문교육학회, p.331, 재인용.

35) Allan Luke & John Elkins(2000), Special themed issue : Re/mediating adolescent iteracies, *Journal of Adolescent & Adult Literacy* 43 : 5, February. 루크는 청소년 문식력과 관련된 핵심 이슈로 다양한 문식력과 영역들간의 통합, 리터러시의 개인적, 간개인적 차원의 강화, 비판적 리터러시의 중요성 등을 제시한 바 있다. Jack Cassidy, Sherrye bee Garrett (2006), "What's hot in adolescent Literacy 1997~2006", *Journal of Adolescent & Adult Literacy* 50 : 1. International Reading Association.

36) 이외에도 '아카데미형 독서 클럽' '개인적 취향의 독서 클럽' '가족 독서 클럽' 등도 가능하리라 본다. 가령, 외국의 경우, "독자의 날"을 정하여 그 때에는 일종의 '자아 공유형' 클럽과 같이 모두 독자의 위치에서 토론하기도 한다.

관적이고도, 구체적인 특징을 지니고 있기 때문이다. 여기에 '질적 사고'가 필요하다고 한다면, 교사는 학습자의 발달 현상을 이해, 해석, 평가하기 위한 '교육적 비평'의 감식안[37]을 갖추어야 한다. 곧, 학습자의 독서 반응을 맥락 속에서 질적으로 이해하는 능력이 요구되는 것이다.

앞에서 우리는 학습자 개인의 문학적 반응이 맥락적으로 해석될 여지가 있음을 살폈다. 그것은 독서 반응지를 '맥락적 의미'(situated meaning) 차원에서 해석하는 것이다. 가령, 어떤 학습자가 학교에서의 독서 토론 능력이 부족하다고 하자. 그 학습자의 토론 텍스트를 일종의 반응지라고 본다면, 이 반응지 역시 '맥락적 의미' 차원에서 해석할 수 있다. 그것은 학생 개인의 토론 능력의 문제를 넘어서 토론이 이루어지는 문식적 클럽에서의 사회적 관계와 상호작용 방식의 문제로까지 확대되어 해석할 수 있어야 한다. 이러한 작업을 통할 때, 그의 독서 경험은 인지적, 정의적, 사회적 경험이라는 중층적 맥락에서 이해될 수 있다.

나아가 개인이 참여하는 다양한 맥락들은 개인의 독서 경력에 기록하여 인정하고 독려할 필요가 있다. 다양한 문식적 클럽에 가입하고, 또 거기에서 특정의 '구성원 되기'(membership)을 유지하면서 활동하는 경험은 청소년이 독서인으로서의 자기 정체성을 확립하며, 나아가 자발적인 독서 문화를 만들어 나가는 데 매우 중요한 역할을 하기 때문이다. 앞의 사례 연구에서 '독서 동아리' 활동을 하였던 청소년들은 '책을 읽고 대화할 수 있는 존재로서의 자기 정체감'을 가지고 있었고, 또, 교실 수업에서는 경험할 수 없는 대단한 만족감을 지니고 있었다. 이런 경험을 인정할 때 학교 독서는 평생 독서로 이어질 수 있다. 실제로 호주에서는, 국어과 평가를 '개인 인성'과 '과목 학습 결과'를 분리하여 개인적 인성 부분에서 집단 활동에의 참가 태도 및 책임감 등을 평가의

---

37) Elliot W, Eisner, 박병기 외(1998), 『질적 연구와 교육』, 학이당, 109~142면.

주요 항목으로 잡고 있다.[38)]

앞에서 논의한 문식적 클럽을 고려한다면, 다음과 같은 평가 항목을 잠정적으로 잡아 볼 수 있겠다.

- 다양한 문식적 클럽들에 참가하여 다양한 상황과 맥락에서 읽기를 수행해 본 경험 여부 (가정, 학교, 종교단체, 또래 집단에서 이루어지는 다양한 문식적 클럽에서의 독서 활동)
- 협력과 공유의 태도 여부 (교실, 학교 동아리, 개인 동아리)
- 책임감 있는 활동 여부

이 평가의 결과는 그 독자가 지니고 있는 읽기의 정체성이나 문화적 모델을 파악할 수 있는 방법이 되기도 한다. 독서 이력철에 청소년 독자가 어떤 유형의 리터러시 클럽의 회원으로 적극적으로 참여했는가의 정보를 통해 그의 독서 정체성을 판단할 수 있다는 것이다. 보다 실증적인 검토가 있어야겠지만, 예측컨대 독서 동아리에서는 뛰어난 능력을 보여주는 학생이 학교 수업 성적에서는 나쁠 수 있고, 수업 성적은 좋지만 정작 독서 토론을 잘 하지 못하는 경우가 가능하다.[39)] 이는 리터

---

38) 김주환, 『현장 국어교육의 길잡이』, 나라말, 2006, 250면 참조.

개인적 인성	우수함	보통	노력을 요함
행동 : 학급 안에서 선생님과 친구들에게 예의바르고 친절하며 잘 협력하는가?			
배움에 대한 열의 : 개인 및 단체 활동에 열심히 참여하며 질의 응답에 적극적인가?			
책임감 : 수업 준비를 잘하고 시간을 잘 지키며 공적인 학업의무를 잘 이행하는가?			
과제 활동 : 제, 학급 활동, 독서 활동, 숙제 등을 잘 완수하는가?			

39) 이에 대한 외국 사례로는 다음이 있다. Donna E. Alvermann(2001), "Reading adolscents' readimg identities : Looking back to see ahead", *Journal of Adolescent & Adult Literacy* 44 : 8. International Reading Association.

러시 클럽 간에는 상이한 독서의 문화적 모델이 있고, 학습자들이 어디에 근거를 두고 있느냐에 따라 독서의 정체성일 달라질 수 있음을 보여준다. 독서의 다양한 문화적 모델을 고려하는 노력은, 청소년 독자들이 지니고 있는 문화 창조의 잠재적 가능성을 회복하는 데에도 중요한 역할을 할 것으로 기대된다.

5. 독서 평가의 다양화 방안

이제까지 청소년 독자의 문학 독서 경험이 다양한 문식적 클럽들의 맥락에서 어떻게 구성되는가를 살펴보았다. 현장을 장기간 관찰하지 못하였고, 엄밀한 해석 절차를 보여주지 못한 것은 본고가 질적 연구로서 지니는 가장 큰 한계일 것이다. 그럼에도 이 연구의 성과는, 개인적 독서 경험을 문식적 클럽이라는 사회적 맥락 속에서 심층 해석하는 방법을 규명하였다는 점이다. 곧, 문식적 클럽 내에서 사회적 관계를 나타내는 표지들, 회원태도, 지식, 위험도 등과 상징적 상호작용 방식, 공유되는 가치 등은 개인적 경험과 사회적 맥락을 매개할 수 있는 구체적 표지들이다. 아울러 그 과정에서 독서 경험을 인지적, 정의적, 사회적 경험으로 중층적으로 파악할 수 있게 된 것도 그러한 접근으로부터 얻은 성과물이다. 본고에서는 독서의 다양한 맥락을 수업 맥락, 동아리 맥락, 또래 집단으로 구조화하여 파악하였는데, 아직은 사례 연구이기 때문에 더 많은 보완이 필요하리라 본다. 사범대 교육과정이 개선되면서 현장과의 연계 역시 강화된다고 한다. 실제 학교의 구체적인 맥락에서 독서 경험을 이해, 해석하는 과정에 본 연구가 의미 있는 방법이 될 수 있기를 바란다.

중학생 구어 서사문화의 지역별 특성 비교 연구

1. 학습자와 언어문화와 국어교육

이 글은 청소년 담화 공동체가 향유하는 구어 서사물의 지역별 사례를 비교, 분석하고 이로부터 국어교육적 시사점을 얻고자 한다.

이 연구는 학습자의 현실 언어문화를 실증적으로 검토하려는 문제의식으로부터 출발한다. 1990년대 이후, 국어교육에서는 학습자에 대한 관심이 높아지고 있다. 그러나 진정한 의미에서의 학습자 중심 교육이 되려면 학습자 언어문화에 대한 폭넓은 이해에 기초해야 한다고 본다. 일례로 사회적 구성주의 이론은, 의미 있는 학습은 교사와 학습자의 언어적 상호작용에 의해 가능하다고 보고 있는데 이것이 가능하려면 학습자들이 어떤 대화 문화와 대화 방식을 가지고 있는가에 대한 이해를 바탕으로 해야 할 것이다. 그들이 어떤 방식의 대화를 즐기고, 좋아하는지, 또 어떤 질문에 관심을 보이고, 적극적으로 참여하는지에 대한 기초적인 연구와 이해가 없다면, 그들의 삶에 의미 있게 개입하기란 쉽지 않을 것이기 때문이다. 이런 이유로, 학습자들의 현실적 언어문화에 대한 실증적 기초 연구야말로 국어교육이론에서 개척해야 하는 중요한 연구 분야라고 생각한다.

특히 이 글에서 분석할 '구어 서사물'은 학습자의 현실 언어문화에서 중요한 몫을 차지한다. 구어 서사물은 일상의 대화 과정에서, 자신이 겪거나 관찰한 일(사건)을 재현하는 서사체의 일종이다.[1] 우리의 일상 생활 속에서 이루어지는 대화의 많은 내용들은 바로 이 구어 서사물로 되어 있다.[2]자신이 보거나 겪은 일들을 주변 사람들과 나누는 이야기를 통해 우리는 삶의 문제를 해결하고, 경험의 의미를 모색해 나가기 때문이다. 나는 누구이며, 어떤 삶이 행복한 것인지를 알아 나가며 공동체의 문화적 가치와 접속하면서·그 구성원으로 자랄 수 있는 것도 바로이 '구어 서사'를 통해서이다. 그런 점에서 구어 서사물은 청소년들의 문화를 구성하는 가장 중요한 장르이다. 2007년도 개정 국어과 교육과정에서는 '자기 경험 이야기하기'장르로 편입된 바 있다.

특히, 이 연구에서 관심을 갖고 있는 것은, 청소년 서사 문화의 지역별 차이성이다. 구어 서사물이 공동체의 문화를 잘 반영하고 있다고 한다면, 지역 공동체에 따라 그 내용과 형식이 달라질 수 있다는 가정을 할 수 있을 것이다. 특히 '지역 문화'는 국어과 표준 교육과정을 다원화할 수 있는 주요 의제로 다루어진 바 있다.[3] 지역에 따른 언어문화의 차이가 현실 언어문화의 다양성을 보여주는 의미 있는 지표라고 한다

---

1) '구어 서사'(oral narrative)는 대화 속에서 자기의 과거 경험을 시간적인 연속체로 전달하는 서사물을 사물을 지칭한다. 넓은 의미로, '대화적 서사물'(conversational narrative) 혹은 '개인적 서사'(personal narrative)란 용어로 쓰이기도 한다. Elinor Ochs & Lisater Capps (2001), *Living Narrative*, Havard University Press, pp.18~20

2) 그런 점에서 '자연 서사물'(natural narrative)이라고 지칭되기도 한다. Herman, David Edt (1999), *Narratologies: New Perspectives on Narrative Analysis*, Ohio State University Press.

3) 대표적인 연구물에는 다음이 있다. 임칠성 (2001), "지방 자치 시대의 지역 언어 문화와 국어교육 : 지역어와 국어교육", 국어교육학연구 13, 국어교육학회. 김혜영(2001), "지역 문학과 국어교육", 국어교육학연구 13, 국어교육학회. 김수업(2003), "국어교육 지역화를 해야 하는 까닭", 배달말 33, 배달말학회. 안동준(2005), "국어교육의 지역화 구현 방안", 배달말교육 26, 배달말교육학회. 외국의 경우에도 교육에서 지역성의 문제가 중요하게 인식되고 있다. William F. Pinar, 김영천 역(2005), 『교육과정이론이란 무엇인가?』, 문음사. 이 책에서는 주로 미국 '남부'라는 지역성에 주목하면서, 특정 지역의 사회 문화적 위치가 교사와 학습자의 교육 경험에 어떠한 영향을 미치는가에 대해 제시하고 있다.

면 이는 우리나라의 언어문화교육이 배려해야 할 중요한 내용이라 하겠다.

국어교육에서 구어 서사물 연구는 그리 많지 않은 편이다. 임경순[4]이 구어적 이야기하기의 중요성을 강조하면서 '스토리텔링'에 중점을 두고 표현 능력의 요소와 구조를 제시한 바 있다. 또, 이정애[5]는 경험담 이야기의 중요성을 부각시켰으나 역시 '개인 스토리텔링'(personal storytelling)에 중점을 두고 있어 대화적 이야기 상황의 특징인 상호 작용성을 충분히 고려하고 있지 못하다는 아쉬움이 있다.

이 연구는 질적 사례 연구 방법으로 진행되며, 그 연구 절차는 다음과 같다. 먼저, 구어 서사물에 대한 이론 검토를 통해 현장 연구를 설계할 것이다. 다음, 대도시, 중·소도시 청소년들의 구어 서사물을 채집하여 분석하도록 한다. 그리고 이 분석 결과를 국어교육적 의미를 논의한다.

이 연구의 한계는 연구 기간, 연구 수행상의 어려움 등으로 학생들의 일상적 상황에서 자연스럽게 수행되는 구어 서사물이 아니라 별도의 공간에서 연구자가 요구한 화제의 구어 서사물을 채집하였다는 것이다. 또, 자료 채집의 어려움으로 청소년 집단 중에서도 중학교 2학년 여학생[6]만을 다루었다는 점도 한계가 될 것이다. 그러나 학습자의 현실 언어문화에 대한 이해가 중요한 시점에서 거의 미개척 분야였던 학습자 언어에 대한 실증적 기초 연구의 사례를 제공하려는 시도는 충분한 의의가 있다고 본다. 특히, 청소년 구어적 서사물의 연구 가치를 확인하고 자료를 전사, 분석, 해석해 나가는 일련의 연구 과정을 제시함으로써 후속 논문과 서사교육 설계에 기여하고자 한다.

---

4) 임경순(1998), "이야기 생산 능력에 대한 연구", 국어국문학 118호, 국어국문학회.
5) 이정애(2003), "경험담의 구연적 특성과 화법교육적 의의", 화법연구 5, 한국화법학회.
6) 원래는 남학생도 인터뷰를 하였으나 너무 소극적으로 임하였기 때문에 의미있는 자료를 확보하기 힘들어 분석에서는 삭제하였다.

2. 구어 서사물의 이론적 고찰과 연구 설계

1) 구어 서사물의 특징과 층위

(1) 구어적 서사물의 특징

구어 서사물은 구어로 전개되는 서사이기에 기존의 문자적 서사물과는 다소 구별되는 특징을 지니고 있다.[7] 일단, 구어적 서사는 이야기 주체가 복수이다. 한 사람이 이야기를 꺼내면 다른 사람들은 관련된 사건, 심리적 반응, 정보를 덧붙여 나가며 일종의 '공동 창작으로 이야기를 펼쳐 나간다. 여기에서는 이야기꾼—청자가 엄밀히 구별되지 않고 협동적 상호작용을 통해 서사를 만들어 나간다.

대화적 서사물은 상호작용을 통해 진행되기 때문에 화행의 양상이 서사 전개에 구조 형성적 변인으로 작용한다. 위로, 기억, 오락, 기도, 설득이나 충고, 비판 등 어떤 화행으로 이야기를 나누는가에 따라 서사 구조 역시 달라질 수밖에 없다는 것이다. 일반적으로 말한다면, 문자적 서사가 '기술, 연대기, 평가, 설명'의 요소로 전개됨에 반해 대화적 서사는 '질문, 명료화, 도전, 성찰' 등의 요소가 첨가된다.

화자와 청자의 상호작용은 고정된 것이 아니라 그 때 그 때의 상황에 따라 달라지는 것이기에 서사 구조 역시 역동적일 수밖에 없다. 처음 이야기를 시작한 사람의 의도대로 진행되는 것이 아니라 청자의 개입과 참여에 의해 중심 사건이 바뀌기도 하고 문제의 초점이 변화하기도

---

7) 구어 서사물의 특징은 일상 서사론, 구어 서사론에서 참조하였다. Derek Edwards(1997), "Structure and Function in the Analysis of Everyday Narratives", *Journal of Narrative and Life History* Vol 7. Lawrence Erlbaum. Elinor Ochs & Lisater Capps(2001) *Living Narrative*, Havard University Press. Labov, W. & Waletzlky(1997), "Narrative analysis : Oral versions of personal experience", *Journal of Narrative and Life History*. Vol7, Lawrence Erlbaum. Fiese, Barbara H, Marjinsky, Kathleen, Cowan, Philip A(1999), *The Stories that Families Tell*, Malden, MA : Blackwell Publishers,

하며 결론이 유보되기도 한다. 또, 대화 속에 전개되는 서사는 경험주체와 서사 주체 간의 시간적 거리가 가깝고, 서사적 시간과 경험적 시간이 명확하게 구분되지 않기 때문에 이야기하면서 의미도 만들어가는 진행의 성격이 강하다. 이야기하는 과정 자체에서 의미가 새롭게 발견되고 모색되는 것이다. 특히, 일상 대화의 사적인 담화는 일반적으로 공적인 담화에 비해 비교적 느슨하고 유연한 담화 구조를 취하기 때문에 구어 서사는 더욱 열린 구조 형태를 취하게 된다.

이처럼 구어서사는 여러 명이 참여하여 공동으로 이야기를 만들어 나간다는 점에서 참여자들의 집단적인 인식과 연관될 수밖에 없다. 이들이 나누는 서사에는 공동체 구성원의 가치관, 정체성, 신념 등이 녹아 들어가 있다. '나와 우리는 누구인가?', '어떤 삶이 바람직한 것인가', '무엇이 옳고, 무엇이 그른가?' 등의 문화적 인식은 이들 이야기에 전게가 된다. 가령, 한 가족의 저녁 식사 시간을 보자. 하루 일을 이야기하는 이들의 이야기 한 편만으로도 그 집안의 가풍과 생활 방식, 가족 관계를 쉽게 눈치 챌 수 있을 것이다. 이런 점은 대화적 서사가 담화 공동체의 문화를 전수하고, 또 새롭게 변형해 나가는 중요한 장임을 보여준다. 물론 이런 논의가, 한 문화권 안에는 동일한 구어 서사 패턴만이 존재한다는 식의 완고한 서사 관습을 주장하려는 것은 아니다. 리차드 바우만(Richard Bauman)8)도 지적하였듯이, 구어 서사의 관습은 개별 상황에 따라 '유일무이하고' 또 '생성되는' 측면이 매우 많아 문화적 관습에 대단히 유연하게 반응한다는 특징도 역시 가지고 있다. 그만큼 문화적 역동성이 강하다는 것이다. 또 이 점이 구어 서사의 매력이기도 하다.

---

8) Bauman, Richard(1986), *Story, performance, and event : contextual studies of oral narrative*, Cambridge University Press.

(2) 구어 서사물의 층위와 요소

이러한 구어 서사의 특징에서 우리는 사례 분석을 위한 범주들을 도출할 수 있을 것이다. 이를 위해 구어 서사물의 층위와 요소를 정리해 보도록 하겠다. 구어 서사는 대화의 일종으로 구어 매체로 향유되는 것이기에 그 층위와 구성 요소가 일반 문자적 서사와는 다를 수밖에 없다. 서사의 층위는 논자마다 이분법(스토리/담론), 삼분법(스토리/플롯/담론)으로 다양하게 논의되었지만 구어적 요소를 중요하게 고려하여 삼분법을 선택한다. 특히, 헐리데이(Halliday)가 담화의 언어를 구조화하기 위해 제시한, 구조적 층위(통사론), 상호작용의 층위(화행론), 재현의 층위(의미론)가 적합하다고 본다. 이 틀을 원용하면서도 여기에 부족한 서사적 요소는 옥스(Ochs)[9]의 논의로 보완하면서 층위와 요소를 설명한다.

① 서사 구조

일반적으로 서사는 파편적인 사건들에 전체적인 종합을 가해서 통일된 의미를 창출해 나간다. 구어 서사물도 일반 서사와 마찬가지로 개별 사건들에 의미 있는 질서를 부여한 구조의 층위가 있다. 사건의 시간 구조(liniarity), 인과 구조가 이에 속한다. 다만, 구어 서사의 구조는 화자와 청자의 상호 작용에 의해 이루어지기 때문에 구조가 역동적이며 또,

---

9) Elinor Ochs & Lisater Capps(2001), op. cit., pp.18~-30. 그는 서사를 '층위'와 '가능성'으로 설정하고 층위 차원에서는 서사가 이루어지는 일반적 구조를, 가능성의 차원에서는 집단이나 상황에 따른 개별적 이야기들이 나올 수 있는 축을 제시하고 있어 본 논의에 도움이 된다. 그에 따르면, 구어 서사의 층위에는 ① 이야기 주체의 상호작용과 연관되는 (tellership) ② 이야기 가치(tellablity) ③ 담론 상황에의 침윤성(embedness) ④ 시간성 (linarity) ⑤ 평가적 시각과 연관되는 도덕적 위치(moral stance) 등이 있다. 여기서 ①은 대화 참여자들의 참여 방식과 유형을 의미하며, ②는 이야기할 만한 것으로 선택한 내용의 가치를, ③은 서사적 이야기가 사회적 담론과 맺는 연관성을 ④는 시간적 구조 ⑤는 사건을 해석, 평가하는 시각이다. 이 중에서 서사 구조에 해당되는 것은 ④, 서사적 상호 작용에는 ①, ③, 재현적 의미에는 ②, ⑤가 속하겠다. 이를 중심으로 정리하여, 해석 범주로 삼도록 한다.

구조를 형성하는 텍스트적 표지 역시, 반복, 고저, 볼륨 등의 다양한 형태를 나타난다는 점이 특징적이다.

특히 구어 서사의 구조적 '통일성'은 문자 서사와 달리 여러 의미가 있다. 첫째, 주제의 내적 일관성이다. 전체 주제와 부분적인 사건들이 지니는 통합성의 차원인 것이다. 둘째, 조직화에 있어서의 통일성이다. 서사가 맥락이나 청자, 지시 대상을 고려하여 분명한 조직을 부여하는가의 문제인 것이다. 셋째, 유연성이다. 일관성을 유지하면서도 참여자의 시각과 관점이 얼마나 다양하게 개입할 수 있느냐의 문제이다. 넷째, 정서와 스토리 내용의 합치 정도이다. 슬픈 내용의 이야기를 슬픈 분위기로 공유할 수도 있고, 반대로 즐거운 분위기로 전할 수도 있는데, 그 정서와 스토리가 얼마나 부합하느냐 하는 것이다. 또, 이 통일성은 특정 담화 공동체의 특성을 보여주는 표지가 되기도 한다. 가령, 가족 서사물의 경우, 통일성이 있느냐 없느냐 하는 그 자체가 가족 관계의 친밀도나 밀착 관계를 보여주는 표시가 된다고 할 수 있다. 10)이처럼 구어 서사의 구조는 일반 서사 구조와 다른 표지, 의미를 지닌다.

② 서사적 상호작용

다음, 상호작용의 층위가 있다. 구어 서사는 화자 한 사람이 만든 사적인 구조물이 아니라 화자와 청자가 함께 만들어 낸 공동의 세계이다. 화자는 실제 혹은 상상적 청자가 공감할 수 있도록 하기 위하여 그의 반응을 예상하여 이야기함으로써 청자와 인지적, 감정적으로 연계된다. 곧, 다른 사람의 예상 가능한 비판, 감정과 경험을 먼저 고려하여 이야기하는 일종의 상호 '이해 지향성' 혹은 '이야기 지속'11)을 지니고 있는

---

10) 서사 발달 과정에서는, 통일성 있는 서사물을 접했느냐의 여부가 중요한 변수가 된다는 연구 보고서가 있다. Fiese, Barbara H, Marjinsky, Kathleen, Cowan, Philip A (1999), *The Stories that Families Tell*, Malden, MA : Blackwell Publishers,
11) Lucius-Hoene, Gabriele, 박용익 역(2006), 『이야기 분석』, 역락, 51~53면.

것이다. 이러한 청자 지향성은 이야기의 인지적 내용 및 형식, 구조, 그리고 화자의 감정 묘사 및 표현 전반에 걸쳐 영향을 미친다.

또, 청자는 화자의 서술 행위에 즉각적인 반응을 통해 상호작용해 나간다. 이 서사적 상호작용에는 여러 요소가 있다. 기술하고(description), 평가하고, 설명하는 등과 일반적 서사 요소 뿐 아니라 질문하고, 분류를 요청하며, 다른 의견을 제시하여 도전하고, 성찰하는 등의 복합적인 활동 그것이다.[12] 특히, 화자가 도전적인 질문을 던지거나 공격할 때 서사의 진행은 다른 방향으로 전개될 수도 있고, 화자 자신이 정당화하고 동의를 구하기 위해 지연될 수 있다. 이러한 이 상호작용적 층위는 서사 구조나 서사에 재현된 세계의 층위와 분리되어 존재하지는 않는다.

③ 서사에 재현된 세계: 세계관과 정체성

다음, 구어 서사에는 재현된 세계가 있다. 구어 서사물에는 사건이 재현되기도 하지만, 그 사건을 해석하고 평가하는 시각이 반영되기도 한다. 이 시각은 개인의 것이기도 하지만 그가 속한 공동체의 것이기도 하다. 일반적으로 화자들이 무엇을 이야기할 가치가 있다고 판단하는가 하는 '이야기 가치'(tellability)는, '특별함', 혹은 '예외성'을 기준으로 한다. 그러나 이 예외성은 개인적인 판단일 뿐 아니라 공동체 특유의 사회 문화적 가치를 바탕으로 할 수밖에 없다. 그 공동체가 용인하는 옳고 그름의 기준, 무엇이 가치 있고 없는가의 판단, 무엇이 좋은 삶이고 어떤 방식으로 살아야 하는지 등의 인식에 따라 어떤 사건에서 무엇을 이야기할 것인가의 이야기 가치 역시 달라질 수밖에 없을 것이기 때문이다.

따라서 서사 참여자들이 사건을 선택하고, 배치해 나가는 과정은 그 공동체의 도덕적 질서와 사회적 규범의 세계 속에서 자신에게는 무엇

---

12) Elinor Ochs & Lisater Capps(2001), op. cit., pp.10~30.

이 중요하고 옳은지, 또 어떤 행위의 격률을 지향할 것인지, 또 어떤 가치와는 거리를 둘 것인가[13]를 결정하는, 이른바 위치 짓기의 과정이라고 할 수 있다. 다르게 표현한다면, 서사적 정체성이 형성되는 과정인 것이다. 우리의 정체성은 바로 이 일상 언어 행위를 통해 만들어진다.[14]화자는 대화 속에서의 서사를 통해 자기 자신을 특정 유형의 인물, 자질, 행위적 특성을 가진 이미지로 재현하면서, 특정의 정체성을 설계하고 표현하며, 협상하고, 거부, 혹은 용인하는 것이다. 이는 자기를 사회적으로 이해시키고, 주장하며, 해석하는 과정이다. 이처럼 '서사에 재현된 세계'의 층위에서는 서사적 대화에 참여한 존재들의 개인적, 문화적 정체성을 파악할 수 있다.

2) 연구 방법 설계

(1) 자료 수집 방법

이 연구에서는 청소년의 구어 서사 문화의 지열별 특성을 비교하기 위해 대도시(서울), 중소도시 지역 각각 두 개 학교씩 총 4개 학교에서 12개 그룹의 대화 상황을 녹취하였다.[15]

연구 참여자 그룹은 교사가 추천한 4~6명의 또래 집단이었다. 연구자는 미리 교사에게 편안하게 자신의 이야기를 주고받을 수 있도록 친밀한 관계에 있는 학생들을 선정해 줄 것을 부탁하였다. 연구 참여자는

---

13) Elinor Ochs & Lisater Capps(2001), op. cit., pp.10~30.
14) Lucius-Hoene, Gabriele, 박용익 역(2006), 위의 책, 역락, 74면.
15) 대도시 지역의 학교는 서울 소재, 아파트 밀집 지역의 학교 두 곳이었다. 이곳에서 4~5명의 대화 장면을 각각 4회씩 채집하였다. 중소도시는 경상남도 양산 지역 소재 학교와 김해 지역 소재 학교였다. 역시, 4~5명의 대화 장면을 각각 4회씩 채집하였다. 읍면지역은 경상남도 함안군과 창녕군 소재 학교였다. 각각 10명 2회의 구어 서사를 녹취하였다. 그러나 이 중에서 읍면 지역의 경우, 자료가 부실하여 분석은 대도시와 중소 도시 지역의 자료만 활용하였다.

같은 반은 아니었지만 도서관 활동이나 같은 써클 활동을 하고 있는 친구 관계였으며 남학생 팀과 여학생 팀으로 분리되었다.

연구자는 이들이 자연스럽게 토론할 수 있는 상황을 제공하였다. 원래는 개방형, 반구조형 인터뷰를 계획하였으나 예비 연구 결과 이러한 상황이 다소 인위적인 응답을 요구한다는 점을 발견하게 되었다. 외부인이자 성인인 연구자를 의식하여 자신들의 생활 이야기를 자유롭게 하지 않았던 것이다. 따라서 문학 토론에서 시작하여 자연스럽게 자신들의 삶의 이야기를 펼쳐 나가도록 하였다. 헤르만 헤세의 '나비'를 읽고 문학 토론을 벌이면서 자연스럽게 '상처 받은 이야기' 혹은 '친구들과 싸운 이야기'에 대한 자신의 삶의 이야기를 나누도록 한 것이다. 이 방법은 학습자의 자연스러운 일상 문화 관찰에는 다소 미흡하지만, 일단, 같은 소설을 읽고 난 뒤의 응답적인 반응으로 이야기를 이끌어 내는 것이기에 비교 연구에 적당하였다고 판단하였다. 연구가 수행된 공간은 특별실이나 도서실과 같은 별도의 공간이었으며, 주로 수업 후 자유 시간에 대화 시간을 가졌다. 여기에는 연구자와 연구 참여자만이 존재했다.

다음, 비디오와 녹음기로 녹취된 자료를 전사하였다. 각 화자의 언술에 일련 번호를 매기고, 언어적 기호 뿐 아니라 비언어적 기호까지 문자로 기록하였다. 비언어적 기호는 가브리엘레 루치우스─회네(Lucius-Hoene Gabriele)의 서사 인터뷰의 '대화 분석을 전사 체계'16)에 따랐다. 전사를 마친 뒤, 에피소드 별로 번호를 매겨 1장씩 복사한 뒤 분석하였다.

---

16) Lucius-Hoene, Gabriele, 박용익 역(2006), 위의 책, 역락, 431~441면. 주로 운율로서, 억양, 휴지, 강세, 모음의 확장. 비어휘적 소리, 목소리의 자질이 포함된다. 자세한 것은 3장에서 서술하도록 한다.

(2) 자료 분석 범주

이 연구는 질적 사례 연구로, 표본 집단에서 특징적인 패턴을 발견하여 비교하는 데 주안점을 두었다. 자료 분석 범주는 앞의 이론적 고찰을 근거로 삼아, 크게 서사 구조, 서사적 상호작용, 서사에 재현된 세계를 중심으로 분석하도록 하겠다.

서사 구조에서는 작중 인물의 기능, 통일성, 플롯의 유형을 분석하였다. 서사에 등장하는 작중 인물은 각각 어떤 역할과 기능, 관계로 재현되고 있는지, 서사의 통일성은 존재하는지, 어떤 유형의 플롯이 등장하는지가 그 세부 내용이다. 서사적 상호작용은 상호작용이 이루어지는 다양한 화행 유형들, 가령, 위로, 기억, 맞장구치기, 질의, 도전, 비난 등을 분석하였다. 서사에 재현된 세계는 재현된 행위의 의미, 재현된 자아의 이미지, 인물 관계에 대한 이미지 등을 분석하였다.

3. 중학생 구어 서사물의 지역별 특성 대비

1) 서사 구조의 지역별 특성

(1) 대도시 중학생의 구어 서사문화 특성 : 문제 중심의 다성적 구조

대도시 중학생들의 구어 서사 구조를 분석하도록 하겠다. 대도시 학생들이 헤르만 헷세의 '나비'를 읽고 자연스럽게 나온 상처 받은 이야기는 주로 친구 관계 속에서 있었던 오해, 배신의 행위였다. 총 6회의 대화에서 수집된 구어 서사물은 거의 모든 이야기에 이 '오해'와 '배신'의 플롯이 등장하였다.

이 플롯에 등장하는 인물은 배신하는 자와 배신당하는 자, 오해하는 사람과 오해를 받는 사람의 역할로 이분화 된다. 전자의 인물에는 친구

나 친구 부모님이, 후자에는 주로 자기 자신이 배치된다. 특히, 자기 자신은 주로 억울하게 당하거나 인정받지 못하는 인물로 형상화되었다.

그런데 화자가 재현한 이 배신의 이야기는 청자와의 대화 과정에서 또 다른 문제, 새로운 사건의 가능성, 논쟁적인 불일치를 통해 재구조화되었다. 청자는 화자의 의도나 감정에 공감하기보다는 마치 논쟁과 같이 새로운 시각, 관점으로 또 다른 이야기의 가능성을 탐색하였다. 다음 자료를 보도록 한다.

01 A　홍화붓은 이렇게 다홍색이 둘러져 있잖아. 근데 좀 짜가틱, 짜가틱한 건데(더듬거리며 단어를 강하게 발음함) 이게 연두색인가 초록색인가가 둘러져 있는게 있어. 근데 걔는 그걸 썼어. 그래서 너 어디서 났어(억양을 높임) 이랬는데 걔가 자기가 샀대. 그래서 나 여기서 붓 잃어버렸는데 너 그거 못 봤냐 물었더니 자기는 못 봤대. (중략) 이렇게 말을 했더니 걔네 엄마가 바꿔들어. 그래가지고 나한테 딱 이런다. (무서운 어조로 엄마 흉내를 냄) "너 이런 앤지 몰랐는데 이런 애였니?" 걔네 엄마가

02 B　개 거일 수도 있잖아? (조심스럽게)

03 D　맞아. (당연하다는 듯이)

04 C　개 거일 수도 있잖아 어떻게 심증만으로 물증이 없는데 어떻게 그 아이를 의심할 수가 있어? (천천히 조심스럽게)

05 A　아니 근데 걔가 진짜 그 전날까지만 해도 초록색 붓 있잖아.(빠른 목소리로)

06 C　근데 걔가 그 붓을 쓰면 안 된다 그런 건 없잖아. (점차 목소리를 높이고 항의하듯이)

07 A 그 붓을 쓰면 안 된다는 이유는 없는데 내가 하필 그날 없어진 날에 걔가 그걸 들고 거기다 이름을 써 놨다는 거야. 그걸 나무로 파서. (목소리가 격해짐)

08 C　타이밍이 좋았던 거지. (차분한 목소리)

09 A　타이밍이 좋았던 거든 어쨌든 난 아직 걔가 진짜 훔쳤을 거라고 생각한다니까. (매우 빠른 목소리로, 억울하다는 듯이 말함) 아니 어떻게 그걸 파놓고 이름을 쓸 수가 있어? (빠른 목소리)

    10 C   아니 비싼 거라며 그러면 파놓고 이름을 쓰는 게 당연한 거 아
냐? (항의하듯이 빠른 목소리)
    11 B   솔직히 나는 그런데 이름 못 쓸것 같은데 이름(천천히 차분하게)
    12 C   왜 못써?
    13 A   아니 문제가 그게 아니고 걔는 원래 거기다 이름을 쓰는 버릇도
없고. (차분하게)

— 대도시 중학생 자료 1

처음 말을 꺼낸 화자 A는 친구 어머니에게 도둑 누명을 썼던 일을 이야기하고 있다. 이 이야기를 보면, 역시 자신은 피해자이고 친구 어머니는 가해자이다. 자신은 크게 잘 못하지 않았고, 선의의 의도를 지니고 있었음에도 불구하고 오해를 받는 비극적인 인물로 형상화된다. 그는 과거의 상황을 생생하게 재현하기 위해 직접 화법으로 다른 인물의 말을 흉내 내기도 하고, 억양을 높이기도 하면서 자신의 피해 사실을 알리고 있다. 이는 청자들이 자신의 과거 경험을 보다 생생하게 느끼고 감정 이입할 수 있도록 하려는 전략으로 해석할 여지가 충분하다.

하지만 청자들은 화자의 의도와는 다른 방식으로 반응하고 있다. 그들은 화자의 의도에 동감을 나타내기보다는 새로운 주장을 제기하고, 화자의 판단에 의문을 나타내기도 하고 있는 것이다. 가령, 위의 지문에서 보면, 청자들은 사건에 대한 평가적 해석을 질문함으로써 의미 구성에 참여하고 있다. 02번, 03번, 04번에서 청자는 화자가 사건을 해석하는 방식에 의문을 제기한다. 다른 방식으로 해석할 수 있다는 것이다. 또, 08번, 11번은 화자의 언술에는 공감하면서 이야기 속에 재현 되는 인물에 대한 논쟁적 불일치를 표명하고 있다. 화자가 선택한 이야기 가치는 대화 과정에서 크게 변형되어, 원래의 의도 했던 서사 구조는 도전받거나 새로운 하위 플롯으로 가지치고 있다. 화자는 자신이 오해 받았던 일에 대해 위로받으려는 의도를 가지고 있었으나 청자들은 화자의

판단과 시각에 대해 다른 가능성을 제기하면서 사건에 대한 새로운 해석의 여지를 제기하고 있는 것이다.

이러한 서사 구조는 다성적이고 논쟁성이 강하다는 특징이 있다. 하나의 구심으로 수렴되기 보다는 목소리, 다양한 관점이 교차하면서 논쟁하고 갈등을 계속 해 나간다. 화자는 자신도 미처 생각하지 못했던 다른 사건, 다른 이유와 접속하며, 참여자들이 서로 논쟁과 갈등을 벌이며 이야기를 보충, 첨가해 나가고 있는 것이다. 이런 구조에서 서사적 구조의 통일성은 상대적으로 빈약하다. 02번, 03번과 같은 해석의 타당성에 대한 문제 제기는, 화자의 해석과는 다른 해석, 다른 사건의 잠정적 가능성을 제기하는 것이기 때문이다. 결국, 이 논쟁적 시각은 토론으로 연결된다. 화자가 처음 제시한 과거의 이야기 뿐 아니라 현재의 이야기하기에 참여한 화자의 다양한 의견이 첨가됨으로써 사건의 인과적 해석과 평가가 본격적으로 논의되는 양상인 것이다. 이것은 과거의 이야기를 전달하는 차원을 넘어서 현재와 미래적 사안으로까지 확장되는 양상이라 할 수 있겠다. 때문에 서사 구조는 전반적으로 사건 그 자체보다는 사건의 문제성을 중심으로 내세우게 된다. 따라서 '문제' 중심의 다성적 구조라고 할 수 있겠다.

(2) 중소도시 중학생의 구어 서사문화 특성
: 공감과 해결 중심의 서사 구조

반면, 소도시 중학생의 구어적 서사에서는, 문제적 갈등의 측면보다는 문제 상황의 공감과 해결 과정의 공유가 중심이 되고 있다.

이들의 서사물에도 주로 재현되는 사건은 '배신', '오해'이다. 총 6회의 대화에서 이 사건들은 주된 화제로 등장하였다. 여기에서도 대도시 학생들의 서사와 마찬가지로 가해자와 피해자의 선명한 이분이 존재하고 있었다. 그러나 대도시 학생들과 다른 점은 상호작용 과정에서 이

사건은 그 문제를 함께 공감하고 해결하는 플롯으로 재구성된다는 점
이다.

01 A 결이하고 혜원이하고 나하고 근소하고 같이 다녔다 말이야. 집에
같이 가고 1학년 때는 결이랑 같은 반이야 혜원이랑 근소랑 같은 반이었
고 그래서 이렇게 친하게 지낼 수 있었는데 한 날 내 친구 중에 수민이랑
미정이랑 은정이 이렇게 있잖아. 이렇게 있으면 수민이가 먼저 결이가 맘
에 안 든다는 거야 그래서 이렇게 좀 왕따 시키자고(길게) 얘기하자고 (길
게) 이렇게 얘기하는 거야 그래가지고 내가 그냥 일단 가만히 있었지 그
때 당시는 내가 엄마한테 많이 기대고 있어 가지고 엄마하고 무조건 상의
하는 버릇이 있거든 [지금도 그래] (작게) (B) 그래서 가만히 있었는데 그
래가지고 엄마 내 친구가 이렇게 하자는데 어떻게 할까 이렇게 했더니 우
리 엄마가 친구는 언제 어디서든지 만날 수가 있다면서 그러지 말라고 그
러는 거야. 그런 말도 있고 또 그 다음날에 같이 가는데 결이가 나는 수민
이랑 친해지고 싶은데 수민이는 나 싫어하는 거 같다, 그래가지고 그 날
이후로 애들한테 잘 이야기 하면서, 수민이랑 결이랑 이렇게 엮어주고 미
정이는 또 다른 친구랑 붙어가지고 같이 이렇게 다니고 나하고 은정이는
원래 친해서 이렇게 6명이서 다녔는데 수민이가 안 그래도 결이를 싫어했
는데 이렇게 얘랑 억지로 붙이려고 하니까 좀 그렇잖아. 그래도 수민이
걔가 워낙 마음이 여려서 [응] (B) 그렇게 하는데 그렇게 친하게 지냈어
지내다가 2학년 올라왔을 때 그 세 명 끼리 가고 나 혼자 이렇게 떨어진
거야 반이 (목소리를 높임)
02 A 응? 근소가 우리 반이잖아
03 B 근소는 근소말고 수민이하고 미정이하고 은정이 친구들이 따로
이렇게 걔네랑 떨어져서 나 혼자 있어서 막 가는데 그때 또 결이 다쳤잖
아 다리 다쳤을 때 [다리] (A) [어] (B) 내가 이렇게 같이 비 오는 날에도
씌워주고 무거운 거 있으면 들어주고 또 솔직히 시험 날에 (강한 목소리
로) 공부 안하고 다 (강한 어조로) 빌려줬단 말이야 교과서, 지가 빠졌다고
한 달 동안 다 빌려주고 그랬는데 나중에 시험결과 나오는 날 나한테 묻
는거야 도대체 몇 점이냐고 계속 묻길래 아 그래서 나 10등 들었다 그랬
거든 그랬더니 결이가 왜? 재수없다면서 왜? 그렇게 10등을 받았냐고 [응]

(A) 막 개가 다리가 다치니까 택시를 같이 타고 다녔거든 그때부터 택시 왜 타냐면서 내리라고 그래서 그때

    04 C   상처받았겠다. (재빠르게)

    05 A   자존심이 너무 상하는 거야 아니 공부 못한 게 내 잘못이가? (강한 감정으로) 개가 공부 못 하는 이유는 많어. (울듯한 목소리로) 공부하지도 않는데.

    06 B   필기도 빌려줬다며. 필기 한 것도.

    07 A   공부도 안하고 시험기간에 만화책 보는 애가 어딨는데? (화를 내는 듯한 목소리로)

    08 C   나.

    09 B   하하하.

    10 D   뭔데?

    11 A   니는 그래도 학원 다니잖아.

    12 D   아니.

    13 A   과외라도 할 거 아니가? (추궁하듯이)

    14 D   그때는 다녔잖아.

    15 C   이번 주는. (작게)

    16 A   그래도 우리 거의 다 배우고 끊었다 아이가.

    17 B   하여튼 그렇게 하다가 내가 너무 자존심이 상해서 그냥 안 다녔어. 같이 안다니다가 그 다음엔 다시 이제 혼자 가야 되니까 좀 그래서 좀 낫고 나서 걸어 다닐 수 있을 때 같이 다녔는데 그때도 나를 완전히 이렇게 무시를 (강하게) 하는 거야.

    18 A   결이가? (놀라는 목소리로)

    19 B   어 결이하고 혜원이하고 같이 가고 나는 맨날 뒤에서 따라 가는 식으로 너무(강한 목소리) 기분이 상해서 그것 때문에 같이 안다닌다.

    20 C   지금도?

    21 A   응 지금은 은혜 핑계대고 같이 잘 안다녀

    22 B   은혜? (강하게)

    23 A   양은혜. 어 같은 방향이니까 내가 맨날 지각하는 이유도 은혜랑 같이 온다고 지각하거든. 내 지각하는 한이 있어도 개네랑 같이 오기 싫다.

    24 B   근데 친구랑 싸울 때는 있잖아 상대방이 나도 그렇게 생각하는데 상대방이 먼저 풀겠지 뭐. 그럼 나도 덤으로 같이 덤으로 미안하다 하

면 되겠지 이렇게 생각하는데.

　25 A　어 맞다.

　26 C　나는 그 반대쪽으로 생각해 내가 가만히 있으면 심심해서 못 견뎌 친구가 있어도 왜 젤 친한 친구랑 노는 거랑 걔네랑 노는 거랑 다르잖아 그러니까 친한 친구랑 싸우면 걔네랑 싸운거랑 달리 내가 먼저 화해를 거는 거야. 근데 그때 안 받아들여주면 진짜 크게 싸운다고. (찬찬히 가르치듯이)

　27 A　아 근데 나는 내가 화해를 잘했기 때문에 그게 나 좀 그거를 고쳐야 될 것 같다. (차분하고 느리게)

— 중·소 도시 중학생, 자료 2

이 이야기에서도 화자 A는 친구에게 상처받았던 이야기를 재현하고 있다. 자신은 피해자이고 친구들은 가해자이다. 이는 대도시 학생들의 이야기와 거의 다르지 않다. 그러나 화자의 이야기에 대한 청자의 반응, 이에 따른 서사 구조의 전개 양상은 다소 차이가 난다.

01번의 화자 언술에 대한 청자들의 언술은 화자가 제기한 문제에 공감하고 문제를 해결할 수 있는 방법에 대한 공동 모색으로 이루어져 있다. '맞장구치기'(06번), '공감하기'(04번)로 위로하고 문제 상황을 공유하거나 갈등에 대한 중재, 혹은 갈등에 대한 해결 방법(24번, 26번)을 제기하는 것이다. 이는 이야기 되는 사건 그 자체보다 참여자들 사이의 관계를 중시하는 것이라 할 수 있겠다.

서사의 중심이 화자와 청자의 '관계' 중심에 있기에 서사 구조의 양상도 다르게 나타난다. 화자의 과거 이야기 자체보다는 그를 둘러싼 화자와 청자 사이의 다양한 형태의 상호작용 빈도가 높다. 청자의 다양한 질문에 의해, 구체적인 세부 정보가 보완되며 나아가 핵심적인 서사 전개나 서사의 문제적 요소와 무관해 보이는, 딴 이야기들이 들쑥날쑥하면서 전개된다. (08번, 09번, 10번) 이는 스토리 자체의 정보보다는 참여자들의 관계적 공유와 위안 등의 정서적 요소가 개입한 결과라 하겠다.

여기에서 서사 구조의 통일성은 매우 약화되어 있다고 하겠다.

청자는 대도시의 이야기와 달리 관점의 차이나 또 다른 쟁점을 제시하기보다는 공감하고, 동의하는 방식을 취하고 있다. 화자와 청자가 공유하는 배경 지식을 앞세우면서 차이점보다 동일성을(04번, 13번) 강조하는 것이 뚜렷이 나타난다. 흥미로운 점은 이러한 대화의 결과, 화자의 원래 의도와 이야기 초점이 변화한다는 점이다. 이야기 종국(27번)에 화자 A는 "나는 그걸 좀 고쳐야겠다"라고 반성적인 결론을 이끌어 낸다. 이는 과거의 에피소드적 이야기가 과거 이야기 그 자체로 끝나는 것이 아니라 현재와 미래 중심의 문제 공유와 해결의 모색으로 이어짐을 의미한다. 대화적 과정 자체는 또 다른 변화와 생성의 과정이며 그 결과 서사는 열린 구조로 전환되고 있다. 서사 주체인 화자와 청자는 상호주체로 대화에 참여한다.

또한 중·소 도시 중학생의 경우, 이야기에 참여하는 존재들만의 배타적 공유와 공동체 의식이 강했다. 이들은 자신이 상처 받은 이야기를 시작할 때, '우리 모두 자신의 배신 이야기를 털어 놓았으니 너도 털어 놓아야 한다'는 또 다른 요구를 하기도 하였다. 청자들은 유사한 '배신'의 비밀을 공유하고자 하였으며 서로 다른 사람과 쉽게 나눌 수 없는 개인적이고 비밀스러운 이야기를 통해 결속하고자 했다. 자신의 억울함, 잘못, 부끄러움, 비밀을 털어 놓는, 다소 감정적인 유대를 하고자 했다. 이는 대도시의 학생들이 자발적으로 자기표현에 임하고자 했던 방식과는 다소 다르다.

2) 서사적 상호작용의 지역별 특성 대비

(1) 대도시 지역 중학생의 상호작용 방식 : 상호작용의 합리성 지향

다음, 대도시 지역 중학생의 대화적 서사의 상호작용 방식을 분석한

다. 서사의 플롯 구조와 의미를 구축함에 핵심적인 역할을 하는 서사적 상호작용의 방식에는 참여자들의 사회적 관계, 활동 방식이 영향을 미친다. 대도시 지역 중학생의 경우 해결의 합리성을 중시하는 상호작용의 경향을 보여준다.

<자료 3>을 분석한 <분석 3>을 중심으로 설명한다. <자료3>은, 자신이 친구로부터 상처받았던 이야기를 전사한 것이다. 대도시 중학생의 전형적 특징을 보여준다고 판단하여 제시하였다.

01 A 걔도 상처를 받고. 나도 (더듬거림) 상처를 준 경험이 있거든 그러니까 (열정적적인 어조로) 1학년때 어떤 남자애가 (높임) 있었거든. 그 남자에게 이렇게 (옆의 사람을 때리는 흉내를 냄) 어떤 여자애랑 장난치고 있는 거야. 그래서 내가 같이 장난칠라고 넌 애가 왜 그러냐(높이면서) 그랬었어 근데 그때까지도 분위기가 걔가 장난으로 욕하는거 있잖아. 아, 미처, 너 나랑 놀자. (갑자기 빨라짐) 근데 그거를 정지 현쌤이 들은 거야. 우리는 장난으로 그냥 넘긴건데 선생님이 걔를 데리고 가가지고 몽둥이로 종아리 있잖아 굵은 걸로 때린거야. (천천히 말함)

02 B 왜?

03 A 나한테 욕했다고.

04 B 너한테? (의아하다는 듯이)

05 A 어 나한테 욕했다고 그래서 막 때린거야. 그래서 두 줄로 막 멍이 들었어. (분개하듯이) [와, 말도 안 되. 그지.] (B)

06 C 어.

07 A 근데 걔 상처받은 거잖아. 근데 나도 그때 불려갔었거든 나도 그때 손바닥 맞았었어. 근데 걔도 상처를 충분히 받았잖아 근데 내가 걔한테 사과를 했어 진짜 미안하다고 일이 이렇게 커질 줄 몰랐다고 (더듬거림) 사과를 했다 (억양 올림) 근데 다 내 잘못은 아니잖아 솔직히 걔가 욕한 것도 잘못이 있고 그러잖아. (억양 올리면서 천천히 말함) 근데 잘못했는데 그때 걔가 또 아예 날 무시를 하면서. 너 같은 건 꼴도 보기 싫다. 그딴 식으로 말을 하는 거야

08 C 진짜?

09 A   어. (반갑다는 듯이)

10 B   무섭다. [말도 안 되], [어쩜 그럴 수가], [근데, 니 잘 못이 아니잖아] (C)

11 D   하지만 걔는 다른 생각이 있었을 수도 있어.

12 A   물론 그랬지. 하지만 난 그렇지 않다고 생각해. 어쨌거나 분명이 걔가 맞은 건 맞은 거니까 걔가 나 때문에 피해를 봤으니깐 그래서 내가 한 다섯 번인가 여섯 번인가 미안하다고 했다 미안하다. (갑자기 억양을 높임) 미안하다. 근데 걔가 계속 무시하는 거야, 계속 나를.

13 B   왜? (분개한 듯이)

14 A   언젠가 남자애들끼리 내 뒷담같은 것도 까고 그러는거야. (천천히 차분하게 설명함) 기분나쁘게. 그래 가지고.

15 C   남자애들한테? (놀라는 듯이)

16 B   뭐 정말? (놀라는 듯이) 정말 그런 생각이었겠어?

17 C   진짜 뭐가 없다. 왜 남자애들한테까지?

18 A   어 어이가 없잖아. 내가 어이가 없어가지고 니 애가 왜 그러냐고 그딴 식으로 살고 싶냐고 막 뭐라고 그랬었어. 근데 그 일로 걔도 상처받고 나도 상처받은 거잖아. 솔직히 거기서 걔가 용서를 해줬으면 쉽게 끝날 일인데.

19 B   그거야 그렇지.

20 D   그래도 걔가 다른 마음이 있었던 건 아닐까?

21 C   그래 그럴 수도 있어. 혹시, 예전에는 그런 적 없냐? (억양 높임) 실은 나도 그런 적이 있었거든. (목소리 낮춤). 일종의 이별 통보 같은 거 말이지.

22 B   야. 그래도 말 안 돼. (목소리 높임) 그건 그거고 이건 이거잖아.

23 C   근데, 경제 선생님은 왜 때리고 갔을까? 흐흐.

24 D   혹시, 남자들은 모두 그런 식인 거 아냐? (장난끼 있는 목소리로)

25 B   근데 솔직히 종아리 때린 것은 좀 심했다.

— 자료 3

〈분석 3〉

발화번호	발화자	참여 유형	서사 전개에 미친 영향력
01	A	사건 전달	서사 전체 개요 제시
02	B	설명 요구	사건 상세화
03	A	인과 해명	인과관계 상세화
04	A	의문 제기	사건 심층 해석
05	A	사건 해명	세부 내용 상세화
06	C	동감 표현	이전 사건 해석 강화
07	A	자기 정당화	사건 평가 유지
08	C	편들어 주기	이전 사건 해석 강화
09	A	동감 표현	이전 사건 해석 강화
10	B, C	편들어 주기	이전 사건 해석 강화
11	D	다른 해석 제안	대안적 플롯 제시
12	A	반박하기	대안적 플롯 반박
13	B	편들기	이전 사건 해석 강화
14	A	정당화하기	사건의 인과적 해석 강화
15	C	동감 표현	이전 사건 해석 강화
16	B	편들어 주기	이전 사건 해석 강화
17	C	편들어 주기	이전 사건 해석 강화
18	A	이야기 상세화	이전 플롯의 상세화
19	B	동감 표현	이전 사건 해석 강화
20	D	다른 해석 가능성	대안적 플롯 제시
21	C	동감 표현	대안적 플롯 상세화
22	B	반박하기	대안적 플롯 반박
23	C	의문 제기	대안적 플롯 상세화
24	D	동감 표현	이전 사건 해석 강화
25	B	평가하기	이전 사건 해석 강화

이 대화에서 화자 A는 자신의 과거 경험을 다소 객관적으로 '재현', '전달'하고 있음에 반해 청자인 B, C, D는 다양한 역할을 취하면서 서사적 상호작용을 하고 있음을 알 수 있다. 화자가 이들은 재현한 이야기에 누락된 정보를 요구(02번, 18번)하고, 사건의 인과성을 해명하기도

하며(03번), 화자의 의견에 비판적, 공감적 의문을 제기하고(04번, 23번) 사건에 대한 평가를 제안(25번)하기도 한다. 특히, 흥미로운 부분은 화자의 시각과는 다른 대안적 해석(21번), 대안적 관점(11번)을 제기하여 논쟁하고, 반박하고, 화자에 의해 드러난 이야기 외에 또 다른 가능성을 들추어내는 역할이다.

특히, 이들의 질문은 이야기의 누락된 내용을 보완하도록 하여 플롯에 밀도를 더하며 플롯 전개에서 새로운 인과의 논리를 만들어 냄으로써 서사의 선을 다양하게 만드는 역할을 한다. 화자 역시, 청자의 이러한 반응에 심리적 부담을 표하지 않는다. 오히려 공동으로 탐구하듯이 자신의 이야기에 새로운 의문, 새로운 해석을 받아들여 이야기의 새로운 가능성에 몰두하고 있는 것이다. 동일한 주제에 대해 비교적 장기간 이야기가 진행될 수 있는 것도 이 때문이다.

이는 화자와의 사회적 관계의 측면보다는 이야기 자체의 합리성, 정보의 진실성, 자기 표현의 진정성에 치중하는 양상이라고 할 수 있겠다. 청자가 직접적으로 반박하고 이견을 제시하는 것은, 이야기를 통해 사회적 관계를 유지하려는 '유대감'의 측면보다는 정보의 '논리' 와 '합리성' 자체를 파고드는 경향이라 할 수 있기 때문이다.

이러한 이유로 대도시 중학생들의 구어적 서사는 개방적이고 유연하다. 이들은 자신의 이야기가 비판되거나 다른 의견으로 반박되는 것에 개방적이다. 다른 사람들 앞에서 자신의 의견을 매우 적극적으로 개진하며, 또 다른 사람들의 의견을 수용하며 공동의 이야기를 구성하려는 경향이 강하게 나타난다. 이는 자신의 경험에 대해, 성찰적인 태도를 취하려는 것이라 할 수 있다.

(2) 중소 도시 지역 중학생의 상호작용 방식
　　: 공유와 유대 지향의 상호작용

반면, 중소도시 중학생의 대화적 서사는 이야기에 재현된 정보에 대한 관심보다는 두 사람 사이의 유대나 공유와 같은 사회적 관계에 집중하고 있다. <자료 4>을 분석한 <분석 4>을 중심으로 설명하도록 하겠다.

<자료 4> 역시, 친구로부터 배신당했던 이야기를 전사한 것이다. 그러나 앞의 대도시 중학생에 비해, 화자는 자신의 이야기를 풀어 나감에 있어 다소 적극적이지 않음을 알 수 있다. 화자는 자신의 이야기를 적극적으로 제시한다기보다는, 청자들의 질문(02번, 04번, 12번)이 있고 난 뒤에 이에 대한 응답으로 사건의 전말을 이야기하고, 청자들의 동감 표현(16번)이 있어야 자신의 처지를 정당화하는 식이다. 이는 화자 자신의 의견이나 경험의 표현이라기보다는 청자와의 사회적 유대 관계에 기초하여 이야기가 펼쳐지고 있음을 의미한다.

반면, 청자는 대도시 학생들보다 더욱 적극적으로 질문하고, 평가한다. 그들은 자신이 직접 다음 이야기를 예측하여 표현하기도 하고, 화자와 거리를 좁혀 같은 입장에서 논의하면서 공동의 이야기꾼이 되고 있다. 대상에 대한 지식을 함께 공유하고 있는 경우(06번)도 있고, 화자의 이야기를 듣는 차원을 넘어서 적극적으로 자기 이야기를 노출하는 경우도 일어난다. 특히, 특징적인 것은 이들은 화자의 상황과 관점을 공유하면서 공동의 입장에서 이야기에 개입하는 경우가 많다는 점이다. 가령, 화자의 심정에 동일시하는 감정 표현('어떻게')가 많고, 화자의 입장에서 사건을 평가하며(10번), 이야기를 앞질러 추측하고 예단하는 방식이 그러하다. "그 어린 나이에 배신을 당했나? 어떻게?(04번)" "헉"(08번) "결국엔 게가 거짓말을 한 거네?"(10번) 등 자신의 의견을 직접 노출하고 있다. 감정과 이야기의 내용이 통일적이다.

흥미로운 점은 청자의 질문 내용이 대도시 중학생과 차이가 있다는 점이다. 중·소도시 학생들의 경우, 화자의 이야기를 듣고는 주로 "그래서, 어떻게?"(04번, 12번, 18번, 20번)와 같이 '그래서'라는 질문을 던진다. 반면, 대도시 중학생은 "왜"(분석1번, 13번)라는 질문을 주로 사용한다. '그래서'라는 질문은 서사의 전개에 대한 궁금증을 바탕으로 하는 것으로, 일단 화자의 이야기에 대한 동감이 전제되어 있다. 그 전제를 바탕으로 그와의 유대를 독려하고 이끌어내어 사건을 구체화하는 기능을 하는 것이다. 반면, '왜'에는 강한 의문감이 전제되어 있다. 이는 타자의 의견을 비판, 반박, 대안적 해석, 대안적 평가함으로써 자신의 관점을 드러내고 논쟁적 색채를 가미하는 것이다.

01 A 초등학교 2학년 때 친구한테 배신 당한 적이 있어. 들었제? (억양 높임)

02 B 1학년 때? (억양 높임) (놀랐다는 어조)

03 A 2학년 때.

04 B 아니 그 어린 나이에 배신을 당했나? 어떻게? (억양 높임) (놀랐다는 표정)

05 A 어 아니. 그런 배신은 아닌데 있잖아 친구가 초등학교 2학년 들어가서 처음 사귄 친구가 있었어. 걔가 같이 놀자고 하길래 나는 그냥 동의하고 같이 놀았어. 한 5시쯤 되서 음악학원을 가야 하는데 초등학교 2학년이면 일찍 마치잖아. (동의를 구하듯 억양을 높임) 엄마한테 허락받고 엄마 애랑 놀다가 음악학원 갈게요. 놀았어 잘 놀고 있는데 걔네 집에 전화가 온 거야. 시계를 내가 안보고 있었거든. 전화가 오는 거야 음악학원 보내라고 걔네 집에 엄마가 전화를 했나봐 근데 뭐라뭐라 얘기를 하더니 송이야 너 오늘 음악학원 안가도 된데 그러는 거야. 걔가. (억양 높임)

06 B 송이 아줌마가 그러실 분이 아니신데 하하. (재미있다는 표정)

07 A 막 놀다가 한 6시쯤에 다시 전화가 왔어 그러고는 걔가 막 뭐라뭐라 하더니만은 계속 더 놀아도 된다고 해. 그냥 같이 놀자 나는 뭐하고 놀았는지도 지금 기억이 안나. 근데 9시까지 계속 놀았거든.

08 B C지 헉~~ (황당하다는 표정을 지음)

09 A 그러고 나서 집에 갔어. 집에서 죽도록 (강하게 발음) 맞았어 엄마한테.

10 C 결국에는 개가 거짓말 한거네?

11 A 어 왜 엄마한테 전화를 한 번도 안 해봤냐면서 그래가지고 개가 엄마가 나 학원안가도 된다고 말했다고 그러면서.

12 B 그래서 그 친구는 어떻게 됐는데? (억양 높임)

13 C 아니 그래서 일단 그 다음날 음악학원 가고 그 다음날에 가보니까 니가 계속 거짓말을 해가지고 내가 결국 엄마한테 맞았다. 나 너랑 안 놀아. (어렸을 때의 상황을 연기하듯 발음함))

14 B 하하 절교?

15 A 절교 선언을 했는데 개가 내 신발을 숨겨놓고 도망간 거야. 집에 가지 말라고 나랑 친구 다시 안 해주면 신발 안돌려 줄거다 그러면서.

16 B 스토커 같다. 하하. (유쾌하듯이 웃음)

— 자료 4

〈분석 4〉

발화 번호	발화자	참여유형	서사 전개에 미친 영향력
01	A	사건 소개	서사 전체 평가
02	B	사실 확인	배경 질문
03	A	사실 제시	배경 제시
04	B	편들어 주기 및 설명 요구	사건 평가
05	A	사건 개요	사건 도입
06	A	편들어 주기	평가
07	A	사건 설명	사건 전개
08	B	편들어 주기	
09	A	사건 설명	갈등 전개
10	C	해석	
11	A	상세화 설명	인물 평가
12	B	사건 설명 요구	다른 인물의 행동 첨가
13	C	사건 설명	갈등 전개
14	B	해석	

15	A	사건 설명	사건 전개
16	B	편들어 주기	

3) 서사 내용의 지역별 특성 대비 : 재현된 의미

다음, 서사적 대화에 재현된 의미를 분석하도록 하겠다. 그 의미를 특히, 선택된 이야기 가치, 경험을 해석하는 화자의 관점과 가치 평가의 위치, 구성되고 있는 서사적 정체성의 양상을 중심으로 살피도록 한다.

먼저, 서울 대도시와 지방 중소 도시의 이야기에 나타난 화자 관점과 평가를 살펴보도록 하자. 이들에는 어떤 차이점이 있을까? 일단, 이야기가 가치(tellability)를 분석해 보도록 하겠다. 이들의 대화는 '친구와의 갈등과 화해'의 사건을 주된 소재로 선택하고 있는데 이 화자가 스토리텔링 과정에서 주로 선택하는 가치는 '화해'이다. 잘잘못의 문제를 넘어서 화해하려는 지향을 높이 평가하고 있는 것이다. 그러나 청자들은 화해 그 자체보다 화해의 '현실적 개연성'을 중심으로 의문을 제기한다. 이들의 서사 패턴이 역동적이고, 논쟁과 다성적인 서사 구조로 이루어지는 것도 이 때문이다. 곧, 참여한 화자들이 공동의 합의된 선과 악의 구도보다는, '현실적 개연성'의 관점에 따라 자신의 판단을 제시하고 있는 것이다.

01 A 아 내가 이성문제 때문에 친구랑 싸웠었어. (조심스럽게 말 꺼냄)

02 B, C, D 하하하. (재미있다는 듯이)

03 A 정말야?

04 B 친구들은 알고 있어.

05 A 이성문제 때문에 친구랑 싸웠었는데 어떻게 싸웠었냐면 (조금 망설이다가) 나랑 개랑 되게 단짝 친구였다 근데. (중략)

06 B 트러블?

07 A 맞아, 트러블 같은 것도 많이 생기고 근데 이제는 이 친구랑도 만나고 이 친구랑도 만나고 이렇게 서로서로 많이 화해를 했어. 그러니까 친구랑 화해하는 게 나는 솔직히 이 친구랑 싸우고서도 이 친구가 너무 나쁜 짓을 많이 했어. 나 몰래 내 남자친구랑 만나기도 하고 그래서 너무 나쁘잖아. 솔직히 그래서 내 남자친구랑 바람 핀다 해야하나? 그런 것도 하고 너무 못됐잖아. 그래서 난 별로 화해하고 싶지도 않았는데 그래도 한때 단짝 친구였고 그래도 친구니까 화해를 해야겠다고 생각해서 그렇게 생물시간에 우리 담임이 생물이잖아. 생물 시간에 롤링페이퍼를 했어. 그러니까 한 마디씩 써 주는거 그래서 거기다가 내가 그냥 별말은 아닌데 야 우리 둘이 일 년동안 여러 가지일 많았었잖아. 그러니까 뭐 나는 그래도 너랑 행복했던 기억만 남기고 싶다, 이렇게 그냥 별 말 아닌데 이 말만 남겼어. 근데 걔가 그 다음에 자기꺼 롤링페이퍼를 보고 내 글을 보고 쉬는 시간에 니가 쓴 걸 봤어. 이제 우리 화해할까? 이래서 딱 손을 내미는 거야. 그게 얼마나 나는 그렇게 화해하고 싶은 마음도 없었어. 근데 이 친구는 속으로 나한테 되게 미안했고 나랑 그렇게 화해하고 싶어서 이제 내가 그렇게 글을 남기니까 이렇게 화해를 했다는 게 너무 그런 게 너무 뭔가가 아름다웠어.

08 C 하하하.

09 D 진짜, 음.

10 C 근데 내가 보기엔 이야기가 길어질 것 같아. 앞으로 더 싸울 것 같은데. 내 경험상.

11 C 그래 더 싸울 것 같애.

— 자료 5

이 서사를 보면 화자는 처음에는 '화해하는 것은 아름답다'는 관점에서 자기 행위를 평가하고 있었다. 친구와의 갈등과 배신의 우여곡절을 반복하면서 내린 최종적인 결론이었다. 그러나 친구들은 '현실적으로는 다른 싸움이 계속될 수 있다' '같은 반이 된다면 더 싸울 수도 있다' 등의 현실적 가능성을 제기하면서 반박한다. 그것은 자기 경험에 기반한 것으로, 화자의 평가가 관념적이거나 실제 현실의 양상과는 다를 수 있음을 지적하는 것이었다.

이는 참여자들이 서사적 문제를 '현실적 개연성'을 중심으로 접근함에 따라 선과 악과 같은 도덕적 가치 평가보다는 현실적으로 무엇이 타당한 판단인지를 문제 삼는 것이라 할 수 있다. 따라서 화자에 대한 심정적 동의보다는 자신들의 관점에서의 다양한 해석과 판단을 중시한다. 그 결과 이야기의 내용이 되는 경험의 '의미' 역시 개방된다. 이 자료에서도 처음 화자의 이야기는 '화해'의 의미로 출발하였는데, 갈수록 '다툼' 혹은 '다툴 수 있음'으로 바뀌는 것이다.

반면, 소도시 중학생의 경우, 화자와의 정서적 유대를 중시하는 '친/소'라는 평가의 시각을 강조하고 있다.

01 B   비밀 보장. (큰 목소리로)

02 A   비밀 보장?

03 B   보장 보장. (확신에 찬 목소리로)

05 A   진희랑 인영이랑 내랑 세 명이서 정말 친했었어.

06 B, C   자, 계속해.

07 A   인영이랑 진희랑 정말 친했어. 1학년 때 인영이랑 내랑 어쩌다 진짜 사소한 일로 싸우게 된거야. 싸웠는데 그게 사이가 그렇게 멀어질 줄 몰랐지. 처음에는 근데 나도 고집이 세고 개도 고집이 센 거야 화해를 안 하고 있었는데 진짜 상처받는 말을 많이 했어. 진짜 나 개가 그런 앤지 몰랐어. 나 정말 생긴건 애가 착하기도 되게 착하게 생겼잖아.

09 D   싸울때는 당연히 상처받는 말을 하지.

10 A   어 너무 상처받는 거야. 니가 왜 나한테 이런 말을 해야 되겠니 이러면서 너무 상처받는거야. 그래가지고 나도 그런데 나도 더 웃긴 게 내가 그렇게 보냈다는 게 나도 진짜 정말 미안한데 내가 왜 그렇게 보냈는지 이해가 안 간다.

11 C   뭘 보내?

12 A   서로가 싸웠지 문자를.

13 C   문자로?

14 D 와 돈 많다.

15 A 그래 가지고 싸웠는데 진희도 우리 둘이 싸운걸 알고 근데 나는 내가 제일 싫어하는 친구가 싸우다가 만약에 싸우면 우리 둘만 싸우면 되잖아. 만약에 한명이 싸우면 둘이만 싸우면 되는데.

16 D 싸움에 끼어드는 애가 제일 싫다 .

17 A 어 맞아. 그 싸우면서 끼어들고 같이 참견해 주는 나 그런 친구 너무 정말 싫은데 둘이 해결할 수 있는 일인데.

18 D 끼어들면 일이 커지잖아.

19 A 진희가 거기서 인영이랑 같이 이렇게 이렇게 먹은거야. 그럼 난 진짜 너무 뭐라고 해야되지, 이건.

20 C 편을 갈랐다고?

21 A 어.

22 C 배신감?

23 A 어, 배신감 완전.

24 C 저 안 보이거든요. 이렇게 이렇게 하면 안보이거든요, 하하.

25 A 그래가지고 어쩌다 보니까 방학이 또 거기 끼었어. 그면 화 풀 그런 기회도 없잖아. 그래 가지고 더 커져가지고 일이 거의 두 달이 갔어. 그렇게 싸우고.

26 D 난 싸우고 나서 아무리 길어도 일주일 이상 간 적이 없다.

27 A 그래 난 두 달까지 갔었는데. 진희까지 싸우게 된 거야. 그래서 세 명이 다 편을 나눠가지고 싸웠는데. 아 어쨌든 그때 말 한마디가 그렇게 무서운지 몰랐다. 너무 사람이 너무 배신감을 느껴가지고 실망했다. 실망.

28 B 화를 어떻게 풀었는데?

29 A 화를 어떻게 풀었나면 내가 진짜 고집이 세 가지고 화를 잘 안 푸는데 인영이? 인영이? 아 진희가 풀었었나? 아, 진희가 풀었었어. 진희 가 애가 성격이 좋잖아 .그래가지고 그냥 진희가 어떻게 둘이 잘 맺게 해 주고 인영이랑 내랑 그래가지고 근데 지금 좀 인영이가 제발 내가 그렇게 속상한 말을 했다는 것을 까먹었으면 좋겠다. 제발.

30 D 니가 기억하고 있으니까 까먹을 리가 없잖아.

31 A 근데 나도 기억하는데 개도 진짜 많이 내한테 실망했을 거다.

32 B 마음에 많이 걸리면은 인영이한테 한번 풀어라. 그때 했던 말 미 안하다 한번쯤 사과해봐.

  33 C   그래 쫀심만 강해가지고는 그렇지.

— 자료 6

  이 서사의 이야기 가치는 무엇일까? 이 서사 역시 친구들과의 갈등과 화해에 대한 내용을 담고 있다. 화자는 자기 자신과 친구가 서로에게 상처 주는 말로 다투다가 편을 갈라 싸우게 된 이야기를 하고 있다. 여기서의 서사의 중심에 놓인 것은 '서로에게 상처를 주었음'이다. '상처'의 문제는, 누가 옳고, 그른가의 문제라기보다는 누가 더 잘 못했는가, 누가 관계를 단절시켰는가 하는 점이 더 문제적이다. 청자의 반응 역시, 이 문제성을 인정하고 어떻게 극복할 것인가를 중심으로 반응하고 있다.

  이런 점에서 이들이 사건을 해석하는 주요 시각은 정서적 유대와 단절이 관건이 되는 '친소'의 문제라 할 수 있다. 친밀감과 유대감에 바탕을 두고 있다면 그것은 긍정적이고 의미있는 행위이고, 반면 친구와의 단절을 가져왔다면 부정적으로 그려진다. 때문에 자신을 배신한 친구도 부정적인 존재이지만 친구에게 상처받은 표현을 한 자신도 부정적인 존재로 재현된다. 화자에 대한 청자의 반응 역시 이러한 관점과 시각 속에서 이루어진다. 청자는 친밀감과 유대감을 회복할 수 있는 차원에서 화자와 논의한다. 이 때 그의 평가적 시각은 자신의 시각에 대한 단언적인 표현이라기보다는 화자와의 유대, 친밀성을 고려한 것이다. 청자는 스토리 자체의 정보보다는 화자와의 정서적 유대를 더 중시한다. 정서적 유대를 바탕으로 하기에, 이야기 되는 정보 역시 세부적이고 사적일 수 있다. 친밀한 관계 속에서의 대화에서는 세부적인 정보가 소통될 수 있다. 여기에는 '진정성'이 중심이 된다고 할 수 있겠다. 이 경우 또래 집단 내부의 '배타성'이 강하다. 처음 발화가 "비밀 보장"이라고 시작한 데에서 알 수 있지만, 서로의 비밀을 공유하는 유대적 결사가 강한 것이다.

4. 학습자의 서사문화 수용 방안

앞에서 분석한 대도시와 중소도시의 이야기 패턴은 비록 양적 신뢰성을 확보한 것은 아니지만 지역에 따라 달리 존재할 수 있는 서사 패턴을 규명하는 데에는 의의가 있다고 볼 수 있겠다. 앞의 논의 결과를 참조한다면, 대도시 중학생의 경우, 자기 의견의 표현과 합리적 상호작용 그리고 정보 중심의 논리적 개연성을 지향하는 서사 문화를 지니고 있다. 이들은 정보 내용에 기초한 의견의 차이와 합리적 상호작용에 기초한 의사소통을 교육적 소통으로 활용할 수 있다. 반면, 지방 소도시의 경우, 개인보다는 공동체의 상호주관성을 더 중시하며 상호작용에서 관계적 요소를 더욱 강조하여 다양한 의견보다는 공유의 소통을 중시한다. 비유컨대, 전자가 '옳고 그름'의 보편적 가치 기준을 지향하는 정의론적 특성이 더 강하다면 후자는 '좋고 싫음'이라는 공동체주의적 지향이 더 강하다는 점을 알 수 있다. 그리하여 서울 대도시가 '합리성'과 정보성 중심 그리고 현실적 개연성 중심의 구어 서사문화적 경향이 강하다면 지방 중소도시는 '공유'와 관계성 중심의 경향이 강하다고 할 수 있다. 전자는 자기 표현적 경향이 강하여 다양하고 서로 논쟁적인 다성적 서사를 큰 저항감이 없이 향유하고 있음에 반해 후자는 상호 주관적 공유의 경향이 강하여 다소 구심적이고 배타성 있는 또래 문화 집단을 유지하고 있었다.

서사 문화가 공동체 특유의 삶의 방식에 의해 영향을 받을 수 있다고 할 때 지역 서사문화란 상대적으로 상이한 지역 문화를 전제로 가능한 범주일 것이다. 대도시와 중소도시는 명료한 개념의 차이를 갖기 어려운 점이 있는 것도 사실이나, 양자는 도시의 규모, 밀집도, 경제, 생활 방식 면에서의 차이에 따라 문화면에서도 다소 차이가 있을 수밖에 없을 것이다. 이에 대해서는 보다 엄밀한 자료들이 보완되어야 할 것이나 필자가 연구 참여자를 인터뷰한 결과에 따른다면 두 지역의 문화적 차이는 크게 두 가지로 설명될 수 있다.

첫째, 이들은 자신의 경험을 표현해 본 다양한 경험의 유무가 달랐다. 대도시 학생들의 경우, 일상생활에서 가족, 교회, 과외, 학원 등에서 자기 자신에 대해 표현하고 논쟁해 본 다양한 경험을 가지고 있었다. 특히, 부모와 형제간에 토론문화를 상시적으로 가지고 있다는 학생이 많았다. 그러나 소도시 학생들의 경우, 토론 문화를 거의 접해 보지 못했다. 가정에서는 물론이고 과외, 학원, 교회 등에서도 '자기 자신의 의견'을 말해보는 경험이 흔하지 않았다.

둘째, 친구와 경험과 지식의 공유 정도가 달랐다. 대도시 학생의 경우, 주로 가족 중심의 생활 패턴을 지니고 있고, 또 아파트 생활 등으로 하여 친구와 공유하고 있는 경험과 지식의 양이 상대적으로 적었다. 그러나 중소 도시의 학생 경우, 학교생활 외에도 교회나 학원을 같이 다니는 경우가 많았고, 또 초등학교부터 지속적으로 친구를 유지해 온 경우가 있었다. 따라서 친구와 공유하고 있는 경험이 많았고, 그러한 사회적 관계의 유무는 이야기 패턴에 영향을 미쳤다.

그럼에도 '지역성'이라는 범주만으로 대화적 서사 패턴의 차이 변인을 단순화할 수는 없을 것이다. 같은 지역이라도 집단의 친밀성 정도, 학력, 성별 등의 다양한 변수 역시 중요할 수 있다. 그러나 한국의 근대화 과정이 대도시 중심으로 기획, 전개되었던 점도 무시할 수 없는 만큼 지역성을 완전히 무시할 수도 없다고 본다.

이와 같은 지역별 패턴이 국어교육에 시사하는 바는 다음과 같다.

첫째, 교사와 학습자의 교육적 소통은 그 지역의 언어문화를 고려하는 방향으로 이루어져야 한다. 대도시 지역과 중소도시 지역은 지역 특유의 사회적 관계와 경험 방식의 차이 때문에 언어문화에서 다소 차이를 나타내고 있다. 본고의 연구 결과에 따르면, 이들 지역은 친밀성을 구가하는 방식이 다름을 보여주고 있다. 대도시의 경우 정보 중심, 문제 중심의 접근이 강하기 때문에 의견 상의 논란이나 의견 불일치가 친밀성에 방해가 되지 않으나, 중소도시의 경우 관계 중심적이고 사회적 유대감을 우선시하기 때문에 상호작용에서 사회적 측면이 강조될 있다. 대도시 지역의 교사가 학습자들의 자기표현과 의견 개진에 역점을 둠으로써 동기를 부여할 수 있다면, 반면 중소 도시 지역의 교사는 공유와 유대의 사회적 관계의 측면에 중점을 둘 필요가 있겠다.

둘째, 서사문화 교육에서 일상의 구어적 서사문화를 성찰하고, 정교화 할 수 있는 기회를 제공할 필요가 있다. 앞의 연구에서 확인하였듯이, 일상의 서사 문화를 통해 사람들은 자신의 정체성을 만들고 세계에 대한 표상을 형성해 나갔다. 서사적 상상력은 소설이나 영화와 같은 예술적 서사 뿐 아니라 일상의 서사에서도 구현된다고 할 수 있다. 별 자각 없이 일상에서 수행되는 이 서사 문화를 성찰하고 새로운 가능성을 찾는 교육적 기회는 서사와 문화가 접속하는 모습을 보여주는 중요한 자료가 될 수 있을 것이다.

셋째, 교실 토론 문화 역시, 지역별 특성에 따라 설계될 필요가 있다. 토론이나 상호작용의 모델은 서구적 논증 문화를 중심으로 원리화 된 것이다. 그러나 지역문화에 따라 단어나 문장 차원을 넘어서 상호작용의 방식과 주제의 양상은 다소 달라진다는 점이 본 연구 결과로 밝혀졌다. 이에 지역별 토론 문화, 혹은 서사 문화에 대한 이해가 교육의 범주로 설정될 필요가 있다. 이 때, 각 지역별 문화의 특징을 비교 성찰하고, 해석함으로써 서사문화에 대한 이해가 깊어 질 수 있으리라 본다.

청소년의 TV 드라마 수용 패턴과 수용 문화

1. 청소년 수용자 이해의 필요성

이 글은 청소년 수용자가 텔레비전 드라마를 해독하고 즐거워하는 수용 패턴의 양상을 분석하고, 매체언어 교육적 시사점을 발견하고자 한다. 이 연구의 문제의식은 수용자에 대한 인식이 매체 언어교육의 설계에 결정적인 영향력을 미친다고 보고, 우리나라의 현실에 부합하는 매체 언어교육을 위해서는 '현실 수용자'의 수용 경험에 대한 실증적 연구가 필요하다는 것이다.

텔레비전 드라마는 청소년들이 애청하는 프로그램 중의 하나이다. 이미 청소년 시청자를 대상으로 한 트렌디 드라마 장르가 있어 왔음은 드라마에서 청소년이 차지하는 위치를 쉽게 짐작할 수 있게 해 준다. 수용자 연구자였던 몰리[1] 역시, 드라마 수용에는 계급이나 인종의 변인보다는 성이나 세대의 변인이 더욱 중요한 영향을 미친다고 지적하여 청소년 수용자의 중요성을 부각시킨 바 있다. 그러나 정작, 청소년 드라마 수용자에 대한 연구는 양적으로나 질적으로나 매우 미흡한 상황이

---

1) Morley(1980), *The Nationwide Audiences*, British Film Institute.

다. 1990년대 후반부터 일었던 수용자 연구의 대부분은 여성이나 노동자와 같은 하부 문화의 주체였던 것이다.

허나, 수용자에 대한 인식은 매체교육의 설계와 실천에서 결정적인 영향력을 행사하는 만큼, 청소년 수용자를 어떻게 볼 것인가의 문제는 여러 실증적 연구를 통해 해결될 필요가 있다. 실제로 그간 매체교육의 방향은 수용자에 대한 인식에 따라 변화되어 왔음을 상기해 보자. 가령, 전통적인 미디어 교육이 보호주의 모델을 주장했던 것은 청소년 수용자는 대중매체의 포로라는 인식을 전제로 해서 가능했던 것이다. 반면, 성찰적 미디어 교육에서 수용자 자신의 자유로운 성찰을 강조하는 것은 청소년 수용자는 미디어를, 자신의 삶의 맥락에서 주체적으로 수용한다고 보기 때문에 가능한 것이었다.[2] 문화론에서의 전반적 연구 경향은, 수용자를 능동적인 의미 구성자로 그리고 자율적인 의미화 실천을 하는 존재로 이해하고 있다.

그러나 엄밀히 말해 이러한 논의는 어디까지나 이론적 가정 차원의 것이라 할 수 있다. 실제 한국 청소년의 수용자에게도 이 '능동적 수용자'관이 적용될 수 있을지는 또 다른 문제이기 때문이다. 게다가 이 개념이 주로 여성이나 노동자 집단 등 하위 문화 집단을 중심으로 검증되었던 점을 고려한다면, 이제는 이론적 구성물로서의 수용자가 아니라 실제의 역사적 존재로서 '한국', '청소년' 수용자에 접근할 필요가 있다 하겠다.

현실 수용자 연구를 위해서는 일단, '능동적 / 수용적 수용'[3] 혹은

----

2) 정현선(2004), 『다매체 시대의 국어교육과 문화교육』, 역락.

3) 사회 담론 상에서 청소년 수용자는 크게 두 가지로 인식되어 왔다(데이비드 버킹엄, 정현선 역(2004), 『전자매체 시대의 아이들』, 우리교육). 하나는 청소년 수용자는 미디어의 해악에 일방적으로 노출되어 있어 정치적, 도덕적으로 보호되어야하는 '수동적 존재' 라는 관점이고, 또 다른 하나는 기성세대보다 문화 능력이 뛰어난 '자율적인 수용자'라는 관점이 그것이다. 전자가 매체교육에서의 '보호주의적 관점'을 이끌었다면, 후자는 '낙관주의적 관점'으로 귀결된다.

‘지배적 해독 / 저항적 해독’이라는 이분법 틀을 재고할 필요가 있다. 청소년 수용자는 유독, 이 이분법적인 잣대로 이해된 점이 없지 않은데, 현실 수용자가 이 둘 중 어느 것에 간단하게 귀속될 것이라 보기는 쉽지 않다. 레이몬드 윌리암스(R. Williams)[4]도, ‘현실 독자’(real reader)은 자신의 역사 속에서 거주하며, 또 구체적인 사회적 구성물(성, 지역, 계급, 나이 등)을 배경으로 복잡한 문화적 역사 속에서 구성된다고 지적하여,l ‘능동 대 수동’의 이분법으로 간단하게 나눌 수 없을 지적하였다. 현실 독자가 드라마의 어떤 장면에서 즐거움을 느끼고 또 어떤 대목은 변형하며 읽는가 등의 문제는 그 자체가 그들의 사회 문화적 정체성과 분리될 수 없으며, 나아가 그들이 사회적 관계를 어떤 방식으로 옹호, 조정, 변형하고자 하는가 하는 사회적 협상 과정을 반영하기 때문이다.

이런 문제의식에서 본다면 한국 청소년 수용자 역시, 그들이 어떤 대목에서 어떻게 반응하며 이것은 그들의 어떠한 문화적 지향을 반영하는가의 시각에서 해석할 필요가 있다고 하겠다. 이 글에서는 이를 한국 청소년 수용자의 ‘수용 패턴’과 ‘수용 문화’라는 개념을 중심으로 살폈다. ‘수용 패턴’은 청소년 담화 공동체 내부에 존재하는 다양한 수용 양상을 파악하기 위한 범주로 그들이 드라마 텍스트를 어떻게 수용하고 있는지 그 구체적 방법을 확인할 수 있다는 장점이 있다. 또, ‘수용 문화’의 개념은 청소년의 일상적 삶의 맥락 속에서 각 수용 패턴이 지니는 의미를 이해할 수 있도록 한다.

이 연구에서 대상으로 삼은 프로그램은 SBS <파리의 연인>[5]이다. 이 드라마는 1차 설문에서 중·고등학생이 가장 많이 시청하는 인기

---

4) Moores, S.(1993) *Interpreting Audience : The ethnography of media consumption*, Sage, p.35.

5) <파리의 연인>(신우철 연출, 김은숙·강은정 극본)은 SBS에서 2004. 7. 11~2004. 8. 15 방영되었다. 인터넷 홈페이지에 다시 보기로 게재된 방송물을 텍스트로 삼았다. http://tv.sbs.co.kr/paris/

프로그램으로 확인되었다. 어떤 프로그램이 특정 집단에게 인기가 있다는 것은 그 자체로 어떤 문화적 성향을 반영한다고 할 수 있을 것이다. 특히 이 드라마는 트렌디 드라마이면서도 결말 부분에서는 장르적 전통에서 일탈6)함으로써 시청자간의 논쟁을 유도한 바 있어 수용자의 다양한 반응을 이끌어 낼 수 있다고 보고 이 작품을 중심으로 수용자 연구를 하고자 한다.

　이 글의 논의의 결과가 청소년 수용 문화 전반을 일반화하는 데에는 이르지 못하겠지만, 청소년의 수용 경험을 진단, 이해할 수 있는 기본 범주를 마련하고 특정 사례를 분석하였다는 점에서 그 의의를 두고자 한다.

2. 트렌디 드라마 장르의 특성과 청소년 수용자

　수용자의 수용 경험은 일차적으로는 텍스트 조건에 의해 형성된다. 특히, 텔레비전 텍스트는 장르 차원에서 제작, 수용되는 경향이 있다. 제작자는 장르 문법을 의식하며 프로그램을 제작하며, 수용자 역시 장르를 기대 지평으로 삼아 텍스트를 받아들이는 것이다. 그런 점에서 드라마의 텍스트적 조건은 장르 차원에서 이해할 필요가 있다.

　<파리의 연인>은 미니 시리즈로서, 트렌디 드라마(trendy drama)7) 장

---

6) 일반적으로 트렌디 드라마가 해피엔딩으로 귀결된다면, 이 작품은 해피 엔딩을 환상이라고 하고 다시 현실로 돌아가는 방식을 취하고 있었다. 이 과정에는 시청자들의 의견 개진이 중요하게 개입하였다.

7) 소위 '트렌디 드라마'(trendy drama)는 엄밀한 비평적 용어는 아니다. 1990년대 초, 신세대, 혹은 영상세대를 대상으로 생산된 드라마의 장르 명칭이다. 일본의 경우, 1980년대 후반 호황기 때 만들어졌으며, 우리나라도 호황기였던 1990년대에서 '소비 주체'로 등장한 이른바 '신세대' 담론과 함께 나타났다. 전통드라마와 내용상으로는 크게 차이가 없었

르에 속한다고 할 수 있다. '신데렐라'류의 줄거리, 줄거리보다는 영상 이미지를 중심으로 전개되는 서사, 파편적인 에피소드들의 나열, 광고나 뮤직 비디오식 편집 기법, 하이테크 매체의 유복함에 민감한 청소년 문화 취향(최신 휴대폰, 카메라, 녹음기, 자동차와 오토바이) 등[8]은 이 드라마를 트렌디 드라마로 보는 데 별 어려움이 없도록 한다. 기존 논의[9]에서 이러한 장르적 특징은, 포스트모더니즘 미학의 '무의미'와 '가벼움과 피상성', 그리고 신세대의 탈이데올로기적 성향의 표현으로 이해되어 왔다. 곧, '신세대'의 탈정치적, 소비적이고, 감각적 존재라는 이미지와 이 장르의 포스트 모던적 경향이 유관하다는 것이다. 그러나 현실 수용자의 수용 경험을 놓고 보면, 이러한 논의는 '신세대' 담론을 지나치게 의식하여 트렌디 드라마 장르 특징을 단순화한 것이 아닐까 의문을 가질 수 있다. 모든 청소년의 문화를 '신세대' 문화로 규정지을 수 없듯이, 현실 수용자의 다양한 반응을 이러한 장르 규정으로는 섬세하게 고려할 수 없다는 것이다. 오히려 트렌디 드라마의 포스트 모던적 탈이데올로기 시각을 지나치게 강조하는 과정에서, 정작 이 드라마가 행사하는 이데올로기를 제대로 문제 삼지는 못하고 있는 것은 아닐까? 이런 문제를 해결하려면, 특정 장르의 형식들이 어떠한 선호된 해석들을 만들어 내고, 또 어떠한 대립적, 교섭적 해독을 유도하는가의 장치를 실제로 분석한 뒤 이를 청소년들의 실제 수용 경험과 연결 짓는 작업이 필요할 것이다.

지만 새로운 드라마 영상 언어를 개척했다는 평가를 받았으며, 사회적으로는 향락주의, 소비주의를 조장한다는 윤리적인 비판의 대상이 되기도 하였다.

8) 장르로서의 '트렌디 드라마'에 대한 규정은 황인성(1999)를 참조하였다. 물론 <파리의 연인>은 90년대식 트랜디 드라마류와는 달리, 비교적 뚜렷한 서사구조가 있고 줄거리 중심이며, 성취 지향적 남성 장르와 관계적 갈등을 중시하는 여성 장르를 혼합하고 있는 특징도 있다. 또, 작품 20회 중 전반부와 후반부의 스타일이 다소 달라지는 것도 다소문제가 되지만, 이러한 사항들은 기존의 트랜디 드라마의 장르 관습의 변화라는 측면에서 수용하도록 한다.

9) 황인성(1999), "트렌디드라마의 서사적 구조와 텍스트적 즐거움에 관한 이론적 고찰", 한국 언론학보 43. 주창윤(1998), "텔레비전 드라마 수용자의 위치", 한국언론학보 42, 한국언론학회.

그렇다면, 트렌디 드라마가 어떤 해석을 유도하고 또 가능케 하는가를 살펴보자. 트렌디 드라마 장르는 애정 갈등을 중심으로 삼으면서도 여기에서 파생되는 '인물간의 복잡한 심리 갈등'을 서사의 기본 축으로 삼는다. <파리의 연인>는 주인공 '한기주'(박신양 분)과 '강태영'(김정은 분)의 애정 성취를 중심 플롯으로 삼으면서도 '윤수혁'(이동건 분)과 '문윤아'(오주은 분)의 갈등과 애정 삼각형, 출생의 비밀과 같은 모티프를 첨가하고 있다. 그러나 이 표면적인 복잡함에도 불구하고 이면적으로 보면, 주인공들의 애정 성취와 조연자들의 방해, 혹은 조력이라는 단순한 구도로 되어 있음을 알 수 있다.

흥미로운 점은 수용자들은 주인공들에 공감하도록 유도되는 수사적 장치를 지니고 있다는 점이다. 주인공은 개성적인 '특성'을 지닌 존재로서, 욕망이 만들어지는 과정까지 포함하여 형상화되어 있기 때문에 수용자들은 그들의 행위를 충분히 공감하고 이해할 수 있다. 반면, 조연자들은 주인공에 일정한 기능을 행사하는 '기능'만을 지닌 존재로 부각될 뿐 내면을 이해할 수 있는 과정이 생략되어 있기 때문에 공감하기 어렵다. 가령, 주인공 '한기주'(박신양 분)과 '강태영'(김정은 분)은 남다른 특성과 개성을 지니고 있는 생생한 존재로 그려지고 있다. 그러나 '윤수혁'(이동건 분)과 '문윤아'(오주은 분)은 이들 주인공에 대한 질투 혹은 방해를 수행하는 '역할'에만 충실하기 때문에 주인공처럼 마치 살아 있는 인물을 만나는 것 같은 생생한 존재감을 느끼기 힘들다. 따라서 수용자는 '주인공'을 긍정적으로 받아들이고 동일시 할 수 있는 기회를 더 많이 갖는다고 할 수 있다.

그러나 이와 같은 명쾌한 이분법만이 존재한다면, 폐쇄적인 텍스트가 되어 반응의 다양성을 유도할 수 없을 것이다. 이 장르의 또 다른 특징은 애매성과 모호함, 이중성이 강하다는 것이다. <파리의 연인>에서도 보면, '비밀의 서사'를 통한 끊임없는 '반전', 열린 결말에 인물의 특성도 양가적이다. 가령, 주인공 '한기주'는, 재벌 2세이자 엘리트로서 사회적으로 성공한 존재이기도 하지만 동시에 정서적으로는 미숙하여 '아이 같은 어른'의 모습을 하고 있다. 그의 사회적 화려함은 수용자의 부러움을 사지만, 정서적 미숙함은 안타까움을 유발한다. 주인공 강태영도 마찬가지이다. 가장으로 씩씩하게 삶을 개척하기도 하지만, 또 사랑에는 자기 삶을 포기할 정도로 순응적이다.

이러한 애매성과 양가성은 수용자의 다양한 해석 위치에 탄력적으로 대응하면서 해석의 가능성을 열어 두고 있다. 한기주의 '주류 계층으로서의 면모'가 마음에 들지 않는다면, '미성숙한 아이와 같은 면모'를 선택할 수 있고, 강태영의 복종적인 태도가 거슬린다면 당당한 면모에서 즐거움을 발견하여 지속적인 시청이 가능하다. 어떤 선택을 할 것인가는 수용자의 취향이고 해석적 실천인 것이다. 따라서 텍스트의 이러한 모순적 요소야말로 존 피스크(Fiske)[10]도 지적하였듯이 텍스트의 역동성을 강화하고, 의미의 다층성을 만들어낸다.

또 이 장르의 특징은 개별 에피소드의 상대적 독자성이 두드러진다는 점에 있다. 이들 에피소드는 전체 스토리 줄거리 흐름으로부터 독립하여 분위기를 이완하거나 오락적 즐거움을 유도하기도 한다. <파리의 연인>의 경우, 특히, 게임, 쇼적인 행동(Masqerade), 이벤트의 볼거리(Spectacle) 등이 복합적으로 혼합되어 있다. 가령 15회를 보면, 회사는 위기에 처해 긴박하게 움직이는데, 정작 두 주인공은 서로를 위로해 준다는 명목 하에, 자전거 하이킹을 떠나고 게임을 벌이며, 무대에서 노래 부르는 장면이 길게 제시된다. 이런 요소로 서사 담론은, 선과 악의 이분법에 국한되지 않고 슬픔과 즐거움, 무거움과 경쾌함, 진지함과 유희 등 감정의 다채로운 모자이크를 새기고 있다.

---

10) John Fiske, 강태완 역(1987), 『커뮤니케이션학이란 무엇인가』, 커뮤니케이션북스.

결론적으로 이 드라마 장르는 의미 이분법을 통해 특정 인물로의 동화를 통해 지배적 독해를 유도하기도 하지만, 동시에 서사 담론과 인물 성격에서의 다의성과 애매성을 적극 활용하여 교섭적, 저항적 독해도 허용하고 있다.

3. 연구 설계

1) 설문지 구성

연구자는 인터뷰 설문지를 전체 연구의 가이드 라인으로 사용하였다. 이 설문지는 크게 첫 번째 영역은 텔레비전 드라마 수용 상황의 맥락에 대한 것이다. 얼마나 자주, 누구랑, 어디에서 보는지, 왜 보는지의 질문이 포함되어 있다. 두 번째 영역은 드라마에서 무엇을 즐기고, 분석하고, 해석하고, 평가하였는가의 질문이다. 드라마에서 관심을 가졌던 인물, 드라마의 인물, 인물관계, 영상, 음향, 전체 서사구조, 드라마의 결말 에 대한 분석, 공감 가는 부분, 결말에 대한 평가, 영향에 대한 인식을 묻는 질문이다. 세 번째 영역은 수용 이후 친구들과 어떤 수용 문화를 형성하는지, 드라마를 시청한 뒤 무슨 이야기를 나누는가이다. 이러한 질문은 <파리의 연인> 개별 텍스트에 대한 감상과 함께 드라마 수용 전체에 대한 질문을 포함하는 것이다.

2) 설문 조사와 심층 인터뷰

이 설문지로 중학생 남녀 학생 각각 35명과 남녀 고등학생 각각 35명을 선정하여 설문 조사와 심층 인터뷰를 병행하였다. 조사 대상 학교는 경상남도 창원시 아파트 인근에 있는 중학교와 고등학교이며, 중학교는 2학년을 고등학교는 1학년을 선택하였다. 이들 학생의 학업 성취도나 가정환경 변인을 고려하지는 못했다.

먼저 설문 조사를 실시하고 설문의 내용을 주제별로 분류하였다. 설문지를 항목별로 나누고 복사하여 유사한 주제 범주에 속하는 것끼리 모은 방식을 사용하였다. 모은 설문지를 분석한 결과, 항목별 요소들의 결합에 있어 일정한 패턴을 발견할 수 있었다. 이렇게 발견된 패턴의 특징을 재차 검증하기 위하여 패턴에 속한 수용자를 5명씩 정하여 집단적인 심층 면접(focused group)을 하였다. 심층 면접의 내용은 설문 조사지와 크게 다른 점은 없고, 패턴화로 드러나는 특징적인 내용을 자세히 물어 보는 방식이었다. 역시, 이 과정에서도 각각의 패턴에 속하는 수용자들의 집단 사이에서는 드라마에 대한 자신의 수용 경험을 말하는 방식에서 차이를 발견할 수 있어 수용 경험을 패턴화할 수 있었다.

3) 자료 분석 방법

설문 조사와 심층 면접 자료 분석과 코딩은 드라마의 수용에 관한 전체적인 경향과 수용 문화를 파악하기 위한 범주로 실행되었다. 자료는 크게 다섯 가지 범위－분석의 차원, 해석의 차원, 평가의 차원, 즐거움의 차원, 시청 문화의 맥락－를 중심으로 코딩되었다.

① '분석'의 차원에서는 드라마를 수용하면서 주로 무엇에 관심을 두고 시청하는가를 살폈다. 인물, 인물관계, 영상, 음향, 전체 서사구조, 드라마의 결말, 그 이 외의 자유로운 응답을 받았다.

② 해독의 차원은 세 가지 범주로 살폈다. '해독의 프레임', '해독의 유형', '관여도'가 그것이다. '해독의 프레임'은 시청자가 해석할 때, 시청자가 자신의 삶과 프로그램을 어떻게 연관 짓느냐의 문제이다. 여기

에는 지시적 프레임(referential frame)과 비평적 프레임(critical frame)[11]이 있다. 지시적 프레임을 지닌 수용자는 드라마의 내용을 자신의 삶에 직접 연결시켜 주인공을 실존 인물로 생각하고 동일시하며, 마치 실제 현실처럼 받아들인다. 반면 비평적 프레임을 보는 수용자는 프로그램을 허구적 구성물로 보며 미학적인 규칙에 근거하여 이해한다. '해독의 유형'은 수용자가 텍스트와 어떻게 교섭하는가 하는 것으로 그 유형에는 '선호된 해독'(preferred reading) '교섭적 해독'(negotiated reading), 대항적 해독(oppositional reading), '저항적 해독'(resistive reading)이 있다. 선호된 해독은, 텍스트에서 부호화된 의미를 그대로 수용하는 유형이고, 교섭적 해독은 부분적으로는 수용하지만 부분적으로 일탈하고 재구성하는 유형이며, 대항적 해독은 미디어 텍스트 밖에 있는 다른 담론을 가져와 비판하는 읽기 유형이다.[12] '저항적 해독'[13]은 미디어 텍스트에 기반 하되, 텍스트의 의미와 대립되는 방식으로 읽는 것인데, 텍스트 안에 저항을 위한 재료가 있기 때문에 즐거운 비판이 될 수 있다. '관여도'는 텍스트에 대한 몰입의 정도이다. 관여도가 높은 경우는 작품의 세계에 깊이 빠져 드는 유형이고 관여도가 낮은 경우는 작품과 거리를 두고 관조하는 경우이다.

③ 평가의 차원 : 또, 수용자가 드라마를 보면서 어떠한 가치 판단을 내리느냐 하는 것이다. '가치 배제'와 '규범적 해독'으로 구분된다. '가치 배제'는 특별한 가치 판단 없이 해독하는 것인 반면 '규범적 해독'은 선과 악 등의 도덕적 가치 기준이나 미와 추와 같은 미학적 가치의 기준을 내리면서 해석하는 경우이다.

---

11) T. Liebes & E. Katz,(1986) Liebes, T. & Katz, L.(1986), *Patterns of Involvement in Television Fiction* : A Comparative Analysis, In European Journal of Communciation, Sage.

12) Hall, Stuart(1980), "Encoding / decoding", *Culture, Media, Language,* Hutchinson

13) Fiske, John(1987), *Television Culture*, Routledge.

④ 즐거움의 차원 : 이 범주는 수용자가 드라마를 시청하면서 얻는 감동과 재미와 같은 정의적인 요소를 분석하기 위한 것이다. 기존 연구에서 즐거움의 유형에는 피스크가 제시한 '공모적 즐거움'(complicit pleasure), '저항적 즐거움', '상황적 즐거움' 등이 있지만 수용자의 개별적 특징이 강할 것으로 예상되어 텍스트에서 추출하여 새로 첨가하는 방식을 취하였다.

⑤ 청소년의 드라마 수용 맥락 : 이 범주는 청소년이 드라마 시청의 맥락을 파악하기 위한 것이다. 드라마 시청의 일상적 맥락과 의미, 드라마를 시청하는 이유와 그리고 그 영향에 대한 그들의 언술에서 반복적으로 등장하는 용어를 분석하였다.

4. 연구 결과 : 청소년 수용자의 수용 패턴

설문지 분석 결과 청소년의 수용 패턴으로 크게 다섯 유형의 수용 패턴이 발견되었다. 도취형 수용 패턴, 기능적 수용 패턴, 유희형 수용 패턴, 조롱형 수용 패턴, 비판적 수용 패턴이 그것이다.

① 도취형 수용 패턴

이 패턴의 수용자는 드라마의 세계를 구성된 세계가 아니라 마치 자신이 살고 있는 현실 세계인 것처럼 실존감을 부여하면서 동일시하는 경향을 보였다.

먼저 '분석'의 방식을 살펴보면, 이들의 서사적 관심은 주로 등장인물과 인물들의 관계에 있다. 어떤 주인공이 어떤 행위를 했고, 다른 인물들과는 어떤 관계에 있는지 하는 줄거리 상의 특징이 이 패턴의 수용자에게는 가장 많았다. 특히, 이 수용자들은 마치 주변의 이웃이나 친구를 평가하듯이, 작중 인물의 심리나 개성을 평가하였다. 곧, '너무 불쌍하다' '멋지다.' '따뜻하면서도 능력 있다'고 하여 '특정의 심리를 가진 실체'로 인물을 이해하면서 현실에서 만나는 이웃처럼 친근하게 느끼며, 함께 울고, 웃는 높은 감정적 관여도를 보여주었다. 이는 작중 인물이 제작자의 의도와 드라마 장르 관습에 의해 인위적으로 구성된 것이라는 점을 전혀 고려하지 않은 채, 그 허구적 인물과 거의 준사회적 관계를 맺고 있는 모습이라 할 수 있다. 특히, 이들은 배역을 맡고 있는 '스타'와 '작중 인물'을 거의 구분하지 않고 있었다. 가령, 드라마의 시청 동기에 대한 설문(항목 2)에 대해, '영화에서만 보던 박신양이 오랜만에 드라마에 나와서 보고 싶었다'는 반응이 나오고, 가장 인상 깊었던 대목을 묻는 설문(항목 3)에서도 '김정은이 환하게 웃으면서 노래할 때' 등의 대답이 나온 것에서도 잘 알 수 있다.

해독의 방식을 살펴보면, 이들은 텍스트가 의도하고 있는 '선호된 해독'을 따라가는 그대로 따라가는 경향을 보인다. 극중 주인공의 난관과 갈등에 함께 불안과 고통을 느끼며, 악역의 작중 인물에는 반감을 느낀다. 그러나 이 인물의 긍정적, 부정적 이미지들이 모두 '구성된 것'이라는 것, 또 제작자의 특별한 의도를 전제하고 있다는 점은 고려되지 않는다.

또, 해석의 프레임은 주로 자기 삶과 연관 짓는 지시적 프레임에 기대고 있다. 작중 인물의 해석과 평가에서 자신의 삶의 경험에 거의 기대어 활용하고 있는 것이다. 때문에 이들은 이 작품의 모호한 결말 방식을 대단히 불쾌하고 생각하고 있었다. 이 작품은 해피엔딩으로 끝나는 전형적인 트렌디 드라마와는 달리, 앞의 내용이 환상이었음을 제시하고 그 환상의 각성으로 결말을 맺고 있는데, 이 패턴의 수용자들은 이런 결말이 "그 동안 애써 보았던 기대를 일시에 무너뜨리는 배신행위"라는 반응을 보였다.

미적 가치 평가 방식에서는 가치를 배제하는 경향과 규범적으로 판단하는 경향 모두 나타난다. 가치를 배제하는 경향은 특별한 가치평가 없이 공감하고 도취되는 경우이다. 수용자들은 드라마에서 자신이 생각하는 이상적이고 완벽한 이미지를 발견하고 즐거움을 느끼며, 자신도 그렇게 될 수 있을 것이라는 점을 부정하지 않고 적극 몰입한다. 이 몰입은 현실적으로 불가능한 일을 허구물에서 발견하고 대리 만족하는 것이 아니라 '나도 할 수 있다' '단 1%라도 대박의 가능성은 있다'는 식으로 드라마에서 미래를 발견하고, 의지를 얻는 것이다. 따라서 '도피'가 아니라 '도취'라고 할 수 있으며, 이는 청소년들이 드라마를 보는 독특한 즐거움이다.

반면, 후자의 경우는 머리로는 부정적으로 평가하면서도 '화려한 영상'에 참여하는 '평가적 도취형'이다. 이들은 '이런 류의 이야기는 너무 식상하다' '매일 같은 내용을 반복한다'고 장르적으로 비평하면서도 동시에 "등장인물의 긍정적이고, 씩씩한 모습"이 좋았고, "미래, 그런 사람이 되고 싶다"고 하여 몰입하는 자기 모순적 경향을 나타낸다. 이러한 모순은 작품 전체를 구조적으로 읽기보다는 자신이 선호하는 '인물'만을 중심으로 독해하기 때문에 일어난다고 할 수 있다.

이러한 패턴의 수용자가 향유하는 즐거움은 작품 세계에 대한 부정적, 긍정적 평가와 무관한 것이었다. 그 즐거움은 이상적이고, 완벽한 세계에 몰입하는 도취의 즐거움이며, 드라마의 비현실적 세계에 동조하고 인정한다는 점에서 공모적 즐거움이라 할 수 있다. 이러한 패턴 수용자들은 전체적으로 가장 많았고, 또 열성적으로 자기 의견을 개진하였다. 고등학생보다는 중학생이, 남학생보다는 여학생에서 많이 나타났고, 중학생의 경우 고등학생보다 남녀의 차이가 적었다.

② 기능적 수용 패턴

이 패턴은 드라마의 비현실성을 문제시하지 않으며, 오히려 자신의 현실적 관심을 채워 줄 수 있는 '정보적 가치'를 찾는 방식으로 시청하였다.

이 패턴의 수용자가 보여준 서사적 관심은 주로 정보적 가치였다. 가령 "부자들은 어떻게 살아가나?" "CEO는 사업을 어떻게 운용하나?", "어떤 화장술이 예쁘나?" "사랑을 어떻게 지킬 수 있느냐?" "요즘 유행하는 옷 스타일은 무엇인가?" 등이 그것이다. 특히, 남학생들은, 이 드라마를 보면서 자신의 미래 직업을 선택, 혹은 바꾼 경우도 있었다. 이처럼 정보에 집중하기 때문에, 드라마 서사를 이해함에 있어서도 지속적인 사건 전개보다는 자신에게 필요한 정보가 있는 특정 장면만을 중심으로 하였다. 따라서 드라마의 서사 구조나 결말에 대한 별다른 의견을 갖고 있지 않았다

해석의 방식은 주로 '지시적 프레임'에 의지하고 있었다. 곧, 자신의 현실적 경험을 드라마의 세계와 직접 연결시키고 있는 것이다. 드라마의 세계를 허구적 세계로 이해하지 않고 자기가 살고 있는 현실 세계와 동일한 세계로 인지하고 있었다. 특히, 텔레비전 드라마는 유행과 취향을 알 수 있는 공간으로 인식하였으나 이 정보가 특정한 의도에 의해 매개된 것이라는 인식은 거의 하지 않는 것으로 나타났다. 그러나 앞의 도취형 패턴과 달리 감정적 관여도는 대단히 낮았다. 정보를 얻으면 그뿐, 작중인물과 동일시k하는 등의 모습은 나타나지 않았다.

또한 해독 양식으로는 주로 교섭적인 해독이 나타났다. 자신의 관심에 따라 드라마의 장면에 선택적으로 접근하였고, 자신이 가지고 있는 현실적 정보를 동원하여 평가를 하였다. 그러나 이 평가의 척도는 도덕적이고 규범적인 것이라기보다는 일상적인 가치였다. 배우가 착용하고 있는 유행하는 스타일을 평가하기도 하고, 행동 방식의 세련성을 평가

하기도 하였다. 하지만 이는 '도취형 패턴'과 달리 자기가 좋아하는 배우에 몰입하는 것이 아니라 텔레비전을 통해 유행 정보를 확보하려는 대단히 실용적 의도에 의한 결과이다. <파리의 연인>이 소비의 에피소드를 많이 첨가하고, 또 외양적인 이미지와 소비 취향으로 인물들의 정체성을 규정하고 있기 때문이라 보인다.

그런 점에서 이들이 드라마에서 느끼는 즐거움은 다소 공모적인 즐거움이라 할 수 있다. 이 패턴의 수용자는 텔레비전에 나오는 유행어와 유행 패션을 자신이 잘 알고 있다는 것을 보여주고, 실제로 이를 활용하여 인기를 끌려고 하였다. 일종의 친구들 사이에서 인기를 유지할 수 있는 '문화적 자원'으로 활용하고 있는 것이다.

③ 유희형 수용 패턴

이 패턴은 드라마의 허구적 세계와 현실적 세계를 넘나들면서 드라마의 비현실성을 자각하고, 텍스트의 모순과 갭을 발견하면서 즐거움을 느끼는 유형이다.

먼저 분석의 방식을 살펴보면, 이들의 서사적 관심은 인물에만 집중되어 있지는 않았다. 이 패턴의 수용자는 새로운 인물이 나타날 때마다 그 인물이 왜 나타났는지, 어떤 새로운 갈등과 반전이 생기는지 줄거리를 예상하고, 추론하는 데에도 많은 관심을 두었다. 특히, 이 드라마는 '비밀의 폭로'와 그에 따른 '반전'이 많아 이들은 마치 퀴즈를 풀거나 작가와 지적 게임을 하는 놀이적 활동과 같이 즐겼다.

이 패턴의 독해 방식에는 지시적 독해와 구조적 독해가 병합되어 있다. 지시적 독해는 앞의 패턴에서도 나타났던 것처럼 극중 인물을 독립된 심리적 실체로 인정하고 이웃 사람들처럼 친근하게 반응하는 것이다. 이 패턴의 수용자는 한 편으로는 친근함을 느끼지만, 그러나 동시에 이 인물이 '드라마'라는 허구적 공간에서 재현되고 있는 방식을 현실적 삶과 연관지어 평가한다. "사장이 어떻게 저런 행동을 할 수 있어?" "일반 사무원은 저런 일을 맘대로 할 수 없어." 등의 반응을 나타내는 것이다. 이처럼 구조적 독해가 결합되면서 극중 인물이 사회적으로 전형적인 이미지에서 일탈되거나 과장된 측면에서 즐거움을 느낀다.14) 이러한 해독 방식 때문에, 이들은 사회에서의 전형적인 모습으로 일탈되거나 반대되는 상을 지닌 인물들에 반응한다. '어른 같은 아이', '아이 같은 어른'의 성격을 가진 작중 인물에 관심을 갖는 것이다. 또, 스타 배우의 모순적 이미지를 문제 삼기도 한다. 배우의 현실적 이미지와 극중 이미지의 차이, 이전 드라마와 현재 드라마의 이미지의 차이 등 상호텍스트적인 차이에서 즐거움을 느끼는 것이다.

이러한 패턴에서의 해독 양식은 '교섭적 해독'을 주로 보여준다. 자신들의 흥미를 끌 수 있는 장면만을 독자적으로 끌어내어, 변형하고 굴절시켜 자기 식으로 즐긴다. 전체 줄거리와는 무관하게, 부분적인 장면만을 도출하여 의미화하기 때문에 텍스트와는 정면으로 배치되는 아이러니적 의미 변형을 하는 것이다.

하지만 이들의 즐거움이 제작자의 의도에 반하는 '저항적 즐거움'으로 나가는 것은 아니다. 이들이 발견한 모호함이나 모순성 역시, 텍스트에서 '구조화된 다의성'에 불과하기 때문이다. 앞에서도 서술한 바와 같이 트랜디 드라마에서는 '가볍고 경쾌한 진행'을 위해, 웃음 유발의 모순적인 장치들을 수반하고 있다. 이 패턴의 수용자는 텍스트 내부의 모순과 아이러니, 갭을 발견한 것일 뿐 이러한 모순을 구성하고 있는 '의도'를 해석하거나 의심하지 않는다. 근본적으로는 선호된 해석을 바꾸지 않는다는 것이다. 때문에 이들의 즐거움은 웃으면서 '상식으로부

---

14) 가령, 작중인물 한기주(박신양 분)라는 인물에서 관심을 둔 이유로 "그가 사장이고 엘리트인데도 불구하고 다소 멍청하고 얼빵하며 애들 같다"는 점을 들며, 또, 강태영의 매력은 "돈도 없으면서도 당당하고 그러면서도 덜렁대고 엉뚱"하다는 점을 들고 있다.

터 일탈'에 의한 즐거움이라 할 수 있다. 이들은 극중 인물을 우월적 위치보다는 열등한 위치로 보고 감정적 관여도를 낮춘다. 도취형 패턴이 '현실적으로 도달할 수 없는 완벽한 인물'에 즐거움을 느낀다면, 이들은 '친근함과 편안함'에 주목한다. 또한 가치 배제적인 성격이 강하여 오락적이고 희극적인 성격을 띠고 있다.

④ 조롱형 수용 패턴

이 패턴은 드라마의 비현실성을 비판하는 즐거움으로 시청한다.

이들의 주된 서사적 관심은 드라마에 노출된 실수, 비현실적인 장면, 배우의 연기 실수 등 제작자나 제작 과정 자체가 노출된 부분이며, 그 실수를 비판하는 것이 주된 즐거움이다. 심층 인터뷰에서 한 고등학교 남학생은 "분명 오른쪽으로 차를 꺾었는데, 어떻게 차가 왼쪽을 갈 수 있겠어요? 또, 그렇게 가난한 주인공이 화려한 의상으로 매번 갈아 입고 나오잖아요. 또, 차를 거리에 마구 버리고 가더라구요. 그런 걸 보면, 웃음이 나와요." 라고 답변하였는데, 이는 앞에서 살펴본 수용 패턴과는 매우 다른 모습이다.

이 패턴에서 해독의 프레임은 드라마의 구성 자체를 문제 삼는다는 점에서 '구조적 프레임'이라 할 수 있다. 드라마에 나온 허구의 논리를 비판적으로 분석함으로써 작가의 권위를 조롱하는 것이다.

여기에는 '저항적 해독'이 나타난다. 텍스트에 표면적으로 나타난 선호된 해석을 거부하며, 표면적인 의미를 아이러니적으로 뒤집어 버린다. 곧, 텍스트가 유도하는 '선호된 해석'을 스스로 잘 알고 있면서도 이를 전도하는 데에서 재미를 발견하는 것이다. 피스크(Fiske)[15]는 저항적 해독은 선호된 의미를 '함축적 의미' 차원에서 변형을 가함으로써 발생한다

---

15) Buckingham, D.(1987), *Public Secrets : EastEnders and it's audience*, British Film Institute.

고 설명한 바 있다. 이 패턴의 수용자들도 텍스트 표면의 선호된 의미를 바꾸고, 비틀고, 조롱한다. 심층 인터뷰에서 한 고등학교 여학생은 "순수한 사랑을 키워나가는 것처럼 돼지저금통에 돈을 만들어 가잖아요? 아, 근데, 그 돈이 장난이 아니예요. 엄청 많은 거예요. 그러니 실은 이러는 거죠. 나 돈 많으니, 나한테 오라구요. 김정은이 순진한 듯한 표정을 짓는 것도 참 웃기죠." 등으로 답변한 바 있다. 이들은 주인공의 '순수한 사랑'을 '물질적 거래'라고 전도하기도 하고, 남자 주인공의 이미지를 '성격 좋고 멋있는 남자'에서 '돈 많은 남자'로 전환하며, 그러한 비틀기의 과정에서 드라마 시청의 즐거움을 얻는다.

이 경우는 해석 범위도 다양하여, 방송사의 제작 의도, 장르 관습, 장르에 전제된 가치관 편향 등을 광범위하게 문제 삼는다. 대단히 분석적인 태도로 드라마를 시청하지만, 줄거리와 관련된 서사 전체적인 요소보다는 미장센, 화면, 연기 등의 부분적이고 미시적인 측면에 관심을 둔다. 감정적인 관여도가 대단히 낮아 드라마를 몰입하여 보는 편은 아니었다. 하지만 이들 비판은 청소년 자신의 현실적 문제 의식에 바탕을 두는 것은 아니었다. 그저 권위화된 것(작가의 권위)을 조롱하고, 비판을 이끌어 내는 것 자체가 즐거움이었다. 이 패턴의 수용자는 자주 많이 드라마를 시청하지는 않았지만, 이러한 비판이 주는 즐거움으로 하여 시청을 중단하지도 않았다.

⑤ 비판적 수용 패턴

이 패턴은 텍스트 외부의 담론에서 드라마 장르를 비판적으로 인식하였으며, 매우 소극적으로 시청하였다. 고등학생, 특히 남학생에서 주로 나타났다. 그들이 시청하지 않는 이유로는, 주로 신데렐라류 드라마의 식상함을 들었다. 부자와 가난한 자 / 여자와 남자에 대한 차별화된 의식, 뻔한 모티프와 줄거리를 문제 삼았다.

이들의 비판 담론은 '조롱형 패턴'과는 달리, 텍스트 외부의 사회적 담론에 기반하고 있다는 특징이 있다. 심층 인터뷰에서 남학생은 빈부 격차나 과소비 사회 등의 사회적 담론을 이 드라마가 부추키고 있다고 비판하였다. 화면 속의 화려한 삶이 위화감을 만든다는 점이 주된 비판 점이었다.16)

이들의 해독 유형은 텍스트 외부에서 텍스트에 반대되는 견해를 내놓는 '대항적 해독'이라 할 수 있다. 그러나 주로 인지적인 비판의 성격을 띠고 있어 미적 즐거움은 크게 느끼지 못하였다. 가치평가도 주로 도덕적 관점에서의 규범적인 평가로 이루어졌다.

이제까지 설명한 다섯 패턴을 정리하면 다음과 같다.

	분석의 특성		해독의 특징			미적 평가의 특징	즐거움의 특징
	서사적 관심	서사체 인식	해독 프레임	해독 유형	관여도		
도취형 수용 패턴	등장 인물 중심	줄거리 중심	지시적 프레임	선호된 해독	관여도 높음	가치 배제 규범적가치 판단	도취의 즐거움
기능적 수용 패턴	등장 인물 중심	서사 담론 중심	지시적 프레임	교섭적 해독	관여도 높음	가치 배제	정보 습득의 즐거움
유희형 수용 패턴	등장인물 배경 장르 관습 등 다양함	서사담론 중심	지시적 프레임과 구조적 프레임 병합	교섭적 해독	관여도 낮음	가치 배제	모순을 발견함으로써 얻는 유희적 즐거움
조롱형	등장인물	서사	구조적	저항적	관여도	규범적 가치	텍스트 내의

---

16) 가령, 중학교 남학생들은 자신은 "성공적인 삶은 자신이 하고 싶은 일을 하는 것으로 생각하는데 여기에서는 돈 많고 출세하면 된다는 식으로 드라마에는 나타나 있다고 비판하였다. 또, 드라마에 제시된 남성상은 현실적으로는 전혀 불가능한 것이기 때문에 남자 고등학생들에서는 "남자를 두 번 죽이는 드라마"라는 지적도 있었다.

수용 패턴	장르관습 배경 등 다양함	담론 중심 (특히 미시적인 측면)	프레임	해독	낮음	판단	선호된 해석을 뒤집는 즐거움
비판적 수용 패턴	등장인물 중심	서사 줄거리 중심	지시적 프레임과 구조적 프레임 병합	대항적 해독	관여도 낮음	규범적 가치 판단	텍스트 외부의 담론으로 비평하는 즐거움

5. 청소년 집단의 드라마 수용 맥락과 그 영향

1) 드라마 수용의 일상적 맥락

심층 면접을 통해 청소년들이 드라마를 수용하는 일상 생활적 맥락을 조사한 결과는 다음과 같다.

우리나라 청소년들의 드라마 시청 행위는, 주로 가족이나 친구들과 보내는 여가 시간의 하나로 인식되었다. 텔레비전 보는 시간은 가족, 혹은 친구와 '쉬는 시간'의 의미로 이해되었다. 물론 혼자 인터넷으로 다시 보는 등의 적극적인 시청도 있었으나, 이 역시 친구들과 대화하고 난 뒤 재방송을 다시 보게 되었다는 등 간접적으로는 친구들과의 사회적 관계에 기반을 두고 있었다.

실제로 드라마는 또래 집단의 사이에 오고갈 수 있는 '공통의 이야기거리'로서, 사회적 유대를 강화하는 자원이었을 확인할 수 있었다. 그것은 어른들의 세계와는 다른 자신들만의 세계를 공고히 하는 일과 관련되는 것이다. 중2 여학생은, 그녀는 주로 친구들의 권유로 보게 되었고, 또 심지어 친구들과 이야기하기 위해서 시청한다고 하였다. 주로 배우나 장면, 인물의 대사나 행위, 줄거리 등을 이야기하는데, 직접 흉내내면서 웃고, 즐기는 경우도 많다는 응답을 했다. 또한 중학교 2학년 남학생은 이런 이야기들은 어른과는 구별되는 '청소년들만의 것'이라고 힘주어 강조하면서, 특히, 재미나 유희를 즐기려는 것이 자신의 특징이라고 설명하였다. 친구들과의 이야기에서도 비판형 수용보다는 도취형 수용이 더 인기가 있는 것으로 나타났다.

이들에게 의미 있는 것은 작품 그 자체보다도 '드라마 보는 시간'이었다. 이 시간은 미성년자로서 생활 규제가 있는 일상의 삶과 대비되는 자유의 시간이었다. 텔레비전 드라마 보는 시간만큼은 잔소리 없이 '편안하게 즐기는' 시간이라고 하였다. 또, 어른들에 대한 문화적 우위를 내세울 수 있는 시간이기도 하였다. 중2 남학생은 다음과 같이 말했다.

> "평상시는 부모님 말에 무조건 따라야 하는 '애'잖아요. 근데 드라마를 볼 때만큼은 그렇지 않거든요. 오랜만에 부모님과 함께 의견을 나눌 수도 있고 내가 좋아하는 배우를 말할 수도 있거든요. 그래서 좋아요."

드라마 시청 시간만큼은 부모님과 동등하게 이야기를 나눌 수 있어 좋다는 것이다. 버킹엄(David Buckingham)[17]은 전자 매체 시대에는 청소년이 성인과 거의 동등한 위치에서 대중 문화 영역에 입문하고 탐색하게 되었으며, 이에 따라 아동기는 사라졌다고 하였는데 우리나라 청소년들도 그의 진단에 잘 맞는 상황이었다.

---

17) Dcvid Buckingham 정현선 역(2004), 『전자매체 시대의 아이들』, 우리교육.

2) 수용의 영향 : 정체성 모색

청소년은 드라마 시청이 자신과 친구들에게 미치는 영향 중 가장 대표적인 것으로 '정체성 모색'을 제시하였다. 그들은 자신이 되고 싶어 하는 정체성의 모델로 드라마를 시청한다고 진술하였다. 이들은 이 드라마는 '비현실적이고, 지루한 반복을 계속하는 그렇고 그런 것이다. 별 다른 의미는 없다'라는 평가를 하고 있으면서도, 정작 텔레비전 화면을 보는 시간만큼은 화면에 나타난 인물을 통해 자신의 미래 직업, 성격, 연인에 대한 상을 모색하는 경우가 많다고 했다. 드라마가 '피상적이고 가벼운 볼거리'일 뿐이라는 점을 인정하면서도, 실제 해독 과정에는 정체성의 모색과정이 포함되어 있었다는 것이다. 특히, 학년이 어릴수록 이런 측면은 강했다. 청소년의 텔레비전 시청이 다른 세대와 구별되느냐라는 질문에, 거의 대부분 그렇다고 대답하였는데 그 특징으로 '재미와 이상'을 추구하였다. 그 '이상' 추구란 바로 정체성의 모색과 연관되는 것이라 할 수 있겠다.

더글러스 캘러[18]는 대중문화는 청중들이 흉내 낼 수 있는 이미지들로 특정의 역할 모델이나 성별 모델을 제시하되, 특정의 스타일을 적극 옹호하거나 비하함으로써 사회화나 문화 학습의 중요한 기능을 담당한다고 하였다. 이런 논의는 우리나라 청소년의 드라마 시청 행위를 잘 설명해 준다. <파리의 연인>의 경우, 청소년들은 크게 세 가지 유형의 정체성을 모색하고 있었다.

첫째, 사회적 정체성에 대한 모색이다. 이 프로그램을 통해, 청소년들은 '능력 있고 돈 많은 사회적 주류 계층'을 동경하거나 혹은 부정하는 방식으로 정체성을 학습하고 있었다. 동경하는 학생들은 '돈 많은 사람이 되고 싶어 하는 방식'으로, 부정하는 학생들은 지나치게 비현실적인

---

18) 더글러스 켈너(1997), "문화와 탈현대적 정체성의 구축", Scott, Lash, 윤호병 외 역, 『현대성과 정체성』, 현대미학사.

역할 모델에 반감을 가졌다. 이런 결과는 그 동안 '보는 즐거움'으로 단순화하였던 이해했던, 트렌디드라마 장르가 실제로는 '무의미'나 '피상적 유희' 이상으로 시청자의 정체성 구축에 중요한 영향력을 행사하고 있음을 확인시켜 주고 있다.

둘째, 성적 정체성에 대한 모색이다. 청소년들은 드라마를 통해 '저런 여자 스타일이 좋다' '저런 남자 스타일이 멋지다'는 식의 이상적인 남성상과 여성상에 대한 인식을 갖는다. 동일 인물에 대한 남학생과 여학생의 평가는 차이가 있었다. 여학생이 여주인공 '강태영'을 '강한 여성상'으로서의 이미지에 충실했다면, 남학생은 '귀엽고, 애교 있는 여성상'의 이미지를 갖고 있었다. 동일 주인공을 보더라도 자신이 가진 정체성 모델에 따라 각기 의미로 받아들이고 있는 것이다.

셋째, 개성과 성격에 대한 모색이다. 아동과 청소년은 '개성'에 대한 관심이 유독 강하다는 연구 결과[19]가 있었는데, 이 연구에서도 확인되었다. '씩씩하고 당당한 성격이 너무나 좋았다' '한 사람을 끝까지 사랑할 수 있는 열정적 성격이 좋았다' 등 이상적인 성격에 대한 탐구가 많았다. 인기 배우도 역시 개성적인 스타일의 모델로 기능하고 있었다.

이런 연구 결과는 기존 트렌디 드라마의 수용층으로 지목된 '신세대'라는 사회적 담론과 실제 텔레비전을 시청한 청소년 수용자 사이에 존재하는 간극을 확인시켜 준다. '신세대' 담론으로, 우리는 청소년 수용자를 '가벼운 재미'나 오락에만 탐닉하는 존재, 기성세대와 구별되는 남다른 취향과 문화를 지닌 존재로 이해해 왔다. 하지만 실제 청소년 수용자는 정체성 모색이라는 나름의 진지한 발달적 관심을 가지고 텔레비전을 시청하고 있었으며, 드라마를 즐기면서도 이런 류의 프로그램이 자신들의 일상적 삶과 경험을 담아내지 못한다는 점을 비판하기도 하였다.

---

19) 신승렬(1996), "아동의 텔레비전 시청에 관한 문화기술적 연구", 서울대 대학원 석사학위.

6. 매체 언어 교육에의 시사점

이 연구 결과로 한국 청소년의 드라마 수용 방식을 일반적인 결론을 삼기에는 부족할 것 이다. 비록 소수의 표본 집단을 사례로 분석한 것이지만, 그동안 이론의 틀로만 막연하게 접근하였던 청소년의 수용 패턴과 문화를 구체화할 수 있었던 것은 분명, 성과이다. 이를 바탕으로 이후 학교 매체교육에서의 시사점을 살펴보면 다음과 같다.

첫째, 학교 매체교육은 텍스트나 개별 장르를 넘어서 수용자의 일상 문화 전반과 연계된 포괄적인 내용으로 구성할 필요가 있다. 이 연구에서 확인한 바로는, 학습자들의 일상적 매체 수용은 학교 매체교육과 거의 교류되지 않고, 동떨어져 있었다. 그 이유는 학교 매체교육과 일상적 매체 수용 경험과의 괴리 때문이라 할 수 있다. 학교 매체교육은 개인의 텍스트 읽기교육에만 치우쳐 있는 반면, 실제 그들의 드라마 시청은 또래문화, 가족문화의 맥락 속에서 이루어지는 집단적 향유의 특징이 강하다. 때문에 현재 국어교육 내 매체교육의 흐름이 '매체언어교육'에서 '매체문화교육'으로 전환되고 있는 것은 의미 있다. 개별 언어나 텍스트 중심의 매체교육을 넘어서 학습자의 전반적인 삶의 방식과 연관된 포괄적 주제를 매체교육에 적극 수용해야 한다.

둘째, 비판적 문식력이 강화되어야 한다. 한국의 청소년의 드라마 시청은 '능동적 수용자'론의 가정과 다른 점이 많았다.[20] 연구 결과처럼, 그들은 드라마의 구성된 세계를 분석, 해, 비판하는 활동보다는 그대로 수용하여 도취하고 정보로 활용하는 사례가 더 많았다. 이는 드라마의 화려한 세계를 청소년 자신의 일상적 억압에 대한 대립항이자 미래의

---

20) 한국적 현실에 비추어 능동적 수용자론을 반박한 논문도 있다. 강만석(1997), "의미-재미-권력의 문제를 통해 본 신수용자론 연구", 성균관대 박사학위논문.

희망에 대한 투영으로 간주하였다. 학습자의 능동적 성찰 가능성을 인정한다고 하더라도 미디어의 구성성에 대한 비판적 문식력 교육은 핵심적인 교육 내용으로 설정될 필요가 있다.

셋째, 청소년의 발달적 관심을 매체교육에 반영해야 한다. 정체성 모색과 연관지어 드라마를 시청하는 방식은 청소년의 발달적 관심에 따른 독특한 양상이라 할 수 있다. 그 결과, 그들의 드라마에 대한 판단에는 기성세대에 대한 존경, 저항, 희화화의 태도가 침윤되어 있다. 매체교육의 궁극적 지향이 획일적인 정답을 찾는데 있는 것이 아니라, 자신의 사회 문화적 정체성을 드러내고 실천하는 데 있다면, 청소년이 표출하는 기성세대에 대한 의견을 교사는 그들의 문화적 맥락에서 중층적으로 해석할 필요가 있다.

〈부록〉 설문지

1. 얼마나 자주, 누구랑, 어디에서 보았나요?

2. 왜 보게 되었나요?

3. 드라마를 시청하면서 가장 재미있고 즐거웠던 것은 무엇이었나요?
   (인물, 인물관계, 영상, 음향, 전체 서사구조, 드라마의 결말 등등)

4. 드라마 중 주로 어떤 주인공에게 관심을 가졌나요? 그 이유는?

5. 드라마에서 주로 공감했던 부분과 맘에 들지 않았던 부분은 무엇인가요? 그 이유는?
   (인물, 인물관계, 영상, 음향, 전체 서사구조, 드라마의 결말 등등)

6. 이 드라마가 말하려는 것이 무엇이었다고 생각하나요?
   또, 드라마에 나타난 생각에 대한 자신의 의견은?

7. 이 작품의 '결말'에 대해서는 어떻게 생각하나요?

8. 드라마 시청 후, 친구들이랑 주로 무슨 이야기를 나누었나요?

9. 이 드라마가 왜 청소년 사이에 인기가 있다고 생각하나요?

10. 이 드라마가 자신／타인에게 어떤 영향을 미쳤다고 생각하나요?
    1) 자신에게 미친 영향
    2) 타인에게 미친 영향

맥락 중심 독서 교육의 내용 구성 원리

1. 독자의 수용 맥락에 주목하기

독서 활동은 독자, 텍스트, 맥락이 중층적으로 작용하는 매우 복잡한 활동이다. 그럼에도 독서 현상 표면으로 드러나는 것은 '독자'와 '텍스트'이기에 독서에 작용하는 맥락의 변인을 명증하게 성찰하기란 쉽지 않다. 그런 이유로 우리는 독서에 대한 개인주의적 이미지를 지속시키기도 한다. 고립된 자기만의 방에서 상상의 나래를 잔뜩 펴고 깨달음과 즐거움을 얻는 독서의 이미지가 그것이다. 이는 문자 매체 중심의 근대적 독서 문화라 하겠지만 독서를 인지와 정의라는 개인 활동의 틀로 정립하는 기초가 되었다. 그러나 '맥락'에 대한 고려 없이 문학 독서 현상을 깊이 있기 이해하기란 매우 힘들다.

문학교육과 국어교육 전반에서 '맥락'에 대한 관심이 증폭되고 있다. 이는 언어와 문학 활동의 개인적 요소뿐 아니라 사회적, 역사적 요소를 포괄하여 그 총체성과 중층성을 되살리려는 의지라고 할 수 있겠다. 1)

---

1) 우한용(1997), "문학교육의 문화론적 기초에 대한 연구", 국어교육 93, 한국어교육학회. 박인기(2002), "문화적 문식성의 국어교육적 재개념화", 國語教育學研究 15, 국어교육연구학회, 1997.

사실, 되돌아 보면, 문학교육에서 '맥락'의 문제는 신비평과 구조론의 탈맥락적 문학교육에 대한 반성으로부터 시작되었었다.2) 텍스트의 내적 구조에만 충실한 신비평식 논리는, 정작 문학교육이 추구하는 문학과 삶의 연관성, 주체 형성의 문제를 해결할 수 없었던 것이다. 그런 점에서 '맥락'은 고립되어 있는 개별 변인이라기보다 독자, 텍스트 등 다른 변인들과의 관계 속에 있는 매개적 개념으로 인식하는 것이 중요하다.3)

기존 연구에서 '맥락'의 문제는, 문학 교육의 경우 그 이념의 차원에서부터 문학 교육 현상의 해석, 작품읽기 방식에 이르기까지 폭넓게 논의되었다. 이념 차원에서는 문학 교육의 방향성과 광의의 사회 문화적 요구를 연결 지으면서 거시적 시각으로 맥락 문제를 다루었고,4) 문학교육 현상의 연구에서는 정전 선정에 개입하는 학문 담론의 권력5)이나 학습자들의 문학 경험을 형성하는 문식적 맥락6) 등이 연구되었다. 이 연구들은 주로 거시적 맥락을 다룬 것으로 맥락의 문제가 문학교육의 역사성을 확보하고 문학교육 현상의 심층적 이면 기제를 살필 수 있는 주요 범주임을 증명하였다.

반면, 작품 읽기 방법 연구에서는 텍스트를 생산 맥락과 관련 지어 심층 해석하는 다양한 방법이 제시되었다. 텍스트의 이데올로기 분석,7) 사회 문화적적 맥락, 혹은 상호 텍스트적 맥락8) 해석, 변형된 텍스트의

---

2) 김상욱(1992), "신비평과 소설교육 방법의 재검토", 국어교육 79, 80, 한국어교육학회.

3) 실제로 '맥락'의 사전적 정의도, "사물의 서로 잇닿아 있는 관계나 연관"(김민수 외 (1992), 『국어대사전』, 금성출판사, 962면)이라고 되어 있다.

4) 정재찬(1997), "사회 · 문화적 맥락 중심의 문학교육과정 내용 체계", 『문학교육과정론』, 삼지원. 박인기 외(2005), 『문학을 통한 교육』, 삼지원. 선주원(2007), "사회 문화적 맥락을 반영한 문학교육의 지향", 문학교육 22, 한국문학교육학회.

5) 정재찬(1997), "사회 · 문화적 맥락 중심의 문학교육과정 내용 체계", 『문학교육과정론』, 삼지원. 최지현(1994), "한국 현대시 교육의 담론 분석", 서울대 석사학위논문.

6) 졸고(2006), "문학 독서경험의 질적이해를 위한 맥락탐구", 독서연구 16호, 한국독서학회.

7) 김상욱(1994), "소설 담론의 이데올로기 분석 방법 연구", 서울대 박사학위논문

8) 김성진(2004), "비평 활동 교육의 내용 연구", 서울대 박사학위 눈문. 김정우(2004), "시해석 교육 내용 연구", 서울대 박사학위 논문. 임경순(2004), 『문학의 해석과 문학교육』, 역

맥락 해석9) 등 텍스트 생산 맥락을 비판적으로 해석하는 문제가 미시적으로 연구되었다. 그러나 이런 풍성한 연구 성과에 비해, 독자의 수용 맥락에 대한 연구는 상대적으로 부진한 편이다. 맥락의 문제가 주로 텍스트 '해석' 혹은 '비평' 활동과 연계되었기 때문이다. 2007년도 개정교육과정 이후, 생산과 수용 활동에 개입하는 맥락의 구체상이 문학 교육 내용 구성에 중요한 역할을 하는 상황이 되었다. 그러나 이것이 선언에 그치지 않기 위해선 '맥락적 읽기' 뿐 아니라 '읽기(수용) 맥락'에 대한 다양하고도 구체적인 연구가 필요하다. 이 글에서는 주로 독서의 '수용 맥락'에 중점을 두어 논의하되, 다음의 몇 가지 방향에 집중하고자 한다.

먼저, 거시적인 사회 문화적 맥락을 미시적 수용 맥락과 연관짓는 논의를 하고자 한다. 2007년도 개정교육과정에서는 맥락을 '상황 맥락'과 '사회 문화적 맥락'으로 구분하고, 전자는 "수용, 생산 활동에 직접적으로 개입하는 맥락으로 언어 행위 주체(화자·필자, 청자·독자), 주제, 목적" 등으로, '사회·문화적 맥락'은 "담화와 글의 수용, 생산 활동에 간접적으로 작용하는 맥락으로 역사적·사회적 상황, 이데올로기, 공동체의 가치·신념"10)로 규정하고 있다. 실천의 효율성을 위한 구분이겠지만, 독서의 경우 양자는 구분되기 힘들다. 작품의 인물 해석은 그 공동체가 공유하는 사회 문화적 정체성 모델과 직접 관련되며, 또, 교사의 작품 해석과 교실 내 상호작용 방식 역시 사회적 권력 관계와 무관하기 힘들기 때문이다. 게다가 이 경우, 다소 관념적인 성격이 강한 사회 문화적 맥락은 그 실천성 다소 떨어질 수 있다.

둘째, 사회 문화적 '맥락'의 문제를 텍스트, 주체, 맥락(상황적)과의 상

락. 남민우(2006), "텍스트 가치평가 활동을 위한 시교육 연구", 서울대 박사학위논문.

9) 황혜진(1997), "춘향전 개작 텍스트의 서사 변형 연구", 서울대 석사학위논문.

10) 교육인적자원부(2007), 『초·중학교 교육과정 해설』, 교육인적자원부, 9면.

호연관성 속에서 파악하고자 한다. 독자의 '반응'이라고 하면 주로 독자 개인의 특성을 떠올리지만, 그 총체성을 살리기 위해서는 사회·문화적 거시 맥락을 중심으로 놓고 텍스트, 주체, 맥락(상황 맥락) 등을 종합한 형태로 재개념화 할 필요가 있다. 외국의 경우도 문학 반응의 연구 흐름이 70년대에는 개인적 반응의 다양성을 강조한 이론이 위세를 떨쳤다면, 90년대 이후는 사회 인류학, 문화론, 비판이론, 담론 이론 등의 다양한 배경적 학문을 바탕으로 텍스트, 독자, 맥락이 사회 문화적 '맥락' 변수를 중심으로 통합되는 경향이다.11) 이런 흐름을 고려하여 '맥락'을 통해 문학 독서 경험의 복합성을 중시하도록 하겠다.

셋째, '맥락'의 문제를 맥락 설계와 교육적 맥락 창조의 의미에서 성찰하고자 한다. '맥락'은 고정되어 있지 않고 변화하며 다양하다는 특징이 있다. 바꾸어 말한다면, 독서의 '맥락'에 주목함으로써 독자의 의미 구성 방식을 바꾸고 또 의미 있는 방향으로 설계할 수 있다는 것이다. 독서 이론이 곧장 독서 교육 방법으로 전환되는 것은 아니지만 '관점'을 넘어서 의미 있는 맥락 창출을 위한 교육 원리도 함께 제시하고자 한다.

이 글은 이런 문제 의식에 기초하여 먼저, 독서의 사회 문화적 독서 (social-cultural model) 모델12)을 살펴보고 이에 기반한 교육의 원리를 제시하고자 한다. 논의의 절차는 먼저, 사회 문화적 관점에서 독서의 본질과 특성, 그 의미 구성 변인과 기제를 살펴보고, 독서교육과정의 내용 구성 원리를 제안할 것이다.

---

11) James Marshall(2004), Research on Response to Literature, *Handbook of Reading Research*, International Reading Association. pp.393~395.

12) 문학 독서 모델에 대한 설득력 있는 설명으로는, 카스린 멕코믹(Kathleen McCormick)이 제시한 인지론적 모델 cognitive model, 표현적 모델 expression model, 사회 문화적 모델 social cultural model을 들 수 있다. 이 모델은 문식성 모델 범주로 사용되는 객관주의적 모델, 주관주의적 모델, 상호작용적 모델과도 호환성이 있고, 문학 독서 교육의 관점을 범주화하기에도 용이하다. McCormick, Kathleen(1994), *The Culture of Reading & the Teaching of English*, Manchester University Press, pp.13~67.

2. 사회·문화적 독서 모델과 '맥락' 중심 교육의 필요성

1) 독서의 본질과 '맥락'

독서에서 '맥락'은 배경적 요소가 아니라 본질적 변인이다. 독서의 사회 문화적 모델에서는, 독서를 구성하는 텍스트, 맥락, 독자들은 광의의 사회 문화적 맥락과 분리될 수 없다고 가정하고, 독서를 독자의 사회 문화적 지식 혹은 실천 능력이 재구성되는 '사회적 과정'으로 설명한다.

사회 인지 이론과 담론 이론을[13] 중심으로 살펴보도록 한다. 독자는 개인이기도 하지만 특정의 사회 문화적 위치를 지니고 있는 집단의 구성원이기도 하다. 그들은 자신이 처한 그 위치에서 삶을 실천하고 경험을 형성하면서 그 집단 특유의 관심과 가치를 공유하게 된다. 독서 과정에 투사하는 이른바 '배경 지식'은 그들 특유의 사회 문화적 실천과 경험에 의해 만들어진 '상황적 의미'(situated meaning)들이라 할 수 있다. '상황적 의미'란, '스키마' 개념이 사회 문화적으로 맥락화된 것으로 인식 주체가 특정의 상황 속에서 반복적인 실천과 경험에 일련의 패턴을 부여함으로써 얻은 것이다. 이는 모두가 공유하는 보편 타당한 것도, 개인만이 가지고 있는 특별한 것도 아닌, 단지 그 위치에서만큼은 공유하는 '중간 수준의 일반화' 로 공유할 수 있는 의미이다. 가령, '커피'의 의미는 사전에 제시된 탈맥락적 보편의 의미도 있을 것이고, 또 개인의 주관적 의미도 있겠지만 특정의 집단이나 상황, 행위에 공유되는 의미도 있을 것이다. 여성이나 남성, 청소년에게만 공유되는 의미가 다를 수 있으며, 또, 일하면서 먹는 커피, 연인들이 데이트하면서 마시는 커

---

13) James Paul Gee(2002), "Discourse and Sociocultural Studies in Reading", *Handbook of Reading Reasearch.*, Lawrence Erlbaum Associate Inc.

피의 의미는 다를 수 있다. 이렇게 본다면, 독서 과정에서 발생하는 의미에도, 보편타당한 일반 의미, 개인의 주관적 의미, 그리고 맥락에 따른 '상황적 의미'가 있다고 하겠다.

이처럼 '상황적 의미'의 층위에서 보면, 우리는 특정의 맥락에 따라 관습화, 패턴화된 독서 문화의 모델을 발견할 수 있을 것이다. 이 맥락에 핵심적으로 관여하는 것은 바로 '독자(주체)'와 '행위'(어떤 상황에서의 독서 행위)이다.14)

먼저, 독자 주체의 위치이다. 수용 맥락은 독자가 자리하고 있는 광의의 사회 문화적 맥락적과 연관될 수밖에 없다. 독자는 자기 삶에서 얻은 사회 문화적 능력들을 독서 과정에 투사하기 때문이다. 독자는 사회적 삶 속에서 얻은 실천과 문화적 자원들을, 문학 독서에 투사한다. 그는 보편적 '순수' 존재가 아니라, 특정의 사회적 구성체에 거주하면서 나름의 위치에서 복합적인 문화 체계를 흡수한 특정 위치의 '사회적 주체'이다.15) 독서로 만나는 '텍스트'는 그가 거래하는 다양한 문화 체계 내의 일부일 뿐이다. 따라서 독서는 문학 고유의 배타적 속성보다는 문화 체계와 상호 텍스트적 연관 속에서 존재한다고 할 수 있다. 우리가 '청소년 독자' 혹은 '아동 독자'의 범주를 생각할 수 있는 것도 이 때문이다. 이들 나름의 삶의 방식과 사회 문화적 실천은 곧장 독서 방식에도 투영될 수밖에 없다.

외국의 경험 연구를 살펴보면, 독자의 사회 문화적 위치에 따라 반응이나 스타일이 다르다는 점이 증명되고 있다.16) 가령, 노동자 계층의

---

14) 이렇게 설정한 근거는 Gee(2002)의 논의에 따른다. 그는 이 위치워진 의미가 특히, '누가'(사회 문화적 위치), '무엇을'(사회적으로 위치지워진 행위와 실천들)에 따라 분화된다고 지적한 바 있다. James Paul Gee(2002), op. cit., 참조.

15) Morly, David(1980). "Texts, readers, subjects", in Hall et al (eds), *Culture, Media, Language*, Routledge, pp.163~173.

16) McCormick, Kathleen(1994), *The Culture of Reading & the Teaching of English*, Manchester University Press.

독자 반응은 화자의 언술에 초점을 두는 반면, 중산층 계층은 작품 전체분석에 초점을 두고 있다. 물론 이런 자료가 우리나라 상황에도 적합할지는 모르겠지만, 독자의 사회 문화적 위치에 따른 그들의 사회적 기대나 관계 등이 텍스트의 해석에 직접 영향을 미친다는 점을 실제적으로 보여주고 있어 흥미롭다.

또, 독서가 어떤 행위 맥락에서 이루어지고 있느냐에 따라 광의의 사회 문화적 맥락과 연관된다. 모든 독서는 삶을 구성하는 일련의 풍부하고도 다양한 맥락 속에 위치 지워져 있다. 독자는 언제나 특정의 시공간의 상황에서 어떤 의도를 가지고 책을 읽기 때문에, 텍스트의 의미도 언술처럼 특정의 의도, 상황이 갖추어진 화행적 맥락에서 '사용됨'으로써만이 발생하는 것이다.17) 그런데 독자는 명시적이든, 암묵적이든 그 공동체가 규정하는 '의미 있는 행위'라는 기대에 근거하여 독서의 상황 맥락을 해석하기 때문에 독서에는 그 사회의 규정하는 가치와 신념이 작동할 수밖에 없다. 마치 쓰기에서의 '장르'적 관습과 마찬가지로 공동체에서의 의미 관습이 개입하는 것이다. 동일한 문학 작품이라도 교실에서 읽는 경우와 취미 써클에서 읽는 경우 그 의미는 달라질 수밖에 없다. '문학 교실', '취미'에 대한 일련의 사회적 관념들이 반영되기 때문이다. 거꾸로 이 관념이 바뀌지 않으면 문학 읽기 방식도 바뀌기 힘들다.

결국, 독서의 본질은, 특정의 사회 문화적 위치 속에 놓인 독자가 자신의 삶에서 형성한 사회 문화적 지식 혹은 실천 능력을 형성, 혹은 재구성하는 사회적 과정'18)이자, 자신의 '문화적 자원의 토대 위에서 텍스트를 재구성하는 실천'19)으로 규정할 수 있을 것이다. 이는 독서의

---

17) 이 모델은 사회 인지론, 담론 이론, 문화론, 장르론 등의 이론을 기반으로 하고 있다.
18) Gald, Leeand Beach, Richard(2004), "Response to Literature as a Cultural Activity", Robret B. Ruddell & Norman J. Unrau, *Theoretical Models and Prosess of Reading,* Fifth Edition.

본질이 독자가 자기 삶에서 얻은 사회 문화적 능력의 형성 혹은 재구성과 밀접하게 연관되어 있음을 시사한다.[20] 독자는 독서의 과정에서 텍스트를 해석하기도 하지만 동시에 독자 자신의 삶을 둘러싼 세계를 해석하고 나아가 그들이 수행하는 자신의 사회 문화적 실천 능력을 향상시켜 나간다고 할 수 있다. 따라서 독서는 텍스트의 의미를 파악하고 이해하는 행위, 혹은 정보나 즐거움을 얻는 활동을 넘어서 특정의 사회적 신념과 실천 능력을 획득하는 사회적 과정이자 문화적 실천이라 할 수 있다.

2) 독서의 의미 구성에 관여하는 맥락적 변인들

(1) 독자의 수용에 관여하는 맥락 변인

그렇다면, 독서 과정에 작용하는 맥락은 무엇으로 구성되어 있는가? '맥락은 텍스트의 수용과 생산에 개입하는 사회적, 문화적, 물리적 요소를 해석하는 데 관여하는 정보[21]이다. 그러니까 물리적인 사회 문화적 요소 그 자체가 아니라, 그 시·공간의 사회적 상황에 관한 언어 사용자의 믿음과 가정인 것이다.[22]

사회 문화적 모델에서는 생산과 수용에 관여하는 이 믿음과 가정이 전체의 사회 문화적 이데올로기에 위치지워져 있음을 강조한다. 이를 위해 배경지식이나 스키마와는 구별되는 '자원'(repertory)이란 개념을 사

---

19) McCormick, Kathleen(1994), *The Culture of Reading & the Teaching of English*, Manchester University Press, p.48.

20) Gald, Leeand Beach, Richard(2004), "Response to Literature as a Cultural Activity", Robret B. Ruddell & Norman J. Unrau, *Theoretical Models and Prosess of Reading*, Fifth Edition International Reading Association.

21) 서울대 국어교육연구소(1999), 『국어교육학사전』, 서울대국어교육연구소, 231면.

22) 이런 논의는 물리적 실제가 텍스트의 기호적 세계와 호환성을 가질 수 없다는 문제의식에 근거한다.

용하고 있다.23) '자원'은 텍스트의 생산과 수용 과정에서 사용하는 특정의 담론들의 세트, 관념과 경험, 습관, 규범, 관습, 가정들의 결합들로서, 독자가 특정의 사회적 위치에서 자신이 속한 사회의 이데올로기를 전유한 결과 가지는 지식이다. 흔히 독자의 '삶과 경험'이라 통칭되었던 요소이기도 한데, 특별히 '자원'란 개념을 사용한다면, 그 지식이 실은 독자가 특정의 위치에서 사회 문화적 실천과 경험으로부터 획득한 것임을 비교적 명확히 드러낼 수 있다. 독자의 특정 위치에서 전유한 것이기에 그 자원들은 지배적인 이데올로기의 단순 반복이 아니며 여러 유형으로 분화되기도 한다. 독자들 문학적 반응이 다양한 것도 바로 여기에서 기인한다 하겠다.

문학 독서의 경우 영향력을 미치는 자원(repertory)으로는 일반적 자원과 문학적 자원이 있다. 일반적 자원(general repertory)은 삶의 방식, 사랑, 교육, 정치 등 일반 지식에 대해 독자가 지니고 있는 신념이다. 이는 전체 이데올로기에 의해 영향을 받지만 동시에 그들의 사회적 실천과 삶 속에서 전유된 것이기도 하다.

문학적 자원은 문학에 대한 태도나 가치, 신념을 포괄한 지식이다. 이 역시 문학 독서를 특정의 방향으로 유도하는 중요한 매개체이다. 어떤 문학을 좋은 문학으로 생각하는지, 문학의 기능과 역할에 대한 인식 등은 특정 작품에 대한 호오(好惡)나 가치 평가의 방향을 결정짓는 요소들이라 할 수 있다. 가령, 전통적인 리얼리즘 소설관에만 친숙한 독자는 이를 좋은 소설이라 생각하고 여타의 소설들을 읽기 때문에 모더니즘 소설은 낯설고 이해하기 힘들 수 있다. 일종의 소설관이 작품에 대한 그의 관심과 이해에 중요한 영향을 행사하는 것이다.

사정이 이러하다면, 우리는 독자들이 취하고 있는 다양한 자원들에

---

23) McCormick, Kathleen(1994), *The Culture of Reading & the Teaching of English*, Manchester University Press, pp.68~77.

관심을 가질 수밖에 없다. 세상의 사회 문화적 자원이 다양하다면, 의당 텍스트에 거주하는 자원 역시 단일하지 않을 것이기에 말이다. 해석자의 해석 위치에 따라 특정의 자원들만이 부각된다고 한다면, 우리가 교육에서 특정의 읽기 방식만을 규범화하는 것은 다소 문제가 될 수 있다. 전제하는 '자원'의 위치가 은폐되어 보이지 않는 가운데 특정의 문화가 규범화되는 일종의 이데올로기적 기능을 행사할 수 있기 때문이다.

2) 독서 교실 맥락에 관련하는 변인들

다음, 독서 교실이라는 상황적 맥락에 주목할 수 있다. 교실은 텍스트의 의미가 고정되어 존재, 전달되는 곳이 아니다. 교실 내에서 독서는 독자, 교사, 텍스트의 의미 협상에 의해 이루어진다. 이들은 학습 과정에서 상호 매개되면서 관계를 맺는다. 학습자는 개인적인 방식으로 의미 구성에 참여하지만 그는 중개자인 교사의 수업 전개 과정에서 매개되며 동시에 다른 학습자와 관계를 맺는다. 24) 독서를 사회적 행위로 본다면, 동일한 작품이라고 하더라도, 어떤 교실 맥락에서 수업하느냐에 따라 학습자들의 독서 경험과 결과는 다를 수밖에 없다. 독서 역시 사회적 행위로서, 특정의 상황적 맥락에 의해 의미가 구성되기 때문이다. 다음의 도표로 제시할 수 있겠다.

---

24) 쓰기 교육을 중심으로, 독자, 텍스트, 맥락 요인들간의 상호작용을 논의한 연구로는 Mary Jett-Simpson, Lauren Leslie, Wisconsin Reading Association(1997) *Association, Authentic Literacy Assessment,* 원진숙 역(2004), 『생태학적 문식성 평가』, 한국문화사, pp.37~38.

〈도표 1〉 교사, 텍스트, 교사의 의미 구성 모델[25]

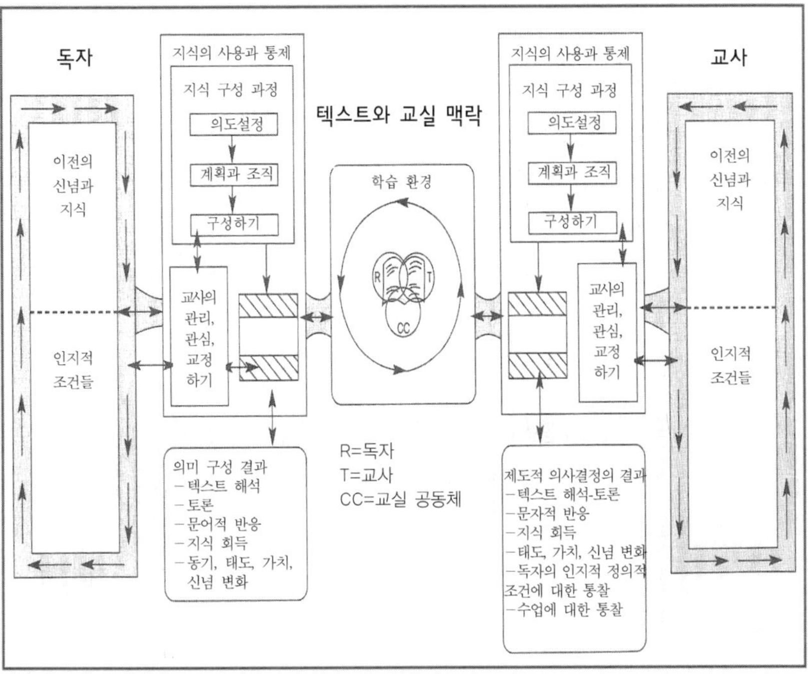

이 도표를 보면 독서 교실의 상황이 학습자와 교사, 맥락의 복합적인 변인에 의해 구성되어 있다. 곧, 학습자와 교사는 개별적인 조건을 지니면서도 동시에 학습 환경의 맥락에서 의미를 협상하는 것이다.

학습자는 나름의 특정의 인지적, 정서적 조건과 신념과 지식을 지니고 참여하는데 특히, 그가 지닌 문학에 대한 지식과 동기, 관심, 태도가 수용의 개인적 조건이 된다. 교사 역시 나름의 인지적, 정서적 조건과 신념과 지식을 지니고 참여한다. 그가 가진 이 지식들의 교수법의 결정이나 학습자의 이해에 영향을 미쳐 궁극적으로는 학습자의 반응을 유

25) Robert B. Ruddle & Noman J, Unrau(2004), "Reading as a meaning construction process : The reader, the text and the reader", Robret B. Ruddell & Norman J. Unrau, *Theoretical Models and Prosess of Reading*, Fifth Edition International Reading Association.

도하게 된다. 이 두 주체는 교실 공동체에서 특정의 학습 환경을 만든다. 이 환경은 대단히 복잡한 요소로 되어 있는바 이 글에서는 심리적, 사회적, 기호적 맥락으로 나누어 설명하고자 한다.

교실의 학습 맥락을 구축하는 심리적 맥락은 수업의 내용과 방법에 전제되어 있는 교사와 학습자의 가치관과 태도에 의해 구성된다. 교실 공동체가 어떠한 가치와 믿음을 지니고 있고, 무엇을 존중하느냐 하는 것은 학습자의 독서에 대한 태도는 물론이고 인지적 반응이나 사고 양식에 큰 영향력을 행사한다. 사고는 그 공동체의 문화에 위치하여 형성되기 때문이다.

사회적 맥락은 교실에서 교수와 학습자가 대화 참여자의 사회적 역할과 참여 방식을 결정함으로써 형성된다. 교실 대화는 그 방향에 따라, 다양한 해석의 가능성을 열리게 할 수 있고, 또 그것을 닫게 할 수도 있다. 물론 거시적 소통 맥락의 문제도 있지만, 무엇보다 미시적인 측면에서의 참여 방식이 큰 영향을 미친다. 읽기 과제, 교실에서 문학의 권위를 누가 지니는가가 문제가 된다. 이는 교실 외부 사회 문화적 맥락에서의 권력과도 무관할 수 없다. 국가 수준의 평가 제도, 교육관, 나아가 사회의 권력 관계나 지배적 이데올로기는 곧장 교실 담화의 양상에 이면적 기제가 되기 때문이다.

기호적 맥락, 곧 교실에서 어떤 언어를 사용할 것인가 하는 점도 중요한 맥락이다. 교사가 사용하는 언어가 열린 언어인지 닫힌 언어인지, 발문의 유형도 모두 사회적 구성의 기제가 될 수 있다. 이러한 복잡한 구성 기제를 고려할 때, 독서 교육은 이러한 교실 공동체의 사회적, 심리적, 언어적 변인을 고려하여 의미있는 맥락을 창조할 필요가 있다.

3) 맥락 중심 독서 교육의 방향성

앞에서 사회 문화적 독서 모델을 고찰하면서, '맥락'이 독서의 본질과 의미 구성 기제에 중요하게 개입한다는 점을 살펴보았다. 이를 바탕으로 '맥락'을 중심으로 한 문학교육의 방향성을 논의해 보겠다.

먼저, 추상적 보편 독자가 아니라 현실 독자의 다양하고도 풍요로운 역할을 독서교육에 활용해야 한다. 곧, 학습 독자' 일반이 아니라, 청소년 독자로, 여성 독자로, 한국인 독자로 자신의 현실적 정체성으로 구현될 필요가 있다는 것이다. 이것의 이점은 독자 스스로가 자신의 독서가 사회 문화적 위치지어져 있음을 성찰하여 새로운 결정을 해 나갈 수 있다는 점이다. 진정한 의미의 능동성은, 독서 과정이 자신의 선택과 결정만으로 이루어지는 것이 아니라 여러 사회 문화적 맥락에 의해 결정되어 있음을 성찰하고, 나아가 이를 새롭게 재구성할 때 가능한 것이다. 독자 자신도 의식하지 못한 채 매개되어 있는 사회적 맥락 변인을 고려하지 못한다면 진정한 의미의 적극성에 도달하기 힘들 것이다.

다음, 삶의 다양한 사회 문화적 맥락을 독서 맥락으로 끌어 들이는 노력이 필요하다. 곧, 학교 독서 교육과 삶의 활동을 통합적으로 연관 짓자는 것이다. 독서 행위는 그 자체만의 고립된 활동이 아니라 독자의 삶을 구축하는 사회 문화적 행위 속에서 뿌리를 내리고 있다. 문학 독서를 통해, 독자는 자신의 사회적 정체성을 성찰하고 재구성하며, 특정의 사회적 제도에 대해 이해하고 타인과의 관계를 구성한다. 그런 점에서 독서 교육은 텍스트 자체의 자기 완결적 의미 해석이나 미적 전유에서 나아갈 필요가 있다. 독서 능력을 사회 문화적 실천 능력으로까지 확장하자는 것이다.

마지막으로 학습자들의 다양한 사회 문화적 맥락을 교육적 자원으로 활용하여 학습의 주체성을 살려야 한다. 사회 인지론에 의한다면, 발달은 사회·문화적으로 구축되기 때문에 학습은 미리 정해진 규준에 도달했느냐보다는 학습의 기회를 균등하게 제공하였는가 혹은 그에게 어떠한 학습의 맥락이 주어졌는가의 여부가 더 중요하다. 누구나 발달할 수 있는데 다만, 그러한 발달에 필요한 맥락을 얼마나 접했느냐가 문제이기 때문이다. 의미 구성을 개인적 요소로만 한정하게 되면, 그 개인 능력의 변화에만 기댈 수밖에 없다. 잘하고 못하고의 이분법 속에서 못하는 책임은 개인에게만 한정된다. 그러나 맥락을 중시하면 사회·문화적 맥락의 요소를 성찰하고, 재설계, 재구성함으로써 얼마든지 또 다른 대안적 가능성을 살릴 수 있다. 우리가 학습자의 배경이 되는 다양한 사회 문화적 경험들과 맥락에 관심을 기울여야 하는 것도 이 때문이다. 개인의 문학 능력의 발달은 이들 학습자의 성장 배경이 되는 다양한 맥락들과 의미 있는 방식으로 접속됨으로써만이 가능한 것이다.

3. '맥락' 중심 독서 교육의 내용 구성 원리

앞에서의 논의를 바탕으로 맥락 중심 독서 교육의 원리를 네 가지 범주, 곧, 맥락화, 수용 맥락 탐구, 맥락간 대화, 맥락 변형[26]로 제시하고자 한다. 이는 원리적 범주이기도 하지만 일련의 교육적 계열성을 가진 절차로 구성될 수도 있다.

---

[26] 이재기는 문식성 교육 방법으로, 맥락 적용, 맥락 성찰, 교실 맥락 등 3단계를 설정한 바 있다. 이 논문은 주로 미시적 맥락을 중심으로 하였으며, 맥락을 체계적으로 절차화한 성과가 있다. 다만, 이 글에서는 광의 사회 문화적 맥락과 교실 맥락을 연관지으며 논의하도록 하겠다. 이재기(2006), "맥락중심 문식성교육 방법론 고찰", 청람어문교육 34, 청람어문교육학회

1) 맥락화의 원리

먼저, 일련의 문학 독서 활동을 '사회 문화적 실천에 '위치'지어져야 한다는 '맥락화'의 원리를 제안한다. 독서 활동이 어떤 맥락에 위치되느냐에 따라, 독자의 독서 방식이나 독서에서 생산되는 의미도 달라지기 때문이다. '이 글의 주제를 찾아보자' '소설의 인물 특성을 파악하자'와 같은 탈맥락적 독서 활동은, 일반 문학 지식이나 일반 독서 원리/규범에 기반하고 있기에 독자들 자신의 사회 문화적 지식이나 자신의 정체성과 무관하게 대응할 수 있다. 그것의 결과적 양상은 '교실 독서'에 지루하게 반복하는 몇 몇 도식이다. 수십 명의 학생이 반응을 해도 정작, 이 반응을 유형화한다면 몇 패턴에서 크게 나아가지 않는 것도 사실이다.

그러나 '청소년의 입장에서 이 소설을 비평하고 신문에 투고해 보자.'라고 한다면, 독자는 '청소년'에 대한 정체성, '학교 신문에 투고'한다는 실천적 행위에 대해 자신이 가지고 있는 사회적 의미들을 고려하여, 자신의 독서 활동을 수행하게 된다. 이 때, 독서 활동은 자신의 사회 문화적 실천과 연관된다. 독서가 이루어지는 '실제적 맥락'(authentic context)를 학교 독서 교육에 끌어들이자는 것이다.

독서를 사회 문화적 맥락 속에 위치짓기 위해서는, 이른바 '상황적 의미'가 발생하는 '누가'(주체)와 '무엇'(행위)[27]을 활용해 볼 수 있을 듯하다. '누가' 곧 '주체' 변인은 독자의 사회 문화적 정체성을 적극적으로 활용하는 것이다. 현행 교육과정이나 교과서에서는 '독자'가 일반 보편 독자로만 제시되고 있지만, 이제는 사회 문화적 정체성을 가진 구체적 집단으로서의 독자상을 활동에 적극 반영할 필요가 있다. 독서를

---

27) James, Paul Gee(2001), "Reading as situated language : A Sociocognitive perspective", *Journalof Adolescent & Adult Literacy,* May.International Reading Association.

다양한 주체 위치(지역 주민, 한국인, 세계 시민, 청소년, 여성 혹은 남성)로 설정한 뒤 그 집단의 가치와 관심에 자리잡은 '상황적 의미'를 생산하고 이해하는 일은 독서를 통해 사회 문화적 정체성을 형성하는 일로까지 나아갈 수 있을 것이다.

또, 다양한 사회 문화적 실천의 영역과 독서 활동을 통합적으로 제시할 수 있다. 직업, 가정, 여가, 공공 활동 등의 시공간 상황에서 특정의 의도로 이루어지는 '행위' 속에서 독서의 맥락을 구체화한다면, 독서를 삶의 풍요로운 맥락으로 연결할 수 있을 것이다.

2) 수용 맥락 탐구의 원리

다음, 독자(교사와 학습자)가 자신의 독서 맥락을 성찰하고 자신의 위치를 파악하는 맥락 탐구의 원리가 있다. 앞에서 설명하였듯이 '맥락'은 주어져 있다기보다는 언어 사용자가 해석하여 선택하는 측면이 있다.

독자는 자신의 읽기에 개입하는 수용 맥락을 비판적으로 성찰하여야 자신의 독서 활동도 사회 문화적으로 구성된다는 사실을 깨닫고 주체적으로 개입할 수 있는 능력을 키울 수 있다. 이를 위해서는 텍스트뿐 아니라 자신 읽기 텍스트도 분석해야 한다. 자신의 해석에 대한 메타적 해석이라고 할 수 있겠다. 곧, 자신의 읽기와 쓰기가 일련의 사회적 조건들과 맺는 연관을 이해하고, 자신의 위치를 분석하는 것이다. 이것이 '비판적 탐구'인 것은, 정해진 전제에서 비판하는 것이 아니라 자기가 읽는 방식이 사회적 관계나 문화적 가정과 어떻게 연관되어 있는가를 해석하고 설명하는 것이기 때문이다. 이 과정에서 독자는 텍스트가 그렇게 이해되는 과정과 결과에 메타적인 성찰을 수행함으로써 자신을 둘러싼 사회 문화의 상징적 의미까지 통찰하고 저항하거나 지지하는 것까지 포괄한다.

가령, 여기에는 다음과 같은 질문이 포함되는 것이다. 나는 어떠한 해석적 위치에서 이 작품을 이해하고 있는가? 이런 방식의 읽기 결과 어떠한 사회적 관계, 문화적 가정을 강화 혹은 비판하게 되는가? 나는 어떠한 사회 문화적 위치에서 읽고 있는가? 또, 나의 작품 읽기에 전제하고 있는 문학적 가정들, 지식은 무엇이며, 이것은 작품 읽기를 어떤 방향으로 유도하고 있는가? 나아가 이런 가정, 지식은 수용사 혹은 수용의 갈등적 상황에서 어떠한 위치를 점하고 있는가?

이런 질문은 자신의 읽기가 왜 바로 그런 방식으로 구성되었는가, 그 특정 위치의 모델에 대해 '설명'하고 '심문'하는 데 초점을 두고 있다. 독서의 결정성을 인정하면서도 동시에 적극적으로 자신의 읽기에서 문화적 맥락이 어떻게 관여하는지, 왜 자신이 그렇게 읽는지를 성찰적으로 이해하는 것이다. 이것이야말로 독서의 맥락적 결정성을 인정하면서도 동시에 능동성을 강조하는 방안일 수 있다. 왜냐하면 학습자의 배경지식을 활성화한다고 하더라도 독서가 맥락에 의해 결정되는 측면을 고려하지 못한다면 진정한 의미의 능동성일 수 없기 때문이다.

3) 맥락간의 대화화 원리

다음, 자신의 맥락에서 벗어나 다양한 맥락들과 대화하고, 협상할 수 있도록 하는 교육이 필요하다. 상황에서 '맥락'들은 결코 단일하지 않으며 다양하기 때문에 선택의 대상이 될 수 있다. 그런 점에서 본다면 학습 독자들은 자신의 맥락을 이해할 뿐 아니라 또 자신의 맥락을 확장할 필요가 있는 것이다. '대화'(dialogic)란 일방향의 소통이 아니라 불일치와 공존이 동시에 존재하는 역동적인 상태이다.28) 자기 맥락에만 존

---

28) '대화화'란 말은 닫힌 상태를 의도적으로 열어 대화의 과정에 위치시키는 것이다. 이는 바흐찐의 대화주의 개념에 바탕을 둔다.

재하지 않고, 다양한 맥락들과 협상하는 과정은 다소 혼돈스러울 수 있다. 그러나 사회 인지론에 따르면, 학습의 주요 기제는 낯익은 내용에 위해 인지적 혼란을 느낄 때라고 한다. 그 혼란과 갈등은 학습에 순기능적이며 특히 이 과정을 통해 자신의 맥락을 확대할 수 있도록 한다. 여기에는 텍스트 생산 맥락과 자신 수용 맥락의 대화, 수용 맥락간의 대화를 고려할 수 있다.

먼저 텍스트 생산 맥락과 수용 맥락과의 대화화를 살피도록 하겠다. 독자가 문학 텍스트와 맺는 심리적 태도에는 동감과 거리두기가 존재한다. 그런데 이 대화화의 과정에서 중시되는 것은 '역사적 거리두기' 혹은 '차이화'이다. 독자는 텍스트의 세계를 보편적인 것으로 상정하고 동화되기보다는 오히려 독자 자신의 맥락을 강조하고 역사적 차이를 내세움으로써, 텍스트 세계가 지닌 다양한 담론들 간의 모순과 경쟁을 이해할 수 있게 된다. 또 이전 세계와의 차이를 통해 자기 세계의 모순과 갈등과 파악할 수 있게 된다. 구체적으로 본다면, 학습자들은 텍스트를 읽는 과정에서 얻었던 인지적 혼란과 딜레마를 중심으로 자신의 맥락에서 작품에 문제를 제기할 수 있다. 이슈와 토론거리도 여기에서 나올 수 있다. 이는 문학 고전과의 보편적 교류보다는 고전과 현대 독자의 역사적 차이를 강조하는 것이다.[29] 역사적 거리두기를 통해, 문학 텍스트는 시대가 바뀌어도 온존하는 보편적 가치보다는 특정모순과 갈등적 요소, 또 새로운 대안적인 해석 위치의 설정이 가능해지는 것이다.

또, 수용 맥락들 사이의 대화를 유도할 수 있다. 토론이 대표적인 예일 것이나, 이 외에도 교사가 의도적으로 동일 작품에 대한 수용사나 수용의 경쟁적인 양상[30]을 제시함으로써 다양한 문화권, 다양한 역사적

---

29) 정재찬 교수는 문학 독서의 '갈등적 모델'로 문화적 경쟁과 차이를 다룬바 있다. 정재찬 (2004), 『문학교육의 사회학을 위하여』, 역락.

30) 문영진은, 경쟁적인 수용 텍스트를 제시함으로써 서사교실이 활성화될 수 있음을 주장

계기에서의 수용자들의 읽기들을 조회하고 자신의 수용 텍스트와 비교하게 하여 대화의 장을 만들 수 있다.

4) 맥락 변형의 원리

앞의 일련의 과정을 통해 학습자는 텍스트나 자신의 수용이 특정의 위치에 속해 있으며, 또 다른 위치들이 존재할 수 있다는 점을 확인할 수 있었다. 맥락은 고정 불변이 아니라 부단히 변화해 나가며 대단히 유연하다. 맥락은 주어져 있는 것이기도 하지만 스스로 선택하고 바꾸어 나갈 수도 있다. 이에 학습 독자는 자신의 위치를 자각함에서 나아가 스스로 자신의 위치를 재설정하고, 새로운 맥락을 만들어가는 경험이 필요하다. 이는 텍스트 읽기를 자신과 세계에 대한 읽기, 나아가 다시 쓰기로 나아가게 하는 것이라 할 수 있다. 독서에서 확인된 자신의 위치와 맥락에서, 이제는 자신의 신념과 가치, 태도를 바꾸고, 상징적 자원의 '상황적 의미'들을 다시 쓰기하는 것이다. 이는 독서의 결과가 사회 문화적 환경과 자아를 재구축하고, 변형시켜 나가는 의미 있는 장면이다. 구체적인 활동으로는 읽기의 결과를 쓰기, 창작, 매체 변형의 활동과의 연계를 고려할 수 있겠다.

이런 교육은 자칫, 국어교육에서 멀어진 것은 아닌가? 의문을 제기할 수도 있겠다. 그러나 텍스트의 의미는 텍스트 안에 존재하는 것이 아니라 그것을 둘러싼 제반의 사회 문화적 담론과의 상호 연관 속에 있는 것이다. 텍스트 읽기가 우리를 둘러싼 '사회 문화적 환경,' 혹은 '상징적 기호 체계'를 비판적으로 읽고, 변형하는 활동으로 확장해야 하는 이유가 여기에 있다.

한바 있다. 문영진(2007), 『동시대의 삶과 서사교육』, 한국문화사.

4. 독서교육의 확장을 위하여

이제까지 사회 문화적 독서 모델을 살펴보고, 독서교육 방법을 탐색하였다. 독서는 다양한 관점에 따른 '이론'으로 설명되는 것이다. 특정의 관점을 보편화할 없다는 것이다. 사회 문화적 독서 모델은 독서가 사회적, 문화적으로 구축되는 과정을 제시하고 있다. 독서는 사회적 존재인 독자가 특정의 상황 맥락 속에서 의미를 구성하는 것이다. 독자의 인지적, 정의적 반응은 바로 그가 처하고 있는 제반의 상황적 요소가 많은 부분 반영되어 있다. 진정한 능동성은 바로, 이 반영된 부분을 이해하고 성찰함으로써 자신의 읽기가 구성되어 있음을 자각하고 다양한 맥락으로 확장하여 넓혀 나가는 방법을 고려할 수 있겠다. 독서에 대한 지식과 읽기 방법은 그 자체로 보편타당한 과학이 아니라 특정의 사회적 가치와 관계들을 중시할 뿐이다. 독서는 자신들을 세계에 드러내는 활동임과 동시에 세계를 읽는 행위가 되어 한다. 이에 맥락화, 맥락 성찰, 맥락간의 대화, 맥락 변형의 원리를 제시하였다.

1. 대중매체 교육의 의의

이 글은 국어교육에서 대중매체 교육이 나아가야 할 방향과 그 내용을 설계하고자 한다. 대중매체는 현실 언어문화를 교육할 수 있다는 장점을 가지고 있어 국어교육에서 널리 활용되어 왔다. 다양한 경로와 방법으로 그 활용이 축적된 만큼 이제는 교육 방법적인 수용에서 벗어나 그 교육 내용을 본격적으로 논의할 단계가 되었다고 본다.

국어교육에서 다양한 매체를 수용할 때 항상 문제가 되었던 것은 매체교육을 어떠한 방향으로 수용할 것인가 하는, 국어교육적 문제틀과의 접목 부분이었다. '매체 언어교육'[1]이란 이름으로 국어교육 내에서 다룰 '매체교육' 방향과 내용, 수준 등이 검토된 바도 있지만, 이 글에서는 국어문화교육론의 시각에서 이 문제를 재론하고자 한다.

---

[1] 김대행(1998), "매체언어교육론서설", 국어교육 97집, 한국국어교육연구회. 박인기(2000), 『미디어 텍스트와 국어교육』, 삼지원, 김동환·이도영·염은열·서유경(2000), "매체 언어와 국어교육 : 매체 언어의 소통 원리와 교육적 대상화의 방법", 서울대 국어교육연구소. 최병우·이채연·최지현(2000), "매체언어의 교수—학습 방법에 관한 연구", 서울대 국어교육연구소. 윤여탁(2001), "광고 언어를 활용한 국어과 교재 개발 연구", 2000년도 교과교육 공동 연구 연구보고서. 류수열(2001), 『판소리와 매체언어의 국어교과학』, 역락.

매체언어교육은 '매체'의 언어적 특징에 주목하고, 새로운 매체 환경에 능동적으로 대응하려고 한다는 점에서 의의가 있다. 이 접근은 일단 '언어'를 문제삼는 것이기에 국어교육적 매체교육의 가장 기본적 형태가 될 수 있을 것이다. 하지만 매체가 행사하는 광범위한 사회, 문화적 영향력을 충분히 고려하였는가의 문제, 이들 다양한 매체가 요구하는 문식력 개념의 확장 등에 대해서도 본격적인 검토가 필요하다고 본다. '매체언어'교육은 이제, '언어'의 외연적 확장을 넘어서 국어교육의 근간이 되는 '문식력' 자체에 대한 확장과 질적 변화를 요구한다고 보기 때문이다.

매체는 커뮤니케이션의 기본 수단이면서 인간의 사고와 언어는 물론이고 사회 조직과 문화까지 이르는 광범위한 영향력을 행사해 왔다. 국어교육이 어떤 매체를 중심에 두고 기획할 것이냐 하는 것도, 이러한 포괄적인 영향력을 충분히 고려해야 한다고 본다. 가령, 전통적인 국어교육은 문자 매체를 중심으로 한 읽고 쓰기 교육을 강조하였는데, 이 매체의 영향력은 읽고 쓰기라는 문식 활동에 대한 전반적인 이해에 걸쳐 있다. 곧, 문식 활동에서의 개인의 성찰적 의식의 강조, 인지 과정 중심의 탈맥락적인 의미 생성 강조, 상위문화와 하위 문화의 이분법을 바탕으로 한 '정전'의 개념 등은 이미 문자 문화의 특성의 반영으로 볼 수 있다.2) 만약, '구어 매체'를 중심으로 한다면, 문식 활동에 대한 이해 역시 달라질 수밖에 없다. 언어 활동의 주체성보다는 상호주체성이, 텍스트적 요소보다는 사회 문화의 맥락적 요소가 그리고 주체의 인지적 요소보다는 정체성이나 윤리 등의 항목이 본질적으로 부각될 것이다.

이 대목에서 매체교육과 국어교육의 접목은 국어교육의 변화를 전제로 하는 적극적인 속성이 있음을 알 수 있다. 매체언어교육이 '문식력

---

2) Colin Lankshear & Peter L. McLaren(1993), *Critical Literacy : Politics, Praxis and the Postmoderm*, State University of New York Press.

의 확장'을 내함한 다소 실험적 성격을 띠고 있음을 인정하자는 것이다. 전통적인 국어교육의 틀을 바탕으로 다양한 매체를 수용하는 방안도 있겠지만, 매체교육에서 논의된 바를 수용하고 양자의 상생적 만남을 통해 국어교육에 새로운 흐름을 만들어내는 방향도 있다는 것이다. 매체교육이 국가적 차원에서 이루어지고 있는 외국의 경우를 보더라도, 매체교육은 교과교육의 혁신적 차원에서 도입된 사례가 많다. 가령, 미국의 매체교육은 매체를 통하여 현실 언어와 교실 언어의 경계를 허물고 학습자의 권한 부여(student em-powerment)를 지향한다는 점에서 전통적인 교육의 상을 혁신하려는 시도라고 할 수 있다.3)

이런 이유에서 '대중 매체 교육과정' 전반을 논의하게 되었다. 이 글은 다음의 두 가지를 염두에 두고 논의할 것이다. 첫째, 국어 사용의 문화 원리와 대중매체교육의 접점을 염두에 두고 문식력에 대한 새로운 이해를 전제로 하는 매체교육을 논의하도록 하겠다. 특히, 여기에서는 비판적 매체교육 이론을 적극적으로 수용한다.4) 둘째, 한국형 매체교육 모델을 모색한다. 매체교육은 각 나라의 언론 상황이나 교육적 과제에 따라 각기 다양한 형태를 취하고 있다. 외국 모델을 모델로 삼지 않을 수는 없지만, 우리나라 고유의 역사적 상황이 있는 만큼, 우리의 현실에 적합한 모델을 지향할 필요가 있을 것으로 본다.

2장에서는 매체교육과 국어교육의 접목을 통해 국어교육에서의 대중매체교육의 목표를 설정하고, 3장에서는 매체교육의 내용을 4장에서는 매체교육의 방향을 살펴보도록 하겠다.

---

3) David M. Considine(1997), "Media Literacy : A Compelling Component of school Reform and Restructuring", *Media literacy in the Information Age,* Transaction Publisher. pp.243~260.
4) 박인기 외(2000), 『국어교육과 미디어 텍스트』, 삼지원.

2. 국어교육과 매체교육의 접목
: '당대 언어'에 대한 사회, 문화적 문식력 교육

매체교육은 교육 주체나 교육의 방법, 제도적 맥락 등에 따라 매우 다양한 형태로 이루어져 왔다. 또한 매체교육의 방향이나 내용, 방법에 대해서도 여러 가지 이론적 패러다임이 존재해 왔다.

매체교육 학자 Len Masterman는 미국과 영국을 중심으로 검토하면서 매체 교육을 세 가지 모델로 정리한 바 있다.[5] ① 보호주의 패러다임, ② 대중 예술(popular arts) 패러다임, ③ 표상 패러다임이 그것이다. ① 보호주의 모델은 매체의 부정적 영향력에 주목하고, 학습자들이 대중 매체를 멀리할 수 있도록 교육하자는 관점이고 ② 대중 예술(popular arts) 패러다임,은 프로그램에 대한 가치 판단, 분별력을 길러주어 좋은 프로그램을 보도록 하자는 관점이고, ③ 표상 패러다임은 개별 프로그램이 문제가 아니라 매체가 생산하여 유포하는 이미지, 표상 등의 의미화 체계 전체를 문제삼아 '표상'(presentation)을 교육 내용의 핵심으로 삼자고 주장한다. 이외에도 미디어의 순기능을 인정하여 학습의 의미있는 자료로 활용하려는 ④ '학습 도구 패러다임'도 있다. 이 범주를 우리나라의 매체교육에 적용한다면, 시민 단체 중심의 매체교육은 ①과 ②의 패러다임으로, 학교 교육에서는 ④의 관점이 주가 되었음을 알 수 있다.

그러나 언어문화교육의 시각에서 볼 때, 가장 중요하게 검토해 봐야 할 것은 바로 ③ 표상 패러다임이다. 이 패러다임은 매체가 세계 이해의 상징을 구성하는 데 중요한 매개자라는 점에 주목하고 있다. 이 관점은 대중매체의 영향력을 '문화화 이론(cultivation theory)'에 기대어 이해

---

5) Len Masterman(1997), "A Rationale for Media Education", *Media literacy in the information age*, Transaction Publisher, pp.20~40.

하고 있는데, 대중매체는 사회 구성원들의 표상과 상징적 관습을 관리하는 기호적 환경을 마련하여 사회적 현실을 구성하고 새로운 사회적 규범을 형성할 뿐 아니라 사회를 조직하는 상징적 관습을 조직하는 기능을 지니고 있다는 것이다.6) 따라서 초기의 미디어 교육이 염려했던 것처럼 폭력, 선정성 등과 같은 직접적인 영향력보다는 의미화 기제 근간을 형성하는 간접적이면서도 거의 편재적인 영향력을 행사하고 있음을 강조하고 있다. 이는 현대사회에서 매체가 지식의 창조자이거나 중재자로 기능한다는 포괄적인 힘에 주목하는 것이다. 이렇게 본다면 매체 교육은 대중매체가 생산하고 있는 현실 표상의 방식, 그 표상에 내제된 이데올로기와 권력 관계 등을 전반적으로 분석하고 비판하는 일을 주요 과제로 삼게 된다.

이러한 관점은 전통적인 문식력 개념을 보완할 수 있는 안목을 주고 있다는 점에서 국어교육에서도 매우 의미가 있다. 비고츠키의 의견대로 문식력의 발달이 사회적 매개에 의해 이루어진다면, 현대사회에서 대중매체는 대표적인 '사회적 매개자'로 또 하나의 교사의 역할을 하고 있는 셈이 된다. 대중매체는 당대 언어의 상징과 표현 형식을 제도화하여 개인의 의미작용이 이루어지는 사회, 문화적 맥락을 형성하기 때문이다. 이 관점은 단지 텔레비전을 끄는 것, 아니면, 좋은 텔레비전 프로그램만을 보는 것과 같은 미디어 교육이 얼마나 소박한 것인지를 다시 한 번 보여준다. 대중매체를 구성원들의 문식력을 사회적으로 구성하는 가장 중요한 맥락이라고 볼 때, 문식력 교육은 개인의 읽고 쓰는 활동과 당대의 다양한 상징적 표현 형식과 연관짓는 방향으로 이루어질 필요가 있다.

여기에서, 비판적 매체교육 논의와 문화론적 국어교육은 행복한 만남

---

6) Jacques Piette & Luc Giroux(1997), "The Theorical Foundations of Media Education Programs", *Media literacy in the information age*, Transaction Publisher, p.114.

을 준비한다. 비판적 매체교육의 기본 구상은, 대중 매체가 사회 현실을 구성하고 공동체 구성원들의 사고와 언어에 대단한 영향력을 미친다는 전제 하에 그것을 비판적으로 읽고, 참여할 수 있도록 해야 한다는 것이다.[7] 그 교육 목표는 '민주 시민 형성' 혹은 '자기 권력적 시민'의 양성 등으로까지 확장되는데, 이는 전통적인 국어교육의 시각에서 보면 다소 낯설 수도 있지만 국어교육에서 다루고 있는 문식력의 사회, 문화적 성격을 수용한다는 점에서는 매우 의미가 있지 않나 한다. 매체 읽기가 매체 텍스트를 단지 읽고 이해하고, 해석하는 것에 그치는 것이 아니라, 자신의 삶을 만들고 문화를 실천하는 것이기도 하다는 점으로 문식 활동의 의미를 넓힐 수 있기 때문이다. 이 때, 문식력은 이해와 표현의 인지적 차원을 넘어서 삶의 구체적 맥락 속에서 이루어지는 사회, 문화적 실천의 하나로 확장된다.

이런 입론에 의한다면 국어교육에서 대중매체교육은 당대 언어를 사회, 문화적 맥락 속에서 이해하며 이에 실천적으로 참여할 수 있는 언어문화 교육의 방향으로 나아갈 필요가 있다. [8] 당대 언어에 대한 사회, 문화적 문식력(social-cultural literacy)이 그것이다. 이러한 목표 설정은, 대중매체교육이 당대 사회에서 기호와 의미가 생산되고 수용되는 전반적인 과정 자체에 대한 이해와 참여라는 상위의 목표와 연결된다.[9] 이는 대중매체를 매개로 하여 당대 의미 작용 방식 체계 자체를 사회, 문화적 맥락 속에서 비평하고 이를 통해 자신의 언어를 반성, 성찰하며 타인의 언어를 이해하고 참여하는 측면을 포괄하는 것이다. 이로써 기

---

7) W. James Potter(1999), *Media Literacy*, Sage Publication, pp.3~12.

8) 이는 기존에서는 '매체를 통한 교육'으로 정리되었고, 매체언어교육의 가장 심화된 수준으로 논의되었다(최병우·이채연·최지현(2000), 앞의 논문 참조.

9) 박인기 교수는 매체교육을 언어의 기본 능력, 적용 능력, 메타 능력과 관련짓고 있는데, 이 틀에서 본다면 주로 본고는 주로 '메타 능력'과 관계된다. 박인기(2000), 『국어교육과 미디어 텍스트』, 삼지원.

능적 문식성과 균형을 이루는 비판적 문식성 교육의 풍부한 내용이 대중매체교육이 설계될 수 있다.[10]

이러한 목표 설정의 의의를 생각해 보면 다음과 같다. 첫째, 이러한 방향은 '매체적 차이와 함께 매체적 통합성'을 동시에 고려할 수 있다. 지금은 다양한 매체들의 특성 수용이 핵심 이슈가 되고 있지만 시간이 지나면 이 차이 자체보다는 문화적 가치가 중요해질 수 있다. 같은 이야기를 소설로 보느냐, 영화로 보느냐, 게임으로 즐기느냐보다는 그 이야기가 즐길만한 것이냐 문화적으로 가치 있느냐 하는 것이 더 중요할 수 있다는 것이다. 이처럼 매체 언어나 매체 텍스트보다는 그 매체가 생산하는 문화를 더욱 중요한 문식력의 대상으로 삼을 때, 다양한 매체 언어간의 공통점이 부각되고, 나아가 전통적인 국어교육과 새로운 매체 교육을 통합적으로 운영할 수 있다.

둘째, 한국적 미디어 / 미디어교육의 특성과 관련지어 볼 때에도 의미가 있다. 우리나라는, 사실 성숙한 시민사회를 형성할 겨를도 없이 70년대 독재 사회를 겪게 되었다. 서구의 경우, 대중사회로의 진입과 시민사회의 성숙이 동시에 진행되었던 데 반해, 우리나라는 대중사회가 시민사회를 대체하게 된 것이다. 여기서 미디어 교육은 재야 운동 단체나 교회단체를 중심으로 진행되면서, 시민교육 차원에서 이루어졌다. 80년대 초반 이후 활발한 활동을 벌였던 **YMCA**를 살펴보면, 접종적이

---

10) 국어과 내에서 매체교육을 수용하고 있는 경우, 각국의 교육 환경이나 매체 환경에 따라 약간의 차이를 보이고 있는데, 캐나다 온타리오주의 경우, 초, 중등학교급까지는 '커뮤니케이션' 교육의 일환으로 다루어, '구어와 문자 컴뮤니케이션'(oral and visual co-mmunciation)의 메시지를 자신의 생각과 소통할 수 있도록 한다. 반면 고등학교급에서는 매체 자체가 분과로 독립하여, 문학, 커뮤니케이션, 언어와 함께 국어교육의 한 내용 영역을 형성한다(Media Education in Ontario). 호주의 경우, '문자 텍스트 written rext', '구어 텍스트 spoken text', '영상 텍스트 visual text', '비언어 텍스트 non verbal text', '청각 텍스트 auditory text' 등을 '텍스트', '맥락 이해', '언어구조', '어법'으로 나누어 '말하기', '듣기', '읽기', '쓰기', '보기'의 범주로 가르치고 있다(안정임(2000), "미디어 교육의 한국형 모델 개발 전략에 관한 연구", 『방송학보』 14-2호, 한국방송학회.

고 효용론적 차원에서의 미디어교육으로 해서, 주로 좋은 프로그램을 소개하고 질 나쁜 프로그램을 거부하는 차원에서 이루어졌다.11) 90년대 이후, 미디어 제작교육과 병행하고는 있지만, 다양한 프로그램을 포괄하지 못하고, 아직도 대중 매체에 대한 변별력 기르기 차원에서 그치고 있다고 판단된다. 좋은 프로그램과 나쁜 프로그램의 구별은 아직도 미적 가치 평가가 매체 교육의 중핵적 내용이 되고 있음을 뜻하는 것으로 대중매체가 사회·문화적 상징 체계에 미치는 영향력을 중요하게 고려하지 못한다는 한계를 지닌다. 그런 점에서 대중매체를 매개로 하여 당대 언어문화 전반을 교육하는 과제는 현실적으로도 적합성을 지닌다고 볼 수 있겠다.

3. 국어과 대중매체교육의 내용

1) 당대 언어문화 비평과 참여 : 비판적 문식성의 재검토

대중매체교육의 내용의 설정에서 핵심이 되는 것은, 결국 '미디어 문식력'의 개념을 어떻게 설정하느냐와 밀접한 연관을 지닌다. 또한 이 문식력의 개념에서는 '비판'이 핵심적인 개념이 된다. '비판'은 매체교육의 근간을 이루면서도 이 단어만큼 다양한 이해가 가능한 것도 없기에, 이 개념을 다시 분석하는 것은 매우 중요한 일이다. 원래 '비판'은 칸트 이래 근대 주체철학의 가장 근본적인 개념으로 시작되었으나 탈근대 이후 거대 담론에 대한 회의 이후, 새로운 형태로 재개념화되고

---

11) 안정임(2000), "미디어교육의 한국형 모델 개발 전략에 관한 연구", 방송학보 14-2호, 한국방송학회.

있는 상황이다.

비판적 미디어 교육에 따르면, '비판'적 문식력 개념은 크게 네 가지 관점으로 이해되어 왔다. ① 인지론적 관점, ② 문화론적 관점, ③ 탈구조주의적 관점, ④ 페미니즘적 관점이 그것이다. ① 인지론적 관점은 개인의 인지적 추론, 분석, 판단 행위를 중시하여 강조하며 ② 문화론적 관점은 공동체 내 집단들의 사회적 권력 관계를 중시하여, 당연한 것으로 받아들이고 있는 상징들이 누구의 관점이 주로 누구의 관점인지, 누가 주도적으로 나타나며 누구는 배제되고 있는지를 비판한다. ③ 의 탈구조주의적 관점은 개인의 자유로운 성찰과 탐구를 강조하여 대상에 자유로운 의문을 던지고 역동적으로 참여하는 것을 중시한다. ④ 의 페미니즘적 관점은 여성의 억압을 인식하고 해방을 위한 문식적 전략을 중시한다.[12]

이와 같은 다양한 관점은, 기존의 비판적 문식력 개념에 대한 반성에서 출발하는 것이다. 기존의 비판적 미디어 교육은 교사나 매체 전문가의 전문적 연구로 단일한 정답을 전제하고 이로 끌어올리는 교육을 '비판'의 이름으로 수행해 왔다. 이 경우, 이들 전문가의 해석만을 객관적인 해석으로 정전화화기 때문에 엘리트주의로 흐를 염려가 있으며, 또한 상대적으로 학습자 자신의 능동적인 해석이나 자기 표현의 기회 대신에 미디어에 대한 부정적인 태도만을 강조하게 될 우려가 있다. 이런 접근은 미디어의 영향력만을 과신한 패배주의적 관점이거나, 또한 매체 교육을 '세련된 매체 소비자'로만 만든다는 비판에서 자유로울 수 없을 것이다.[13] 특히, 매체교육 연구자들을 통해 매체 수용자들은 결코 수동

---

12) Donna E., Alvermann & Margaret C. Hagood(2000), Critical Media Literacy : Research, Theory, and Practice in 'New Times'. *Journal of Educational Research*, Jan / Feb Vol.93.

13) David Sholle & Stan Denski(1994), *Media Education and the (Re) Production of Culture*, Bergin & Garvey,

적이지 않으며 모두 자기 나름의 방식으로 능동적으로 참여하고 있다는 분석이 나옴에 따라 이런 비판은 힘을 얻고 있다. 이런 식의 개념 확장은, 미디어 리터러시가 단순히 미디어 텍스트의 '비판' 뿐 아니라 미디어 '제작'을 포함한 다양한 '표현' 활동과 맞물려 있으며, 비판적 실행과 실행적 비판 모두를 포괄하는 방향으로 나아가는 것을 의미한다.14)

하지만 이러한 다양한 논의들은 단지 '이론적' 차이일 뿐 아니라 각국의 사회 현실의 차이이기도 하다. 특히, 서구권과 제 3세계권의 차이는 인상적이다. 서구권의 경우, 매체의 발달과 함께 매체 제작 등이 대중화되면서 매체교육 역시 매체 제작 교육, 혹은 매체 창작 교육 등이 주요 흐름으로 등장하고 있으며, 또한 상대적으로 사회 전반에 걸쳐 매체교육이 활성화되어 있기 때문에 학습자 자신의 '성찰적 계기' 등이 강조될 수 있다. 반면 제 3세계에는 매체에 대한 정치적 귀속이 강력하기 때문에 매체를 통한 사회적, 정치적 참여의 행동주의적 측면이 강조된다.15) 물론 90년대 이후, 매체에서도 세계화 과정이 주도적인 흐름이 되고 있기 때문에 각국의 차이보다는 공통점이 더 강한 편이지만, 각국의 역사적 상황에 따라 매체교육의 방향성이 검토되는 것은 여전히 의미가 있다.

그리하여 한국적 미디어 현실을 적극 고려하여 이 글에서는 개인적 자율성과 사회적 공공성, 비평과 참여의 두 측면을 동시에 포함하는 '비판적 문식력' 개념을 제시하고자 한다. '자율성'은 능동적인 수용자를 형성한다는 점에서 중요하며, '공공성'은 대중매체의 상업적 이윤추구에 대항하여 대중매체의 사회적 책임을 지켜나가는 데 매우 필요하다.16) 전자는 수용자 개인의 아이디어와 성찰성을 강조하며, 후자는 매

---

14) 연구사 개관은 다음을 참조한다. Len Masterman(1997), op. cit., pp.20~30.
15) 안정임(2000), 위의 논문, 참조.

스 미디어의 소유와 통제를 둘러싼 사회적 권력 관계를 중시한다. 특히, 한국의 경우 근대적 시민사회가 주체적으로 형성되지 못하였고 또 미국식 매체 산업이 발달하였기 때문에 양자를 동시에 고려하는 것은 매우 중요할 것이라는 판단이 가능하다. 따라서 이 두 범주를 동시에 포괄한다는 것은, 대중매체 비판의 과정이 개인의 자유로운 성찰 및 탐색과 함께 공공성을 바탕으로 한 정보의 평등이라는 사회, 문화적 실천이어야 한다는 것을 의미한다. 이는 자아의 성장과 사회의 변혁을, 개인의 반성과 타자와의 소통을 동시에 고려하는 것이며, 읽기와 표현을 동시에 포괄하는 것으로 요약될 수 있다. 따라서 대중매체를 매개로 하여 당대 언어문화를 교육한다는 것은 숨은 이데올로기를 틀리지 않고 찾아내는 훈련이라기보다 자연화된 것, 우리에게 익숙해져 있는 관습, 코드들이 어떠한 사회적 관계, 정체성, 행동 방식, 가치관, 세계관을 형성하고 있는가를 분석하고 자신을 표현함과 동시에 대안적 모색을 시도하는 것이라고 할 수 있겠다.

2) 비평과 참여 활동의 위계적 단계

이처럼 '자율성'과 '공공성'을 함께 실현하기 위한 활동의 단계를 제시하면 다음과 같다. 이는 비판적 매체 교육 이론가들이 제시한 모델[17]을 원용하되, 언어문화 비평교육에 맞게 재구성한 것이다. 이들 이론가들은 미디어 다시 읽기 → 정서적 성찰 → 미디어 다시 쓰기의 기본 틀

---

16) 90년대 미디어교육의 가장 핵심적인 화두는 '공공성'의 문제이다. 원래부터 매체의 상업성이 강했던 미국은 물론이거니와 상업성보다는 국가적 지원 아래 매체의 문화적 기능을 강조했던 유럽에 이르기까지, 이 화두는 가장 중심적인 문제틀이 되고 있다. 극단적으로 미디어의 모든 프로그램은 궁극적으로 '광고'에 불과하다는 지적도 나오고 있는 실정이다.

17) David Sholle & Stan Denski(1994), *Media Education and the (Re) Production of Culture*, Bergin & Garvey,

을 제시하였는데, 이를 원용하되, 각 단계에 필요한 범주와 활동 내용을 첨가하여 제시하고자 한다.

(1) 미디어의 언어문화 읽기 : 표상(재현) 원리를 중심으로

대중매체를 매개로 당대 언어문화를 비평한다고 할 때, 먼저 미디어 텍스트의 언어문화를 사회, 문화적 맥락 속에서 읽는 과제와 만나게 된다. 기존 연구에서 가장 중요하게 언급한 것은, 매체고유의 언어적 원리, 다시 말하면 각 매체 장르가 고유하게 지니고 있는 언어 특성을 분석하여 '숨은 뜻'을 파악하는 것이었다.[18] 이러한 '소통 원리' 중심의 교육은 일차적으로 중요하다. 하지만 이러한 매체 언어적 특징은 그러한 언어를 통해 어떠한 문화적 기능을 담당하는가의 문제, 다시 말하면 매체의 '표상(재현) 원리'(the principle of representation) 속에서라야 온전하게 이해될 수 있다. 왜냐하면 매체 언어의 매우 복합적인 요소(영상, 소리, 등장인물의 말)들은 궁극적으로는 바로 사회적 현실을 어떻게 재현할 것인가와 관련되기 때문이다. 이를 위해서는 국어교육에서도 표상 원리를 강조한 일반적인 매체교육의 기본 범주를 고려할 필요가 있다고 본다.

르네 홉스(Rene Hobbs)는 이 범주를 다음과 같이 제시하고 있다. ① 모든 메시지들은 구성된 것이다. ② 메시지들은 사회적 현실을 표상한다. ③ 개인들은 메시지로부터 의미를 구축한다. ④ 메시지들은 사회적, 정치적, 미적, 경제적 의도들을 지니고 있다. ⑤ 커뮤니케이션의 장르와 형식들은 독특한 특징을 지니고 있다.[19] 이 범주들은 매체 텍스트의 읽

---

18) 김동환 외(2000), "매체언어와 국어교육 : 매체 언어의 소통 원리와 교육적 대상화의 방법", 서울대 국어교육연구소 학술 발표대회 자료집.

19) Rene Hobbs(1997) "Expanding the Concept of literacy", *Media literacy in the Information Age*, Transaction Publisher, pp.169~170. ① All messages are constructions. ② Messages are representations of social reality. ③ Individuals construct meaning from message. ④ Messages have social, polical, asethetic, and economic purpose. ⑤ Each form and genre of communciation has unique charactersistic.

기는 매체의 사회적 구성성을 분해하고, 자신의 시각에서 그 의도와 의미를 이해하는 것임을 중시한다.

대중매체는 이미 존재하는 사회, 문화, 언어를 나름의 방식으로 '매개'하여 기존 문화를 생산, 혹은 재생산하는 곳이다. 가령, 마치 사실을 중개하고 있는 것과 같은 뉴스, 다큐멘타리, 토크 프로그램, 쇼 프로그램 등도 실은, 영상과 소리가 각각 '해석'과 '반영'의 역할을 맡으면서 특정의 문화를 생산하는 가운데 현실을 구축하고 있다. 뉴스를 일종의 '이야기'로 보는 관점이 이런 논의의 핵심이기도 한데, 뉴스의 영상과 소리, 문자와 이미지 등은 독특한 방식으로 결합하여, 현실을 재구성한다.

구체적인 예를 들어 보기로 한다. 토크쇼 '아침마당'에는 요일별로 여러 포맷의 대화 방식이 있는데, 그 중 수요일은 갈등 속에 있는 부부를 불러다가 그들의 사생활을 들어보고, 화해를 시키는 방식으로 되어 있다. 언뜻 보면 화면에는 당사자인 인물들은 자신들의 이야기를 자유롭게 펼치고 텔레비전은 이들에게 이야기의 '마당'을 만들어 주고 있는 것처럼 보인다. 하지만 영상과 소리가 어떻게 결합하는가 또 영상 편집이 어떻게 이루어지는가. 그리고 MC는 누구에게 어떠한 말을 하도록 요구하며, 어떤 방식의 상호작용을 구성해 내고 있는가, 게스트는 누가 초대되었으며, 그 인물은 어떠한 카메라 각도, 얼마 동안 카메라에 노출되는가, 누가 먼저 말하고 누구는 나중에 말하도록 되어 있는가. 등 프로그램 진행의 포맷에 의해 이 '마당'은 철저하게 일정한 틀에 의해 구성되고 있음을 발견할 수 있다.

가령, 여기에 초청된 게스트들은 언제나, 문제의 '부부', '정신과 의사'(남자) '나이 많은 연예인'(여자), 그리고 전화로 연결된 지인(知人)로 구성되어 있는데, 특히, 사안과 무관하게 항상 부부의 사적 문제를 정신과 의사를 통해 답을 얻도록 하는 것은 개인의 경험보다는 전문적 지식을 우선시하는 문화적 맥락에 따른 것이다. 전문인과 일상인 사이에 존재하는 권력 관계가 없다면, 이처럼 전문성의 이름으로 개인의 사적 경험을 재단하는 일은 가능하지 않을 것이다. 또, 음성으로는 게스트의 대화 내용을 보내주면서도 화면으로는 다른 방청객이나 MC의 표정을 보여주고, 특정 화면에는 '음성'이 아니라 '음악'을 첨가하며, '진실 게임'과 같은 특정 포맷의 상호작용 방식을 통해 이곳에서 나누는 대화들은 '진실/거짓'의 틀로 구성된다. 그래서 매번 새로운 사람들이 나와서 새로운 이야기를 다채롭게 쏟아 놓고 있는 것처럼 보이지만 실은 매우 관습화되고 고정된 몇 몇의 도식적인 프레임(frame)이 반복된다. 이러한 틀은 픽션인 것처럼 보이는 토크쇼 역시 실은 논픽션이 아니라 세미픽션이라는 것이다. 이러한 표상 원리에 주목할 때, 토크쇼라는 독특한 미디어 장르의 언어 문법 역시 그 문화적 기능 속에서 비판될 수 있다. 이러한 읽기는 미디어에 재현된 표상, 언어들에 대한 '가치론'적 판단을 가능케 한다는 점에서 유의미하다.

이러한 표상(재현) 원리를 바탕으로 미디어 읽기의 범주를 제시하면 다음과 같다.

① 텍스트 층위 : 수사적·상징적 관습, 이미지·서사 도식, 상호작용의 틀.
② 맥락 층위 : 사회 제도, 권력 관계와 관련된 이데올로기, 사회·문화적 의미.
③ 주체 층위 : 사회·문화적 정체성.

①의 층위는 텍스트에 존재하는 특정의 의미화코드를 비판적으로 해석하는 활동과 관련된다. 일반 매체교육의 범주에서는 "커뮤니케이션의 장르와 형식들은 독특한 특징을 지니고 있다"에 해당된다. 특히 대중매체는 대량으로 생산되고, 소비된다는 특성상, 그 공동체에서 이미 공인하고 있는 익숙한 도식과 관습들에 바탕을 두고 있다. 그것은 수사적, 상징적 관습, 그리고 이미지와 서사의 도식들, 그리고 상호작용의 틀로

구체화할 수 있다. 앞의 텔레비전 토크쇼를 보면 특정 주제(아름다움, 성공, 행복, 즐거움 등)에 대해서는 특정 문법의 이야기 방식들이 존재함을 발견할 수 있다. 여성 프로그램에서 '성공'은 대부분 어려운 현실 상황에서도 자신을 조금도 돌보지 않고, 다른 사람과 가족을 위해 애써 일한 결과 성에 이르게 되었다는 식의 자기 헌신과 금욕의 서사가 그것이다. 또, 그 도식은 주제 뿐 아니라 상호작용에도 반복되어, 대화 참여자들의 상호작용의 방식(갈등 해결)에는 특정한 유형이 존재한다는 것을 발견할 수 있다.

특히, 토크쇼 MC들이 게스트에 질문을 던지고, 반응을 보이는 방식에서 주로 나타나는데, 게스트가 전문직이면 주로 정보 중심으로 대화하고 그들의 말을 청취하는 반면, 연예인이면 개인의 매력과 사생활 중심의 화제를 선택하고 게스트를 희화화하여 청취자에게 웃음을 유발하는 대화 흐름을 만든다. 반면, 정치인이면 그의 도덕성과 신념에 대한 질문을 빠뜨리지 않고 질문하며 질문보다는 청취에 중심을 둔다. 이러한 대화 방식은 사실 매우 엄격하여, 연예인에게 전문 지식이나 도덕적 신념을 질문하지 않으며, 정치인에게 개인적 매력과 관련된 문제를 화제로 삼지 않는다. 이는 게스트의 사회적 지위에 따라, 차별화된 상호작용의 틀이 있음을 보여주는 예이다. 따라서 이러한 텍스트상의 관습(convention), 도식(schema), 틀(frame)은 우리 사회에 존재하는 이데올로기, 제도, 권력 관계, 특정 집단의 사회, 문화적 정체성 등 맥락적 변인과 밀접한 관련된다는 것을 알 수 있다.

여기서 자연스럽게 ②과 ③으로 연결된다. 이는 텍스트상의 관습(convention), 도식(schema), 틀(frame)이 어떠한 집단, 어떠한 제도와 관련을 맺고 있는지 살피고 그 이데올로기와 사회, 문화적 의미를 파악하는 단계에까지 나아가는 것이다. 이는 일반 매체교육의 범주로는 "메시지들은 사회적 현실을 표상한다." "메시지들은 사회적, 정치적, 미적, 경제적 의도들을 지니고 있다"와 관련된다.

앞에서 예를 들은 토크쇼의 경우, ② 차원에서는 당대의 '가족' 제도나 '전문인'과 일상인과의 관계, '행복'에 대한 이데올로기와 관련지어 생각해 볼 수 있다. 여기에는 "누가 이미지를 생산하는가? 그것은 누구를 대상으로 하고 있는가? 또 어떠한 의도를 지니고 있는가? 어떠한 이미지들은 배제되어 있는가?"과 같은 질문이 가능하다. 이를 통해 특정 집단(연예인, 주부, 변호사, 의사) 등에 대한 사회, 문화적 정체성이 어떻게 재현되는가 하는 ③의 문제로 자연스럽게 넘어간다.

이처럼 '맥락' 속에서 미디어 텍스트를 이해하는 것은 단지 매체 텍스트를 능동적으로 해석하는 차원을 넘어서 궁극적으로는 대중매체를 통해 심화되는 정보 / 문화의 불평등에 대한 인식으로 확장할 수 있을 것이다.[20] 대중매체가 매개하는 '상업적 기반'의 문화는 외면적으로는 많은 정보를 제공함에도 불구하고 정보의 평등이 아니라 정보의 불평등을 오히려 강화한다는 것, 그래서 대중매체는 사회 계층 모두가 자신의 삶을 풍요롭게 하고, 그러한 세상을 만들기 위해 필요한 정보는 제공하지 않으며, 대신 정보를 지니고 있는 자와 지니고 있지 않은 자, 자신의 시각에서 의미를 만들 수 있는 자와 남의 시각에 틀 지워진 자의 이분법을 만든다는 비판이 가능하다. 이에 따른다면 대중 매체의 표상 원리를 비판하는 것은 개인의 자율적 해석을 보장하면서도 공공성에 바탕을 둔 문화적 평등을 실현할 수 있을 것이다.

(2) 수용 경험의 정서적 성찰(affective refrection)

다음은 텍스트에서 수용자의 매체 수용 경험에 대한 성찰의 단계이다. 수용자 자신의 수용 활동 전반에 대해 성찰하게 하여 자신의 주체

---

20) Len Masterman(1997), "A Rationale for Media Education", *Media literacy in the information age*, Transaction Publisher, p.61.

위치를 파악하게 한다. "매체를 볼 때 나는 누구인가", "왜 나는 이 텔레비전을 시청하는가", "나의 언어와 텔레비전의 언어는 어떠한 관련을 맺는가" 등의 질문을 통해 학습자 자신의 정체성을 깨닫도록 한다. 개념적 성찰이 아니라, 정서적 성찰은 '의미'의 문제를 텍스트나 사고의 측면에서만이 아니라 학습자 삶의 전반적인 맥락을 고려할 수 있다는 장점을 지닌다고 본다. 이렇게 자기 삶의 전체 속에서 성찰될 때라야, 진정한 자기 문화의 표현이 가능할 터이기 때문이다. 이 단계는 매체를 통해 자신의 의견을 표현하고 나아가 공동체에 참여하기 위해서 필요하다.

(3) 미디어 다시 쓰기와 평가 : 당대 언어문화에의 참여

쓰기나 매체 제작을 통해 재현을 창조하고 대안적인 실험을 모색하는 단계이다. 언어문화를 창조하는 단계라고 할 수 있다. 매체 텍스트 제작과 관련된 기술적 측면보다는 대안적인 의미를 생산하는 실험적 과정을 중시한다. 만약, 미디어의 '제작' 활동 자체에만 치중하게 되면 미디어의 독특한 기술적 장르적 특징에만 매몰되어 정작, 미디어를 매체로 하여 당대 문화를 비판하고 이에 참여하는 교육은 소홀히 될 우려가 있기 때문이다. 따라서 이는 (1) 단계의 '비판적 실행'을 보조할 수 있는 '실행적 비판'으로서의 성격을 분명히 할 필요가 있다.21) 학습자들에 의해 제작된 매체들을 서로 평가하고 토론하는 시간을 갖는다면 매체 제작교육은 더욱 완성도 있게 진행될 수 있다.

이러한 단계의 활동은, 대중매체를 매개로 하여 당대의 지배적인 언어문화를 비평적으로 검토하고, 자신의 언어문화를 성찰하며 나아가 타

---

21) 이러한 성격 규정으로 매체 제작의 현실적 어려움은 다소 해결될 수 있다. 방송이나 신문과 같은 전문적인 미디어 장르들을 학습자들이 그대로 모방하기에는 너무나 어려움이 많다. 하지만 '매체 제작'교육을 매체를 통한 '표현 활동'으로 규정하면, 반드시 완결된 미디어 장르를 제시하지 않아도 되고, 다양한 자기 표현의 과정으로 활용할 수 있게 된다.

인의 언어문화와 소통하는 계기를 마련하는 것으로 요약될 수 있다.

3) 교재의 확장

이러한 교육을 위해서는 개별 텍스트나 매체 장르와 학습자와의 관계만을 문제 삼는 단일한 방식에서 벗어날 필요가 있을 것이다. 현대 사회에서 매체를 매개로 형성되는 언어문화는 바로 매체의 생산과 수용 전 과정에 걸쳐 이루어지기 때문이다. 이러한 결론은 매체연구의 결론과도 일치하는 것인데 의미는 매체 텍스트 자체에 존재하지 않고, 생산과 소통의 과정 속에서 존재한다. 그러니까 매체교육에서 대상으로 하는 텍스트는 매체 텍스트, 수용 텍스트, 생산 맥락에서의 상호 관련적 텍스트들을 모두 대상으로 삼을 필요가 있다. 이는 결과로서의 매체 텍스트가 아니라 매체 텍스트가 생산되는 제반의 과정을 대상으로 삼자는 것이다.

가령, 텔레비전 '토크쇼'를 매개로 당대의 대화문화를 분석한다고 한다면 텔레비전 토크쇼 텍스트와 함께 그것을 시청한 시청자들의 견해, 비슷한 유형이 타 방송사의 토크쇼 프로그램을 모두 교육 내용으로 삼을 필요가 있다는 것이다. 이로써 매체를 매개로 하여 의미와 기호가 생산되고, 재구성되는 과정이 드러날 것이기 때문이다.

4. 국어과 대중매체 교육의 교수 학습 원칙

매체교육에서 교수, 학습 원칙은 매우 중요하다. "미디어 교육은 새로운 교육과정의 내용이라기보다는 새로운 활동 방식(new ways of working)"22)

---

22) Len Masterman(1997), op. cit., p.50.

이라는 점을 매체교육에서는 매우 강조하고 있다. 그것은 매체문화의 당대성 때문인데, 당대성은 이미 알려진 것을 알아 나가는 과정이 아니라 알고 있는 것을 바탕으로 아직 진행 중인 미지의 것을 알아야 한다는 것이며 이로써 학습자 스스로 미래를 준비할 수 있는 능력이 중요하기 때문이다. 이러한 특징으로 매체교육은 전통적인 교수, 학습 상황과는 다른 장면을 요구된다. 그 핵심이 바로 '학생들의 권한 부여'(student empowerment)이다. 이것은 학생 스스로가 텍스트들을 분석, 해석, 평가, 소통함으로써 "주어진 지식들을 비판적으로 전유하여, 자기와 세계에 대한 이해를 확장해 나가고, 사는 방식에 대해 당연한 것으로 전제된 것들을 변형하는 과정"23)이기 때문에, 정답을 강요하기 보다는 학생들 스스로 탐색하는 과정을 중시하게 된다. 정교한 모델은 이후로 미루고 여기에서는 교수, 학습의 원칙을 제시하는 것으로 만족하고자 한다.

첫째, 대중매체 교수 학습에서는 탐색적이고, 자율적이며, 도전적인 태도를 중시할 필요가 있다. '당대적' 문화의 특성상, 매체교육에서 전통적인 교사와 학습자의 관계는 유지되기 힘들다. 교사는 더 이상 모든 것을 다 알고 지도하는 입장이 아니라 학습자와 동일한 시청자이기 때문이다. 따라서 정답을 유보하고 열린 태도를 취하여 학습자가 자신의 문화적 정체성을 확보하는 과정을 제공할 필요가 있다. 이는 일종의 '비평적 자율성'(critical autonomy)을 인정하는 것으로 학습자가 능동적이고 주체적으로 미디어를 해석하고 비판하는 과정, 그리고 자신이 알고 있는 지식을 활용하여 새로운 매체적 상황에 적응하는 과정 자체를 중요하게 고려하자는 것이다.

둘째, 학습자의 실제적인 활동과 참여를 유도하여, 이론과 실제, 학습과 실천이 동시에 병행하는 방식으로 지도될 필요가 있다. 비판은 단지

---

23) McLaren(1996), P. *Life In Schools*, Longman, p.186.

이론의 학습이 아니라 실제적인 매체 분석이나 제작 속에서 이루어질 필요가 있다. 특히, 매체 제작교육은 단지 기술적인 제작 훈련이 아니라 제작을 통해 비판적 이해를 추구하는 방향으로 진행되어, 창작과 비판, 제작과 비평이 동시에 결합될 수 있다. 그래서 창작 표현은 전문가들의 매체언어의 관습을 추구하는 방향이 아니라, 실험적이고 대안적 모색을 중심으로 이루어지게 된다.

셋째, 학습자와 대중매체가 만나는 다양한 지점들을 고려할 필요가 있다. 자칫 매체교육은 '비판'이라는 전통적 이미지처럼, 부정적 사고 능력 중심으로 운용될 수 있는데, 자기 표현적 계기를 유도하기 위해서는 학습 주체와 대중매체가 관계하는 다양한 방식들, 곧 정보, 오락, 사고력, 관계 형성 등 제반의 측면을 입체적으로 고려할 수 있다.

5. '비판'을 넘어 '공공성'으로

이 글에서는 대중매체교육의 목표와 내용, 방법을 규명하고자 하였다. 미디어교육이 나름의 독자적 영역으로 부각되고 있는 가운데, 국어교육과 매체교육은 공유할 수 있는 부분과 그렇지 않은 부분이 겹쳐 있다. 본고에서는 대중매체의 문화화 기능에 주목하여 국어문화교육 차원에서, 대중매체의 표상 원리 중심으로 한 매체교육의 필요성을 밝혔다. 그것은 대중매체가 공동체 구성원들의 사회화, 문화화에 영향력을 발휘하는 점에 주목하는 것으로 매체의 언어적 특징을 넘어서 그러한 언어가 수행하는 사회, 문화적 기능을 중시하여 '문화 텍스트'의 하나로 보자는 것이다. 대중매체를 문화 텍스트로 볼 때, 그것은 당대 언어가 수행되는 문화 원리를 형성한다. 따라서 국어교육에서 대중매체교육은 당대 언어문화에 대한 이해와 비평, 그리고 참여를 교육하는 방향으로 대중매체교육이 이루어질 수 있음을 지적하였다. 이는 당대 언어문화의 사회적, 문화적 문식성 교육으로 대중매체 교육이 자리 잡을 수 있음을 의미하는 것이다. 이에 따라, 그 동안 다소 논란이 되었던 국어교육에서 매체교육의 위상을, '매체를 활용한 교육'이나 '매체에 대한 교육'이 아니라, '매체를 매개로 한 당대 언어문화 교육으로 제시하였다. 국어교육에서 매체교육은 기능적 문식성을 보완하는 중요한 축으로 당대 언어의 사회, 문화적 문식성 교육을 실현하는 중요한 장이 될 수 있다는 것이 본고의 입장이다.

이를 위해 국어교육에서 미디어 문식력은 '자율성'과 '공공성'의 두 축으로 운용될 필요가 있을 것이다. 이는 한국의 미디어 현실 상황과도 관련을 맺는 것이다. '자율성'은 학습자 개인의 능동적 해석과 표현을 강조하는 것이며, '공공성'은 미디어를 통해 다양한 집단들의 문화와 소통하고 나아가 정보의 평등과 민주적 가치를 옹호하는 것과 관련된다. 이는 주체성과 동시에 타자성을 함께 고려하는 방안이라 할 수 있다. 이러한 교육을 위한 '비평과 참여'의 활동 단계로, 본고에서는 비판 미디어교육이론을 원용하여, 1) 미디어의 언어문화 읽기 2) 미디어 수용 경험의 정서적 성찰 3) 미디어 다시 쓰기의 단계를 제시하였다. 1) 단계, 미디어의 언어문화를 읽는 범주로는 ① 텍스트 층위 : 수사적·상징적 관습, 이미지·서사 도식, 상호작용의 틀. ② 맥락 층위 : 사회제도, 권력 관계와 관련된 이데올로기, 사회·문화적 의미. ③ 주체 층위 : 사회·문화적 정체성을 제시하였다. 2)와 3)은 대안적 매체 제작을 통해, '비판적 실행'에서 한 걸음 더 나아가 '실행적 비판'으로 확장하는 것이며, 자신의 경험을 비판적으로 검토하여 사회, 문화적 의미를 새롭게 실험하는 활동이라 할 수 있다.

이를 위해 교재는 매체 텍스트 뿐 아니라 수용 텍스트, 그리고 내용과 형식에 있어 상호 관련되는 텍스트들로 확장될 필요가 있다. 또한 당대 언어문화를 다룬다는 점에서 교수 학습 방법 역시 전통적 교육 방법에서 벗어나 실험적이고 탐색적이며 민주적인 분위기 속에서 학습자가 새로운 상황에 대처할 수 있는 비평 능력의 함양이 중요함을 밝혔다.

언어 재능 계발을 위한 문학 '심화' 교육 프로그램

1. 심화 교육과정 개발의 필요성

학습자의 개별적 능력과 관심, 흥미를 고려하여 그가 가진 재능을 길러 줄 수 있는 교육과정이란 모든 교육의 이상적 모습일 터이다. 7차 교육과정에서 '수준별 교육'이란 개념이 등장한 이래, 학습자의 능력과 흥미, 관심에 따라 다양한 교육 내용과 방법을 제공할 수 있는 교육과정 개발 노력은 가속화되고 있다. 특히, 수월성 교육이 강조되는 사회적 분위기에 따라 이른바 학습자 중심의 '맞춤형 교육과정'은 개별 학교 단위를 넘어서 사회교육 단체들까지로 널리 확산되고 있다.

그럼에도 국어교육에서 수준별 교육에 대해서는 긍정적인 평가보다는 부정적인 평가가 더욱 압도적인 듯하다. 수준별 교육의 문제는 7차 교육과정에 대한 비판과 반성의 자리에서 가장 먼저 제기되는 문제였으며 실제로 교사 학습자의 7차 교과서에 대한 평가 설문 조사에서도 가장 부정적인 반응을 나타낸 부분이었다.[1] 그렇다면 국어과에서 심화

---

1) 한 보고서에 따른다면, 7차 교육과정의 국어과 교과서에서 가장 부적절한 부분으로 많은 사람들이 '보충 심화 활동'을 지적하였다. 구체적으로 본다면, 교수·전문가(20명)는 부적절한 구성의 3순위로, 중학교 교사(29명)는 1순위, 고등학교 교사(28명)는 2순위, 중학생(70명)은 2순위로 보충 심화 활동을 제시하였고, 고등학생(70명)은 부정적인 평가가 없었

교육은 의미가 없는 것일까? 물론 논자에 따라서는 국어 능력의 특성상, 교육과정에서의 수준과 위계적 단계를 명확히 설정하기 어렵다는 견해를 제시하기도 한다.

그러나 엄밀히 말해 비판의 표적은 수준별 '심화 교육' 그 자체라기보다는 7차 교육과정에 구현된 '심화' 교육의 모습이라 할 수 있을 것이다. 박영목[2] 교수는, 7차 교육과정의 '보충·심화' 교육은 '심화' 교육은 '기본' 교육과 질적으로 구별되는 교육 방향과 내용을 설정하지 못한 채, 정규 교육과정의 내용에 병렬적인 형태로 단순 부가되었다고 비판한 바 있다. 실제로 내용을 살펴보면, 심화 학습은 학습자의 능력이나 관심에 따른, 일종의 개별화 학습 원리를 충분히 고려하지 못한 채 표준 교육과정에 내용적 난이도만을 높이는 식이어서 심화교육이 요구하는 상위 수준의 개념, 과제의 난이도, 활동의 복잡도, 사고의 수준 등을 종합적으로 고려[3]하지 못하고 있음을 확인할 수 있다.

그러나 이와 같은 7차 교육과정의 모습이, 심화 교육 자체에 대한 부정적인 평가로 고스란히 전이될 수만은 없다. 그 근거로 여전히 '수준별 교육과정'은 이후 교육과정의 중요한 방향으로 지적되고 있고 [4]차기 교육과정에 대한 교사와 학습자의 요구 조사에서도 '수준별 교육'은 8순위로 나타나고 있다. 실제로 교육 현장에서 상위 성취도의 학습자들에 대한 교육적 고려는 오히려 상대적으로 약하다고 할 수 있다. 그들은 이미 '표준적인 수준'을 넘어섰기 때문에 교사의 입장에서는 그들이 무엇을 더 할 수 있는지, 무엇을 하고 싶어 하는지에 대한 관심이 부족할 수밖에 없다. 그러나 이들은 현 교육에서 소외받는 또 하나의 소수

다. 박윤우·김혜영·이재기(2005), "차기 교과서 요구 조사 분석", 두산 교과서 개발 연구 보고회 발표 자료.
2) 박영목(2004), "국어과 교육과정의 새로운 방향", 국어교육 23호, 국어교육학회.
3) 정구향(2000), "국어과 수준별 교수-학습과 평가방안", 새국어교육 60, 한국국어교육학회.
4) 박영목(2004), 위의 논문, 참조.

집단이다. 반복되는 학습에서 재능을 탕진하며 저하된 학습 의욕으로 학교 교육에 더 이상 흥미를 느끼지 못하는 그들은, 학습 부진아와 마찬가지로 학교 교육에의 부적응자이다. 교육의 본질적인 측면에서 볼 때 이러한 상황은 매우 문제적이다.

물론 우리나라의 교육 문화에서 오는 부작용도 고려할 필요는 있을 것이다. 평등 중심의 한국교육의 정서를 고려할 때, 수준별 교육은 원래의 취지와는 별도로 학생들의 차별화로 이어질 수 있다. 또, 이론적으로도 동질 집단의 교육과 이질 집단의 교육 중 어느 것이 더 효과적인가에 대해서는 아직도 여전히 논쟁 중인 것도 사실이다. 하지만 이러한 우려가 공교육의 질적 심화, 다양화의 요구를 대체하지는 못할 것이다. 수준별 교육은 학습자를 차별화하고 교육적 평등에 위배되기보다는 다양한 교육과정을 선택할 수 있는 기회의 평등 차원이라는 의미가 더 다가올 수 있다. 21세기는 다양한 문화적 요구와 개인적 관심이 증대하는 사회이다. 이른바 '다품종 소량' 사회로 정의되는 후기 포디즘의 사회에서는, 표준화를 지향했던 산업화 사회에서의 인력 개발 모델에서 벗어나야 한다. 이런 이유로 수준별, 관심별 교육은 공교육의 질적 심화라는 교육과정 개혁의 차원에서 접근할 필요가 있다.

이 연구는 심화 교육(enrichment program) 프로그램이 국어교육이 기존의 '진단과 치료'의 모델을 대체하고, '재능 발견과 계발'의 관점을 도입하여 국어과 교육과정의 질적 심화를 도모할 수 있다는 점에 주목한다. 렌줄리(Renzulli, J. S)[5] 역시, 심화 교육 프로그램이 정규 교육과정을 풍요롭게 한다는 점을 강조하면서 정규 교육과정 활동에 다양한 심화 활동이 선택적으로 통합되는 방법을 논의한 바 있다. 단적으로, 심화

---

5) Renzulli, J. S., & Reis, S. M.(2000), *The schoolwide enrichment model : a how-to guide for educational excellence*. Mansfield Center, CT : Creative Learning Press, 김홍원 역(2003), 『학교 전체 심화학습 모형』, 문음사.

교육 프로그램은 이론적으로 모색하고 있는 문화교육, 다매체 교육, 창의성 교육 등의 다양한 논의를 교육 현실 속에 자리 잡게 할 수 있는 터전이 될 수 있을 것으로 본다.

이 글에서 다루는 문학 심화교육은 영재교육처럼 소수 영재만을 대상으로 한 전문교육이 아니라 정규 교육과정과 연계되어 있으면서도, 학습자의 흥미나 관심, 수준에 따라 다양하게 선택할 수 있는 교육 프로그램이다. 특정의 목표에 따라 변형되어 있기 때문에 교사는 특별 활동으로 만들어 별도로 운용될 수도 있고, 또, 일부를 선택하여 일반 교육과정의 확장된 내용으로 다룰 수 있는 등 유연한 운용이 가능하다. 또, 외국의 경우에도 '문학' 심화 프로그램은 '문학'이라는 특정 영역에 국한되는 것이 아니라 언어 재능을 지닌 상위 학습자의 심화 교육 프로그램 일반의 성격을 지니고 있음을 감안한다면6) 이 프로그램은 국어교육 일반에서도 충분히 활용할 수 있을 것으로 본다.

이 글에서 상정하고 있는 심화 교육의 대상자는 각 학급의 15~20%인 상위 학습자7)이다. 이 프로그램은 중학교 1학년부터 고등학교 1학년을 대상으로 하되, 무학년 개방형으로 운용할 수 있다.

2. 언어 '심화' 교육 프로그램 개발 연구사

심화 교육은 정규 교육과정을 변형(modification)한 모델이다. 이 변형은 축약(compacting)과 심화(enrichment) 두 방향으로 진행될 수 있다. 축약은 상

---

6) Joyce VanTassel-Baska Edt(1996), *Developing Verbal Talent*, Allyn & Bacon.
7) 이는 이후 다양한 논의를 거쳐 확정되어야 할 것이다. 본고에서는 심화 학습을 일반 학교에서 시행한 렌줄리의 모델에 근거하여 대략 15% 정도로 설정하였다.

위 학습자가 이미 알고 있는 기능과 지식을 생략, 통합하는 것으로, 이후 심화 활동을 위한 시간을 제공하는 역할을 한다. 반면, 심화는 정규 교육과정과는 다른 깊이 있는 내용과 현실적 과제 등을 제시하여 학습자의 도전 의욕을 고취하는 것이다. 곧, 일정 정도의 성취에 도달한 학생들에게, 정규 교육과정을 수정 / 변형하여 흥미와 도전을 느낄 수 있는 심화되고, 다양한 형태의 교육 내용을 제공하는 것이다. 이는 단순히 교육 내용의 난이도를 높이는 것이 아니라, 학습자들의 도전적이고 생산적인 산출물 만들어내는 활동을 통해 고등적인 사고력을 기르는 질적 차별화된 교육이라고 할 수 있다. 이 글에서는 주로 후자의 관점에서 논의한다.

심화 교육은 학습자들의 잠재적인 언어 재능을 교육하기 위한 프로그램이다. 하지만 이론가들 사이에서도 과연 '재능'이 가르쳐질 수 있을 것인가. 또 재능 교육이 재능의 발달에 큰 효과가 있는가 등에 대해서는 많은 논란이 있는 것이 사실이다. 특히, 언어적 재능은 언어 자체가 사고의 도구이고, 또 삶의 경험 등 여러 가지 변인과 관련을 맺기 때문에, 그 발달 속도가 느리고 진단이 어려우며, 교육의 효과가 수학이나 과학에 비해 상대적으로 느린 것으로 알려져 있다. 물론 교육에 의해 없던 '재능'을 만들어 낼 수는 없다. 재능이 교육의 결과라고 보기에는 어렵다. 하지만 잠재적 재능이 실현되고 발달함에 있어 교육은 대단히 큰 영향을 미친다는 점은 분명하다. 피르토(Piirto)의 말대로, 어떤 교육이 언어적 재능을 만들었다고 확신할 수는 없겠지만, 특정의 언어적·교육적 경험, 곧 풍부하고 깊이 있는 언어를 이해하고, 언어의 아름다움을 느끼며, 다양한 장르의 글과 문학을 접해하고, 좋은 시의 조건에 대해서 배우며, 전문인들로부터 사사받는 기회를 얻지 못했다면, 학습자의 잠재적인 재능은 발휘되기 힘들 것이다. 그런 점에서 재능 교육은 잠재적인 능력을 향상을 위하여 학습자들로 하여금 특정의 목표 행동과 학습 경험을 제공하는 데 주안점을 두어야 한다.

기존 연구사를 보면, 언어 재능의 특성과 이를 계발할 수 있는 효과적인 교육 방향에 대한 다양한 연구가 있다.

렌줄리(Renzulli, J. S)는 뛰어난 작가의 생애사를 통해 언어 재능 계발을 위한 교육적 방향을 제시한 바 있다. 그는 브론테와 울프를 살피면서 보면, 이들이 1) 초기부터 쓰기 행위를 격려 받았고 2) 유사한 관심과 능력을 가진 집단과의 네트워크를 통해 자신의 아이디어를 검증받고 피드백 제공받았으며 3) 자기 삶의 경험에 대한 쓰기나 성찰을 수행하였고 4) 책 만들고, 무엇인가 산출할 수 있도록 격려 받았으며 5) 문학적 재능과 다른 예술적 관심도 계발하였으며 6) 쓰기 과정에 대한 정서적 지지를 제공 받았다는 점을 발견하였다. 이러한 연구를 토대로 하여 언어 재능을 계발하기 위해서는 먼저 작가로서의 자아 이미지를 어렸을 적부터 키우고, 정서적으로 지지하고 서로 교류할 수 있는 소집단을 형성하며, 유사 재능을 동시에 개발하는 것의 중요성을 제안하고 있다.

또, 반타셀 바스카(Vantassel-Baska)[8]는 언어에서 상위 능력을 지는 학습자의 특성으로, 1) 고급 읽기 능력, 2) 고급 어휘 사용 3) 추상적인 추론 기술과 구어 표현력 4) 연관을 맺는 능력, 5) 강력한 집중력 6) 도덕적이고 윤리적 이슈에 대한 관심 7) 정서적 민감성, 8) 독창적 아이디어 생성력을 제시하였다. 그리고 이 특성에 맞는 교육을 위하여 1) 풍부하고 복잡한 문학 자료 기반 교육 2) 어휘 발달 중시 3) 문학과 쓰기 토론에서 상위 수준의 추론 능력 강조 4) 교육과정에서의 주제 중심 조직화 5) 문학의 해석과 분석 중시 6) 장기간 프로젝트와 의미 있는 가정 학습 7) 의미있는 이슈에 대한 리서치 중시 8) 문학과 언어에 대한 개인적 반응 기회 제공 9) 프로젝트 작업 등을 강조하고 있다.

Tschudi[9]는 언어 심화 교육프로그램의 방향을 이렇게 제시하고 있다.

---

8) Joyce VanTassel-Baska Edt(1996), op. cit, pp.204~205.
9) Tangherlini A. E., & Durden, W. G.(1993), "Strategies for nurturing verbal talents in youth :

1) 단순 기능을 통합적으로 교육하기 2) 언어를 외연적으로 확장하는 것을 격려하여 사회 문화적 경험을 바탕으로 쌓음으로써 공동체 의식과 상호 연관성을 높이기 3) 언어 연구를 실험과 변화를 격려하는 사회적 사건으로 활용하기 4) 참 평가 활용하기 5) 열린 활동을 통한 언어 교육 6) 읽기와 쓰기 통합하기 7) 언어를 예술, 음악 등 다른 기호 체계와의 연관을 지닌 상징체계로 교육하기 8) 탐구, 공유하며 읽고 자발적으로 쓰기 중심 교육 등이 그것이다.

이런 논의를 바탕으로 미국의 국가 상위 능력 학습자를 위한 커리큘럼(National Language Arts Curriculum Project for High Ability Learners)에서는 1) 풍부하고 엄밀한 읽기 자료 2) 추론 능력 개발 3) 문화적 다양성에 대한 학습자들의 자각과 평가 능력 강화 4) 협동적이고, 탐구 기반 학습 기법 중시 5) 음악, 예술, 사회 과학과의 간학문적 연관성 강조 6) 참평가 전략 등을 강조하고 있다. 이 프로그램의 심화 원칙은 언어의 통합성, 고등 사고력, 언어가 사회나 문화와 지니는 포괄적인 연관성 중시, 다문화·간학문의 강조 등으로 요약될 수 있다. 특히, 문학을 문학 그 자체로 한정짓지 않고, 다양한 문화, 다양한 지식, 다양한 언어활동이 교차되는 복합적인 장으로 이해하는 접근은 바람직한 것으로 보인다. 이런 지향은 현 국어교육에서 논의되고 있는 '사회·문화적 문식성'의 문제나 고등사고력 향상의 문제, 다매체 교육, 개별화 학습 등이 심화 교육 프로그램과 연관될 수 있음을 시사하는 것이어서 고무적이다.

국어교육에서도 심화 교육에 대한 논의가 이루어졌다. 정구향[10]은 국어 심화의 방향으로 상위 수준의 사고, 복합적인 활동, 과제의 난이

The world as discipline and mystery". In A. Heller, F. J. Monks. & A. H. Passow(1993), *International handbook of research and development of giftedness and talent*. New York : Pergamon, pp.427~442.

10) 정구향(2000), "국어과 수준별 교수-학습과 평가방안", 새국어교육 60, 한국국어교육학회.

도를 제시하였다. 중요한 원칙이나 국어교육과 관련된 구체적인 내용 항목의 개발이 과제로 남아 있다. 또, 이지호[11]는 내용과 활동의 '구체화'의 관점에서 위계화 원칙을 구안하였다. 또, 김대행[12]은 수준별 교육의 문제를 논의하면서 '기능-문화-창의'라는 발달의 큰 위계를 제시하였다. 이는 심화 교육이 '창조성'의 문제를 중심으로 제시되어야 하는 것을 보여주는 것으로, 실제 7차 교육과정에서 '심화' 영역은 학습자의 자발적인 표현 능력을 강조하는 방향으로 제시되고 있다. 이외에도 창작 영재 대상의 글쓰기 교육 프로그램 연구[13] 언어 영재 심화 교육 프로그램 개발 연구[14]이 있으나 다소 외국 프로그램의 수입이나 심화 교육 일반에 머물고 있어, 이를 한국 국어교육의 상황에 맞게 구체화하는 과제가 남아 있다.

3. 문학 심화교육 프로그램 구성의 방향

앞에서 살펴본 외국의 심화 교육 프로그램 구성 원칙이 이 글의 연구에 많은 도움이 되는 것은 사실이겠으나 우리나라 교육 현실에 적합한 프로그램이 되기 위해서는 현재 국어교육 내의 문제의식과 접목될 필요가 있을 것이다. 사실, 외국의 심화 교육의 원칙은 국내의 국어교육

---

11) 이지호(2000), "제7차 국어과 교육과정과 수준별 교육", 한국초등국어교육 16, 초등국어교육학회.
12) 김대행(2003), "김대행(1996), "국어교과 교육과정 분석과 수준별 교육과정 개발", 『교육과정 연구』, 14권 제2호.
13) 박수자·최인자 외(2004), "언어 영재를 위한 창의적 작문 교수학습 프로그램 개발 연구, 국어교육학연구 21, 국어교육학회.
14) 이순영(1999), "언어 영재의 개념과 언어 영재 교육 프로그램 구성에 관한 문헌 연구". 고려대학교 교육대학원 석사학위논문. 이미경(2004), "언어 영재교육 심화교육 프로그램 개발 연구", 교원대 석사학위논문.

흐름과도 일맥상통하는 부분이 많다. 문화적 문식성에 기반한 언어문화 교육, 학습자의 자기 주도성과 비판적, 추론적 사고력을 강조하는 고등 사고력 교육, 다매체 교육, 학습에서의 개별성이나 소집단 활동의 강조 등이 바로 그러하다. 이는 국어교육의 질을 높이기 위해서도 필요한 내용이니만큼, 심화 교육에서 구체화한 뒤 정규 교육과정과 연계하여 특정의 목적을 강화하는 수업 모델이 가능하리라 보인다.

1) '실제적 창의성'에 기반한 언어문화 교육

심화 교육 프로그램이 정규 교육과 가장 차별화되는 지점은, 상위 능력을 지닌 학습자가 실제 현실적인 과제에 도전할 수 있는 기회를 제공하는 것이다. 이것이 바로, 이른바 '실제적 창의성'(real creativity)[15] 구현의 원칙이다. 이 개념은 렌줄리(Renzulli, J. S)가 '맥락적 창의성'(contextual creativity)과 구분하기 위해 사용한 것으로 학습자들이 전문가와 같이 기존의 성과물을 혁신하고 현실적으로 의미 있는 새로운 문화를 생산할 수 있는 기회를 부여받음을 의미한다.

'실제적 창의성'에 따른다면, 학습자는 전통적인 문화에 대한 이해를 바탕으로 실제 그 사회에서 요구되는 '현실적인 문제'와 씨름하고 변화 혁신할 수 있는 기회를 제공받을 수 있다. 학습자는 전문가가 작업하는 것처럼 학습자가 실제의 현실적인 문제를 발견하고, 해결하며, 이에 창의적으로 대응하여 사회에 의미를 생산하는 능력을 실천해 볼 수 있는 것이다. 이 경우 평가도 학교 교육과정과 교실 공간을 넘어서 이루어질 수 있다. 이에 학습자는 지적 도전감을 갖고 재능을 가진 존재로서의

---

15) Renzulli, J S., & Reis, S. M.(2000), *The schoolwide enrichment model : a how-to guide for educational excellence*. Mansfield Center, CT : Creative Learning Press, 이와 반대 개념인 '맥락적 창의성'은 이미 발견된 내용이지만, 학습자들이 교실이라는 맥락에서 창의적으로 탐색하는 것이다.

자신을 인식을 하게 되어 자기 재능과 경력을 개발 할 수 있다.

이와 같은 실제적 창의성 교육은, 언어문화교육이 지향하는 언어문화 창조의 교육의 취지에 부합한다. 언어문화 창조의 교육이 기존 언어문화 규범을 넘어서 언어문화에의 참여를 요구받는다면, 언어문화 창조교육은 실제적 창의성을 구현함으로써 가능할 터이다.

2) 통합 교육과정(The Integrated Curriculum) 구현

다음, 문학 문화 교육의 지향을 실현하기 위해서는 '통합 교육과정'이 필요하다. '통합'이라고 하면, 1) 내용적 요소 2) 과정적 요소 3) 특정의 주제와 이슈 4) 결과적 요소를 교육 내용 구성에 에 종합적으로 고려하는 것이다. 이는 반 타셀 바스카(VanTassel-Baska)[16)]가 기존 심화 교육 모델이었던 1) 내용 중심 모델(Content Model) 2) 과정－결과 중심 모델(Process-Product Model), 3) 인식론적 모델(Epistemological Model)을 통합한 것으로[17)]

---

16) Joyce VanTassel-Baska Edt(1996), op. cit., pp.204~205.

17) 1) 내용 중심 모델에서는 학습 기술과 개념을 강조한다. 각 영역의 지적 내용 중심의 교육이 이루어지며, 강의와 토론 중심의 학습으로 이루진다. 이 모델은 초등학생 대상의 읽기, 산수, 언어 프로그램이 효과적이었다는 분석 결과가 있다. 하지만 내용, 개념에만 초점을 두는 강의식 수업이 되고, 현장에서는 비효율적이라는 지적이 있었고, 정규 교육의 양적 확장일 뿐 질적 차별화에 성공하지 못했다고 평가되고 있다. 하지만 '진단－처방'의 관점에서 학습자의 지식과 사고 수준을 미리 점검하고 이에 근거하여 교육 내용을 재구성하는 식의 접근을 제시하였다는 장점이 있다. 2) 과정－결과 중심 모델은 렌줄리(1997)가 강조하였다. 그는 좋은 성과를 내는 "산출물 중심"의 프로그램을 지향하면서 탐구 과정 및 산산물 생산의 과정의 학습 기술과 그 결과를 통합하는 프로그램을 구성하였다. 그의 심화 삼부 학습인 '탐색→탐구→프로젝트'는 문제를 만들고, 자료를 찾으며 실험 설계를 하는, 다양한 학습 활동을 제공한 바 있다. 특히 학습자의 흥미와 즐거움의 변인을 강조하고 현장 전문인들의 작업 과정을 직접 탐구하는 교육을 중시하였다. 3) 인식적 모델은 지식의 체계를 중심으로 한 교육과정이다. 해당 영역을 가로 지르는 핵심 개념, 지식, 원리, 이슈들이 교육 내용이 된다. '무엇인가', '무엇으로 되어 있는가', '그것이 제공하는 아이디어는 무엇인가?', '맥락은 무엇인가', '우리는 어떻게 관련되어 있는가' '무엇이 좋은가' 등이 그것이다. 중학교 이상에서 강조되었고, 미국의 "중학생 고전 읽기 프로그램", "어린이를 위한 철학 프로그램" 등이 있다. 간학문적이며, 핵심적 개념으로 창조적 가로지기를 하도록 교육한다.

언어문화교육의 특성을 고려할 때 가장 안정적이고 체계적으로 판단된다. 왜냐하면 실제적 창의성은 기성의 문학 문화에 대한 지식과 자신의 고등 사고력, 자신의 산출물을 종합적으로 고려할 수 있기 때문이다.

이를 구체적으로 살펴보면, 1) '내용'의 요소는 포괄적이고 깊이 있는 지식과 내용을 포함한다. 정규 교육과정에서 나오는 지식이라고 하더라도 깊이 있는 원리 차원에서 다루는 것이다. 문학 현상과 활동의 원리와 관련된 개념, 높은 수준의 문학 텍스트가 이에 해당된다. 2) '과정'의 요소는 활동을 위한 상위 수준의 사고 과정을 제공한다. 학습자가 정보를 복합적인 레벨에서 다루고 정보를 생성할 수 있는 능력에 주안점을 둔다. 3) '주제와 이슈'의 요소는 실제 현실에서 적용할 수 있는 가치 있는 테마나 아이디어들로 구성된다. 문학을 넘어서 영역 간, 혹은 영역 내에서 실현 응용, 적용할 수 있는 주제들로 되어 있다. 4) '결과'적 요소는 학습자의 산출 결과물이다.

정규 교육과정에서는 언어 능력의 효율적 향상을 위해 과정과 결과, 주제를 분리된 상태로 교육해 왔다. 특히, 활동 중심 교육을 표방하면서 '과정'의 단위가 각별히 강조되어 왔다. 그러나 과정만 강조할 경우, 자기 산출물의 결과에 따른 책임을 유예한다. 심화 과정에서는 과정과 내용, 결과, 리서치 기술을 통합함으로써, 기능과 문학 지식, 문화 생산 능력을 종합적으로 고려한 입체적 모델을 구성할 필요가 있다. 이는 궁극적으로는 다양한 언어 활동을 도입하고 이를 통합하는 노력으로 이어질 수 있다.

3) 학습자의 자기 주도성과 자아 인식 강조

심화 교육 프로그램에서는 학습자의 역할과 위치에 대한 인식에서 정규 교육과정과는 매우 다르다. 심화 교육에서는 학습자의 관심과 흥미, 도전감을 중시하여 이들이 교육 내용을 스스로 선택할 수 있는 기회를 부여한다. 나아가 학습자가 직접 수업 내용이 되는 이슈 및 화제 선택하고, 지식 생산자로서 현실 문제를 직접 탐색하도로 한다. 교사는 단지 안내자일 따름이다. 아울러 학습자는 자신의 재능을 스스로 성찰하고, 그 발달 과정을 인식함으로써 자아에 대한 긍정적인 인식을 강화한다. 또한 세미나, 토론, 개인적, 집단적 탐구, 인터뷰 등의 학습 기술을 활용하되, 자기 주도적 선택권을 강조한다.

<표 1> 학습자의 역할의 차이

정규 교육과정(맥락적 창의성 추구)	심화 교육과정 (현실적 창의성 추구)
절차와 결과가 미리 규정되고, 제시됨	학습자의 화제 선택권
연역적, 강의식 교수 학습 설계	귀납적, 탐구적 교수 학습 설계
단원 학습자 / 연습하는 존재	직접 탐색자
내용과 과정의 소비자	지식과 예술의 생산자

4) 다문화, 다매체, 다학문적 접근

문학 심화 교육은 국제화, 매체적 다변화 등의 요인을 고려하고 미래 사회에 적응할 수 있는 인재 양성을 위하여 다문화, 다매체, 다학문적인 접근을 시도할 수 있다. 정규 교육과정이 '국가 만들기'의 민족 언어 문화에 강조점을 두었다면, 심화교육은 세계적인 문화적 다양성, 국내 사회 문화적 다양성에 초점을 두고, 아울러 다양한 매체, 다양한 영역 간의 상호작용을 통해 고등사고력과 통합적 언어 능력을 강화할 수 있겠다.

4. 문학 '심화' 교육과정 내용 구성
: 통합성, 다양성, 추상성, 현실성

그렇다면, 이런 방향을 실현할 수 있는 구체적인 교육 내용 요소는 무엇일까? 문학 심화 교육에서 요구되는 통합 교육 프로그램을 구성하는 요소인 '내용', '과정', '결과'로 나누어 구체적으로 서술하겠다.

1) 문학 문화와 관련된 심화된 '내용'

심화 교육의 '내용'은 정규 교육과정에서 다루어진 내용과 다루어지지 않은 내용을 모두 포함할 필요가 있다. '속진 학습'에서는 정규 교육과정에서 다루지 않은 내용을 선택하겠지만, '심화' 학습에서는 비록 정규 교육과정에서 다룬 내용이라 하더라도 다양하면서도 깊이 있는 교육 경험, 활동을 통해 질적으로 차별화된 교육 내용을 구성하게 된다. 세부적으로는 다음과 같은 내용을 제시할 수 있겠다.

① 언어문화의 일반적이며 포괄적인 원리, 개념, 아이디어
문학의 핵심적이고 일반적 개념과 원리를 선택하여, 적은 수의 내용을 깊이 있게 다루는 방식을 취한다. 이는 분절적 기능이나 파편적 지식을 넘어서, 포괄적이면서도 추상적이고, 깊이 있는 원리를 선정하는 것이다. 이 경우, 학습자와 교사의 다양한 아이디어와 반응을 수렴하며, 교육 내용의 유연성을 살릴 수 있다는 이점이 있다. 가령, 현 교육과정에서는 소설의 분석적 이해를 위해 소설의 인물, 배경, 갈등 등의 요소로 분절화 하여 내용 단위를 잡고 있다면, 심화교육에서는 이러한 요소들이 어떤 의도로, 어떤 기능을 수행하는지에 대한 종합적인 판단 속에서 이해될 필요가 있다. 그리하여 가령, '훌륭한 이야기의 특징' '이야기를 추동하는 힘'으로 추상화하는 것이 바람직하다.

② 복합적이고 엄밀한 사고를 요구하는 문학적 자원(작품)

상위 성취도 학습자의 특징은 높은 수준의 이해력을 지니고 있다. 심화 교육에서는 일반적인 읽기 자료(basal reading)를 넘어서 풍부하고, 엄밀한 사고를 유도하는 문학 고전(classic)을 주로 활용한다. 고전은 복잡하고, 섬세하며, 그 표현이 뛰어나기 때문에 학습자들의 다양한 접근으로 열린 탐구를 가능하게 한다. 기존에 언어 재능 교육의 효과를 검토한 연구에 따르면, 언어 재능 교육에서 가장 성공적이었던 것은 고전 읽기 프로그램이었다고 한다. 아직, 작품의 난이도를 판단할 수 있는 합의된 방법이 있지는 않지만, 의미의 애매성, 다성성, 중층성이 높은 작품을 선택할 수 있겠다.

2) 문학 문화의 주요 '이슈, 문제, 테마'

다음 심화 교육 프로그램에서는 도전적인 과제를 제시하여 학습자의 창의력과 문제 해결력을 키울 필요가 있다. 이 이슈와 문제, 주제는 아직 해결되지 않은 과제들이다. 이들은 문학 영역 이론에서도 의미가 있지만 실제 현실에서도 적용할 수 있고, 또 영역 간 혹은 영역 내에서 활용될 수 있다.

① 정규 교육과정에서는 다루지 못한 현실적 이슈, 문제, 쟁점, 경험

심화 교육에서는 학습자의 적성과 진로, 능력을 고려하여 문학의 전문성과 관련된 내용을 다룰 수 있다. 이를 위해 문학이라는 특수 영역에서 의미 있는 현실적 주제와 쟁점, 이슈를 제공하여 학습자 스스로 탐구하도록 할 수 있다. 이는 소위, '참 문제'(authentic problem)를 제공하는 것으로 이론을 현실에 적용, 응용, 해결하는 교육 경험이라 할 수 있다. 이 과정을 통해 학습자는 일종의 '권한 부여'(empower)의 경험을 얻으며, 스스로 전문가로서 자아 인식을 할 수 있게 된다. 가령, '청소년들의 인터넷 소설 문제'를 다루거나 '작가의 표현의 권리와 제약' '친일파 문학인 평가' 등 논란거리가 분분한 이슈를 핵심적인 내용으로 선정할 수 있다. 또한 지역 공동체나 그 학문 공동체에서 전문인이나 그 분야의 리더와의 만남을 주선하여 실제 문학문화가 생산되는 현장과 장소를 탐방하는 교육 경험으로 확장해 나갈 수도 있다.

② 미래 학습에 도움 되는 내용 : '변화'에 대한 이해

심화 교육에서는 '변화'(change)를 이해하고 주도할 수 있는 능력이 매우 중요하다. 기존의 규범적인 언어문화에서 나아가 언어문화를 혁신하고 새롭게 창조할 수 있는 능력은 변화 그 자체에 대한 이해 곧 변화의 유형과 변인, 개인적 변화와 사회적 변화에 대한 인식이 매우 중요하게 자리 잡는다. 사실, 정규 교육과정에서는 구조적으로 미래 학습적 요소가 반영되기에 어려운 점이 있다. 문학의 해석과 감상에서의 이슈와 테마, 주제를 '변화'에 대한 포괄적인 이해로 잡아갈 수 있다.

③ 간학문, 간예술적으로 교류할 수 있는 광범위한 주제

심화 교육에서는 학문적 분과보다는 다학문적 교류를 강조한다. 동일한 개념과 지식이라 하더라도 이것이 다른 학문, 예술과의 관계 속에서 재해석, 재구성되는 과정이 중시되는 것이다. 이를 위해서는 모든 학문과 예술에는 바탕이 되는 기본적이면서도 광범위한 아이디어를 선정할 필요가 있다. 가령, 균형, 아름다움, 구조, 질서 / 혼란, 권력, 변화, 갈등은 문학과 문학을 넘어서 서로 교류될 수 있는 핵심 아이디어이다. 음악, 미술, 영상, 사회 과학, 인문과학 등을 복합적으로 다루어 타 영역의 교류를 강조한다.

3) 고등 사고 기술과 정의적 태도

심화 교육에서는 재능 있는 학습자들의 '실제적 창의성'(Reall creativity)

실현을 위해 고등 사고 기술과 문제 해결력, 정서적 태도를 독립적인 교육 범주로 설정한다. 단, '국어과'의 교과적 특성을 고려하여 일반적 사고 과정이, 교과적 '언어 문화' '내용' '요소와 통합될 수 있도록 하기 위해 한 축은 내용 요소로 또 다른 축은 과정 요소로 설정한다.

① 고등 사고 과정 기술

언어활동의 과정에는 사고의 과정이 반드시 수반된다. 하지만 언어적 사고의 과정을 어떻게 설정하느냐는 또 다른 문제가 된다. 고등 사고에는 추론적·비판적 사고와 발견적, 창의적 사고 기술이 포함된다. 이는 결론을 제시하는 것이 아니라 스스로 결론을 도출하고, 또 상황에 적합한 언어 문화 생산의 과정에 투여된다. 반타셀 바스카는, 언어 영재 교육 프로그램에서 Paul[18]의 '비판적 사고 과정'을 전면화하여 이를 사고 과정으로 제시한 바 있다. 그러나 이 사고 과정[19]에는 이 연구에서 추구하는 창의성 교육에는 다소 부족한 측면이 많다. 이런 이유로 Susan Winebrenner의 사고 기술을 중심으로 삼도록 한다. 수잔 바인브레너 Susan Winebrenner[20]은 "지식, 이해 → 적용 → 분석 → 평가 → 종합"으로 체계화하였다. 물론, 이 범주는 파울에 비해, 다소 일반론적이긴 하지만 적용과 응용의 범위가 넓다는 장점을 지니고 있어 다른 교육과정과도 연계되기 쉽다는 장점이 있다. 가령, '종합' 능력(synthesis)은 문학 활동에서 제반의 종합적 사고 작용을 모두 포괄하여 다룰 수 있다. 가령, 스토리 창작에서 본다면, 이질적인 사건의 종합을 통한 줄거리 생

---

18) Paul Linda Elder(2001). *Critical Thinking*, Prentice Hall.

19) 구체적으로 제시하면 다음과 같다. '모든 소통 유형에서 타자 뿐 아니라 자신의 의도 기술하기', '문제와 주어진 구조의 복잡성과 기술적 정보 정의하기' '주어진 이슈에 대한 다양한 관점 정식화하기', '구어 혹은 문자적 형식 이면에 존재하는 전제 서술하기', '언어 혹은 문학 개념 적절하게 적용하기', '증거와 자료 제공하기', '근거에 맞게 추론하기', '자료에 맞게 정책 개발하기' 등이다.

20) Susan Winebrenner(2004), *Teaching Gifted Kids in the Regular Classroom*, Free Spirit, pp.130~135.

성, 이질적인 모티프의 종합, 다양한 장르의 종합과 혼용 등으로 다양
하게 적용될 수 있는 것이다. 이런 이유로, 이 글에서는 고등 사고력이
라 할 수 있는 '적용→분석→평가→종합'을 중심으로 다룬다.

② 리서치 기술

심화 과정은 실제적 창의성을 구현하기 위해, 실제 현실의 언어문화
를 탐색하고 경험할 수 있는 기회를 최대한 많이 제공한다. 이러한 취
지를 강조하기 위해, 리서치 기술을 별도 범주로 설정하였다. 리서치
기술은, 독립적으로 정보를 획득하고, 탐색하며, 생성할 수 있는 능력이
다. 화제 설정, 가설 설정, 계획 설계, 정보 수집, 정보 조직, 발견물 기
록 등의 내용이 속한다.

③ 자기 선택권과 정서적 태도

고급 사고력을 수행하기 위해 요구되는 정서적 태도, 곧 민감화, 감
수, 가치화, 관용적 태도와 같은 정의적 태도를 다룬다. 특히 문학과 관
련하여서는 자기 기술, 인정, 성찰과 교정 등의 태도가 중요하다는 점
을 중시한다.

④ 산출물 : '결과'

산물출은 실제적이고 현실적인 문제에 대해 산출한 결과물이다. 산출
물에는 두 유형이 있다. 하나는 '구체적 산출물'로서 창작의 결과물로
쓰여 졌거나, 말해 졌거나, 예술적으로 실행된 산출물들이다. 다른 하나
는 '추상적 산출물'로서, 산출자의 메타적 인식, 인지적 구조나 문제 해
결 전략, 가치들, 평가들, 자기실현의 과정에 대한 자기 평가적 산출을
제시하는 것이다. 학습자는 이 산출물을 교사 뿐 아니라 실제 사회 구
성원의 청중에게 발표하고 평가받을 수 있다. 또한 결과에 책임지기 위
해 형식과 내용을 학습자 자신이 선택할 수 있다.

5. 문학 심화 교육 프로그램의 교수·학습 원칙

'심화' 교육이 추구하는 '재능 계발', '창의적 교육'에 도달하기 위해서는, 전통적인 설명 중심 수업에서 탈피할 필요가 있다. 교사는 창의적이고 생산적인 산출물을 요구하는 상황에서 학생들의 고등 사고력을 활용하도록 격려할 필요가 있다. 이를 위해서는 학습에서의 '개방성', 학습자 자신의 발견 학습, 논증의 기회, 선택의 자유가 최대한 보장되는 것이 중요하다. 심화 교육을 위한 특별한 교수 모델은 없으며, 일반적인 탐구형 수업, 프로젝트형 수업, 문제 기반 교수 학습 모델, 현장 학습 등이 주로 활용된다.

그러나 심화 교육은 학습자 자신의 주도적 권한을 중시한다는 점에서, 교수 기법보다도 다양한 형태의 학습 방법이 고려될 필요가 있다. 학습자의 고등 사고력 개발을 위해서는 1) 개별 학습 2) 협력 학습 3) 사사학습 등이 모두 고려될 수 있다.

1) 개별학습은 학습자 자신이 탐구 과제를 설정하고, 자기 주도적으로 학습하는 것이다. 특히, 상위 학습자는 집중력과 과제 집착력으로 하여 가정과 학교, 인터넷 등 다양한 공간을 활용하여 개별 학습이 가능해진다.

2) 협력 학습은 이른바 심화 소집단 활동(enrichment cluster)을 통하여 동일한 흥미를 지닌 학생들이나 어른들이 학년에 구애 없이 함께 모여서 일정한 시간 동안 공통의 흥미를 추구해 가는 소집단활동을 고려할 수 있겠다. 이들이 전통적인 교수 학습 방법과 다른 점은 능력 및 학년 수준에 상관없이 모여 학생이 자신의 흥미를 고려하여 선택하며, 함께 어떤 산출물이나 행위를 만들어낼 뿐 아니라 학생들에게 실제 생활에서 전문가가 수행하는 것과 같은 역할을 수행하도록 한다. 인터넷 공간을 효과적으로 활용하는 것도 방법이 된다.

3) 사사 학습은 특정 전문가 혹은 멘토와의 지속적인 교류, 지도 받는 활동이다. 이 과정에서 전문인의 태도, 사고방식, 감수성 등 보이지 않는 '암묵적 지식'까지 교육 받을 수 있다는 장점이 있다.

6. 중·고등학교 문학 '심화' 교육과정 단원 개발

1) '내용' 중심 단원 개발

이 연구에서는 심화 교육과정 문학 단원 영역을 '시', '소설', '희곡' '문화 비평' 영역으로 구안하였다. 물론, 문학 내적 장르별 유형화가 심화 교육 프로그램이 추구하는 통합성이나 간학문적 성격을 충분히 실현하기에는 방해가 될 수 있다. 하지만 학교 정규 교육과정과의 자연스러운 연계를 고려할 때, 통합적인 활동을 위해서는 문학의 기본적인 영역 구분인 '시, 소설, 희곡'의 분야를 고려하는 것이 의미 있다고 판단된다. 여기에 '문화 비평' 영역을 추가한 것은, 문학의 전통적인 영역인 '비평'에 다문화, 다매체, 다학문 영역을 효과적으로 배치하기 위해서이다.

또, 심화교육의 통합적 교육과정에서는 '내용', '주제', '과정', '산출물'이 통합되어 있기 때문에 단원 개발에서 무엇을 초점으로 삼느냐의 문제가 대두된다. 가령, 반타셀 바스카(J. VanTassel-Baska) 프로그램의 경우, 상호매체성이나 간학문적 통합성을 살리기 위해 '주제 중심' 접근법을 살리고 있다. 이는 이후 인문교육 전체 차원에서 의미 있는 모델로 고려되어야 할 것이다. 하지만 이 글에서는 내용 중심의 통합교육과정을 고려하였다.

문학 장르와 관련된 지식, 문학 현상 관련 내용, 문학 활동 관련 내용이 주로 다루어지는데, 이는 정규 교육과정과의 변별성이 다소 미약하지만 현실 국어교육과 쉽게 결합될 수 있다는 효율성이 있다.

2) 단원 개발을 위한 내용 위계화

다음은 심화교육의 내용 요소를 어떻게 배치, 구조화할 것인가의 문제이다. 가장 대중적인 것은, 렌줄리[21]의 모델로 그는 심화 학습을 1) 탐색 2) 탐구 3) 프로젝트로 구조화하였다. 그러나 이는 사고나 활동 과정을 중심으로 한 위계화이기 때문에 교육의 내용적인 측면은 고려하지 못하고 있어 '내용＋과정＋결과'가 통합된 입체적인 구조가 되지 못한다는 한계가 있다. 동일한 내용의 학습이라도 어떤 유형의 사고를 유발하느냐에 따라 그 난이도는 달라질 수 있고, 또, 동일한 유형의 사고라하더라도 어떤 유형의 지식을 다루느냐에 따라 교육 내용의 수준도 달라질 수 있는 것이다. 그런 점에서 체계적이고, 일관된 '심화 교육'의 질을 유지하기 위해서는, 교육 내용과 사고 활동의 위계화에 대한 일반적 원칙에 바탕을 둘 필요가 있다. 그렇지 않고, 그 때 그 때 마다 학습자 개인의 선택에 따라 운영되는 식은 문제가 있다. 이 원칙에 기반하여, 실제 교육 프로그램 운영에서는 학습자의 자발적인 선택이나 스스로 설정한 '도전 단계'(challenge stage)를 활용할 수 있을 것이다.

(1) 지식과 내용 위계화의 원칙

① 교육 내용의 위계화 : 기본 → 추상, 단일 → 갈등

교육 내용은 '기본'적인 내용에서 '추상'적인 내용으로 위계화 될 수 있다.[22] '기본'의 내용이 단순하고 기초적인 사실을 중심으로 한다면, '추상'의 내용은 응용이나 적용을 다루며 갈등이 존재하는 복합적인 구

---

21) Renzulli, J. S., & Reis, S. M.(2000), op. cit., 참조.
22) Susan Winebrenner(2004), op. cit., pp.130~135.

조를 다룬다. 이에 맞추어 그는 기본에서 추상으로 이어지는 지식의 스펙트럼을 '1. 역사적 전개, 2. 특성 및 유형 3. 의도, 4. 영향 / 미래, 5. 이슈, 문제, 6. 리서치 7. 자기 주도적 학습'으로 위계화한 바 있다. 여기에서 '1. 역사적 전개, 2. 특성 및 유형'은 기초적이고 이미 확정된 사실이, '3. 의도, 4, 영향 / 미래, 5. 이슈, 문제, 6. 리서치 7. 자기 주도적 학습' 등은 특정의 맥락에 적용하여 추론해야 하고, 또 쟁점과 모순이 존재하는 포괄적인 내용을 다룬다는 점에서 '추상적' 내용이라고 할 수 있다.

이러한 위계화 구도는 문학과 관련된 지식을 구조화하는 데에도 효율적이다. 1, 2의 영역이 개별 장르나 영역의 내적 구조나 실체에 대한 이해와 관련되는 항목이라고 한다면, 3, 4는 사회 역사적 맥락에서 문학을 중층적으로 해석하는 내용과 연관된다. 또, 5, 6항목은 문학 현상의 역동적인 쟁점과 배리의 진실을 전제로 하는 추상적이고 복잡한 내용이 포함된다. 가령 '서사의 인물'에 대한 항목을 교육한다고 하더라도, '1, 2'의 영역은 '서사의 인물 유형'이나 '인물의 역사'를 다룬다면, '3, 4'영역에서는 '인물을 창작한 작가의 의도', '특정 사회 문화적 맥락과 연관되는 인물 유형', '새로운 서사에 나타날 인물 상'등으로 복잡한 내용을 다루게 되며, '5, 6' 영역에서는 '당대 서사물에 나타나는 특정 인물 유형'의 리서치, '특정 인물형에 대한 쟁점' 등으로 더욱 추상화할 수 있게 된다.

이런 점에서 이 연구에서 구안한 프로그램은 이 위계화의 구도를 바탕으로 교육 단계를 설정하였다. 그 결과, 1 레벨에서는 '1. 역사적 전개, 2. 특성 및 유형'을, 2 레벨에서는 '3. 의도, 4, 영향 / 미래'로, 3레벨에서는 '5. 이슈, 문제, 6. 리서치 7. 자기 주도적 학습'으로 내용을 선정하였다.

② 사고 과정의 위계화 : 단순 → 복잡

사고 활동 과정에서 '단순' 수준은 '지식'과 '이해' 차원에서의 기본적인 사고 기능(basic skill)이라고 한다면, 반면 '복잡'의 수준은 이를 응용, 적용, 비판, 평가하는 고차원적인 사고이다. 이 프로그램에서는 주로, 후자를 다루지만 중요한 것은 이러한 사고 과정이 어떠한 문학 활동 및 문학적 산출물과 연관되는지를 살펴, 문학교육의 과제와 생산물 만들기에 활용하는 것이다. <표 2>는 각 사고 과정의 수준에 따른 문학 활동과 생산물을 위계화한 것이다.

<표 2> 사고 과정에 따른 문학 활동과 생산물의 위계화

범주	정의	문학 활동 및 과제	문학 생산물
종합/ 생성 (상)	부분을 새로운 전체로 다시 만들기	작문, 설계, 창안, 창조, 가설, 구성, 예측, 부분 재배열하기, 상상	시, 노래, 스토리, 광고, 창조적 생산물 창안, 학습 계획
평가 (상)	특정 범주로 사물의 가치 판단	판단, 평가, 의견 만들기, 관점 제시, 비평, 추천	결정, 평가 등급 매기기, 편집, 논쟁, 비판, 방어, 증명, 판단
분석 (중)	부분을 전체와 연관지어 이해하기, 구조와 동기 이해하기, 오류에 초점 맞추기	탐구, 분류, 범주화, 비교, 대조, 해결	조사, 질문 만들기, 계획, 문제나 의문점 해결하기, 기록, 안내서
적용 (중)	특정 상황을 다른 상황으로 지식 전환하기	증명, 안내서나 지도, 차트 사용 및 만들기	처방, 모델, 작품 설명, 도안
이해 (하)	개념에 대한 기본적인 이해, 다른 말로 번역하기	다시 진술하기, 예를 들기, 설명하기, 요약, 번역, 상징 보여주기, 편집	표, 다이어그램, 질문에 응답, 교정, 번역
지식 (하)	이전에 배운 것을 기억하는 능력	말하기, 암송, 리스트, 기억하기, 규정하기, 위치 짓기	활동지, 퀴즈 테스트, 기능 작업, 어휘, 사실

이 위계는 각 레벨의 학습 내용에 따라 적절하게 다르게 배치될 수 있다. 가령, 레벨 1의 경우, 다루는 내용이 기본적인 수준이기 때문에 문학 활동과 산출물 역시 지식 이해부터 종합 생성에 이르기까지 포괄적으로 다룰 수 있겠다. 반면, 레벨 2와 3의 경우, 다루는 내용이 추상적인 수준으로 올라가기 때문에 사고 과정 역시, 분석, 평가, 종합에 기반한 문학 과제와 산출물을 제공할 수 있겠다.

<표 3> 내용과 사고 과정 선정에서의 위계화 원칙

사고 과정 내용 단위		기본→ 추상 탐색→ 탐구→ 프로젝트					
		지식	이해	적용	분석	비판/평가	종합/생성
단 순	1. 역사적 전개						
	2. 특성, 유형						
	3. 의도						
	4. 영향 / 미래						
	5. 이슈, 문제						
복 잡	6. 리서치						
	7. 자기주도학습						

1레벨　　2레벨　　3레벨

③ 텍스트(자원)의 위계화

문학 텍스트의 난이도를 평가할 수 있는, 합의된 진단 방법은 없다. 하지만 원칙의 설정은 가능하리라 본다. 난이도는 두 가지 방향에서 설정가능하다. 일단, 학습자의 인지적, 정서적 관심이나 태도와 관련된 난이도 수준이고, 또 다른 하나는 텍스트 자체의 특성이다. 전자의 경우, 학습자의 배경 지식이나 문화적 배경과의 친숙도 정도, 텍스트의 복수

여부를 들 수 있겠고, 후자의 경우, 텍스트 구조의 복합성, 의미의 다중성과 애매성, 그리고 주관성을 고려할 수 있다. 가령 서사 텍스트의 경우, 갈등의 존재 여부, 기본 화소와 자유 화소의 관계, 모순적인 이미지와 아이디어의 공존 여부, 행위와 사건에 관여하여 중층적 인과적 배경 여부, 화자의 주관적 서술 태도 등을 꼽을 수 있다.

3) 문학 심화 교육과정의 3단계 : 중·고등학생 대상

앞에서 논의한 교육 내용과 사고 과정, 텍스트 자원의 위계를 바탕으로 하여 이 글에서는 중학교 1, 2, 3학년, 고등 1, 2학년을 각각 3레벨로 나누어 교육 내용을 위계화하였다. 이 레벨은 분절적, 폐쇄적이라기보다 나선형으로 엮는 누가적이다. 아래의 표와 같이, 일련의 사고 유형과 언어활동의 흐름에서 특정의 단계를 나누었다고 할 수 있다. 그리고 이는 무학년 개방형 프로그램으로 학습자의 관심과 성취도에 따라 선택 가능하다.

〈표 4〉 문학 심화 교육 프로그램의 레벨별 위계 원칙

레벨	단계별 특성	교육 프로그램 구성의 위계 (내용 + 사고 과정 + 주제 + 텍스트)
1레벨 (중학교 1, 2학년)	탐색의 입문기	• 내용 : 개별 장르의 특성 및 유형, 역사적 전개 • 과정 : 지식의 이해와 적용, 분석을 통한 탐색 과정 중시 • 자원 : 친숙한 맥락의 문학텍스트, 다매체 강조 • 주제 : 개인적 차원에서 '변화' 현상 탐색
2레벨 (중학교 3학년)	탐구의 성숙기	• 내용 : 문학 장르와 작품의 의도, 영향 및 미래, 문제 탐구 • 과정 : 분석, 비판, 평가 등을 통한 해석과 탐구 과정 중시 • 자원 : 다양한 사회, 역사적 맥락의 문학 텍스트 다문화강조 • 주제 : 사회적 문화적 차원에서의 '변화'의 유형과 원리 탐구
3레벨 (고등학교	전문적 연구와	• 내용 : 문학의 학문적, 현실적 이슈와 문제 탐구, 리서치와 　　　　 자기 주도적 학습

1학년)	작품 생산기	• 과정 : 현실적 과제에 대한 자기 주도적인 프로젝트 중시 • 자원 : 비문학을 포함한 다양한 영역의 텍스트 종합, 상호담론 강조 • 주제 : 역사적 차원에서의 '변화' 참여 및 평가, 전문 직업 관련 문학 내용으로 구체화

4) 실제 문학 심화 교육 프로그램의 단원 구성 예시
: 서사 영역을 중심으로

앞의 원칙에 근거하여 '서사' 단원을 중심으로 개별 단원 구성의 예를 제시한다.

(1) 서사 영역 심화 프로그램 전체 단원명

〈표 5〉

	단원1	단원2	단원3	단원4
수준1 (7, 8학년)	서사의 인물 이해	이야기의 해로움과 이로움	춘향 이야기는 어떻게 변화되어 왔는가(춘향전 프로젝트)	텔레비전 속의 이야기 유형들
수준2 (9학년)	우리나라 텔레비전에 비친 청소년의 이미지	이야기는 왜 자꾸 다시 이야기되나?	감동적 이야기의 요건	내가 좋아하는 이야기꾼 탐구
수준3 (10학년)	서사의 이로움과 해로움	동일 모티프의 문화적 변형 원리	한국의 이야기 전통 프로젝트	'나'에 대한 이야기, '우리'에 대한 이야기

(2) 개별 단원 실라버스 제시

〈표 6〉

<table>
<tr><td>

단원명 : 동일 모티프의 문화적 변형

1. 교육과정 번형 차원
  ① 내용 : 문화적 '변형'　　② 과정 : 공통점과 차이점, 원인과 결과
  ③ 산출물 : 에세이 쓰기　　④ 리서치 : 각 나라 문화에 대한 자료 찾기
  ⑤ 자원 : '신데렐라' 이야기

2. 학습 목표
 : 서사의 문화적 공통점과 차이점 분석하고, 줄거리 비교를 통해 서사의 문화적 '변형'을 이해한다.

3. 교사 활동
① 신데렐라가 나라나 시대, 매체에 따라 변형되고 있는 점에 주목하고, 차이점을 발견할 수 있도록 한다.
② 서사적 차이의 구체적 내용을 열거하고, 분석할 수 있도록 한다. 교사는 문화적 변인에 서사에 개입하는 방식을 상기시켜 구체적인 분석이 되도록 한다.
③ 서사적 변형의 원인에 대한 가설을 세울 수 있도록 한다. 교사는 사회 문화적 변인의 다양한 요소들 (규범, 제도, 가치관, 정서적 태도, 사회적 관계 등)을 제시하여, 텍스트적 변인과 컨텍스트적 변인을 밀접히 연관시킬 수 있도록 한다.
④ 각자의 가설에 대해 토론하도록 한다.
⑤ '신데렐라' 이야기의 변형 실태에 대한 자신의 에세이를 발표한다.

4. 평가 및 학습자의 자기 성찰
① 구체적 산출물 : 새롭고 창의적인 가설을 설정했는가.
② 추상적 산출물 : 가설 입증을 위해, 컨텍스트적 변인에 대해 다양한 자료와 올바른 인과 판단을 했는지 여부. 학습자 스스로 해결 과정을 탐색하도록 한다.

5. 차별화의 핵심
－학습자가 관심 있는 '신데렐라' 버전을 바탕으로 서사적 변형에 대한 가설을 스스로 세우게 한다.
－교사는 화제를 추상적으로 제시하여 학습자의 다양한 접근을 유도한다.

</td></tr>
</table>

7. 표준 교육과정을 넘어서

이제까지 언어 재능 계발을 위한 문학 심화 교육 프로그램 설계한 내용을 제시하였다. 심화 교육은 '국민 공통 기본' 교육의 표준화된 내용을 학습자의 적성과 관심에 따라 차별화할 수 있다는 장점을 지닌다. 물론 현재 7차 교육과정 등에서는 수준별 교육에 대한 비판이 제기되기도 하지만, 이는 심화 교육 자체에 대한 부정이라기보다는 7차 교육과정 형태의 심화가 지니는 문제라 할 수 있겠다. 이에 본고에서는 실제 창의성에 기반한 언어문화교육에 중점을 두고, 프로그램을 설계하였다. 국가 주도의 표준 교육과정이 제도적으로 지니는 한계 때문에 미처 반영하지 못했던 부분을 반영하여 국어교육의 질적 심화에 이바지 할 수 있기를 바란다.

매체 통합적 문학 독서 교육 내용 개발 연구

1. 매체 통합의 필요성

본격적인 디지털 시대를 맞이하면서 사회 전 영역에 걸친 새로운 변화들에 직면하고 있다. 물론 문학도 그 예외는 아니다. 영상문학, 하이퍼 문학, 게임 서사 등 전통적인 문학과는 다른 새로운 장르들이 일상화되고 있다. 또 예전의 문학청년의 자리가 이제는 영화청년으로 그리고 다시 컴퓨터 게이머들로 자리를 옮기고 있다. 전통적인 문학교육의 입장에서 보면 이런 현상은 당혹스러운 측면이 없지 않다.

90년대 중반 이후 문학교육에서는 '매체교육' 혹은 '문화교육'이라는 개념으로 이런 변화된 상황에 적극 대응하고자 노력해 왔다. 기존의 매체 문제에 대한 논의를 정리한다면, 다음 네 가지 접근 방식이 있는 듯하다. 첫째, 미디어 텍스트를 '문학의 확장'으로 보고 매체 변용 문제를 중심으로 논의한 시각이 있다.[1] 이 논의는 문학의 존재 방식이 역사적이라는 점을 강조하여 문학을 문자로 한정짓는 편견에 도전하고자 하였으며, 다양한 매체에서도 문학적 상상력의 품격을 잃지 않는다는 점

---

[1] 김대행(1998), "매체언어교육론 서설", 국어교육97, 한국어교육학회. 박인기(2002), "문화적 문식성의 국어교육적 재개념화", 국어교육학 연구 15집, 국어교육학회.

을 논증하고자 하였다. 문학의 영화화, 만화화 등 다양한 매체가 논의
되었으며 이 과정에서 '소설교육'은 '서사교육'이란 개념으로 확장되기
도 하였다. 이 접근은 문학 경험의 다양한 매체적 변주를 고려하였다는
장점에도 불구하고, 다매체 문제를 텍스트와 관련된 '다소' 외연적인
확장에 그쳤다는 아쉬움도 있다.

둘째, 대중문화의 관점에서 접근한 연구들2)이 있다. 이 연구는 '매체
언어'보다는 대중매체로 양산되는 '문화'에 초점을 두고, 청소년 학습자
들의 생활 문학, 일상 문화에 관심을 두었다. 정전에서 벗어나 다양한
문화, 예술 양식과 오락성, 즐거움의 체험에 대한 교육적 관심을 불러
일으켰고, 청소년의 문학 문화를 새롭게 인식하게 되면서 학습자의 취
향문화에 대해 자각하게 되었다. 하지만 아직은 대중문화 경험의 이해
에 주목하고 있고 교육적 개입에 대한 논의가 더 많이 이루어져야 한다.

셋째, 새로운 매체의 사고 경험, 독서 혹은 미적 경험에 관심을 보인
연구들이 있다.3) 영상, 멀티미디어 텍스트 읽기가 전통적인 문자 읽기
가 구별되는 독서 경험, 사고 경험의 차이를 밝히고, 교육적 가능성을
논의한 것이다. 디지털 매체의 사고를 적극적으로 활용하는 '인터넷 기
반' 문학 독서교육의 가능성도 제시하고 있다.

넷째, 매체의 변화가 문식력의 성격과 유형을 변화시킨다고 보고, 문
식력의 기본 문제를 연구한 작업들이 있다.4) 문화적 문식성, 디지털 리

---

2) 김동환(2002), "문화교육으로서의 국어교육", 국어교육학연구 15집, 국어교육학회.
 최지현(2003), "인터넷에서의 청소년 문학 생활화 방안", 문학교육9호, 한국문학교육학회.
 류수열(2003), "문학교육의 외연과 텔레비전 오락 프로그램의 가능성", 국어교육학연구
 17, 한국어교육학회. 문영진(2001), "서사교육의 방향 설정에 관한 연구", 국어교육학연구
 13집, 국어교육학연구학회. 최병우(2003), "다매체와 독서 개념의 변화", 『다매체 시대의
 한국문학연구』, 푸른사상.
3) 박인기(1996), "독서와 매체 환경", 독서연구 1집, 한국독서학회. 서유경(2002), 『인터넷
 매체와 국어교육』, 역락. 최병우(2003), 『다매체 시대의 한국문학연구』, 푸른사상.
4) 졸고(2001), 『국어교육의 문화론적 지평』, 소명출판. 박인기(2002), "문화적 문식성의 국
 어교육적 재개념화", 국어교육학연구 15집, 국어교육학회. 정현선(2004), 『다매체 시대의

터러시, 다중 문식력 등의 개념으로, 다양한 매체 환경에서의 언어활동의 성격을 재규정하고자 하였다. 이 경우, 개별 매체 언어보다는 의미작용이라는 '문화'의 포괄적인 영역을 문제 삼으며 맥락적 접근을 강조하고 있으나 전통 매체와 새로운 매체와의 통합성 문제가 해결되지 않았고, 아직은 시론적인 성격이 강하여 보다 구체적인 논의가 요구된다.

　이런 접근들은 문학교육에서 '매체'의 문제가 얼마나 복잡하고 다양한 층위와 연관되고 있는가를 잘 보여주고 있다. 하지만 이제, 매체는 문학교육 기본 틀의 문제로 육박해 나갈 시점이 되었다고 본다. 사실, 기존의 매체교육 논의는 개별적인 매체나 장르들을 중심으로 하였고, 그 과정에서 문학교육의 '기본 층위'보다는, '확장과 보완'이라는 다소 주변적인 차원에 머물러 있는 것도 사실이다. 물론 문학교육에서 중심을 잡는 일은 정체성 확보와 관련된 매우 중요한 문제이다. 하지만 그렇다고 문학의 본질을 특정 매체와의 필연적인 연관으로만 바라보는 것도 재고할 필요가 있다. 매체의 변화는 문학적 본질 자체의 변화라기보다는 문학이 존재하는 역사적 방식의 변화와 연관되기 때문이다.[5]

　사랑방에 둘러 앉아 두런두런 나누었던 이야기가 필사되고 인쇄되어 책으로 만들어졌고 그것이 다시 거실에 놓인 텔레비전과 컴퓨터라는 전자 매체를 타고 향유되고 있지만 서사를 향유하는 과정에서 누리는 즐거움과 삶을 성찰하는 기쁨은 크게 변화되지 않았다. 그런 점에서 음성, 문자, 영상, 멀티 모드는 매체 '언어'와는 다르지만 '매체성'이라는 공통점을 지니고 있으며, 각기 다른 표현 방식과 수용 경험을 제공하지

국어교육과 문화교육』, 역락.

5) 물론 매체의 변화에 따라, 문학의 본질에도 변화가 있을 수 있다는 점은 인정한다. 가령, 최유찬 교수는 기존 문자 중심 문학이 '아름다움'을 중심으로 하였다면, 디지털 상황에서는 문학도 '흥미로움'의 범주를 중심으로 전개한다는 점을 밝힌 바 있다. 문제는 이와 같은 문학적 본질의 확대, 혹은 이동을 '문학적 본질'의 훼손이나 변질로 볼 경우이다. 최유찬(2004), 『컴퓨터 게임과 문학』, 연세대 출판부.

만 그럼에도 문학 본연의 특성을 내장하고 있다는 시각으로 접근할 필요가 있다.

이런 문제의식 하에 이 글에서는 문화교육이라는 포괄적이고 전체적인 틀 속에서, 전통적인 문자 중심 문학교육과 다양한 매체 기반 문학교육의 통합을 모색하고자 한다. 특히, 다매체 상황에 따른 문화 환경의 변화에 주목할 것이며, 이를 바탕으로 다중 문식성(multi-literacy) 개념6)을 문학 독서교육 내용 개발에 적극 활용하고자 한다. 특히, 급변하는 매체 환경에서 문학교육은, 창의적인 문학-문화의 컨텐츠를 만들어 낼 수 있는 능력을 계발하는 몫을 담당해야 한다는 점에 주목할 것이다.

2. 다매체 시대, '문학'의 생산과 수용 방식의 변화

문학의 입장에서 다매체 시대는 '기회의 담론'이기보다는 '위기의 담론'으로 사고되는 경우가 더 많다.7) 하지만 전자 매체의 등장은 이전 활자 매체를 부정하고 대체하고 있다기보다는 다른 매체들 간의 통합을 통해 새로운 변형을 만들고 있다고 보는 것이 더 타당하다. 종이는 컴퓨터의 등장으로 사라지는 것이 아니라, 영상, 동영상, 소리, 촉각의 복합적인 상호작용, 그리고 하이퍼텍스트라는 독특한 존재방식 속에서 대거 '기능 전환'하고 있다고 보는 것이 더 타당하다.8) 문학 역시 마찬가지다. 영상이나 디지털에 의해 문학이 사라지고 있는 것이 아니라,

---

6) 자세한 내용은 3절에서 상술한다.
7) 최신에 발간된 문학 전문잡지의 기획 담론에도 이를 확인할 수 있었다. 김형중·심진경·천정환(2004), "뉴미디어 시대 문학의 새로운 지형을 말한다.", 문학동네 40호 가을, 문학동네.
8) 이런 인식은 최혜실(2001), 『디지털 시대의 문화 읽기』, 소명출판. 강내희(2003), 『문학의 힘, 문학의 가치』, 문화과학사. 최유찬(2004), 『컴퓨터 게임과 문학』, 연세대 출판부.

시청각의 정보체계들의 내장 부속품으로 변화되어 가고 있는 것이다. 컴퓨터 게임, 영화, 광고 등에서 문학은 상상적 자원으로 훨씬 다양하게 활용되며, 과장된 것일 수도 있겠지만 디지털의 상황은 오히려 문학적 상상력에 대한 수요를 가중시키는 측면도 있다. 문학적 '서사'는 다양한 매체, 다양한 문화적 공간에 광범위하게 활용되고 있는 것이다.

사정이 이러하다면, 다매체 시대의 문학 독서 문제를 다루기 위해서는, '문학이 위기냐 그렇지 않느냐 하는 진단보다는 변화된 문학 텍스트, 문학 생산과 수용 경험의 특성이 무엇인지를 교육적 관점에서 고려하는 작업이 우선적으로 이루어져야 할 것이다.

먼저, 다매체 시대는 문학은 생산과 소비의 연관성이 강화되어, 읽기가 곧 쓰기로 전환되는 기회가 많아진다. 곧, 작가의 권위에 복속되기보다는 독자의 다양한 방식의 재생산되는 모습이 일상화된다. 특히 전자매체는 기원의 흔적을 지워나가면서 무한한 자기 증식을 확대하기 때문에 이러한 생산, 소비 과정에서는 원래의 작품이 무엇이었는지에 대한 원작에 대한 질문을 생략한 채 즉각적인 반응과 변형 과정만이 꼬리에 꼬리를 물면서 이어지게 된다. 이 과정은 어떤 원작이나 장르가 다른 매체나 장르로 변형되는 장르 혼합, 매체 혼합, 혼성 모방으로 나타나고 있다. 이런 상황에서 문학 독서는 다소 즉각적인 양상을 띠게 된다. 전통적인 문학 독서가 작품에 드러난 삶에 대한 성찰과 가치를 꼼꼼히 씹고 되새기는 성찰과 사색의 과정을 지녔다면, 디지털 시대에는 주어진 작품들에 즉각적으로 반응하거나 이를 다른 매체나 장르와 결합하여 표현하는 일들이 쉽게 이루어진다. 이 즉각성은 기존 문학 독서의 핵심적인 범주였던 진정성과 성찰성과 대립되는 디지털 시대의 독특한 특성이다.

또한 다매체 시대의 문학 생산과 소비는 '다감각적'이라는 특성을 지닌다. 기존의 문학이 활자 내 문자를 이미지로 환기시키는 상상의 작업으로 읽혀졌다면, 다매체 시대는 시각, 청각, 촉각이 통합된 감각들로 체험되는 특성이 강하다. 또, 수용자는 자신의 취향이나 개성, 문화적 정체성에 따라 다양한 매체 중의 하나를 선택할 수 있다. 가령, 동일한 <삼국지>라도 소설책으로, 만화로, 영화로, 하이퍼텍스트로, 컴퓨터 게임 서사로 접할 수 있는, 매체 선택의 상황에 있는 것이다. 이는 동일한 메시지라도 이메일, 편지, 핸드폰 문자, 블로그, 전화, 대면적 소통 등의 다채로운 '매체 스위치'(media switch)의 경로를 거치는 것과 유사하다. 중요한 것은 이러한 각각의 서사 경험이 서로에 영향을 미치며, 서사 스키마에 개입한다는 것이다. 드라마 보기와 소설 읽기는 분명 다른 즐거움과 해독을 제공함에도 불구하고, 양자의 서사 경험은 서로 간섭하고 상호 영향 관계에 놓이게 된다. 그리하여 어린이들은 바비 인형의 옷을 갈아입히며 놀면서 로맨스 이야기들을 자연스럽고도 재미있게 받아들이며, 또, 만화 영화와 컴퓨터 게임의 이야기의 도식이 교과서 속의 동화와 소설 작품 이해에 관여하기도 한다.

또한 전자 매체가 제 2의 구술문자 시대라고 할 때, 문학 독서는 집단성, 상호 작용성, 상황성이라는 특성을 고스란히 부여받는다. 이는 개인적 독서가 사회, 문화적 담론에 영향을 받거나 영향을 주면서 적극적으로 상호 작용하는 현상이라 할 수 있다. 사이버 공간에서는 특정 소설 작품이나 텔레비전 드라마를 중심으로 한 수용자들의 모임이 만들어지고, 독특한 문화적 유대와 공동체를 만들어 가는 모습을 쉽게 발견할 수 있다. 이런 상황에서는 텔레비전 드라마도 더 이상 수동적인 시청 형태가 아니라, 전통적인 구어 서사와 같은 이야기판을 만든다. 이 경우, 작품 그 자체보다도 작품에 대한 비평적 담론, 다른 수용자들의 수용 담론이 더욱 강력한 영향을 미친다. 김훈의 <칼의 노래>가 언론에서 고위 공직자의 개인적인 독서 경험과 함께 소개되면서 많은 독자층을 확보하여 특정의 맥락에서 읽히게 되었으며, 아울러 이순신 장군의 이야기가 연극이나 텔레비전 드라마에서 다양하게 변형되는 사례도 이를 보여준다.

물론 이와 같은 다매체 상황에 대한 문학교육적 판단은 다양할 수 있다. '위기'의 입장에서 보는 시각도 있겠고, '기회'의 시각으로 접근하는 사람도 있을 것이다. '위기'로 보면, '문학적 문맹'이라고 하여 읽고 생각하지 않고 보기만 하는 영상매체의 '문화죽'에 매몰되는 상황,9) 가상적 현실에 몰입하는 '시뮬라시옹'의 상황을 강조하게 될 것이고, 문학의 종말이라는 배경에서 문학을 살리기 위한 전통적인 인문적인 독서교육을 강조할 수 있겠다. 또, 기회로 보는 사람은 문학 독자가 문화 생산에 참여할 수 있는 민주적인 기회가 늘었고 학교교육의 경우, 청소년들이 자신의 문화를 창조의 에너지로 적극 활용할 수 있다는 점을 중시할 수 있다. 하지만 어떤 입장이든 문학의 운명과는 별도로 학습자들은 다매체의 상황에서 살아가야 하고 그에 걸맞는 문식력을 요구받는다는 점을 부인하기란 힘들 것이다.

디지털 매체를 낙관적으로 보는 입장에서는 다매체 활동으로 학생들의 사고와 표현, 창의력의 잠재력을 최대한 가동할 수 있다는 것, 그리고 미래 문화의 생산자로 교육할 수 있다는 점을 강조한다. '다중문식성'(multi-literacy)을 논의한, 뉴런던 그룹의 군터 크레스(Gunther, Kress)는 다매체 상황으로 인간의 소통과 표현의 잠재력이 최대한 실현될 수 있으며, 또 창조의 가능성 역시 극대화할 수 있다고 극찬한다.10) 이들은 굳이 멀티 텍스트가 아니더라도 원래부터 인간의 모든 표현과 소통은 다중의 모드로 되어 있음에 주목한다. 실제로 우리의 대화 상황을 살펴보면, 언어적 전언 뿐 아니라 몸짓, 표정, 대화자의 공간적 위치, 소리의 음색, 크기, 어조 등 '몸짓'이나 '음성'의 요소 역시 매우 중요한 '매

---

9) 김성재 외(1998), 『매체 미학』, 나남출판.
10) Bill Cope & Mary Kalantzs(2000), *Multiliteracies*, Routledge, pp.153~155.

체'로 참여하고 있으며, 또 언어처럼 이들도 모두 문화적 코드에 따라 나름의 의미들을 지니고 있음을 알 수 있다. 문학 독서도 마찬가지다. 책을 읽는다고 하지만, 우리가 문자만 읽는 것은 아니다. 특히 책에도 디자인 개념이 중시되면서, 문자의 폰트나 디자인, 여백, 그림 등의 시각적 효과도 독자의 반응에 적극 개입하게 된다. 특히, 이미지는 문자의 내용을 단순 보완하는 것이 아니라 정서적 반응을 포함한 제 3의 의미를 만들어 낸다고 한다. 사정이 이렇다면, 학생들에게 독서 후 활동에 다양한 매체를 선택할 수 있는 권리를 준다면 쓰기만 강조했을 때보다는 독서 경험이나, 의미들의 폭을 넓힐 수 있을 것이다.

특히, 주목할 것은 멀티미디어의 상황에서는 의미 및 문화 생성의 원리가 기존과는 다른 양상을 띤다는 점이다. 그 원리는 이질적인 매체와 모드를 하나로 통합시키고, 다양한 매체, 의미 자원을 활용하여 '변용, 재구성'11) 혹은 이른바, '모자이크'12) 방법이라 할 수 있다. 이는 언어 매체를 기반으로 한 '재현' 혹은 '사용'(혹은 소통)의 원리와 구별된다. 언어는 사회적 규범과 관습에 기초하여 사용되고 여기서 개인은 아무리 창의적인 변형을 거친다고 하더라도 기성의 체계에 구속되어 있다. 반면, 멀티미디어의 상황에서는 현실과의 지시적 연관관계에 연연하지 않고 음성, 이미지, 동영상, 문자의 다양한 모드들의 새로운 결합으로 자족적인 가상 현실의 세계를 창조한다. 여기에서 '의미 구성(meaning making)'은 언어 규범, 지시 대상과의 연관보다는 기호적, 의미론적 유산들과의 다양한 변용, 재구성이 핵심 원리가 된다.13) 우리는 흔히 디지털과 아날로

---

11) Bill Cope & Mary Kalantzs(2000), op. cit., pp.155~160.
12) 최유찬(2004), 『컴퓨터 게임과 문학』, 연세대 출판부.
13) 물론 이 '변용'과 '재구성'이, 재현과 전혀 무관하지는 않을 것이다. 가령, 최유찬 교수는 '게임 서사'를 변용 / 재구성이란 말보다는 '이중 재현'이란 개념을 쓰고 있다. 데이터베이스의 자료 뭉치가 일차 재현이라면, 게이머의 선택에 의해 반복되면서도 생성되는 측면이다. 아무리 게임 서사 속의 '가상 현실'이라도, 그 설정된 데이터의 목록들은 기존의 스토리 구조나 그 문화권 내의 행위 도식에 기반하고 있다는 점에서 디지털 공간

그를 구분하고 대립시킨다. 하지만 멀티 모드의 텍스트에서 이런 구분은 큰 의미가 없다. 모든 매체와 의미 자원들이 통합되며, 기호 읽기(소비)와 기호 쓰기(생산)이 동시에 일어나기 때문이다.

요약한다면, 다매체의 상황은 문학의 생산과 수용 방식에서 생산과 수용의 통합, 다감각, 집단성, 상호 작용성, 즉각성 등과 같은 변화를 가져왔다. 하지만 매체가 소통의 도구이자, 문화의 양식이라고 한다면, 매체의 다변화는 단순히 매체의 가짓수가 늘어난 것이 아니라 표현과 사고, 지각의 다양성,14) 문화적 다양성이 보다 통합적이고 입체적으로 조직되고, 변형 생성된다는 점에 주목해야 한다.

3. 문학 독서 개념의 확장과 문학 독서교육의 방향

1) 문학 독서 개념의 확장

먼저, 이와 같은 변화 상황에서는 '문학 독서' 개념 자체를 확장할 필요가 있다. 이는 '문학'과 '독서'라는 범주 자체가 어떤 고정된 형태로 정해져 있는 것이 아니라 역사적인 조건에 따라 끊임없이 변화된다는 특성15)을 인정한다면, 쉽게 동의할 수 있는 부분이다. 일단, 외연적 확장을 고려할 수 있다. 활자 문학 텍스트를 대상으로 한 읽기 뿐 아니라, 음성, 영상, 동영상, 인터넷 텍스트를 대상으로 한 보고, 듣고, 체험하기16)가 모두 독서 활동에 포함될 수 있다. 이렇게 되면, '읽기' 개념

에서도 '재현'의 요소가 사라진다고는 보지 않는다. 하지만 인터페이스 공간에서, 이질적인 모드와 자료를 통합 활용하여 구성하는 세계는 단일 언어의 세계와는 다르다.

14) 정현선(2004), "디지털 리터러시의 국어교육적 고찰", 국어교육학회 여름 정기 학술대회.
15) Manguel, Alberto, 정명진 역(2000), 『독서의 역사』, 세종서적.
16) 하이퍼 텍스트나 컴퓨터 게임에서의 수용을 포괄하기 위해 이 용어를 사용한다.

은 활자 매체 중심의 이해를 의미하는 'reading'의 의미를 넘어설 것을 요구 받는다.

이 글에서는 '의미화 실천'(signifying practice)이라는 용어를 제안한다. 이 개념은 바르트의 논의를 빌리자면, "주체와 타자의 논쟁, 그리고 사회적 문맥에서 동일한 움직임으로 투자되는 노동으로 생산되는 의미"[17]와 관련되는 언어활동이라 할 수 있다. 특히, 언어의 활동적 에너지와 언어 주체의 정체성을 중시하여 독서가 사회 문화적 협상 과정으로 이루어지는 측면을 잘 살리고 있다. '문학 독서'를 '의미화 실천'의 일종으로 접근할 때, 독서 활동은 문학 작품 그 자체만이 지니는 항존적 가치의 이해에서 나아가 특정 사회 역사적 조건 속에서, 그리고 다른 매체들의 교류 속에서 사회 문화적 의미가 생성, 변형되는 과정을 이해하고 나아가 이를 둘러싼 다양한 담론에 실천적으로, 창조적으로 참여하는 과정 전체를 아우르게 된다. 이 경우, 읽기의 사회, 문화적 실천의 성격, 문학과 다양한 매체의 통합적 가로지르기, 대중문화와 정전, 인쇄 매체와 전자 매체를 통합적이기도 역동적으로 고려할 수 있다는 장점이 있다.

2) 문학 독서교육의 설계 방향

그렇다면, 문학 독서교육은 어떤 방향으로 설계될 수 있겠는가. 사실, 다매체 시대는 '문학'의 변화 뿐 아니라 '교육'의 위상에 커다란 변화를 가져오고 있다. 대중매체가 간접적으로 수행하는 사회 교육이 학교 교육을 위협하고 있기 때문이다. 그런 점에서 '사회화'에 기반한 근대 학교교육은 자칫 학습자들의 이탈을 가져올 수 있다. 이런 이유로 학교 독서교육도 현실적 경험을 추수하는 차원을 넘어서 문화적 폭과 깊이

---

17) Barthes, Roland(1981), *Theory of text*, McLeod, Ian(trand), pp.31~47. Hawthorn, Jeremy M, 정정호 역(2003), 『현대문학이론 용어사전』, 동인, 630면, 재인용.

를 다질 수 있는 성찰 능력을 함양하는 방향으로 나아가야 한다고 주장[18]이 제기되기도 한다. 이를 고려하려한다면, 다음의 방향을 고려할 수 있겠다.

첫째, 문학과 매체 텍스트의 상호작용을 고려하되, 상호매체성에 주목하여 차이와 상호연관성을 포괄적으로 교육한다. 이 경우 개별 매체, 개별 장르들의 차이를 강조하는 개별적 접근보다는 상호연관을 중시하는 통합적인 접근이 더 유의미하다. 이런 판단은 뉴런던 그룹[19]에서 제출한 '다중 문식성(multi-literacies)'의 개념에서도 그 타당성을 인정받을 수 있다. 이들은 정보사회에서는 다양한 언어문화, 소통 모드에 따른 다양한 매체 언어와 소통, 협상하며 나아가 새로운 의미를 기획, 설계할 수 있는 능력이 중요하다고 지적하면서 이를 위해서는 개별적인 단위보다는 다양한 언어문화들과의 교섭, 소통할 수 있는 능력이 중요하다고 지적하고 있다. 이런 논의들을 참조한다면, 문학교육은 다양한 매체들이 통합적으로 운용되도록 하되 이러한 매체 통합이 기존의 '재현', '소통' 혹은 '사용'을 넘어서 '변용과 재창조'에 적극적으로 기능할 수 있도록 구성해야 한다는 점, 또 매체가 다양한 문화와 협상하고 창안할 수 있도록 해야 한다는 시사점을 얻을 수 있다.

둘째, 문학 독서의 미적 성격과 사회 문화적 성격을 균형감 있게 고려하여 '문화로서의 독서'를 추구해야 한다. 다매체 시대의 독서는 사회적 상호작용이나 집단적 협동 속에서 수행되는 경우가 많다. 가령, 문학 작품을 읽더라도 사이버 공간의 동호회 활동으로 함께 하면서 사회적 유대를 형성하고 특정 권력 구도에 나름의 위치를 설정하게 된다. 특히 사이버 공동체 속에서는 공동체 구성원으로서의 각별한 의식과 연대를 도모한다.[20] 또, 텔레비전이나 영화 보기는 가족들이나 또래집

---

18) Hermann, Giesecke, 조상식 역(2002), 『근대교육의 종말』, 내일을 여는 책.
19) Bill Cope & Mary Kalantzs(2000), *Multiliteracies*, Rotledge.

단과 대화와 함께 하며 가족 문화 형성과 관련지어 이해될 수 있다. 이
경우 독서는 인지적 활동의 차원을 넘어서 즐거움을 만들고 함께 삶을
공유하는, 이른바 사고로서의 읽기'를 넘어서 '문화로서의 독서'로 구
체화되는 모습을 띤다. 문학 독서교육도 개인의 영혼을 고양하는 일을
넘어서 사회적 유대와 협상을 도모하는 방향을 함께 모색해야 한다.

셋째, 다매체의 문제는 다문화와 함께 결합되어 있다. 특히, 아동과
청소년 문화를 비롯한 다양한 문화를 문학 독서교육의 주요 자원
(resource)로 활용하는 방향이 되어야한다. 새로운 매체가 '청소년'이란 문
화의 범주를 강화하고 있음[21]은 여러 논자가 밝힌 바 있다. 현 문학교육
에서도 사이버 공간의 문학을 중심으로 많은 관심을 나타내고 있다. 청
소년의 문화를 문학 독서교육에 적극 활용할 경우, 가장 큰 이득은 학습
독자에 대한 '결핍된 존재'에서 벗어날 수 있다는 점이다. 학습자를 문
화 생산자가 아니라, 어른에 비해 부족한 존재로 인정할 때, 문학교육은
'보호주의적 매체교육'의 시각에서 기획될 수밖에 없다. 나쁜 매체로부
터 보호하고, 대신 좋은 문학 작품을 읽도록 한다는 전제가 그것이다.
하지만 아동과 청소년을 '결핍된 존재'로 보는 것은 학교에서의 시각에
불과하다. 사회에서의 이들은 능동적이고 권리를 가지고 있는 주체로,
소비문화를 주도하기 때문이다. 청소년에 대한 교육과 사회의 인식의
차이만큼, 학생들에게 '학교 안 문학 독서'와 '학교 밖 독서'의 괴리와
갭은 커진다. 학교 문학 독서는 '학교 교실 환경'의 맥락 속에서만 이루
어지며 그저 시험과 더불어 그 효용도 끝난다. 이런 점에서 '보호로서의
매체교육'에서 '준비로서의 매체교육'이라는 방향의 전환은 타당하다고
본다. 이제 학습자는 '미래 문화' 생성자라는 시각에서 이해되며, 문학

---

20) 최지현(2003), "인터넷에서의 청소년 문학 생활화 방안", 문학교육학 9호, 한국문학교육
   학회.
21) David Buckingham(2004), 정현선 역, 『전자매체 시대의 아이들』, 우리교육.

교육은 정치적, 교육적, 사회적 시각에 걸러져 보호되는 측면보다는 현실적인 매체 환경과 창의적으로 교섭하면서, 다양한 사회문화와 교류하고 자기 자신을 표현하는 방향으로 나갈 수 있겠다.

4. 매체 통합적 문학 독서교육의 활동 내용 설계

이와 같이 확장된 문학 독서의 특성을 활성화할 수 있기 위해서는 어떤 하위 요소로 설계되어야 할 것인가. 이 문제는 다양한 방식으로 접근할 수 있겠지만, '의미'의 다양한 층위를 구조화함으로서 해결할 수 있다고 본다. 곧, 의미의 다양한 층위에 따라 '의미화 실천'의 양상을 구조화하여 교육 내용의 요소로 삼을 수 있다는 것이다.

이와 관련된 기존의 논의를 잠깐 살펴보도록 하겠다. 박인기 교수[22]는 '문화적 문식성'을 국어교육적으로 재맥락화하면서, 문화의 존재태로는 '공시적 문화'와 '통시적 문화'를 모두 포괄하고, 기능태로 '기능적(의미)'(문화적 맥락에 적합하게) '비판적(의미)(문화적 맥락을 비판, 실천)'으로 논의한 바 있다. 각 영역의 하위 요소들이 구체화되어야겠지만, 국어교육적 관점에서 문화교육을 재개념화하는 의미있는 연구라 할 수 있다. 또, 외국의 경우, 호주 교육과정[23]을 참고할 수 있다. 호주의 자국어 교육과정은 1) 문화적(cultural) : 문화적 맥락에 적합하게 2) 조작적(operational) : 언어구조의 활용 3) 비판적(critical) : 평가와 재구성으로 되어 있다. 이러한 구조는 사회 문화적 문식성의 개념 하에 언어활동을 구분짓고 있기 때

---

22) 박인기(2002), "문화적 문식성의 국어교육적 재개념화", 국어교육학연구 15집, 국어교육학회.
23) 우리말교육연구소(2004), 『외국의 국어교육과정 2』, 나라말.

문에, "텍스트(혹은 언어 장르)"나 "말하기, 듣기, 읽기, 쓰기"의 개별 영역과 다매체적 언어활동과 자료를 포괄할 수 있다는 큰 장점이 있다. 하지만 비판 활동을 최상위로 제시하여, 창조적 사용의 측면을 적극적 수용하고 있지 못하며, 특히 서술한 다매체 시대의 특징, 곧 의미의 변용과 재구성의 측면을 충분히 포괄하지 못하는 점이 아쉽다. 또한 Bill Cope & Mary Kalantzis[24]는 다중 문식성 교육을 통해, 개인의 흥미와 관심이 다양한 문화 유산의 이해와 재창조로 확장되어야한다고 취지하에 1) 맥락적 실천(Situated practice) 2) 명시적 교수(Overt Instru- ction) 3) 비판적 틀짜기(Critical framing) 4) 변형적 실천(Transformed Practices)을 교육 내용으로 제시하고 있다. 이 틀은 의미 생성의 창의적 변형을 일관된 흐름으로 놓고, 그 절차적 과정으로 설계되어 있다는 장점이 있다.

이 글에서는 다중문식성의 기본 틀을 원용하되, 문학 독서의 특수성, 곧 미적 경험이나 미적 상호작용의 측면을 보완하여 1) 미적 상호작용 2) 사회·문화적 맥락과의 대화 3) 미적 변형과 생산의 세 가지 틀로 문학독서 교육의 내용을 설계하고자 한다. 이 구조는 개인의 미적 경험에서 출발하여, 사회문화적 맥락의 매개성을 비판적으로 성찰하고 이를 통해 새로운 창안과 변형에 도달하는 과정으로 기획되어 있다. 특히, '문화 생산'의 측면을 최종 지향점으로 놓고 각각의 단계들을 유기적인 구조로 배치하고자 노력한 것이다. 이 글에서는 '문학독서교육' 특히 서사물 독서를 염두에 두고 서술한다.

---

24) Bill Cope & Mary Kalantzs(2000), op. cit. 참조.

문학 독서 층위	개인 맥락적 읽기	사회, 문화적 맥락과의 대화			미적 변형과 실천
의미 구성의 유형	미적 상호작용에 의한 의미구성	사회적 의미구성	조작적 의미 구성	비판적 의미 구성	실천적 / 변형적 의미 재구성
문학 담론 지식	• 일상적, 상식적 지식	• 담론의 사회, 문화적 구성을 메타적으로 이해할 수 있는 명시적 지식 • 장르에 대한 지식	• 개별 매체 언어에 대한 지식 • 담론관습에 대한 지식	• 이데올로기 분석에 관련된 명시적 지식 • 사회적 담론에 대한 지식	• 변형의 유형에 대한 지식
문학 독서 활동	• 개인의 일상 경험 맥락에서, 정서와 직관에 기초하여 의미 구성하기	• 작가와 독자의 상호작용 분석하기 • 사회적 제도, 담론적 맥락 고려하여 분석, 해석하기	• 담론 효과 고려하여 매체 언어, 소통모드, 담론 관습 분석	• 텍스트에 선택/배제된 시각 해석 • 자신의 사회적 위치와 경험에 비추어 판단하기	• 텍스트가 변형, 혹은 생산하는 의미와 스타일 읽기 • 자신의 시각에 재창조하기
문화적 다양성	• 당대적 텍스트와 고전 텍스트 입체적 구성 • 다양한 매체, 장르 간 입체적 구성				
매체적 다양성	• 문자 기반 문학(읽기) – 음성 기반 문학(듣기) – 디지털 기반 문학(연행) – 영상 기반 문학(보기)				

1) 개인 맥락적 읽기

이 층위에서는 개인의 독서 경험, 특히 '미적 경험' 자체를 충분히 활성화한다. 분석이나 해석을 위한 '개념'보다는 작품에 의미 패턴을 발견하고 구성하는 미적 즐거움을 강조하는[25] 일종의 '미적 상호작용' 단계라 할 수 있다. 미적 상호작용은 다의성과 과잉의미를 지니고 있는 미학적 의미들을 상호작용하면서 구성하고 사전에 만들어진 미학적 표

---

25) 페리 노들먼, 김서정 역(2001), 『어린이문학의 즐거움 1』, 시공주니어, 489~473면.

현양식들의 메시지를 변경하는 활동이다. 이는 관례화거나 유형화된 집단성에 기반한 미학적 커뮤니케이션과는 대조된다.[26]

이 단계는 매체 언어나 생산 맥락에 대한 지식을 강요하지 않고, 칸트의 '무목적적 목적성'과 같이 정서적 반응에 의해 촉발된 나름의 의미 구성을 강조할 필요가 있다. 그래야 이 과정에서 개인의 취향, 사회문화적 정체성 등이 자연스럽게 나타날 수 있고 분석과 해석 과정에서 '개인의 관심과 흥미'가 자연스럽게 '위치지워'(situated)짐에 따라, 사회문화적 협상을 능동적으로 진행해 나갈 수 있다. 교사는 '결핍된 존재'로서의 독자가 아니라 '정체성과 취향'을 가진 학습자로서 그들의 관심과 취향을 존중해야 한다.

2) 사회·문화적 맥락과의 대화

(1) 사회적 의미 구성

이 단계에서는 작품 의미를 문화적 맥락과 사회적 상황을 고려하여 이해함으로써 앞 단계의 개인적 독서 경험을 확대시킨다. 문학의 생산은 출판을 비롯한 물질적 조건과 밀접한 관련을 지니며, 전형적 장르, 텍스트 유형, 독자와의 상호작용 방식을 바탕으로 하여 사회·문화적 맥락에 위치지워져 있다. 따라서 문학 작품의 사회적 의미는 독자와의 상호작용, 거시적·미시적 문화 맥락과의 관계에서 해독할 수 있다.[27]

---

26) 김성재(1998), 『매체 미학』, 나남출판, 20면.

27) 미디어 교육에서는 이와 관련된 항목으로 1) 소통의 주체는 누구이며 어떠한 목적으로 소통하고 있는가?(media agencies), 2) 주어진 미디어 텍스트는 어떤 종류의 것인가(media categories), 3) 주어진 미디어 텍스트는 어떻게 생산되었는가? (media technologies) 4) 그것이 무엇을 의미하는지 어떻게 알 수 있는가(media audience) 5) 누가 그 텍스트를 수용하며 그 의미를 이해하는가?(media audience) 6) 주어진 미디어 텍스트는 그것이 다루는 대상을 어떻게 제시하고 있는가?(media representation)이다(정현선(2004), 『다매체 시대의 국어교육과 문화교육』, 역락, 144면).

먼저, 작가가 독자를 끌어당기기 위해 사용하는 전략과 관습, 작가와 독자 중 상호작용의 변화를 주도하고 방향을 결정하는 존재가 누구인지의 문제, 또 작가가 의미를 재현하는 행위의 유형은 어떤 것인지를 읽을 필요가 있다.

단일 텍스트를 사회, 문화적 맥락에서 해석하는 작업에서 나아가 특정 주제와 형식이 특정의 사회적 맥락에서는 어떤 텍스트 유형, 혹은 장르들을 선택하고 있는가, 그리고 이것이 독자들과의 상호작용 방식에 어떤 방식으로 개입하고 있는가를 확인함으로써 의미가 전달되는 사회적 과정 전체를 해석할 수 있다.

가령, '낭만적 사랑'이라는 모티프는 근대 소설과 대중 서사물에 많이 나온다. 맥락적 읽기를 통해 이 모티프가 '근대적 가족' 제도, 사랑에 대한 근대적 인식에 기반한 역사적 존재라는 것, 또 동일한 근대라고 하더라도 동아시아적인 맥락에서는 여성 희생적인 사랑의 모티프가 많이 더 많다는 사실, 그리고 이 모티프가 주로 여성 독자들을 감동시키기 위한 형식으로 되어 있다는 점을 이해함으로써, 우리는 소설 텍스트에서 '사랑'에 대한 근대 문화나 여성을 독자층으로 하는 서사 형식의 특징을 이해할 수 있게 된다. 이 경우, 문학독서는 문화를 이해하고 수용하는 차원을 넘어서 독자의 주체적 판단을 전제로 하는 '사회적 협상'의 행위로 나아간다고 하겠다.

이 사회적 의미 구성에는 문학 소통에 관여하는 제도적 변인도 중시되어야 한다. 문학은 예술작품이기도 하지만, 상품이기도 하다. 특히나 디지털 시대에는 예술과 산업의 경계가 무너지고 있다. 출판 매체의 경우, 잡지, 출판사, 서점, 도서관, 광고, 또 대중매체의 경우 스타 시스템, 프로그램 포맷(가령, 뉴스 스토리 포맷, 토크쇼 포맷, 퀴즈쇼 포맷), 다국적 미디어 산업의 유통 시스템이 작품의 사회적 의미를 만들어낸다. 가령, 디즈니 영화나 미야자키 하야오의 영화들이 우리에게 친근한 이유를, 다국적 미디어 산업의 '친근하면서도 낯설게'의 전략과 관련지어 해석할 수 있다.

또, 작가와 독자의 상호작용을 수용 텍스트를 교재로 삼아 분석할 수 있다. 온라인 문학 동호회의 홈페이지, 개인 독자의 수용텍스트를 통해, 어떤 집단의 독자들이 어떤 반응을 보였고, 그것이 어떤 문화 흐름을 만들었는가 하는 점, 또, 수용자의 반응이 작품의 개작에 어떤 영향을 미치고 있으며, 매체 변용에는 당대의 문화 상황이나 수용자의 요구가 어떻게 작용하고 있는가를 분석하는 작업이다.

(2) 조작적 의미 구성

다음은 텍스트 분석이다. 앞 단계에서의 맥락적 분석을 전제하면서도, 텍스트의 효율성을 위한 형식적 장치들을 세밀히 검토하여 효과적인 표현 전략을 분석하는 단계이다. 문자 텍스트의 장치에는 장르 유형, 절이나 구, 형상적 언어, 평가적 단어와 구절이, 영상 텍스트(visual text)의 장치에는 쇼트와 편집 유형, 카메라 각도와 앵글, 화면 구도, 미장센, 음향 등이, 음성 텍스트의 장치에는, 목소리 톤과 볼륨, 제스츄어, 대화 교체 등이 그리고 멀티 모드의 텍스트의 장치에는 다양한 모드가 통합되는 방식, 하이퍼링크가 있다.

하지만 이 텍스트 형식을 형식 그 자체만으로 분석해서는 곤란하다. 소통과 재현, 변형과의 다양한 연관 속에서 그 효과와 함께 고려되어야 한다. 빌 코프와 메리 칼란치스(Bill Cope & Mary Kalantzis)[28]의 논의는 시사점을 던져주는데 그에 따르면, 1) 소통 형식의 특징은 무엇인가? 이 소통 형식과 관련되는 관습이나 실천은 무엇인가? 2) 소통의 매체는 무엇이며, 이는 재현의 형식이나 형상을 어떻게 규정짓고 있는가? 3) 이

---

28) Bill Cope & Mary Kalantzis(2000), *Multiliteracies*, Routledge.

매체가 어떻게 사용되는가? 4) 작은 정보 단위가 어떻게 결합되어 있는가?(응집성) 5) 의미 만들기의 전체적인 조직은 무엇인가?(구성) 등이 내용이 가능하다.

특히, 서사물의 경우, 장르 관습의 영향이 크다는 점을 고려하여, 동일 장르의 매체별 차이나 동일 장르 관습이 시대, 개인, 문화권에 따라 어떻게 변화하는가를 중심으로 살필 수 있다. 가령 '자전적 서사물'의 경우, 인터뷰나 토크쇼와 같은 대화적 서사물, 논픽션 다큐멘터리, 만화나 그림의 영상 서사물, 웹진, 블로그 등에 나타난 자기 소개의 서사에서 매체언어의 차이와 그 효과를 분석할 수 있다.

(3) 비평적 의미 구성

이 단계는 텍스트의 의미가 누구의 시각과 관심, 이해를 반영하고 있는가를 해석하는 단계이다. 사실 모든 텍스트의 의미는 특정의 관점에서 선택 혹은 배제한 결과이다. 텍스트에 재현된 인물, 공간, 장소, 사건들에서 어떤 가치가 선택적으로 드러나고, 어떤 것이 배제되었는지 살핀다. 텍스트가 전제하고 있는 특정의 시각과 주체 위치에 대해 재구성하고, 평가하는 것은 대안적 의미를 구성함에 주요 발판이 될 수 있다. Bill Cope & Mary Kalantzis[29)]에 따르면 이데올로기적인 의미는 1) 의미 제작자들은 자신의 관심을 어떻게 드러내고 있는가? 2) 메시지에 나타난 의미 제작자들의 사회적 위치는 무엇인가? 3) 상정하고 있는 독자의 역할은 무엇인가? 4) 배제하고 있는 의미, 무의식적으로 한 방향에 대해서만 말하고 있는 것은? 5) 유산의 의미들을 새롭게 창안하는 유형은 어떤 것인가? 등이 이에 속한다.

이 경우, '비판' 활동은 교사가 장악하는 특정의 시각을 학습자에게

---

29) Bill Cope & Mary Kalantzis(2000), op, cit., 참조.

강요하는 식의 '정치적 보호주의'가 아니라 자신의 사회적 위치와 문화
적 정체성을 협상하고 드러낼 수 있는 '일종의 비판적 자율성'이 되도
록 할 필요가 있다. 이는 학습자 자신의 역동적인 사회적 협상 과정을
인정하는 것이다. 이러한 '자율성'을 위해서는 되도록 다양한 이데올로
기적 위치를 종합적으로 비교, 대조하는 방식으로 학습자의 성찰 활동
을 강화할 수 있다. 동일 모티프나 사건, 행위의 시대별, 매체별, 문화
별 비교를 통해, 개별 텍스트의 형식이 이데올로기적 위치에 따라 어떻
게 달라지는지를 살피는 것도 가능하다.

또, 한걸음 더 나아가 텍스트 뿐 아니라, 수용자 자신들의 수용 경험
이 어떤 주체 위치와 사회적 담론 속에서 이루어지는지에 대한 메타적
성찰도 중요하다. 무의식적으로 전제하고 있는 주체 위치가, 자신의 경
험을 충분히 반영하고 있는지에 대한 성찰을 통하여 자신의 일상 경험
에 체계적인 비판을 가할 수 있다. 주변 사람들 리서치나 사례 연구를
통해 실제의 수용 경험을 읽기 텍스트로 활용하는 것은 상황 학습에 적
절하다.

3) 미적 변용과 실천

이 단계에서는 개별 텍스트가 전통적 유산들을 창의적으로 변용, 재
구성한 부분을 해석, 평가한다. 앞의 단계가 주로 '적절함, 효과성'의
차원에서의 독서라면, 이 단계는 '생산성'의 차원이다. 런던 그룹에서는
변용의 원리로 '혼성', '재맥락화', '결합'(synaesthesia)를 제시한 바 있
다.30) 서사물에서 장르 혼합, 장르 변형, 모티프의 재창조는 의미론적
혁신의 원리라 할 수 있다. 뉴스와 추리 소설이 혼합하고, 당대의 사회

---

30) Bill Cope & Mary Kalantzs(2000), 위의 책. 참조. 특히 '결합'은 멀티 모드 텍스트에서 찾
    아 볼 수 있다.

언어가 소설 언어에 수용되며, 게임, 대중 매체를 통해 고전적인 서사물이 어떻게 재맥락화 되는지를 해석, 평가함으로써, 학습자들은 미적 변용과 실천에 대해 이해할 수 있다.

읽기의 반응이 비평이나 수용 텍스트일 필요는 없다. '의미 변형의 패턴'과 '사례'에 대한 프로젝트, '문화 비평적 글쓰기' 형태의 포괄적인 형태로 나아갈 수 있다.

5. 대화적 교육과정을 생각하며

이제까지 매체 통합적인 문학 독서의 필요성, 방향, 그리고 핵심적인 교육 내용 항목을 설계해 보았다. 국어과에서도 영역별 '통합'의 문제가 논의되었지만, 매체 통합적인 문학 독서교육을 위해서는 통합의 원리와 방법이 규정되어야 할 것이다. 기존 문학교육이나 국어교육에서는 교육과정의 '효율성'이나 '언어 사용의 실제성'을 꾀하려는 의도 하에, 기능이나 전략 중심, 장르 중심, 텍스트 중심, 언어적 상황 중심, 주제 중심 등의 원리를 중심으로 통합 논리가 진행된 바 있다. 매체 통합도 '효율성'이나 '실제성'을 중시해야겠지만, 특히, 매체나 문화 간의 역동적 대화에 학습자가 참여할 수 있는 교육과정 구조가 필요하다는 점을 지적하고자 한다. 대화란 차이와 연관(유대)를 동시에 실현하는 언어적 사건이다. 매체나 문화가 차이와 연관성을 동시에 지니고 있다는 점에 주목한다면, 장르나 주제적 접근을 중심으로 하여 '대화적 구성'을 할 수 있으리라 생각한다. 가령, 서사는 초국가적 초문화적 가로지르는 보편의 측면과 개별 매체와 문화권, 사회 문화적 맥락에 따라 달라지는 측면이 동시에 있다. 물론 컴퓨터 서사와 소설, 신문기사와 텔레비전

다큐멘터리에는 공통점보다는 차이점이 더 많을 수도 있다. 하지만 학습자는 '서사 장'이라는 광의의 개념을 매개로 하여, 매체간, 문화간, 시대간 대화에 개입할 수 있으며 이를 통해 새로운 서사문화를 모색할 수 있다.

애플비 Applebee(1996)는 다문화 교육을 위하여, 단일화된 문화유산을 선택하고 이를 고정된 것으로 교육하는 이른바 '전이 모델'(transition model)을 비판하면서, 학습자가 이질적 영역들간의 접촉을 통해 대화적 참여에 도달할 수 있는 교육과정을 제안한 바 있다. 이 모델의 장점은 기성의 유산들을 학습자의 활동 속에서 맥락화시키고, 특히 이 과정에서 학교 밖의 다양한 문화를 학교 안으로 끌어들일 수 있다는 데에 있다. 또한 비교문학론에서도 작품들(매체들) 간의 관계적 이해가, 영향 관계에 대한 실증을 넘어서 창의적 독해를 이끌어 낼 수 있다는 점을 지적한다. 이러한 논의들에서 매체 통합적인 독서의 관건은, 문학과 매체를 역동적이고 창의적인 관계망 속에서 구성하는 데 있음을 시사하고 있다. 하지만 이런 논의가 구체화되기 위해서는, 실제 현실에서의 학습자들의 매체 경험과 취향, 수용 및 제작 능력 등에 대한 실질적 발달 연구들이 보완되어한다고 본다. 다 쓰고 보니, 논의가 너무 원론 차원에서 머물렀던 것 같다. 하지만 크게 실망하지는 않는다. 이후 구체적인 문제를 다룰 후속 작업을 기대하기 때문이다.

제4부 국어교육 연구 방법의 새로운 모색

국어과 교사의 실천적 지식 성찰을 위한 방법론적 탐색

국어교육 현장 연구 방법으로서의 내러티브적 접근법 고찰

국어과 교사의 실천적 지식 성찰을 위한 방법론적 탐색

> 이야기는 우리의 삶을 변화시키고 이끄는 힘을 가지고 있다.
>
> — 넬 나딩스

1. 실천적 지식과 서사

이 글은 국어과 교사의 '실천적 지식'(practical knowledge)[1]이 형성, 발달해 나가는 과정을 두 명의 초임[2] 국어과 교사 사례 연구로 살피고자 한다. 특히, 국어과 교사 연구 및 교육에서 '성찰'이 지니는 의의에 주목하며, 이를 연구하기 위한 방법으로 '성찰적 내러티브 탐구'의 방법을 제안하고자 한다.

'실천적 지식'은 1980년대 이래, 교사의 지식도 개인적, 사회적으로 구성된다는 점이 강조되면서 관심을 끌었다. 이 개념은 실제 수업의 운용이 객관적 이론이나 모형의 일방적 적용만으로는 이루어지지 않는다

---

[1] 이 용어는 '실제적 지식'으로 번역되기도 한다. 본고에서는 '실천'(practical)이 주체의 신념과 가치관을 투사하는 행위임을 강조하기 위해 이 개념을 사용한다.

[2] 초임교사는 1~5년차 교사를 말한다. 본고는 2년 6개월 경력 교사를 중심으로 하였다.

는 점에 주목하고, 수업에 개입하는 복잡한 요인을 설명하고자 하였다. 교실 상황은 복잡하고 역동적이며, 불확실하고, 가치 갈등이 상존하는 곳이다. 교사는 이러한 상황에 적용하기 위해 자신이 가지고 있던 이론적 지식을, 교실에서의 실제 상황과 자신의 가치관이나 신념에 맞게 종합하고 재구성할 수 밖에 없다. 엘바즈(Elbaz)[3]는 이처럼 교사들이 가르가르치는 일의 모습을 결정하고 방향 짓기 위해 적극적으로 사용하는 복잡하고도, 실제적으로 지향된 일련의 이해 체계를 '실천적 지식'으로 명명하였다. 이 지식은 수업 방법에 대한 앎(Know How) 뿐 아니라 교사의 수업 실천[4] 전반을 이끌어 내는 철학이자 신념을 포함한다는 점에서 다소 포괄적이다.

그간 국어교사가 갖추어야 할 자질로 지식, 수행 능력, 태도, 신념, 능력, 판단력 등의 요소가 두루 지적되었다.[5] 특히, '지식'과 관련해서는 주로 '문학 및 언어의 기능과 본질에 대한 지식' 등의 이론적 지식이 강조되었다. 이론적 지식의 중요성을 부정할 수는 없겠으나, 실제 수업 운영에서는 이론적 지식이 실천적 지식의 축으로 전이된다고 할 때, 이젠, 실천적 지식을 고려하여 교사를 교육하고, 교원 양성 교육과정을 구성할 필요가 있다.

---

3) Elbaz, F, (1981), "The teacher's practical knowledge", *Curriculum Inquiry* 11, 43~71, pp.48~49.

4) 수업 실천(teaching practice) 이란 개념은 수업을 교실 안에서 이루어지는 교사와 학생의 상호작용뿐 아니라 학교 생활 전체의 맥락에서 위치짓기 위한 개념이라고 할 수 있다. 이는 본고에서 추구하는 내러티브적 연구 방법의 안목과도 연관되는데, 수업이라는 행위를 상황적, 관계적, 맥락적으로 보려는 관점이라 하겠다. Sigrun Gudmundsdottir(2002) "Narrative Research on School Practice", *Handbook of Reasearch on Teaching(4 edition)*, Virginia Richardson Edt, American Educational Research Association.

5) 대표적인 기존 연구는 다음과 같다. 이충우(1994), 「국어교사론」, 『국어교육학 연구』 4, 국어교육학회. 우한용(2003), 「국어과 교사 교육의 문제점과 전망」, 한국국어교육학회 발표문. 김혜영(2006), 「사범대학교의 국어교사 양성 과정」, 국어교육학회 33회 학술 발표대회 발표대회 자료집. 이 논의들을 종합한다면, 국어 교사들이 갖추어야 할 지질로서는 '모범적인 언어의 이해와 표현 능력'과 '문학 및 언어의 기능과 본질에 대한 지식', 그리고 이에 바탕을 둔 '국어교사로서의 신념, 현실 언어문화를 판단할 수 있는 능력', '학습자와 상호작용할 수 있는 능력' 등이라고 할 수 있다.

개별 교과교육에서 '실천적 지식'의 위상과 안목은 다양한 편이다. 기존 연구를 보면 크게 두 가지 접근이 있었다. '이해'를 위한 접근과 '개선'을 위한 접근이 그것이다.[6]

'이해'를 중시하는 경우는, 경력 교사들이 오랜 실천 속에서 확보한 지식의 가치를 인정하고, 그 내용을 교육과정에 수용하려는 시도까지 하고 있다. 주로, 수학이나 과학과목에서의 논의가 많았고, 또 현장 교육에서 이슈가 되는 문제들 가령, 교실에서 학생들을 평등하게 대하는 방법이나 교사들의 각 교과목에 대한 신념과 '좋은 수업'에 대한 이미지 등이 주로 논의되었다. 반면, '개선'의 시각에서 접근하는 경우는, 실천적 지식이 개인적이고 주관적이기 때문에 공적 '지식'으로서의 위상에 의문을 제기하면서, 교사 자신이 상호주관적 토대에서 스스로 성찰적으로 발전시킬 수 있는 '교육'의 측면을 강조하였다. 이 두 접근은 연구 방법도 달라서, 전자의 경우는 실제 수업 장면과 학교생활을 참여 관찰하는 등 현장 참여 방법을 중시하는 반면, 반면, 후자는 교사 자신이 이야기를 풀어내고 다시 말하는 과정에서 스스로 의미를 발견하고 재구성하는 과정을 중시한다. 전자는 실천적 지식을 객관화할 수 있다는 장점이 있는 반면, 실천적 지식의 변화 가능성을 충분히 살리지 못하는 아쉬움이 있다. 또, 후자는 실천적 지식의 변화 과정에 주목한다는 장점이 있지만 동시에 실제 수업이나 교육 상황은 보지 않고, 개인적 고백에만 그쳐 버린다는 비판도 만만치 않게 제기되고 있는 형편이다.

이 글에서는 후자의 관점에서 접근한다. 그 이유는 국어과 교사는 급속히 변화하는 당대의 언어문화와 매체 환경에 유연하게 대처하기 위해 스스로 변화해 나가고 또 이 변화를 성찰하는 노력이 중요하기 때문이다. 또한 '언어'는 언어를 사용하는 사람의 가치 지향과 맞물려 있기

---

6) 김자영 · 김정효(2003), "교사의 실천적 지식에 대한 이론적 탐색", 한국교원 교육 연구 20, 한국교사교육연구협의회.

때문에 자기 성찰의 노력이 없다면 교실에서 만나는 문제적 상황을 주체적으로 판단, 해결하기 힘들기도 하다. 이에 이 글에서는 교사의 '실천적 지식'을 성찰의 관점에서 다룬다.

이 글은 연구자의 어떤 경험으로부터 시작되었다. 스승의 날에 현직에 있는 졸업생 두 명이 나를 찾아 왔다. 이들은 3학년 때 편입하여 졸업과 동시에 교원 임용 고사에 합격하고 교사가 된 졸업생들이었다. 나는 너무나 반가웠다. 재학시절에는 언제나 질문 거리를 들고 와서 이야기를 청하였고, 수업도 열심히 경청하는 열성적인 학생들이었다. 그런데 3년이 지난 이들은 매우 지쳐 있었다. 외면적으로는 제법 의젓하였는데 이야기를 나누면 나눌수록 교사로서의 무력감과 허탈감에 시달리고 있음을 발견할 수 있었다. 나는 그들이 이야기하는 현장의 문제점과 고민에 한편으로는 동감하였지만, 다른 한편으로는 이들의 변화 과정에 의아함과 안타까움을 느끼기도 하였다.

이런 경험을 통해 필자는 다음과 같은 의문을 갖게 되었다. 사범대 대학시절에 배웠던 지식들을 초임 교사들은 어떻게 변화시켜 나갈까? 이들은 국어과 교사로서 어떤 신념을 가지고 있고, 어떻게 수업하는가? 이는 예비교사 시절 가지고 있었던 신념에서 어떻게 변화한 것일까? 이런 의문은 종국적으로는 교사의 전문성 발달 과정에 대한 문제로 귀착되었고, 교사의 '실천적 지식'이란 영역에 관심을 갖는 계기가 되었다.

이 글의 논의 절차는 다음과 같다. 먼저, 교사의 실천적 지식을 탐구함에 있어 성찰적 내러티브가 지니는 방법론적 장점과 특성을 살핀다. 3장에서는 이 방법론을 적용하여, '국어과 초임 교사들이 자신들의 삶을 이야기함으로써 실천적 지식을 형성하고, 성찰해 나가는 과정을 살핀다. 특히, 이야기 속에 나타난 '딜레마'가 그들의 실천적 지식 성찰에서의 주요 주제가 된다고 보고 이를 중심으로 다루고자 한다. 4장에서는 논의를 종합하여 교사 교육에서 '성찰'의 중요성을 검토하도록 하겠다.

이 연구는 사실, 많은 한계를 지니고 있다. '내러티브 탐구' 방법을 제대로 적용하기 위해서는 장기간 연구 참여자와 삶을 공유하고 함께 이야기하고, 다시 이야기하는 과정이 있어야 하는데 이 연구는 짧은 시간 안에 이루어졌다. 그러나 현재 국어과 교사의 실천적 지식에 대한 논의가 본격화되지 않은 상태이고, 교사(교사 교육) 연구가 많지 않은 현 국어교육 상황을 고려한다면, 이 연구를 통하여 교사의 실제적 교수 학습 운영을 전체적으로 이해하고 나아가 교육할 수 있는 방법론적 기초를 모색할 수 있게 되었다는 점에서 그 의의를 찾고자 한다.

2. 교사의 실천적 지식과 '성찰적 내러티브 탐구' 방법론

1) 교사의 실천적 지식과 내러티브

인간 경험에 대한 내러티브[7]적 접근은 실증적 접근의 형식주의, 개념적 환원주의를 넘어서서, 경험의 맥락적·주관적 의미를 존중하고 해석학적 이해를 추구하는 새로운 사회과학적 방법론이다. 교육학을 위시하여 심리학, 여성학, 사회학 등에서 두루 사용하고 있지만 특히 교육적 경험이 지닌 서사적 속성으로 하여 교육학 연구 방법론으로도 폭넓은 응용력을 보여주고 있다. 클란딘(Clandinin, D)의 말대로, 교육은 "개인적·사회적 이야기들을 구축하고 재구축하는, 즉 교사와 학습자가 자신

---

7) 사회과학 연구 방법에서 내러티브와 이야기는 논자에 따라 구분되기도 하고, 구분되지 않기도 한다. 클란딘 Clandinin, D은 '이야기' story를 구체적인 상황에서의 일화로, '내러티브' narrative를 상대적으로 긴 시간 동안 걸쳐 일어나는 사건을 다룬 것으로 구분하였다. 본고에서 사용하는 '내러티브' 혹은 '서사'란 개념도 이러한 용례에 기초한다. 곧, 실천적 지식은 교사가 자신의 전 인생에 걸쳐 형성한다고 보고 '서사'란 개념을 사용하는 것이다. Clandinin, D. Jean, Jossey-Bass(2000), *Narrative Inquiry : experience and story in Qualitative Research* Jossey-Bass Publishers.

의 이야기를 하고 상대방의 이야기를 들어주는 행위"[8]이라는 점에서 서사와 교육의 친화성은 분명해 진다.

'내러티브 탐구'는 교사의 실천적 지식을 성찰함에도 많이 활용되었다. 교사의 실천적 지식 역시 '서사적 지식'(narrative knowing)의 속성을 지니고 있기 때문이다. 객관적 체계를 지향하는 이론적 지식과 달리 실천적 지식은 상황적, 맥락적, 역사적, 관계적 특성을 지닌다. 수업, 학습자, 교육에 대한 교사의 실천적 지식은 그가 어떤 학생과 어떤 동료 교사를 만나느냐, 어떤 수업 경험을 가지고 있는가, 어떤 교실에서 수업을 주로 했는가 등의 개인적 경험 속에서 형성된다. 또, 이 지식은 만들어져 고정된 채로 계속 유지되는 것이 아니라 우리가 자신들의 이야기들을 살고 다시 이야기하며, 성찰의 과정을 통해 다시 살아가는 과정에서 구축되고 또 다시 구축된다.[9]

이런 점에서 '서사'는 실천적 지식이 지닌 특성을 왜곡하거나 오해하지 않고 있는 의미 있는 방식으로 드러낼 수 있는 방법이라 할 수 있다. 카터(Carter)[10]는, 초임 교사가 교육 경험을 통해 획득하는 지식을 살피기 위해, 그가 잘 기억하는 사건(well-remembered event)을 기술하고 그 흐름을 연결하여 지식의 형성과 변화 과정을 살핀 바 있다. 이 연구로도 교사들은 자신의 지식을 이야기로 기억하고, 저장하며, 활용하고 또 변

---

8) Clandinin, D. & Connelly F. M (1995), "Teacher's professional knowledge landscape", *Advances In Contemporary Educational Thought Series*, Teacher's College Press.

9) "우리는 개인의 개인적, 실천적 지식을 그 사람의 과거 경험, 현재의 몸과 마음, 그리고 미래의 계획과 행위 속에서 찾을 수 있다. 이러한 지식은 그 개인의 사전 지식을 반영하며 그 지식의 맥락성을 내포한다. 이것은 상황으로부터 새겨지고, 상황에 의해 형태를 갖추게 되는 지식이다. 즉 이 지식은 우리가 반성과정을 통해 우리의 이야기를 살고(live), 다시 말하고(retell), 그리고 다시 살 때(relive) 구성되고 재구성되는 지식인 것이다." Clandinin, D. J. & Connelly F. M (1991), "Narrative Inquiry : storied experience in Forms", *Curiculum Iinquiry*, Short, E. C. ed, New York University.

10) Carter, Kathy (1993), "The Place of story in the story and Teacher Education", *Educational Research 22*, National Foundation for Educational Research in England and Wales.

화시켜 나간다는 점이 다시금 확인된다.

서사적 접근의 강점은 서사의 범주 곧, 이미지, 서사적 통합성, 리듬 등을 통하여 경험이 지닌 의미의 풍부함과 미묘한 뉘앙스를 포착할 수 있다는 것이다. 서사의 형식만이 어떤 정의나 추상적인 명제를 통해서는 결코 표현될 수 없는 모순성과 모호함을 감싸고 인정하면서 이에 공감적 태도를 보여 줄 수 있다.[11] 또한 교실에서 교사가 수업할 때 부딪히는 상황적 복잡성, 교실 실천의 혼란스러움, 불명확함, 그리고 예측 불가능함 등을 잘 드러내 준다. 이로써 서사적 접근은 교육적 경험의 복합성(complexity)과 중층성, 역동성으로 안내하며[12] 교사 개인의 지식이 어떠한 개인적, 사회적, 역사적 맥락 속에서 형성되는가를 잘 보여준다.[13]

교사가 자신의 삶을 이야기하는 행위는 그 자체가 실천이고 탐구이다. 교사는 자신의 교실 실천을 이야기함으로써 자신들이 무엇을 알고 있으며 어떻게 생각하고 있는지를 인식할 수 있으며 또 이 과정에서 자신의 능력을 다시 생각하고, 교실에서 오랜 시간에 걸쳐 실험하고, 정교화된 어떤 앎(illumination)을 포착할 수 있기 때문이다. 교사들은 교직 문화의 개인주의적인 속성과 교사의 전문성에 대한 신화 때문에 자신의 수업에 대해 잘 이야기하지 않는다. 설령, 이야기한다고 하더라도 자신이 잘 알고 있고 자신감 있는 내용만 토로할 뿐 애매하고 혼돈스러우며 복잡한 내면의 갈등과 딜레마는 그들만의 사적인 이야기장으로

---

11) Carter, Kathy(1993), op. cit., 참조.
12) 서사적 탐구는, 기존의 전통적인 질적 연구 방법론과도 다른 특징을 지닌다. 논문 양식과 달리 독자들에게 감동과 설득을 주고자 한다. 따라서 논증 방식이나 타당도, 신뢰도도 논증적 논문과는 다를 수밖에 없는데, 이는 이 연구 방법론에서 가장 핵심적인 이슈가 되고 있다.
13) 클래딘 콘넬리는 이를 '시간성, 사회성, 장소'라는 세 차원의 은유로 구조화하고 다른 질적 연구 방법과 달리, 이 세 층위가 동시적으로 모두 만족될 수 있다는 점을 서사적 탐구의 특징으로 꼽았다. Clandinin, D. J. & Connelly(1991), op. cit. 참조..

가두어 버린다. 이에 내러티브 탐구 방법은 그들이 하는 이야기와 함께 살고, 함께 공유하는 과정에서 그들의 시각에서 그들 자신의 지식을 이해할 수 있다는 장점을 지닌다.

2) 성찰적 내러티브 탐구의 특징과 절차

내러티브 탐구는 매우 다양한 접근이 가능한 분야이다. 이 중에서도 성찰적 내러티브(reflective narrative)는 내러티브의 탐구적 기능에 자기 학습의 기능을 첨가한 변형적인 방법14)이라 할 수 있다. 이 방법의 주요 핵심은 교사가 자신의 자전적 경험을 생애사로 쓰고, 말하고, 스스로 분석하며, 또, 함께 토의하는 과정을 통하여 자신의 지식을 이해하고, 수업과 학교 실천에 대한 인식을 확장하도록 한다는 것이다.

이 방법의 장점은 생애사적 맥락을 복원하여, 연구 참여자 자신의 경험적 연속성과 통합성 속에서 실천적 지식을 살필 수 있다는 것이다. 실천적 지식이 형성되는 주요 변인에는 이론적 지식, 개인적 경험, 신념, 사회 역사적 맥락 등의 다양한 요소가 개입하지만, 특히 중요한 것은 개인적 경험이라는 변인이다. 수업은 "교사 개인의 생애사적 맥락에서 틀" 지워지고, "그 사람의 전기와 역사의 표현"15)이기 때문이다. 수업에는 교사가 살아오면서 경험으로 획득한 느낌, 이미지, 감정, 의도, 동경, 개인적 의미 등이 주된 맥락으로 들어온다. 교사가 가진 지식은 그의 생애사와 통합됨으로써만이 그 철학적이고 도덕적인 뉘앙스를 회복할 수 있는 것이다.16)

---

14) '서사적 탐구'를 개발한 클란덴이나 코넬 등의 방법은, 1~2년 현장 속에서 일어나는 일들을 이야기로 기록하고, 대화하는 등의, 지속적인 관계 속에서 연구 참여자와 연구자가 그 변화의 과정을 직접 이야기로 살고, 이야기로 표현함으로써 경험의 의미를 파악하고, 나아가 새로운 이야기로 만드는 과정을 통해 변화를 만들어 나가는 방법이다.
15) Carter, Kathy(1993), op. cit., 참조.

또, 서사의 '성찰적 기능'은, 교사의 실천적 지식 연구가 교사 교육과도 연결될 수 있는 지점으로 안내한다. 실제로 외국의 경우, 실제로 실천적 지식에 대한 연구와 교사 교육은 상호 연계되는 방향[17]으로 나아가고 있다.

이 연구에서 원용하는 방법은 안나 에르쉴러 리히터(Anna Ershler Richert)[18]가 5년 이상 교사 교육 차원에서 활용한 '성찰적 내러티브' 방법이다. 그녀는 자신의 실천을 통해 교사가 자신의 지식을 성찰하고, 협동적으로 공유하면서 교육적 이슈를 만들어 나가는 실천적 성격의 방법론을 만들었다. 본고에서 이 방법을 원용하는 이유는, 다소 구체적인 단계로 이야기 재구성의 과정을 제시하고 있고 교사 교육에 쉽게 원용될 수 있는 가능성이 있기 때문이다.

이 방법은 크게 현장 텍스트 구성과 연구 텍스트로 나뉘는데, 다음은 현장 텍스트 구성 절차이다.

• 1단계 : 자전적 서사 생산(쓰기와 말하기)

국어 교사로서의 자전적 생애사를 표현하는 단계이다. 주로 인상적이거나 딜레마와 갈등을 느꼈던 사건을 중심으로 쓰되 솔직하고, 구체성을 갖춘 일화 중심의 스토리 쓰기를[19]유도한다. 특히, 독자들도 함께 공감할 수 있는 세부 사실에 충실한 묘사적 글(구체적인 대화나 분위기, 제스처 등의 이미지까지 최대한 자세하게 표현)이 나올 수 있도록 해야 한다. 아

---

16) Elbaz는 실천적 지식을 구성하는 내용으로, 자아의 역할, 교육 환경에 대한 인식, 교육과정에 대한 지식, 교수 방법론에 대한 지식을 꼽았다. Elbaz (1981), "The teacher's Practical knowledge", *Curriculum Inquiry* 11, pp.48~49.

17) Clandinin, D. J. & Connelly, F. M (1999), *Shaping a professional identity : stories of educational practice* , Teachers College Press.

18) Anna Ershler(2002), "Narrative that Teach : Learning about Teaching From the Stories Teachers Tell", *Narrative Inquiry in practice*, Teachers College Press.

19) 전체적인 인과 관계를 지닌 서사가 지닐 수 있는 인과적 오류(Clandinin, D. J, Connelly F. M (1991), op. cit., 참조)를 염려하여 연대기적이고 일화 중심적인 글쓰기를 시도하였다.

울러 외적인 사건과 내면적인 심리와 감정을 동시에 기술하여 자신의 감정이 명료하게 드러나도록 하는 것이 중요하다. 듀이도 지적하였듯이, 수업 경험에서 교사의 감정은 중요한 경험 내용이 되기 때문이다. 연구자는 참여자의 자전적 자료에 기초하여 면담한다.

• 2단계 : 자신의 이야기 읽고 성찰하기

연구 참여자는 자신의 이야기를 읽고 그 내용과 형식을 읽고 분석 성찰한다. 연구자는 성찰 분석 기준을 미리 제시하며, 교육한다. 연구 참여자는 이를 바탕으로 자신의 성찰적 이야기를 쓴다. 안나 엘쉬 리브허르트(Anna Ershler Rivhert)[20]의 연구 결과를 참조한다면 그 성찰의 주제는 두 가지로 분리할 수 있다. 곧, 자신의 서사에 나타난 정보의 성찰과 서사 형식 텍스트에 대한 성찰이 그것이다. 전자는 서사 내용에 대한 것이고 후자는 서사 형식에 대한 것이다. 양자 모두 경험에 대한 깊은 이해로 안내하기 위해 필요하다.

정보 관련 성찰로 던질 수 있는 질문은 다음과 같다. "1. 나의 문학 수업 이야기에 나타난 주요 딜레마는 무엇이며 이는 무엇과 관련이 있는 것으로 보이나? 2. 미래적 자아의 관점에서 현재와 과거의 이야기를 살펴보았을 때, 현재와는 다른 방식으로 해석할 수 있는 부분은 없는가? 3. 나의 문학 수업 이야기를 읽고 분석할 때 자신의 수업 행위 이면에 깔려 있는 신념이나 가치는 무엇인가?" 등 자신의 수업 서사 내용에 대한 분석과 관련된 질문들이다.

서사 형식을 성찰할 수 있는 질문으로는 "1. 자신의 이야기에 자주 등장하는 인물, 사건과 생략되거나 배제된 인물, 사건은 무엇인가? 2. 자신의 이야기에 등장하는 인물의 유형과 형태, 관계 어떠한가? 3. 배

---

20) Anna Ershler Rivhert(2002), op. cit. 참조.

경은 주로 어떤 양상으로 나타나는가? 4. 자신의 이야기에서 연속되고 있는 요소는 무엇이고, 또한 단절, 불연속 되는 요소는 무엇인가?" 등이다. 이처럼 서사 형식의 면밀한 분석은 자신의 경험을 깊이 있게 이해해 할 수 있도록 한다. 다만, 이러한 질문 항목들은 필자의 연구에 준한 것이며 연구 상황에 따라 얼마든지 변형될 수 있다.

• 3단계 : 이야기를 동료와 공유하고 토론하기

다음은 자신의 자전적 이야기와 성찰적 서사를 읽고 연구자와 연구 참여자가 함께 협동하여 이야기를 나누는 단계이다. 이 때 연구자는 연구 참여자들이 혼돈과 불확실함, 두려움, 도전 등을 함께 나눌 수 있도록 안전한 담론 환경을 구비하는 것이 중요하다. 서로 신뢰하고 책임감을 느끼며 응답하는 과정을 통해서라야 사적인 이야기도 자연스럽게 나올 수 있을 뿐 아니라 상호주관적 차원에서 성찰될 수 있기 때문이다.

이러한 방법으로 현장 텍스트를 구성한 다음에는, 연구자는 이를 분석, 해석하여 연구 텍스트를 생산한다. 이 때 연구자는 연구 참여자와 공감하면서도 거리를 두는 이중의 참여를 한다. 그러나 현실 경험을 다각도로 분석하고 또 이야기하는 주체의 정체성(who am I?)을 부각시키기 위해서는 연구자와 연구 참여자 모두 자신의 '목소리'를 드러내는 공동 연구를 수행할 수도 있다.[21] 연구자의 분석 작업은 현장 내러티브의 패턴, 긴장, 줄거리 등을 발견하는 일로 진행된다. 이는 마치 소설을 분석하는 것과 유사한 일이다. 생애사를 분석하는 도식 등에 대해서는 후속 논문으로 밝히겠다.

분석이 끝나고 나면 해석 작업으로 이어진다. 해석 작업은 서사의 패턴을 의미 구조와 연결 짓는 일이라 할 수 있다. 연구자는 자신의 경험이나 이론과 비교하여 주제어를 도출하여 현장 텍스트를 해석한다. 특

---

21) 염지숙(2004), "교육 연구에서 내러티브 탐구 방법의 개념과 절차, 딜레마", 교육인류학연구 16, 한국교육인류학회.

히, 이론적 개념으로 환원하지 않고, 현장 경험에서의 생생한 의미를 존중하는 노력이 매우 중요하다. 내러티브 탐구 방법은 연구자의 경험이 주요 연구 자원이 되고, 또 해석의 안목이 되는 '주관성'에 기초하고 있기 때문에 일반 논문에서 요구하는 타당성의 기준을 그대로 적용할 수는 없을 것이다. 때문에 '이야기의 그럴듯함'이라는 개연성이 더 중시되기도 한다. 독자의 공감과 설득을 연구 타당도로 이해하는 것인데, 이에 대해서는 더 많은 연구가 필요하다. 내러티브적 접근에서는 연구 텍스트를 한 편의 이야기나 희곡, 시나리오 등으로 제시하는 등 대단히 새로운 방법을 추구하기도 한다. 지면상, 다소 간략하게 소개하였고 다음의 사례 연구를 통해 보다 자세히 밝히도록 하겠다.

3. 성찰적 내러티브 연구 방법의 적용
: 국어과 초임 교사의 딜레마 이해

1) 연구 설계

앞에서 설명한 성찰적 내러티브 탐구 방법에 기초하여 연구자는 국어과 초임 교사들의 이야기를 수집하였다. 연구 참여자는 필자의 제자인 이 교사와 김 교사이다. 연구 기간은 2006년 5월 30일부터 7월 30일까지이다.

1단계의 자료 수집은 두 교사의 자전적 글쓰기와 생애사적 면담으로 이루어졌다. 원래 면담은 자전적 글쓰기의 내용을 보완하려고 기획되었던 것인데 연구 참여자들은 자전적 쓰기보다는 스토리텔링을 선호하여 생애사적 면담으로 바꾸었다. 면담에서 연구자는 서사적 인터뷰 방법을 유념하여 되도록 막연하고 포괄적인 질문을 던졌다. 가령, "발령 이후

학교에서 있었던 일들을 인상 깊었던 사건을 중심으로 이야기 해 주세요." 혹은 "발령 후 수업을 하면서 가장 어려웠던 경험을 일화를 중심으로 이야기 해 주세요" 등이 그것이다. 이는 초임 교사가 잘 기억하는 사건(well-remembered event)을 기술하고 그 흐름을 연결하여 이들의 지식의 형성과 변화 과정을 살피기 위한 것[22]이었다. 자료 수집 과정에서 가장 어려웠던 점은 참여자들이 과거의 사실을 기억하기 힘들어 한다는 점이었다. 그래서 당대의 일지나 사진, 교과서를 가져오게 하는 등 '기억 상자'를 활용하기도 하였다. 반면, 자전적 글쓰기는 참여자 자신이 집에서 개별적으로 작성하도록 하였다.

자료 수집이 끝난 후에, 연구 참여자들은 앞에서 제시했던 정보적, 형식 성찰 방법을 익힌 뒤 스스로 자신의 글을 분석하였다. 분석하고 난 뒤, 다시 연구자와 다른 연구 참여자들과 만나 자신의 서사와 서사 분석문을 읽으면서 토론하였다. 이 론은 연구 참여자들의 사적인 친분을 바탕으로 하여 편안한 분위기에서 이루어졌으며, 참여자들은 열띤 분위기 속에서 참여하였다.

<표 1> 자료 수집 전체 일정

단계	자료 수집 과정
이야기 수집 1단계	• 5월 30일 : 자전적 생애사 쓰기 부탁 • 6월 8일 : 집단 면담 • 6월 15일 : 생애사에 대한 개별 면담 • 6월 22일 : 집단 면담
자기 이야기 성찰 2단계	• 6월 22일 : 집단 면담/개인적 성찰지 부탁/학교 수업 관련 자료
이야기 공유/토론 3단계	• 7월 25일 : 집단 면담과 이메일 교환 • 7월 29일 : 집단 면담/개별 면담

---

22) Carter, Kathy(1993), op. cit., 참조.

이 연구의 한계는 다양한 현장 연구 자료를 채집하지 못하였다는 점이다. 또, 장기간의 변화 과정을 일상적으로 살피지는 못하였다. 그러나 이 연구의 초점이, 자전적 생애사와 내러티브 성찰을 통한 참여자의 인식 변화에 있었기 때문에 크게 문제가 되지는 않는다고 본다.

2) 현장 텍스트 구성
: 국어과 초임교사의 자전적 이야기와 성찰적 내러티브

(1) 인물 스케치

연구 참여자인 이 교사(29세)는 경제학과를 졸업한 뒤 편입한 뒤 사범대 졸업과 동시에 발령을 받아 경상남도 Y시에서 2년 6개월 동안 국어교사로 근무하고 있다. 학생들이 국어 과목을 재미있게 공부할 수 있도록 관심을 끌어야 한다는 신념을 지니고 있었다. 이를 위해 개별 상담 교육을 위해 노력하고 있다. 김 교사(27세) 역시, 미술교육과를 졸업하고 사범대에 편입한 뒤 졸업과 동시에 임용고사에 합격하였다. 경상남도 K시에서 첫 발령을 받아 2년을 지낸 뒤, 지금은 C시에 근무하고 있다. 국어교사는 학습자가 스스로 생각하고 창의적으로 표현하며, 바른 가치관을 가질 수 있도록 해야 한다는 신념을 지니고 있다. 이를 위해 다양한 활동 자료들의 개발에 노력하고 있었다.

(2) 초임 국어과 교사들의 삶의 이야기
① 이 교사의 이야기 : '섬 속에서 떠돌기'와 '도장 찍기'

이 교사는 발령 후 3년간의 국어교사 경험을 '섬'과 '도장 찍기'이란 은유로 표현했다. '섬'은 교직 사회에서의 개인화된 삶, 초임 교사로서의 여러 문제를 혼자 해결하는 과정에서의 어려움을 나타내는 것이고, '도장 찍기'는 수업이 더 이상 자기 신념의 표현이 아니라 정해진 역할을 소시민적으로 수행하는 행위임을 상징적으로 표현한 것이다.

국어 교사되기 이전 : 교사들은 모두 비슷비슷한 것 같다

이 교사가 국어 교사가 되기로 결정한 것은, 국어가 좋아서였다. 국어에 대한 '감'이 좋았고, 자신이 만났던 선생님 중에서는 국어 선생님이 제일 좋았다. 졸업 후 잠시 방황하다가 편입을 하였는데, 힘들었지만 행복했다. 사범대 편입해서는 임용과 관련된 공부만 정신없이 했다. 교생 실습 과정도, 별다른 고민 없이, 아이들이 요구하는 것을 적당히 맞추어주면서, 한 달을 보냈을 뿐 별 기억은 나지 않는다. 임용 시험을 치르고는 억울했다. 자신이 공부한 것에 비하면 부분적인 문제라는 생각, 따라가기 힘든 문제라는 생각 때문에 합격 소식을 들었어도 "어쩌다 붙었다"라고 생각했다. 이후, 면접 등 2차 시험을 치렀지만 다소 형식적이라고 생각했다. 수험장에서 만난 예비 교사들을 보면서, 다른 비슷비슷한 머리에 비슷한 분위기라고 생각하면서 교사들은 참 비슷하다는 생각을 했다. 합격 통지를 받고는 앞으로 더 이상의 고통은 없으리라 생각할 정도로 너무 즐겁고 행복했다. 신임 연수에서는, "너희들은 초임이니까, 아마 여러 선배 선생님들이 따뜻하게 잘 보살펴 주실 것이다"라고 들었다.

1년차의 경험 : 학교와 실제 교사의 모습에 대한 충격

발령 받으면서, "재미있는 선생님이 되자"고 다짐하였다. 그것은 자신의 초, 중 고등학교 시절의 좋았던, 혹은 나빴던 선생님에 대한 이미지 때문이었다. 학교에 가는 길이 꿈만 같았다. 하지만 실제 3월 신임교사로서의 첫 달은 너무 힘들고, 전혀 예상치 않은 일에 맞닥뜨렸다. 수업보다는 '일과' 업무의 일이 더 짓눌렀고, 첫 수업은 '국어과' 수업이 아니라 3학년 '진로' 시간이었던 것이다. 모두 전공과 관련 없었고, 자신이 생각한 자신의 전문성과는 다른 일이었다. 게다가 이 일들은 이전에는 전혀 알지 못하던 것들이라 대단히 어렵고 두렵기만 하였다. '일과' 업무는 잘 알지도 모르는 사람에게 부탁을 해야 하는 일이 많았는데, 이 일을 계기로 교사란 이중성을 가진 존재들이라는 부정적 이미지를 갖게 되었다. 학교 공간이란 싫든 좋든 이들과 어쩔 수 없이 함께 살아야만 하는데, 동료교사란 결국 "언니 같고 엄마 같고 삼촌 같은 적(?)"이었다. 이런 생활 중에서 '국어 수업'은 오히려 '어느 정도는 알고 있는 영역'이라 쉴 수 있는 친숙한 시간처럼 느껴

졌었다. 대신 거의 수업에 대해서는 진지하게 고민하지 못하였다. 지금도 그 때의 일은 악몽처럼 남아 있다. 그래도 국어 수업 시간은 아이들과 만나는 행복한 시간이었다. 1주 5번의 수업을 통해 거의 학생들의 이름을 외워 버렸다. 아이들은 귀여웠지만 너무 힘든 생활 때문에 수업에는 거의 집중하지 못하였다. 그러다가 1년차 학기말에 학생들의 수업 평가에서 "모두가 참여할 수 있는 수업을 해 달라"라는 말을 듣고 놀랐다. 자신의 의도와 학생들의 평가가 다를 수 있다는 것을 깨달았다. 그러나 이 역시 깊이 생각해 볼 겨를은 없었다. 아이들의 그 때 그 때 반응에 따라 내가 잘 했다, 못했다를 반복하는 하루살이 식 수업이었다. 교과서는 임용 때 사용했던 교과서를 썼고, 그 때 그 때 바쁘게 학습지를 만들었다.

2년차의 경험 : 아이들에 대해 혼돈을 느끼다

2년차에서는 담임을 맡았고, 본격적으로 국어 수업에 대해 고민하기 시작하였다. 담임 업무가 너무나 바빠서, '화장실'에도 가지 못할 정도였지만, '업무'일과를 하지 않아 시간이 다소 남았다. 국어교사로서의 자신의 역할은 학생들이 '국어 과목에 흥미를 느낄 수 있도록 한다'는 것으로 생각했다. 국어를 가장 지루한 과목으로 꼽는 아이들의 반응이 부담스러웠고, 스스로도 중·고등학교 시절 일제식의 지루한 강의에 질렸었다. '재미있는 수업'을 만들기 위해서는, 실제 학습자들이 다양한 활동을 할 수 있도록 준비했다. 먼저, 교과서의 교육목표를 핵심적인 내용으로 놓되, 학생들이 실제 할 수 있는 활동을 만들어 재미있게 만들려고 노력하였다. "소설이 너무 길고 지겨우니까 연극이나 역할극을 해 보려고 했었어요. 전지에 그림도 그려보게 하고, 줄거리도 만화로 해 보게 하려고 애썼던 것 같아요." 또, "능동적으로 읽을 줄 안다"라고 하면, 실제 학습지들에게 보여주는 활동으로 용어의 애매모호함을 없애려고 하였다. 또, 학원에서 답을 알고 있는 학생들에게는 교과서 외의 지문으로, 직접 느끼고 스스로 할 수 있도록 노력하고 있다. 자기는 나름대로 자신이 무난하게 잘 하고 있다고 생각한다. 학부모 대상 공개 수업에서도, "파워 포인트도 쓰고, 아이들 모둠 식으로 앉히고, 매체 띄우고 해서" 잘 "넘는다"고 자평한다. 그러나 역시 혼돈이 생기는 것은, 아이들 때문이다. 아이들의 재미를 붙드는 일이 쉽지 않다. 특히, 담임 반 맡은 아이들과 "내 새끼"하면서 친해져서 여름방학 때는 개인적인 메일까지 주고 받으면서 아이들의 스스럼 없는 생각을 접하고는 더욱 그러했다. 이미 학원에서 선수학습을 많이 하고 오는 아이들이 다른 방식으로 생각할 수 있도록 노력하나 매우 어렵다. 또, 아이들의 수준이 다르고, 아이들의 반응도 다른 것이 혼돈을 준다. 성적이 좋은 아이들은 자기 수업이 "꼼꼼하지 못하다"고 하는가 반면, 못하는 아이는 기본적인 단어조차 알지 못한다. 아이들을 수업에 중심에 놓지만, 아이들의 진지하지 못한 모습을 어디까지 인정해야 주어야 할까, 또, 너무 기본적인 단어조차 알지 못하는 상황을 발견할 때마다 다양한 활동을 제한해야 하지는 않을까 등등이 고민된다. 그래서 카리스마 교사가 될까, 재미있는 교사가 될까 아직도 끝없이 갈등한다. 그러나 이젠, 점차 아이들이 낙서를 하더라도 그걸 아이들의 학습 스타일의 하나로 인정할 정도로 아이들을 인정하려고 하였다. 아이들을 존중해 줄 수 있는 안목이 생겼다는 점에는 만족하고 있다. 2년차에 국어과 협의회에서 시험 출제와 관련하여 자신의 의견을 내 놓았다가 매우 어색해지기도 하였다. 자신은 국어에서 학습자 자신의 사고력을 향상해야 한다고 해서, 교과서 외 지문의 출제를 주장했는데 몇 분이 반대하였다. 이후 동료교사와의 불편한 관계보다는 침묵을 선택하는 계기가 되었다. 국어과 협의회에서는 자신의 수업 고민을 거의 나누지 않는다. 수업 등에 대해 이야기하고 싶었으나, 수업은 "자기 스타일대로 하는 것"이라며 개인적인 것으로 돌리기만 한다. 교무실은 섬들의 세계라고 생각한다.

3년차의 경험 : 무난한 수업과 지루한 학교 일상

3년차가 되면서 모든 게 편해졌다. 스스로 잘하고 있다고 생각한다. 큰 사건은 없다. 예전 같으면 사건이었지만, 대충 무난하게 넘어가려고 하기 때문이다. 이번 여름 방학 과제도, 몇 분의 개인적 편의 때문에 내는 과제를 목도했지만 아무말 하지 않고 지나갔다. 예전처럼 재미가 없다. 겉으론 아무 문제가 없는 듯 보이겠지만 학교는 점차 심드렁한 느낌이다. 별로 재미없는 교과서를 학생들의 흥미를 유발하기 위해 계속 재미있게 가르쳐야 한다. 아직도 교과서는 임용 때 준비했던 그 때의 교과서를 쓰고 있다. 여차하면 쓸 수 있어서이다. 수업 시간에 느끼는 혼돈은 여전하지만 동료 교사들은 자기 스타일을 가져라고 말할 뿐이다. 외롭다는 느낌에, 학교 젊은 교사들이 모이는 독서 모임에 참석하고 있다.

— 이교사의 자전적 글쓰기에서

② 김 교사의 삶의 이야기와 성찰 : '철새'처럼 떠돌기

김교사는 '철새'라는 은유로 자신의 초임 시절을 표현했다. 자신의 신념이나 가치관보다는 주어진 시간과 공간에 억지로 적응해야만 했던 처지를 드러내고 있다. 학교의 사정에 따라, 교실 학생들의 요구에 따라, 또 학부모들의 요구에 따라 줏대 없이 이리저리 흔들려야 했다고 보는 것이다.

국어교사 되기 전 : 국어교사에 대한 꿈

어렸을 적부터 교사가 선망하는 직업이었다. 그 직업은 남보다 우월한 위치에서 그들을 새로운 세계로 끌어들여 안내하는 선구자처럼 보였고, 사회적으로 좋은 평가를 받는 존재로 느껴졌다. 국어교사는 아이들에게 감회를 주고 깨달음을 주기에 적절한 과목이라고 생각했다. 그러나 자신의 경험으로는 그런 선생님을 만날 수 없었다. 그래서 더욱 그런 선생님이 되고 싶었다. 대학에서는 정말 정신없이 공부만 했다. 실습에서 우스꽝스러운 몸짓으로 아이들 마음을 사로잡는 교사를 보고는 역시 학생들에게 감동을 줄 수 있는 교사가 되어야겠다고 다짐했다. 임용 시험을 보면서, 학교에서 무엇을 중심으로 가르쳐야 하는지 생각하게 되었다. 그러나 2차 면접이나 신임교사 연수 등은 별 기억 없이 지나갔다.

1년차 경험 : 낯설기만 한 학교와 교실

첫 출근날의 설레임을 무엇으로 말할 수 있을까? 아이들 눈빛에 가슴이 떨렸다. 수업 준비에 매진하려고 했는데 '젊은 사람이 힘든 일을 하나라도 더 해야지' 하는 교감선생님의 말씀에 담임과 학교신문 업무와 한문 수업까지를 다 맡게 되었다. 담임을 맡으면서 아이들의 가출, 학교 폭력에 시달렸고 또 학부모들과의 상담에서 거의 협박을 받기조차 했다. 게다가 주변 학교에서의 사건들로 교사가 곤혹을 치르는 이야기들을 들으며, 사고가 일어나지 않게 조심해야겠다는 마음이 들었다. 국어수업은 생각만큼 잘 되지 않았다. 국어 수업의 내용은 교육 목표를 중심으로 하였고, 대신 여러 자료로 학생들이 직접 생각하고 느끼게 하려고 노력하였다. 가장 힘들었던 수업은 '시' 수업인데, 학생들이 학원의 영향으로 느끼려 하지 않았던 것이다. 그런데 중요한 사건이 하나 생겼다. 수업 시간에 학습 활동을 거부하면서 "선생님은, 방학 동안에도 월급 받고 아주 좋잖아요"라고 말하는 문제아의 돌출 행동과 만났던 것이다. 그 아이에게 자신은 어떤 대처도 하지 못했다는 것 때문에 자괴감이 들었다. 아이들이 두려웠다. 문제아들과의 감정적 갈등은 이후, 국어라는 교과적 전문성보다는 '좋은 인간이 되는 교육'에 초점을 맞추는 계기가 되었다. 또, 어떤 형태로든 적절한 거리를 두고, 갈등 없이, 무난하게 지내자는 생각을 하게 되었다. 너무 외롭다고 느꼈다. 이제 갓 졸업하여 단단하지 못한 모습으로 사회에 던져진 내게 책임과 일의 해결을 요구하는 목소리는 너무나 폭력적이었다. 아이들에 대한 이해, 학부모에 대한 이해, 동료 교사와 일에 대한 이해가 있었더라면 좀 더 유연하고도 의연하게 대처할 수 있었으리라 생각했다.

2년차 : 아이들과 거리두기

첫 해의 이런 경험으로 수업 시간에도 되도록 적절한 거리를 유지하면서, 아이들과의 갈등을 피하는 방식으로 행동하였다. 그럼에도 학원 수업을 피해 학생들이 스스로 생각하게 한다고 열심히 한 수업이, 학생들에게는 너무나 힘들고, 지루한 수업이라는 사실을 발견하였다. 학생들은 이미 학원을 통해 다 배웠고, 학부모들이 이들 학원을 지지하기 때문에 자기 수업을 잘 듣지 않는다고 느낄 때가 많다. 아이들을 중심에 놓고 생각하는데 아이들은 자신의 생각과 전혀 맞지 않을 때가 많아 감정을 상할 때도 종종 있다. 국어 수업에서는 인터넷 자료와 협동학습 모델 등을 이용하여 새로운 수업 방법을 모색하려고도 하였다. 그러나 아이들이 정신없고, 뜻밖의 이야기로 난처하게 만들고, 시간도 너무나 부족하기 때문에 역시, 자꾸 일제식 수업을 하게 되었다. 하면서도 아이들한테 미안한 마음도 들었다. 그럴 땐, 못 본 척하려고 애쓴다. 공개 수업도 했지만, 평소에 하던 수업에 '모둠조 넣어 맞추고, 파워 포인트를 띄우는 정도로'만 성의를 표시했다. 2학기에는 부진아 수업을 했는데, 처음에는 아이들 사정이 안타까워서 여러 활동을 모아 했다. 그러나 0교시 수업에 힘을 빼니 정규 수업이 힘들었다. 그래서 그것도 일종의 일처럼 대하게 되었다. 한문 수업이 너무 힘들어 한문 교육 연수를 받았고, 학교에서 역할 분담이 되어 독서 교육 연수도 받았다. 새로운 지식을 얻긴 했지만, 그 때 뿐이고 정작 학교 교실로 돌아오면 다시 막연해지는 것이 사실이다.

3년차 : 무난함과 지루함

새 학교를 옮겼지만, 학교가 더 크고 안정적으로 운영되어서 마음은 더 편안하다. 학생들도 더 참하다. 새로운 업무도 맡았지만 모든 일을 갈등 없이 처리하려고 한다. 처음 마음과는 달리, 무난한 수업, 사건 없는 학교 일에만 신경을 쓴다. '좋은 수업'이 아니라 '문제 없는 수업'만 생각한다. 그래서인지 교과교육은 사실, 크게 신경 쓰지 못한다. 학교에서, 어떤 학생이 말도 되지 않는 행동으로 큰 문제만을 터뜨리지 않도록 하는 것, 교과 지도보다는 생활지도가 더 큰 문제라고 생각하기 때문이다. 좋은 학생들 만나 수업하면 참 좋겠다는 생각이다. 수업을 하면서는 아이들과 함께 소통할 수 있는 다양한 경험과 자료가 자신에게는 부족하다고 생각하게 되었다. 특히, 아이들은 이야기를 좋아한다는 것도 발견하였다. 교양, 폭넓은 지식과 경험을 위해서 대학원 진학 생각을 부쩍 많이 한다. 자신이 너무 부족하다는 생각을 초임보다 더 많이 하지만, 연수 기회는 거의 없다. 어느 덧, '월급날을 기다리는' 소시민이 되었다는 자괴감에 많이 빠진다. 수업도 별로 재미없고, 아이들 보고 하루하루만 반짝 즐거울 뿐이다.

— 김교사의 자전적 글쓰기에서

(3) 자기 삶에 대한 성찰의 이야기들

① 이 교사의 성찰

이 교사는 자신의 자전적 글쓰기와 인터뷰 면담 자료를 다시 읽고 분석한 뒤 성찰지를 서술하였다. 이 성찰지를 보면 이 교사가 자신의 이야기를 성찰함으로써 자신과 자신의 경험을 새롭게 인식하고 있음을 알 수 있다.

그녀는 먼저, 자신이 과연, "나는 정말, 국어교사로 살고 있는 걸까"라는 의문을 제기하고 있다. 현재 자신의 고민 중의 하나는 "재미있는 선생님"이 될까, "카리스마 있는 선생님"이 될까 혹은 어떻게 하면 '조용한 교실'을 만들어 볼까 하는 내용인데, 이는 '국어교사'로서의 의문이라기보다는 일반 '교사'로서의 고민이라는 점을 새삼 자각하게 되었다는 것이다. 또, 그녀는 수업에 대한 자신의 생각과 실제 수업에서의 행위가 다를 수 있다는 점을 성찰하였다. 가령, '재미있는 수업을 하려고 했다.'라고만 되어 있지, 학생들이 어떻게 반응하였는지에 대한 내용이 이야기에는 전혀 나타나지 않는다는 사실을 알게 된 것이다. 자신의 서사에 학생이 작중 인물로 등장하지 않는다는 것은 과연, 자신이 진정으로 학습자 중심의 수업을 했던 것일까라는 의문을 제기해 볼만하다는 것이다.

> "내가 제시한 재미있는 수업과 참여하는 수업에 대해 생각해 보았다. 재미라는 것은 직접, 스스로가 느껴야 하는 것이라는 생각에서 나는 수업 시간 내내 아이들을 가만 두지 않았다. …중략… 그런데 나의 글쓰기에 보면 정작 아이들이 어떻게 반응했는가에 대한 기술은 없었다. 아이들도 좋아했을 것이라고만 생각했던 것이다. 나는 나의 그런 수업이 정작 아이들에게는 어떠했을까를 생각해 보지 않았던 것이다. 그런 활동들이 과연 아이들에게 재미있었을까? 오히려 아이들을 괴롭히고 힘들게 했던 것은 아닐까? 아이들이 재미있어 하는 수업이 아니라 아이들로 인해서 내가 재미있었던 수업이 아니었는지.'아이들의 요구'란 나를 얽어매었던 구속에 불과한 것이 아니었을까?"
>
> — 이교사 성찰지 중에서

또, 그녀는 자신이 학습자의 사고력과 흥미를 존중하는 수업을 하고 있다고 평소 생각하고 있었는데 자전적 서사를 보니 그렇지 않았다는 점을 발견하였다. 교과서 외 제재를 활용할 경우는 학습자의 다양한 반응을 수용하고 있었지만, 정작 교과서 내 제재의 경우에는 '정답'으로의 수렴하려고 일관하고 있음을 깨닫게 된 것이다. 이외에도 수업 시간에 발표 기회를 주는 학생들은 발표를 잘 하는 학습자로 편중되어 있었음을 살피고는 자신이 학습자의 다양한 활동보다는 수업의 효율만을 고려하는 수업을 하고 있는 것은 아닌지 하는 의문을 품었다. 이러한 의문과 발견은 자신이 국어 교육적 신념을 충분히 실현하고 있는가에 대한 성찰의 결과라고 하겠다.

다른 한편 이 교사는 자신의 발전 과정도 인식하게 되었다. 특히, "학습자들에 대한 나의 시각과 태도에 발전적인 변화가 있음을 성찰한다. 신규 때는 자기 수업을 잘 듣기만을 바랐다면, 이제는 학생들을 존중해 주려고 노력하고 있구나"하는 점을 인식하게 된 것이다. 이런 자각은 그녀의 교사적 정체성을 강화하는 데 중요한 기능을 하고 있는 것으로 보인다.

② **김 교사의 성찰**

김 교사도 이 교사와 동일한 절차로 자신의 이야기를 분석하고 성찰하였다. 이교사와 동일한 점은, 역시 "국어교사로서의 나는 누구인가?"라는 질문을 던지고 있다는 것이다. 그녀는 자신이 기억하는 이야기의 주된 모티프가 '가출한 학생', '수업 시간에 지겨워하는 학생들', '많은 업무 부담' 등이었음을 분석하였다. 이는 '좋은 국어 수업'이 아니라 학교에서 문제가 없기를 바라는 교사의 일반적인 소망과 관련된 것이라는 점에서 자신이 국어교사로서의 철학을 조금씩 상실하고 있음을 비판적으로 자각하였다. 이어, 그녀는 자신의 서사에는 수업에서 겪는 어려움과 딜레마가 선명하지 않다고 지적하였다. 이는 자신이 수업에서 겪는 어려움과 문제를 철저히 자각하지 않고 외면하고 있는 결과이며, 국어교사로서의 신념을 잃어버리고 차츰 소시민적인 공무원으로 전락하고 있는 모습이라 생각하였다.

또, 그녀는 자신의 이야기를 통해 자기 수업에 관련되는 여러 맥락적 요소를 통찰하게 되었다. 그녀는 예전에는 항상 자기의 부족함만을 생각했었는데, 자신의 이야기를 읽으면서 자신의 행위에 영향을 미치는 학습자, 학부모들, 제도들을 의식하게 된 것이다. 학원에 다니느라 미리 진도를 다 나가고는 수업에서는 생각하지 않으려는 학생들, 공동으로 출제해야 하기 때문에 수업 시간에 배운 내용으로 평가할 수 없는 제도적 상황, 학부모들의 항의와 문제제기 등 '보이지 않는 힘'들이 자신을 압박하고 있다는 사실도 깨달았다.

> "나는 내가 쓴 글들을 읽으면서 내가 참 자유롭거나 주체적이지 않다는 생각을 했다. 교육과정으로부터 자유롭지 못하고, 학교 생활에 관계한 많은 사람들과 문제들로부터 자유롭지 못하다. "내 수업에서 느끼는 답답함이나 한계는 나의 지식의 부족이라고만 생각했었는데, 지금 생각해 보면, '나'는 없고, 교육이 있고, 학생들이 있고, 주변 사람들이 있는 것만 같다. 지성인으로서의 내 모습을 갖추지 못한 채 나를 몰아 세우는 주변 많은 부분들에 눈치를 보고, 두려움을 느끼고. 나는 살아 온 것이 아니라 그저 주변의 흐름에 따라 흘러 온 것만 같은. 그래서 내가 겪은 어려움이나 갈등의 정도가 많고 적음에 차이 없이 매번 나는 당황하고 끌려 다니는 것이다."
>
> — 김교사의 성찰지 중에서

또한 이러한 성찰의 과정에서 김 교사는 자기 내면에 은밀하게 존재하였던 또 다른 욕망을 들추어 내기도 하였다. 자신이 추구한 학생들의 참여식 수업이 실은 학원과 경쟁하려고 한 것은 아닌가? 또, 공부 잘하는 학생들과의 경쟁을 의식하면서 과제를 낸 것은 아닌가, 자신의 신념보다는 다른 교사와의 인기 경쟁을 의식하고 있는 것은 아닌가 등이 그것이다. 이런 질문은 이교사가 국어교사로서의 정체성을 모색하고 회복하는 성찰의 과정을 보여준다 하겠다.

(4) 우리들의 성찰적 이야기

다음 연구 참여자와 연구자는 함께 만나 자전적 서사문과 각자가 쓴 성찰적 분석의 글을 함께 읽은 뒤 이야기를 나누었다. 이 과정은 연구 참여자 개개인이 느낀 불안과 혼돈을 공유하면서도 이를 공적인 차원으로 전환하는 과정이기도 하였다. 서로의 경험은 다른 점도 있었으나 국어교사로서 느끼는 무력감과 정체성 상실에 대해서는 많은 부분 공감했다. 그 과정에서 교직이 지나치게 개인주의적인 문화를 지니고 있음을 발견하였다. 자신의 문제들은 결코 혼자만으로는 해결될 수 없는 것이 많은데, 정작, 학교에서는 '수업'은 대단히 개인적인 일로만 치부되고 있다는 지적이었다. 또한 예비 교사 교육에 대한 문제도 함께 이야기하였다. 발령과 함께 경험한 자신들의 충격은 예비 교사교육과 실제 현장과의 괴리감에 기인한다는 진단에 공감하였다. 대학에서 미리 학교 현장에서 겪는 문제적 상황을 접할 기회가 전혀 없었고, 또, 직전 교사 교육에서도 학교와 학습자의 현실적 모습보다는 긍정적이고 낙관적인 모습만을 보여주어 실제 교사 생활에 적응하는 데 더욱 큰 어려움을 겪었다는 데에 일치하였다.

> 김주희 : 난 정신없이 공부하다가, 현장에 '던져진 것 같다는 느낌을 많이 받았어요.' 실제로 장에서 부딪힐 수 있는 현실적 문제를 함께 생각하고 한 번 쯤은 고민도 할 필요가 있잖아요. 아이들도 그렇고 학생들도 그렇고 분명히 누구나 부딪히는데, 생각하지도 않고 가니까, 이건 거의 '폭력' 수준이었어요. 학부에서 공부할 때, 공교육이 붕괴다 하는 피상적인 인식 아니라, 이러저러한 문제가 있는데, 여기에 대한 자기 생각을 가질 수 있도록 하는 교육이 있었으면 생각했어요. 자신의 입장과 신념이 있는 것과 없는 것은, 충격도 그렇고, 해결하는 방법이나 유연성에서도 차이가 있을 것 같아요.
>
> 이민영 : 나도 거의 그렇게 느꼈어요. 특히, 우리 학교는 신임에게 누구나 싫어하는 일을 시키려고 준비하고 있었어요. 학교에서는 일 잘하는 교사를 원해요. 국어 수업 따위는 너무나 주변적이고 사적인 일이예요. 정말 놀라운 일이었죠. 하지만 난 사범대에서 그런 교육을 하는 건 생각해 봐야 한다고 봐요. 오히려 난 신임 연수 때, 후배 교사니까 도와 줄 것이라는 희망어린 이야기만 들은 게 황당했어요.

필자도 이 연구를 통해 비로소 초임 교사들의 심리적 어려움을 이해하게 되었으며, 이러한 어려움이 비단 중학교 교사 뿐 아니라 대학에서 문학을 가르치고 있는 나 자신의 문제이기도 하다는 점을 깨달았다고 이야기 했다. 아울러 나의 졸업생들이 학교 현장에 가서는 현실적인 벽과 무기력을 느끼는 것을 보고 충격을 느꼈다고 말했다. 우리는 함께 이야기하는 과정에서 초임 교사의 고민이 개인적인 문제만은 아니라는 점을 동감하였고, 교사들의 자기 성장을 위한 '지식 공동체'의 필요성에 동감하였다.

3) 연구 텍스트 : 초임 국어과 교사의 실천적 지식 형성과정과 그 딜레마

(1) 두 국어과 초임 교사의 실천적 지식 형성 과정

이제까지 두 교사의 생애사와 이들이 스스로 성찰한 이야기, 동료 교사와 협동하여 함께 한 이야기를 살펴보았다. 이제 이 자료들에서 두 초임 교사의 실천적 지식 형성 과정과 이에 관여하는 심층적 딜레마를 해석하고자 한다.

먼저, 두 국어과 교사의 실천적 지식이 어떻게 형성, 변모되었는가를 살피겠다. 이들의 변모 과정에서 가장 큰 변화를 보이는 것은 국어교사로서의 자아상과 자신의 역할에 대한 인식이다. 처음 이들이 가졌던 국어교사로서의 신념은, 이 교사는 '재미있는 국어교사가 되어야 한다'는 것이었고, 김 교사는 '스스로 생각하고, 자신을 표현할 수 있는 국어교사가 되겠다'는 것이었다. 그러나 3년 동안의 생활을 하면서 이 교사는 현재 자신의 모습을 '사랑받는 국어 교사' 혹은 '무난한 국어교사'로 인식하고 있었고, 김교사는 '착한 국어 선생님'으로 파악하였다. 국어교사가 가져야 하는 이상적 이미지에는 큰 변화가 없는데 현재 자신의 '국어교사로서의 모습'에 대해서는 큰 변화가 있었다. 이로부터 알 수 있

는 점은, 이들의 삶은 발령 전과 발령 후가 대단히 단절되는 불연속적
이라는 것이다.

또 이들의 삶은 외적 갈등은 순화되지만, 내면의 갈등은 강화되는 양
상으로 변화된다. 그것은 자신의 변화가 자신의 선택에 다른 주체적인
것이라기보다는 주위의 환경의 부정적 피드백에 의한 타율적이었던 것
에 따른다. 수업 전략이나 방법은 점차 세련되고 기능화 되는데, 그것
은 자신의 국어교사로서의 정체성을 강화하는 데 기여하지 않는 것이
다. 따라서 시간이 흐를수록 외적 갈등은 내적 갈등으로 내화된다. 곧,
외면적으로는 문제가 없는 수업을 하는 듯하지만, 내면은 반대로 자신
의 이상과 멀어지는 모습을 보고 무기력감을 갖게 된다.

이들의 실천적 지식 형성 과정에는 다양한 변인들이 복잡하게 얽혀
서 딜레마적인 갈등 상황을 만들고 있었다. 엘바즈(Elbaz)[23]는 실천적 지
식이 형성되는 변인으로, 이론적 지식, 개인적 경험, 학교 상황, 사회,
역사적 요구, 신념 등을 제시한 바 있다. 교실에서 어떤 문제 상황이 발
생하였을 때 이들 다양한 변인 중 어떤 것을 선택할 것이냐는 바로 교
사의 신념, 철학에 따라 달라질 것이다. 그러나 초임교사처럼 혼돈과
갈등의 연속에 있는 존재들에게는 무엇을 우위라 단언할 수 없는 경쟁
적 가치들의 대립 상태에서 딜레마 상태에 놓이고 있다.

(2) 초임 국어과 교사의 딜레마

초임 국어과 교사들에게 딜레마는 여러 층위에 거주한다. 그들 이야기
나타난 복잡한 갈등이 이를 보여준다. 우리는 흔히 교사의 지식을 놓고
'이론과 실천'의 갈등으로 단순화한다. 하지만 이는 한국의 초임 교사가
겪는 내면의 복잡한 갈등을 보여주기에는 너무 단순하다. 이에 '지식의
풍경'(landscape) 도식[24]으로 구체화해 보고자 한다.

---

23) Elbaz F.(1981), op. cit., pp. 43~71.

'지식의 풍경'(landscape)이란 개념은, 전문적 지식이 외면적으로는 단일한 것처럼 보이지만 실은 다양한 인물, 장소들, 사물들과의 관계 속에서 부단히 영향을 받는다는 점을 보여주기 위한 것이다. 전문 지식도 여러 맥락 변인에 따라 달라진다. 가령, 초임 국어과 교사의 실천적 지식 형성에서 문제가 되는 것은 '안과 밖'의 경계이다. 학교 안과 학교 밖, 교실 안과 교실 밖, 교과서(혹은 교육과정) 안과 교과서(혹은 교육과정) 밖, 나의 내면과 나의 외면은 각기 다른 유형의 감정과 인식, 도덕적 가치 속에 유발하는 것이다. 따라서 '지식의 '풍경'(landscape) 개념은, 교사들이 기거하고 있는 심리 차원에서의 지식 사회학과 문화 지리학을 보여준다.

① 존재론적 딜레마 : 일반 교사와 국어과 교사의 사이에서

초임 국어과 교사가 가장 먼저 갈등하는 것은 자신의 역할 모델에 대한 것이다. 곧, 자신이 중시하는 '국어교사로서의 역할'과 학교에서 강조하는 '공무원' 혹은 '일반 교사로서의 역할' 사이에서의 갈등이다. 발령 전, 학교 밖에서는 '좋은 국어 선생님'으로 자신의 역할 모델을 규정한다. 그러나 정작, 학교에서 요구하는 직접적인 역할 모델은 '일 잘하는 선생님, 혹은 그냥 좋은 선생님'이다. 원만한 학교생활을 위해서는 주어진 역할에 충실해야 하는 것이 현실이지만 이 때문에 자신이 원하는 국어 수업 시간을 위해 투자할 수 있는 시간이 없다. 그래서 딜레마가 된다.

특히, 학교는 고립된 공간에서 많은 사람들이 함께 생활해야 한다는 제약 때문에 학교에서 요구하는 일반 교사로의 역할은 현재의 '몸'을 규율하고, 강제하는 폭력성조차 지니고 있다. 이런 이유로 수업 시간은

---

24) 클란덴(Clandinin, D. & Connelly, F. M)은 교사의 혼돈을 포착하고, 인식론적 딜레마에 근거하여, '신성한 이야기', '은밀한 이야기', '꾸미는 이야기'로 풍경 도식을 구조화하였다. Clandinin, D. & Connelly, F. M,(1995), op. cit., 참조.

교무실에 근무하는 시간과 대비되어, 외부적인 강제를 받지 않는 사적인 공간으로 인식되기도 한다. 이에 수업 시간을 통해 편함을 추구하게 된다. 그러나 이는 자신이 가지고 있던 국어교사로서의 신념과 정체성에 위반되는 것이다. 이에 따라 교사는 학교 안과 학교 밖, 교실 안과 교실 밖의 삶의 단절을 경험하며, 초임 교사들은 삶을 분열적이고, 파편적인 형태로 느낀다. 이러한 존재론적 차원의 딜레마는 초임 국어과 교사가 국어교사로서의 역할과 정체성, 이미지를 재구성하는 데 중요한 영향력을 행사한다.

② 인식론적 딜레마 : 이론적 지식과 경험적 지식의 사이에서

다음, 이론적 지식과 경험적 지식, 특히 교육과정(교육이론)의 '안'과 '밖'을 중심으로 한 딜레마이다. 초임 교사는 교육과정이나 교육 이론에서 제공한 교육 내용을 존중한다. 교육과정은 수업 설계의 주요 지침이다. 때문에 교육과정이나 교육 이론은 의문의 여지가 없는 '신성한 이야기'이다. 그러나 실제 수업의 운용 상황에서는 '신성한 이야기'와 자신이 교실 상황에서 만나는 학생들의 '현실적 이야기' 사이에 갈등이 생긴다. 이들은 '신성한 이야기'의 관점을 지지하였으나 경험이 늘어나면서 학생들의 '현실의 이야기'에도 동감할 때가 많다. 때문에 초임교사들은 '신성한 이야기'와 '현실적 이야기' 그 어느 쪽도 지지하지 못한 채, 혼돈을 느낀다.

③ 도덕적 딜레마 : 이상적 신념과 현실적 의무 사이

초임 교사들은 시간이 지나면서 외면적으로는 평온해지나 내적 갈등은 강화된다. 이상적 신념과 현실적 의무 간의 갈등이 생기는 것이다. 가령, 진정성과 효율성의 갈등이 대표적이다. 진정성은 이상적 가치를 중시하는 수업인 반면, 효율성은 편의성을 추구하는 수업이다. 이러한 가치 갈등은 초임 교사로 하여금 외면과 내면이라는 이중성의 긴장 속에 몰아 넣는다. 학교 전체 일정을 소화하기 위해 주어진 현실적 의무는 그들에게는 '편한 이야기'이다. 편하기 위해 이렇게 수업한다는 생각을 그들을 가지고 있다. 그러나 정작, 그들의 내면은 이 이야기에 진정으로 동감하지 않는다. 두 교사는 3년차 된 이후, 부쩍 '미안한 마음'으로 '못 본 척하고 지나가는 일'이 많아진다고 한다. 외면적으로는 '편한 이야기'에 동조하는 것처럼 보이지만, 이는 원할한 운영을 위한 것이고, 정작 자신의 내면에는 그들이 생각하는 '의미있는 이야기' 때문에 불편한 마음을 지니고 있는 것이다.

4. 실천적 지식 '성찰'의 교사 교육적 시사점

1) 연구 사례에 나타난 교사의 자기 '성찰'의 의미
   : 실존적 딜레마로 들어가다

이제까지 초임 교사들의 성찰적 내러티브를 탐구하였다. 이 연구는 단순히 초임 교사들의 자전적 서사 채록에 그치지 않고 이들이 자신의 서사를 성찰하고 재구성하는 데 중점을 두었었다. 이 연구 결과에서도 보았듯이 이 '성찰'은 교사 교육에서 많은 시사점을 주고 있다.

먼저, 성찰 과정은 교사들로 하여금 국어교사로서의 자신들의 정체성과 신념에 대해 새롭게 질문할 수 있는 계기가 되고 있다. 두 초임 교사들은 성찰 과정에서 "자기 목소리 상실"을 우려하고 걱정하였다. 이는 주어진 역할 속에서 파편화된 자아로 살아야 했던 학교생활에서 벗어나 자신의 국어교사로서의 신념과 정체성을 물은 결과이기도 하다. 이야기를 통해, 그들은 자신의 과거의 기대와 현재의 문제를 연결하였고, 나아가 미래의 자아 모습을 창조하고자 하였다. 선행 연구에서도 교사의 자전적 서사 표현의 행위가, 일상의 파편적 삶에 "전체성"과 "통합성"을 회복하는 기능[25]이 있음을 제시하고 이를 "음악 만들기"라는 은유로 표현한 바 있다.

둘째, 교사들은 자신의 신념이라고 믿었던 것과 실제 자신의 수업 행위 사이에는 간극과 단절이 있음을 발견하였다. 일종의 이중적 모습을 성찰한 것이다. 두 교사 모두, 자신들의 이야기 속에서 그려지고 있는 수업이 자신이 생각했던 모습과 다르다는 점을 충격적으로 깨달았다. 가령, "맞아요! 어쩌면 실은 내가 학생들을 고려하지 않았을 수도 있어요"와 같이, 자신은 학습자의 사고력을 일깨우는 방향의 수업을 한다고 생각했는데, 정작 자신의 이야기를 살펴 본 결과는 자신은 특정한 방향의 사고력으로 안내하는 수업을 하고 있음을 알게 되는 등이다. 이는 자신의 경험에 대한 서사적 형상화 과정이 자신의 모습을 객관적으로 인식할 수 있도록 함을 의미한다.

셋째, 교사들은 자신의 수업 행위를 보다 전체적인 맥락 속에서 해석하게 되었다. 그들은 자신들의 이야기를 통해, 자기 수업이 교실 안의 환경 뿐 아니라 교무실에서의 잡무와 일상, 학부모와의 관계, 학생들이 다니는 학원 등과 긴밀히 연결되어 있음을 발견하였다. 때문에 자신들이 겪고 있는 고민이 실은 학교 및 사회라는 현실 전체의 맥락과 연관되어 있다는 점을 확장된 인식을 갖게 되었다. 이는 서사적 사고의 특징인 "전체적 판단" 때문인데, 부분적 에피소드를 연결지어 통일성을 부여하여, 파편화된 일상적 삶을 전체적으로 이해하게 된 것이다.

마지막으로, 교사들은 자신들이 지니고 있는 실천적 지식을 확인하

---

25) M. Beattle(1995), "The making of a music : the construction and reconstruction of teacher's practical personal knowledge during inquiry", *Curriculum Inquiry* 25(2). University of Chicago Press.

고, 이로써 긍정적 자아관을 형성하였다. 특히, 국어교사들은 학습자에 대한 이해의 폭이 넓어지고 안목이 변화된 것을 가장 의미 있는 것으로 인식하였다. 국어교사는 학습자의 생각을 가장 많이 접하는 과목으로, 자신의 시각이 아닌 그들의 시각으로 그들의 행위를 존중하게 되었다는 것이다. 이는 성찰적 내러티브가 지닌 인식적 힘이기도 하다.

그러나 성찰적 내러티브 탐구의 과정을 통해 교사들은 자신이 지니고 있던 문제를 해결하지는 못하였다. 오히려 더 많은 의문과 문제를 느끼게 되었다고 봐야 한다. 성찰은 문제를 해결하는 전략적 사고가 아니라 주어진 문제를 새로운 안목 관점에서 새롭게 파악하고 다른 의미로 바라보려는 사고이다. 교사들도 문제를 바라보는 시각과 안목은 변화되었다. 그것은 문제들의 파편성에서 벗어나 자기가 추구해 왔던 삶의 연속성 속에서 통일적으로 파악하게 되었고, 또 사태와 관련된 전체적 시각을 확보하게 되었기 때문이다.

2) 교사 교육 및 교육과정 연구에 주는 시사점

앞에서의 연구는 교사 연구, 특히 교수 학습 방법이나 평가 연구와 교사 교육에 대한 새로운 관점을 준다고 본다. 그 시사점을 정리해 본다.

먼저, 교사 수업 연구에서의 '이해'적 관점의 필요성과 가능성이다. 그간 교사 수업 연구는 주로 '처방적' 관점에서 이루어졌다고 해도 크게 틀린 말은 아닐 것이다. 이 때 던진 질문은 교사가 "어떻게 가르쳐야 하는가?"였다. 그러나 필자는 이 연구를 통해 교사들이 "왜 그것을 그렇게 가르치는가"에 대해 생각하게 되었다. 이렇게 질문을 던지면, 수업은 합리적 절차나 방법의 문제를 넘어서 교사의 개인적 신념과 학교 상황, 사회 역사적 맥락이 상호작용하는 역동적인 장이 되어 버린다. 이런 점에서 교사의 실천적 지식 형성 역시, 이론적 지식의 습득으로 해결될 수 있는 것이 아니라 여러 문제적 상황과 딜레마를 자신의 시각에서 주체적으로 판단하는 능력이 필요하다고 하겠다.

이를 위해 교육과정의 교수 학습 영역에서는, 이들이 수업 상황에서의 문제를 판단하고 해결하는 능력을 기를 수 있도록 기술되어야 한다. 우리는 이론과 실천을 이야기하고, 주로 이론이 실천과 연계되지 않는다고 한다. 그러나 이런 사고는 이론과 실천이 각기 다른 성격의 지식으로 되어 있다는 점을 놓치고 있다. 실천은 이론적 지식의 습득으로 이루어지는 것이 아니라, 현장의 복잡한 상황에 대해 주체적으로 판단하고 문제를 해결하는 과정에서 생성되는 것이다.

다음, 교사 교육과 관련된 시사점이다. 교사 양성의 제반 제도와 과정, 그리고 학교 현장이 교사의 전문성 발달이라는 큰 틀에서 유기적으로 통합되어야 한다. 초임 교사들의 생애사에서 가장 눈에 띄는 것은, 서사의 불연속성과 단절이다. 이들의 머릿속에 있는 '지식의 풍경'들은 모두 각기 다른 공간과 사람들을 각기 다르게 만나 형성된 것이고, 그때마다의 개별적 상황 논리에 충실했을 뿐이다. 이 단절은 꽤나 골이 깊어 보인다. 사범대학에서는 임용 때까지만 생각하고, 교육 현장에서는 직장인으로 다시 새롭게 출발한다. 상황이 계속 이렇게 흘러간다면, 교사의 실천적 지식은 이론적 지식과 개인의 경험을 창의적으로 통합하는 형태가 아니라 대단히 사적이고, 몰 주체적인 방식으로 이루어질 수 있다. 교사의 전문성 발달에 대한 큰 틀을 설정하고, 예비교사 교육, 직전 교사 교육, 교사 직무 연수, 자격 연수 등이 유기적인 연관 속에 기획되어야 한다.

이런 맥락에서, 교사 사범대 교육과정과 실습 교육, 또 교사 임용과 교사 재교육의 과정에서 교사의 '주관적, 실천적 지식'의 위상을 새로이 검토할 필요가 있다. 물론 이는 아직은 조심스럽지만, 교사들은 자신의 실천적 지식이라는 필터를 통해 '외부'의 다양한 지식들을 여과하고 있다는 점만큼은 중요하게 고려되어야 한다. 기존의 이론 중심의 교사 교육의 한계로 지적된, "교사들이 지식을 자신들의 삶의 역 및 전체적 맥락과 연관 짓지 못한 채 배운다는 점"[26]이 문제로 지적될 수 있다.

지금까지 현장에서 교사의 개인적, 실천적 지식은, '은밀한 이야기'의 풍경 속에서 갇혔다. 이 문제를 해결하고, 이론적 지식이 실천적 지식과 통합되기 위해서는, 표준적인 '대서사'의 틀이 아니라 미시적인 교사 개인의 삶의 맥락에서, 이론적 지식이 구성, 재구성되는 과정을 스스로 탐구하는 내러티브적 탐구 방법이 교육의 장에도 적극 활용될 필요가 있겠다. 대표적으로 예비교사 실습 교육을, 협동적 내러티브 탐구로 구성할 수 있다. 이에 대해서는 별도의 연구가 필요하겠지만 기본 취지만 소개한다면, 이 역시 지도교수, 지도교사가 협동하여, 예비교사가 자신의 실천적 지식을 이야기하고, 또 다시 이야기하도록 하는 과정을 통해 예비교사 자신이 교사로서의 전문성을 확보하도록 하는 것이다. 이는 예비교사들이 자신의 삶의 맥락에서 지식을 받아들이고, 주체적 문제 해결력을 기를 수 있다는 이점이 있다.

5. 성찰적 내러티브 만들기를 통한 교사 교육

이제까지 성찰적 내러티브 탐구 방법을 중심으로 국어과 초임 교사의 실천적 지식의 형성과 재구성을 살펴보았다. 연구 참여자가 모두 사범대 편입생이었다는 점이 다소 걸리지만 한국의 중 고등학교 환경이 유사하다고 본다면, 일반적인 국어교사의 모습으로 이해해도 크게 무리

---

26) Clandinin, D. J.(1997), "Narrative and story in Teacher Education" *Curriculum Inquiry* 27(2). University of Chicago Press.

는 없을 것 같다. 이 연구를 수행하는 과정은 교사 교육자로서의 나 자신을 성찰하는 과정이기도 하였다. 제자의 지식 풍경 안에 위치하고 있는 나의 이미지를 발견하고는 충격에 빠진 것도 사실이다. 내 나름대로는 국어교사의 사명감과 책임에 대한 강렬하게 이야기 했다고 생각했는데, 그들의 생각에는 이 그림이 없었다. 이것은 무엇을 의미할까? 그렇다면, 방학 때 이루어지는 교사 연수들은 그들에게는 어떤 의미가 있었던 것일까? 아울러 나 자신이 교수 행위에 대해서도 생애사적 맥락에서 탐색하게 되었다.

결론적으로 성찰적 내러티브 방법은 국어과 교사가 자신의 신념과 국어교사로서의 정체성을 형성함에 있어 매우 의미 있었다는 점을 주장하고자 한다. 그것은 현장 교사들의 파편적이고 분열적인 자기 인식에 통일성을 부여할 수 있으며, 특히, 국어교사로서 자신이 가지고 있는 신념, 철학, 정체성에 대한 질문을 제공한다. 초임 교사들은 발령과 함께 다양한 딜레마를 겪게 된다. 연륜이 쌓이면서 해결되는 문제도 있겠지만, 궁극적으로 존재론적 딜레마나 도덕적 딜레마는 이론적 지식으로 해결할 수 없는 문제이다. 이런 문제는 자신의 삶을 이야기로 객관화하고 성찰하는 과정을 통해서 가장 의미 있는 성취를 거둘 수 있다고 본다. 충분한 기간을 두고 이루어지는 사례 연구는 아니었지만, 내러티브가 지니고 있는 인식적, 성찰적 기능을 교사의 지식을 이해하고 재구성하는 방법과 연계할 수 있었다는 점이 본고의 보람이다. 그러나 아무래도 이 연구는 후속 연구를 기약해야 할 것 같다. 국어교사의 신념, 태도, 교수 학습 관련 지식 등으로 나누어 실천적 지식의 실제상을 연구한다면, 수업 운영에 대한 실제적 논리와 현장에서 운영되는 경험적인 교육과정의 실상을 해석하는 데 기여할 수 있으리라 본다.

국어교육 현장 연구 방법으로서의 내러티브적 접근법 고찰

1. 국어교육 현장 연구의 중요성

국어교육은 제도화·이론화되기 오래 전부터 현상으로, 실천으로 존재해 왔다. '국어'라는 과목은 근대 국가의 성립과 함께 시작된 근대 교육에서의 과목명일 뿐, 우리말을 가르치고 배우는 일은 아주 오래전부터 시작되어 지금에 이르고 있다. 이러한 국어교육의 현장에는 공동체 구성원들의 지혜와 문화적 실천이 고스란히 살아 있다.

우리가 국어교육 '현장'에 주목해야 하는 이유가 바로 여기에 있다. 여러 사람의 지혜가 축적된 이 현장은 이론을 실천하는 곳을 넘어서 새로운 이론이 실현, 모색되는 곳이기도 하다. 또, 현재의 실천적 관심을 담아내고 있는 곳이기도 하지만 동시에 과거의 전통이 지속되고 미래의 가능성이 포진되어 있는 곳이기도 하다. 현장에 대한 관심은 국어교육의 영토를 넓히는 일이기도 하거니와 국어교육 연구의 미래를 여는 일이기도 하다.

물론 아직 '국어교육 현장' 연구라고 하면 다소 낯선 감도 있다. 그러나 찬찬히 살펴보면, 현장에 대한 연구자의 관심은 이미 오래 전부터 있었고 또 다양한 접근매우 다양한 연구가 있었음을 알 수 있다.[1] 대략적으로는, 국어 수업 연구, 국어 교사 연구, 학습자의 발달 연구들로 나눌 수 있을 것이다. 먼저 국어 수업 연구2)는 실제 이루어지고 있는 수업 장면에서 교사와 교실의 상호작용 문화를 연구하였는데 가장 왕성한 모습을 보여주고 있다. 기존의 수업 연구가 어떤 모델을 잡고 이를 실제 현장에 적용하는 과정을 중심으로 이루어졌다면, 이러한 연구들은 현장의 국어수업을 자료로 삼아 일정한 패턴을 분석, 해석하고 의미를 추출하는 방식으로 진행되어 현장으로부터 이론을 모색하고 있다. 또, 학습자의 언어 발달 연구 역시, '지금, 여기'에 존재하는 우리나라 학습자들의 발달 모습을 실증적으로 논구하고 있다.3) 학습자의 언어문화에 대한 실증적 연구, 발달 과정에 대한 경험적 연구는 국어교육 설계에 기본 토대가 될 수 있을 것이다. 또, 국어과 교사 연구4)도 있었다. 이

---

1) 국어교육 현장 연구의 중요성을 강조한 여러 입장이 있었다. 국어교육의 생태계를 총체적으로 인식함에 있어 현장의 중요성을 제기한 박인기(2003), "생태학적 국어교육의 현실과 지향", 한국초등국어교육학회 학술대회 자료집. 우한용(2005), "현대문학교육의 생태학을 위하여", 국어교과교육학회 가을 학술 대회 발표문. 김수업(2006), 『국어교육의 바탕과 속살』, 나라말.

2) 교실에서의 교사와 학생, 학생들 사이의 상호작용 담화를 중심으로 한 논의에는 다음이 있다. 유동엽(1999), "말하기·듣기 교육의 현황에 대한 사례연구", 화법연구 1.정혜승(2002), 『국어과 교육과정 실행 연구』, 박이정. 정재찬(2004), 『문학교육의 현장과 인식』, 역락. 정현선(2006), "초등학교 저학년 문학 수업에 대한 실천적 행위 연구", 문학교육학회 여름학술대회 자료집. 최지현(2006), "문학교사는 존재하는가", 문학교육학회 여름 학술대회 자료집 등이 대표적이다.

3) 필자가 조사하기로, 대표적인 경험적 발달 연구에는 다음이 있다. 이성영(2000), "글쓰기 능력 발달 단계 연구", 국어국문학 126호, 국어국문학회. 김봉순(2000), "학습자의 텍스트 구조에 대한 인지도 발달 연구", 국어교육 102. 한국어교육학회. 졸고(2004a), "아동기와 청소년기, 문학 창작 경험의 발달에 대한 시론", 문학교육 15, 한국문학교육학회. 졸고(2004b), "서사 표현 능력 발달의 성별 패턴 비교 연구", 국어교육 115호, 한국어교육학회. 이삼형·주영미(2005), "쓰기 능력 발달 양상에 관한 연구", 국어교육 118, 한국어교육학회. 김상욱(2006), "문학교육 연구 방법론의 확장과 그 실제", 문학교육학 21, 문학교육학회.

4) 대표적인 논의로는 다음이 있다. 유동엽(1998), "한 국어교사의 말하기·듣기 수업에 대한교육기술지", 국어교육학연구 8, 국어교육학회. 엄훈(2004), "국어교사의 성장과 변화에 대한 교실 수업 공개와 참관을 통한 두 국어 교사의 변화와 성장의 체험", 국어교육학연구19, 국어교육학회. 졸고(2006), "국어과 교사의 실천적 지식 성찰을 위한 방법론적 탐색", 문학교육 21호, 문학교육학회. 최지현(2006), 위의 논문 참조.

연구는 현장 국어과 교사를 대상으로 하여 교사의 지식, 정체성, 성장 등을 연구하였다. 이러한 연구들은 국어교육 이론과 실천에서의 '현실적 적합성'을 보완해 주는 귀중한 작업들이라 하겠다.

그러나 또 주목해야 할 일은 국어교육 현장을 이해하고, 설명하기에 적합한 연구 방법론의 모색이다. 우리나라는 외국에 비해 상대적으로 경험 연구의 전통이 약하고 교육 리서치 연구가 활성화되지 않았다는 특징이 있다. 연구 방법론의 부재는 현장 연구와의 거리를 더욱 키워 나갈 것이다. 특히, 국어교육 현상 연구를 위한 다양한 질적 연구 방법들을 개발해야한다. 흔히 질적 연구의 장점으로 빠르게 변화하는 현실의 이해, 거시 담론으로는 드러나지 않았던 개인적 경험에 의미 부여하기, 현상의 맥락적 고찰 등을 꼽는다. 국어교육의 경우 이런 장점은 기존 거시 담론으로 진행되었던 기존 연구의 한계를 보완할 수 있을 것이다.

국어교육은 언어라는 이데올로기적 매체를 다루기 때문에 성립부터 '국가적, 이데올로기적 거대 담론' 속에서 자리매김 잡았었다. 표준 교육과정에 근거한 국어교육 연구는 특정의 시공간 맥락 속에 거주하는 개인의 실제적인 경험을 충분히 고려하지 못한다. 그러나 구체적 상황 속에서 겪고 있는 개별 인간의 영혼과 감정이야말로, 교육의 중요한 토대가 되어야 한다. 이것이 바탕이 되지 못할 때, 교육 정책은 '슬로건화'되어 버리고, 교사든, 학습자든 자신을 배려하지 못하는 교육5)으로 전락되어 버릴 것이다. 그런 점에서 국어교육에서는 교육에 참여하는 개인, 시간과 공간에서의 개별적인 경험에 대한 질적 성찰이 필요하다.

또, 국어교육은 급변하는 현실의 매체 현황과 언어문화 환경에 민첩하게 대응해야하는 과제를 안고 있다. 물론 교육은 보수와 혁신, 전통과 미래의 두 축을 지니는 것이지만 실제 학습자나 교사의 경험은 이들

---

5) Nell Noddings, 추병완 역(2002), 『배려교육론』, 다른 우리.

맥락과 무관할 수 없다. 가령, 90년대만 해도 '텔레비전'을 수동적인 매체로 보고 '비판적 읽기'를 중심으로 다룰 수 있었지만 모든 매체가 융합되어 디지털 공간 속에서 작동되고 있는 현 상황에서는 텔레비전을 통한 소통과 창조의 문제까지 다루어야 하는 상황이 된 것이다. 이러한 상황의 섬세한 변화를 국어교육 실천에 반영하기에는, 이론 연구의 덩치가 너무 크다.

이런 문제 의식에서 보면 '내러티브 리서치 방법'[6]이야말로 국어교육 현장 연구에 시사하는 바가 많은 매우 의미있는 연구 방법이라고 본다. '내러티브'[7]는 인간의 경험에 의미를 부여하고, 해석하며, 새로운 의미를 구축하는 데 가장 의미있는 방법이다.

이 글에서는 '내러티브적 리서치'가 지니는 국어교육 현장 연구 방법론으로서의 가능성과 의의를 살피도록 하겠다. 다소 두리 뭉실한 논의가 되겠지만, 현장 연구 방법에 대한 관심을 환기하고 내러티브적 접근의 의의를 제시하는 것으로 만족하고자 한다.

---

6) 본고에서 소개하려는 '내러티브 리서치'(narrative research)는 교육학을 비롯한 사회 과학연구 방법으로 광범위하게 사용되고 있다. 이는 1970년대 이후,'내러티브'의 사고와 표현 양식을 빌어서, 교육학이나 사회학에서의 탈맥락적 실증주의적에 대한 대안적 연구 방법으로 인기를 끌고 있다. 이 글에서 사용하는 '내러티브'란 개념은 코넬리와 클랜디닌 Clandinin, D. J. & Connelly, F. M(1991)에 견해 따른다. 이들은 내러티브와 이야기를 구분하면서 전자는 "긴 시간에 걸쳐 있는 삶에 대한 사건"으로 후자는 '구체적인 상황에 대한 일화'로 정리하고 있다. 일반적으로 내러티브는, 이야기를 만드는 과정과 결과 모두를 포함함에 비해, 이야기는 표현된 결과만을 지칭하게 된다. 이런 용법에 따라, 이 글에서도 비교적 긴 시간에 이루어지는 삶의 사건을 내러티브 혹은 서사로, 단기적 시간 속에서의 일화를 이야기로 표현한다. '내러티브'란 용어가 외국어의 생경함을 가지고 있기는 하지만, '이야기'로 번역했을 때 생기는 뉘앙스의 차이를 우려하여 '내러티브적 접근'과 같은 개념은 일종의 고유명사로 사용하기로 한다. 다만, 일반적인 상황에서는 그대로 '서사'라는 번역어를 쓰도록 하겠다. Clandinin, D. J. & Connelly, F. M(1991), "Narrative inquiry : storied experience", *Forms of curiculum inquiry*, Short, E. C. ed, New York University.

7) '내러티브'는 여러 층위에서 존재한다. 맥킨타이어와 같은 이론가는 행위나 사건으로 진행되는 '삶의 서사'도 서사의 한 층위로 인정하는가 하면, 다른 논자들은 그 삶에 대한 재현의 층위에서만 인정하기도 한다. 본고에서는 후자의 입장에서, 경험을 재현하여 의미를 추구하는 층위로 한정하도록 한다.

2. 왜 '내러티브적 접근'인가?

1) 국어교육 현장을 '서사적'으로 생각하기

먼저, 왜 내러티브인가? 내러티브적 접근이 국어교육 현장에서의 경험과 지식, 실천을 새롭게 이해하고 또 실천하는 과정에 어떠한 의의를 지니는가를 검토하도록 하겠다.

내러티브적 리서치는 '내러티브'라는 특정의 사고와 재현 양식을 활용하여 교육 경험을 기술하고 해석하는 접근법8)이다. 자서전적 연구, 생애사적 접근, 민속지, 내러티브 탐구 등의 다양한 방법이 포함된다. 이 방법은 사회과학과 인문과학에서는 1970년대 이후, 실증주의에 대한 대안으로 시도되었으며 페미니즘, 해석학, 비판론, 탈구조주의적 전통을 지니고 있다. 교육 리서치에서는 객관적 실증주의가 갖는 한계를 극복하고 교육 경험의 복합성을 문화 역사적 시각에서 파악하는 데 이바지하였다는 평가를 받고 있다.

간단히, 내러티브의 특성을 살펴본다면, 내러티브는 일련의 시간적 연속 속에 존재하는 사건들에 의미를 부여하는 표현 양식으로서, 인간이 가진 가장 기본적이면서도 복잡한 의미 생성의 형식이라 할 수 있다. 기본적이라 함은 인간의 세계 이해와 자기 이해의 과정에는 필수적으로 이야기가 개입하기 때문이며 또, 복잡하다고 함은 이 의미 생성 과정이 상황이나 화자에 따라 다를 수 있기 때문이다. 화자에 따라 사건 중에서도 무엇을 선택할 것인가 그리고 어떤 방식으로 처음, 중간, 끝의 인위적 질서를 부여할 것인가를 결정하며, 이 결정에 따라 무엇이

---

8) Sigrun Gudmundsdottir(2001), "Narrative Research on School Practice", *Handbook of Reasearch on Teaching*(4 edition), Virginia Richardson Edt, American Educational Research Association, pp.226~227.

옳고 그른지, 무엇이 중요하고 중요하지 않은지, 대상에 대한 과거의 사건과 미래의 비전은 무엇인지 등 주관적인 의미와 시각이 노출된다.

교육학에서는 내러티브의 이런 특성을 활용하여 교육 주체들이 부여하고 있는 나름의 의미들를 복원하고 나아가 이들 경험을 포괄적인 사회 문화적 상황 속에서 파악하는 방법9)으로 활용하고 있다. 내러티브는 단순히 리서치의 방법이 아니라 현장을 사고하는 방식이 되어야 한다. 우리는 국어교육의 현장을 '서사적으로 생각'(thinking narratively)할 필요가 있다. 그것은 국어교육에서 누가, 언제, 어디서, 무엇을 하였으며, 어떻게 변하게 되었는가를 성찰하는 일이라 할 수 있다. 이 말은 어쩌면 당연한 것으로 보일지 모르지만, 사실 그 동안의 이론을 검토해 보면 꼭 그렇지도 않다. 이런 식의 접근은 사적인 담화에서나 볼 수 있는 것이고 이론적 담화에서는 주로 '교사' '학습자', '1학년' '1수준' '비판하며 말하기' 등의 무시간적으로 굳은 위계적 범주로 현장을 파악해 왔다. 이른바, 불룸식 기계론적 목표 분류학(taxonomy)에서의 탈맥락적 체계화가 우리에게는 더욱 익숙한 것인데, 이러한 접근은 목표 중심의 수업이나 자극/반응의 기계적 도식들로 더욱 강화되었다.

그렇다면, 국어교육의 현장을 '서사적으로 생각'한다는 것은 무엇인가? 내러티브 탐구 방법론의 대가인 클래딘과 콘넬리(Clandinin, D. & Connelly)10)의 논의에 도움을 얻는다면, 이 사고는 '시간성', '인물', '임의성' '맥락' 등의 범주로 설명될 수 있다.

먼저, 내러티브적 사고는 '인물'과 '시간성'을 고려할 수 있다. 국어교육 현장에는 '누가'(인물)가 있다. 그는 나름의 정체성을 가지고 있으며, 또한 일련의 생애사적 흐름을 지니고 있다. (시간성) 그는 과거의 어떠한 교육(경험)을 받았으며, 또 현재 받고 있으며, 미래 어떠한 교육(경험)을

---

9) Sigrun Gudmundsdottir(2001), op. cit. pp.226~227.

10) Clandinin, D. & Connelly, F. M.(2000), *Narrative Inquiry*, Jossey-Bass, 29-32.

받고자 하는 존재인 것이다. 이는 특정의 레벨이나 단계, 점수 등의 획일적 기준으로 통칭되는 그래서 '인물'이 사라진 상황과는 구별된다.

또, 그의 행위, 그와 연루된 사건은 어떤 특정한 시간과 공간이라고 하는 고유의 맥락에서 이루어진다. (맥락) 동일한 행위와 사건이라도, 어떤 장소와 시간에서 이루어졌느냐에 따라 다른 의미가 발생할 수 있다. 동일한 학습 내용이라도 교실 안과 교실 밖, 또 어떤 지역에서 경험하느냐에 따라 그것은 또 다른 풍경(landscape)이 되고 만다. 이처럼 현장을 이야기로 보면, 누가, 언제, 어디서, 무엇을 하는 행위로 볼 수 있다. 그런데 여기에 또 하나 첨가할 것은, 서사로 보면, 현장은 또 다른 서사의 해석에 열려 있는 공간이 된다는 것이다. 서사의 매력은 다시 쓰여 질 수 있다는 것이다. (임의성) 행동 과학이나 원인과 결과를 확실한 일련의 인과관계로 설명하였지만, 서사적으로 보면 이는 언제든지 재구성의 가능성을 남겨 놓는다. 다시 이야기할 수 있다는 잠재적 가능성을 지니고 있기에 서사적 탐구는, 새로운 변화가 창출되는 기제가 될 수 있다.

이런 방식으로 수업을 '서사적'으로 생각해 보기로 한다. 서사적으로 볼 때, 수업은 교사가 어떠한 목표를 달성하기 위해 정해진 일련의 절차를 밟아 나가는 것이라 할 수 없다. 그가 어떠한 과거의 경험을 지니고 미래에 대한 비전은 무엇으로 정하고 있는 사람인지, 어떠한 세계관을 지니며 학교에서는 어떠한 일들을 하고 있는지 또, 어떠한 지역의 학교에서 수업을 하고 있으며, 학생들과의 관계는 어떠한지 등을 고려하지 않은 채, '학습 목표'만으로 수업을 설명할 수는 없는 것이다. 인물, 시간, 맥락 등의 제반 요소가 포함되지 않는다면, 수업에서 느끼는 교사와 학습자의 의미를 파악하기 힘들다.

따라서 내러티브 리서치에서는, '수업' 이나 '학습'이란 말보다는 '학교 활동에서의 실천'(schooling practice)[11]이란 개념을 주로 사용한다. 그것은 수업을 교실 안에서의 수업 하나만으로 보는 것이 아니라 수업이 이루어지는 전반적인 학교 활동의 맥락에서 이해하는 것이다. 수업의 문화적 관습과 역사적 위치, 교사와 학습자의 개성과 이들의 관계들, 학교 문화 등의 여러 요소의 길항 속에서 수업은 규정된다. 이처럼 수업을 한 편의 이야기로 보고, 내러티브로 사고하면 수업 현상 이면에 깔려 있는 '문화성', '역동성' '역사성' 등을 고루 살필 수 있다.

2) 국어교육 현장 연구에서의 의의

그렇다면, 이러한 접근은 '국어교육' 연구에서 어떤 의의를 지닐 수 있는가?

먼저, 내러티브는 국어교육 현장에서 이루어지는 언어적 실천(literacy practice)의 전체상을 해석할 수 있다. 필자는 '실천'12)이란 말을 특별히 강조하고자 한다. 실천은 문화, 사고와 함께 국어교육의 중요한 한 축이다. 언어를 실천으로 본다면, 언어를 배운다는 것은 삶의 사회 문화적 과정과 분리될 수 없다. 언어는 가치중립적 수단이 아니라 가치적 실천이며, 주체와 맥락에 따라 다르게 실현되기 때문이다. 표준적인 국가 교육과정이 특정의 문화적 사회적 배경을 지닌 학습자와 그리고 특정의 지역에서 실현될 때, 그것은 또 다른 의미와 가치로 변형된다. 내러티브로 본다면, 언어활동과 상황 맥락의 주체를 '전체적 연관' 속에서 그릴 수 있다는 것이다.

우리는 국어교육에서 말하고, 듣고, 읽고, 쓰기를 가르치고 배운다. 내러티브적 접근은 이 교육적 경험을 그들의 삶의 포괄적 맥락에서 재

---

11) Sigrun Gudmundsdottir(2001), "Narrative Research on School Practice", *Handbook of Reasearch on Teaching*(4 edition), Virginia Richardson Edt, American Educational Research Association, p.28.

12) 논자에 따라서는 '실천'이란 개념 대신에 실행'이란 개념을 쓰기도 한다. '실천'은 비판적 담론 이론의 전통에 바탕을 두며, 때문에 제도나 거시 담론과 일상적 활동의 실천을 연관지을 수 있다는 장점이 있다. 정혜승(2002), 『국어과 교육과정 실행 연구』, 박이정.

현할 수 있다. 작문 수업이라고 한다면, 학습자들의 글쓰기는 시험 평가, 시간표, 학생들의 생활 문화, 교사와 학생들의 사회적 관계, 학교 교실 작문의 담화 관습, 교사들의 작문 평가 관습 등의 복합적인 맥락 속에서 존재한다. 또, 이들의 글쓰기 행위는 교사와 학습자가 공동체 구성원으로 사회화, 문화화되는 과정을 고려하지 않는다면 심층 의미를 파악하기 힘들 것이다. 내러티브를 통하여 학교의 문식적 실천은 과거와 미래의 상호작용, 자아와 사회의 상호작용, 장소 등의 맥락에서 재현될 수 있다.13) 클래딘과 콘넬리(Clandinin, D.Connelly, F. M.)가 내러티브적 탐구의 주요 요건으로 제시한 '시간성, 사회성, 장소'라는 세 차원의 은유 역시 언어 활동의 증층적 맥락을 재현하기 위한 장치라고 할 수 있겠다.

둘째, 국어교육 현장에 참여하는 주체의 목소리의 복원이다. 문서상의 교육과정이나 교육 현상을 실증주의적으로 이해할 경우, 교사나 학습자는 보편적인 이상적 주체의 관점에서 이해된다. '—이러저러 해야 하는데' 하지 못하는 것이다. 또 국어교육은 오랫동안 교육 주체를, 국민이자 민족 구성원으로서의 위치를 강조하였다. 학습자의 개별성을 논의한다고 하더라도 그 학습자는 자기 삶의 맥락이라기보다는 교사—학습자의 역할 관계 속에서 위치지어 있었다. 목소리의 복원이라는 테마는 교육학 연구 자체에서도 의미가 있겠지만 언어가 지니는 속성, 곧 언어가 정체성과 직결되어 있다는 점은 국어교육의 중요한 명제가 아닐 수 없다. 특히 국어교육에서 이 '복수의 정체성'들이 밝혀져야 한다. 표준적인 학업 성취도는 다시 학습자의 지역, 계층, 성별 등등의 사회문화적 조건에 따른 국어교육 경험과 의미의 차이로 구체화될 수 있을 것이다. 또, 교사 역시 그들의 경력, 지역적 조건, 학교적 제도급에 따

---

13) Clandinin, D. & Connelly, F. M.(2000), *Narrative inquiry*, Jossey-Bass.

른, 교육 경험의 차이를 이해할 수 있을 것이다.

셋째, 내러티브를 통하여 이론과 실천, 지식과 앎을 통합시킨 새로운 형태의 연구가 가능하다. 내러티브는 상태의 여러 변화를 단지 보고하는 것이 아니라, 의미하는 전체의 의미하는 부분(상황, 행위, 인간, 사회)으로서 상태의 여러 변화를 조정, 해석하는 것이다. 연구 참여자는 정보를 제공하는 수동적 존재가 아니라 자신의 삶을 이야기하는 과정에서 새로운 의미로 다시 이야기를 모색하는 학습자가 될 수 있다. 이는 연구자 자신도 마찬가지이다. 내러티브적 탐구는 학습과 성찰의 매개가 되기 때문이다. 따라서 내러티브 접근은 교육적 경험을 이해하면서 동시에 변화를 추구하는 배움의 과정이다.

3. 내러티브적 접근으로 무엇을 연구할 수 있는가?

국어교육에서의 내러티브적 접근은 경험적 교육과정과 연관된 변인들을 폭넓게 연구할 수 있다. 경험적 교육과정은 교육 주체들이 일정한 시간을 경험하면서 어떠한 의미와 경험을 하게 되었는가의 문제를 다루는데, 이는 주로 내러티브, 특히, 교육 주체의 자서전적 의미와 밀접하게 연관되어 있기 때문이다.[14)]

1) 교사의 지식과 수업에 대한 연구 : 가르침의 서사

내러티브 리서치의 방법은 교사의 실천적 지식을 해석할 뿐 아니라

---

14) William F. Pinar(2004), 김영천 역(2006), 『교육과정 이론이란 무엇인가』, 민음사. William F. Pinar Edt(1995), 김복영 외 역(1994), 『교육과정 담론의 새 지평』, 원미사.

새로운 해석을 유도하는 재교육의 주요 방법이 될 수 있다. 교사의 지식은 '서사적 지식'(narrative knowing)의 속성을 지니기 때문이다. 그것은 명제로 환원되는 이론적 지식과는 달리, 상황적, 맥락적, 역사적, 관계적 특성을 지니는 것으로 요약될 수 있다.

일단, 교사는 이론에서 배운 지식을 교실에서 그대로 적용하지만은 않는다. 교실에서의 구체적인 상황이 있고, 자신의 신념과 가치관이 있기 때문이다. 그의 지식은 이론 뿐 아니라 포괄적인 삶의 맥락에서 역사적으로 형성된다.15) 어떤 학생을 만나고, 어떤 동료 교사를 만나느냐, 교육과 관련하여 어떤 경험을 했느냐 하는 것은 그의 지식이 만들어지는 데 중요한 변수가 된다. 또, 만들어져 고정된 채로 계속 유지되는 것이 아니라 자신의 이야기를 성찰하고, 다시 이야기하는 과정을 통해 부단히 새롭게 재구성된다.

이런 이유로 실천적 지식이 지닌 특성을 왜곡하거나 오해하지 않고 있는 의미 있는 방식으로 드러낼 수 있는 것은 그들의 이야기를 통해서이고, 이 이야기를 연구자가 오랜 기간 수집하고 함께 대화하는 방식으로 그 의미를 탐구하는 방법이 바로 '서사적 탐구'이다. 서사적 접근의 강점은 서사에 나타는 이미지, 통합성, 리듬 등을 통하여 경험이 지닌 의미의 풍부함과 미묘한 뉘앙스를 포착할 수 있다는 것이다. 서사만이 어떤 정의나 추상적인 명제를 통해서는 결코 표현될 수 없는, 모순성과 모호함을 감싸고 인정하면서 이에 공감적 태도를 보여 줄 수 있는 것이

---

15) 클렌딘은 이에 대해 다음과 같이 설명하고 있다. "우리는 한 개인의 개인적, 실천적 지식을 그 사람의 과거 경험, 현재의 몸과 마음, 그리고 미래의 계획과 행위 속에서 찾을 수 있다. 이러한 지식은 그 개인의 사전 지식을 반영하며 그 지식의 맥락성을 내포한다. 이것은 상황으로부터 새겨지고, 상황에 의해 형태를 갖추게 되는 지식이다. 즉 이 지식은 우리가 반성과정을 통해 우리의 이야기를 살고(live), 다시 말하고(retell), 그리고 다시 살 때(relive) 구성되고 재구성되는 지식인 것이다." Clandinin, D. & Connelly, F. M.(1995), "Teacher's professional knowledge landscape", *Contemporary Educational Thought* 115, Teacher's College Press.

다.16) 교실에서 교사가 수업할 때 부딪히는 상황적 복잡성, 교실 실천의 혼란스러움, 불명확함, 그리고 예측 불가능함 등을 잘 드러내 준다. 수업의 행위는 행위 주체인 교사의 생애사적 경험에서 형성된 느낌, 이미지, 감정, 의도, 동경, 개인적 의미 의 맥락 속에서라야 충분히 등이 주된 맥락으로 들어간다. 따라서 교사의 생애사와 통합됨으로써만이 그가 지니고 있는 수업에 대한 실천적 지식은 그 철학적이고 도덕적인 뉘앙스를 회복할 수 있다.17)

나아가 교사에게 자신의 삶을 이야기하기란 그 자체가 실천이고 탐구이다. 교사는 자신의 교실 실천을 이야기하는 방식을 통하여 자기 경험에 의미를 구성하고, 자신들이 무엇을 알고 있으며, 어떻게 생각하고 있는지를 인식할 수 있으며, 또, 자신의 능력을 다시 생각하거나, 정교화할 수 있기 때문이다.

기존에는 실천적 지식의 특징과 본질을 밝히는 연구가 많았다. 그러나 실천지의 타당성이나 지식으로서의 정당화 과정에 대한 논란이 증폭되면서 교사 교육적 차원의 관점이 부각되고 있다. 교사가 자신의 경험을 이야기한다는 것은, 의미를 구축할 수 있는 방안이며 동시에 그 의미를 재구성할 수 있는 기회가 된다는 점 때문에 교사의 전문적 능력 개발 교육에서도 주요 교육 방법으로 떠오르고 있다. 교사들은 개인주의적 교직 문화나 또 교사는 무엇이든 다 잘 알고 있어야 한다는 신화 때문에 자신의 수업에 대해 잘 이야기하지 않는다. 이야기한다고 하더라도 명확하고 분명한 실천만을 이야기할 뿐이고 내면 속의 갈등과 딜레마는 지극히 사적인 장에서나 이야기한다. 내러티브적 탐구는 교사가

---

16) Clark, C. and Yinger, R. J.(1977), Research on teacher thinking, *Curriculum Inquiry*, 7(4), University of Chicago Press, pp.279~304.

17) Elbaz는 실천적 지식을 구성하는 내용으로, 자아의 역할, 교육 환경에 대한 인식, 교육과정에 대한 지식, 교수 방법론에 대한 지식을 꼽았다. Elbaz, F.(1981), "The teacher's practical knowledge", *Curriculum Inquiry* 11, University of Chicago Press, pp.43~71.

자신의 자전적 경험을 생애사로 쓰고, 말하고, 함께 토의하는 과정을 통하여 자신의 지식을 이해하고, 수업과 학교 실천에 대한 인식을 확장하며 새로운 인식을 형성하도록 하는 것이다. 때문에 내러티적 접근은 단지 교사의 지식을 이해하는 것을 넘어서 교사 재교육, 혹은 예비교사 교육에 활용할 수 있다.[18]

2) 학습자와 학습 경험의 연구 : 배움의 서사

학습자는 교육과정을 구성하는 또 다른 주체이다. 내러티브적 접근은 '학습'에 대한 새로운 개념을 담고 있다. 학습자는 텅 빈 객체가 아니라 나름의 서사를 가지거나 서사를 만드는 의미 구성의 주체라는 것이다. 이렇게 볼 때, 학습자 개개인이 어떤 해석 틀과 서사 도식으로 제도적 교육과정을 수용하는지의 문제는 이른바 경험으로 존재하는 교육과정의 연구에서 핵심적인 내용이 된다. 우리는 국어 학습자 자신의 눈과 목소리를 이해할 수 있어야 하며, 학습자의 경험을 중요하게 여기고 그것으로부터 배울 수 있어야 한다.[19]

내러티브적 접근은 학습자의 경험을 그들의 시각에서 이해할 수 있도록 해 준다. 특히, 학습을 중층적 맥락, 곧 학습자의 생애사적 맥락을 포함한 심리적 요소, 교실 분위기를 포함한 사회적 요소, 또래 집단들의 관계를 포함한 다양한 문화적 요소 등을 복합적으로 고려하여 이해할 수 있도록 한다. 이를 이른바 국어 학습에 대한 생태학적 접근이라고 한다면, 내러티브는 시간과 공간의 구체적인 정황 맥락 속에서 이루어지는 사건과 심리를 통하여 학습이라는 앎의 문제를 삶과 통합된 그

---

18) Hunter McEwan & Kieran Egan(2001), *Narrative in Teaching, Learning and Reasearch*, Teachers College Press.

19) Brian Sutton-Smit(2001), "Radicalizing childhood : The multivocal mind", Hunter McEwan & Kieran Egan, *Narrative in Teaching, Learning and Reasearch*, Teachers College Press.

들의 전체적 경험으로 접근할 수 있도록 한다.[20] 이것은 원래의 학습이 지향하는 것이기도 하다. 가령, 학습자의 독서 교육의 경험에 대한 연구라면, 그의 이야기에는 읽기 수업에 개입하는 여러 사회 문화적 요소, 그리고 그의 읽기의 장애나 문제가 배경으로 하고 있는 생애사적 맥락, 읽기를 통해 형성되는 정체성 등의 복합적인 제반 측면을 포괄할 수 있다.[21]

또한, 이 학습 경험의 내러티브는 단순히 학습 경험을 재현하는 차원에 그치는 것이 아니라 그 자체가 또 하나의 성찰과 교육의 매개가 되기도 한다. 자신의 배움을 이야기하는 과정에서 또 다른 배움이 생긴다는 것이다. 그것은 이야기란 경험을 재현하는 데 그치는 것이 아니라 경험을 변형하고 새로운 시각에서 살피며, 변화시킬 수 있는 주요 매체가 되기 때문이다. 특히, 필자는 '학습 일지'(learning journal)[22]의 교육적 효과에 주목하고 있다. 이는 자신이 학습한 내용을 내러티브의 주제로 삼되, 그것을 자기 삶의 생애사적 맥락 속에서 적는 것이다. 이를 통해 학습자는 지식을 자기의 삶과 연관 지어 지식으로부터 얻은 앎을 삶으로 확장할 수 있다.

이러한 배움의 서사를 통해 국어 학습이 이루어지는 유의미한 맥락을, 실제의 사회 문화적 현실 배경 속에서 파악할 수 있다. 우리는 일련의 학습 원리를 공유하고 있다. 이 원리들은 모든 교수 학습에 바탕이 되기도 하지만, 정작 이 원리가 어떠한 사회 문화적 맥락 속에서 형성된 것인가에 대해서는 의문을 던지지 않는다. 아주 흥미로운 논의가 있는데 우리가 성서처럼 받아들이는 수업에서의 '도움 발판'(scaffolding) 원

---

20) 박인기(2003), "발달로서의 서사", 내러티브 7호, 한국서사학회.
21) Brian Sutton-Smit(2001), op. cit., p.70.
22) 이는 필자의 조작적인 개념이다. 학습한 내용, 혹은 학습적 경험 과정을 스스로 적어 나가는 것이다.

리는 미국의 중산층 가족, 그것도 아버지는 초등학교 교장 선생님이고 어머니는 전업 주부이며, 학생은 장남이어서 전폭적인 지지를 받을 수 있었던 학습 경험에 바탕을 두고 있다는 것이다.23) 이는 '도움 발판'이론이란, 경제적, 시간적 여유가 있고 전문적인 교육적 지식을 가지고 있어 교육에 전면적인 투자를 할 수 있는 환경의 소산인 것일 뿐 모든 교육 공동체의 문화 맥락에 적합한 것은 아니라는 점을 시사하고 있다.

또한 배움의 서사에서 우리가 주목할 것은 학습자의 다양한 목소리들이다. 언어는 정체성과 연관되어 있기 때문에, 표준교육과정이 학습자들이 지닌 나름의 사회 문화적 배경에 따라 각기 어떠한 의미로 다르게 경험되는가를 이해하는 것은 중요하다.24) 교육의 재생산 이론에서는, 교육이 사회 문화적 상징 자본을 불평등하게 배분하는 데 가장 큰 영향을 미치는 매체로 '언어'를 제시하였지만, 학교 교실의 언어는 학습자에 의해 다성화 된다. 내러티브는 이야기 화자의 다양한 인지적, 정서적 관심을 드러내기 때문에 이 다성성을 포착하기에 용이하다. 교실에 존재하는 다성적 내러티브들이 이해될 수 있을 때, 문서 교육과정이 가정하고 있는 이상적 학습자의 보편주의적 모델의 전제를 비판적으로 그리고, 새롭게 파악할 수 있다. 특히, 성별, 지역별, 계층 등의 사회 문화적 변인에 따른 학습자의 다양한 발달 서사가 파악된다면, 국어교육의 문화 전변을 넓히는 데 크게 도움을 줄 것이다.25)

---

23) Brian Sutton-Smit(2001), op. cit., 70~72면.

24) Heath, S. B(1983), *Ways with words : Language, life and work in communities and classroom*, Cambridge University press. Brian Sutton-Smit(2001), "Radicalizing childhood : The multivocal mind", Hunter.

25) 졸고(2003), "중학생 서사문화에 대한 발달적 연구", 국어교과교육 5호, 국어교과교육학회.

4. 어떻게 연구하는가? : 내러티브 연구 방법론

1) 자료의 수집과 연구 윤리의 문제

교육 현장은 크고 작은, 또 공식적이거나 사적인 다양한 형태의 서사가 있다. 현장 연구자는 현장 속에서 일정 시간 동안 함께 보내면서 자신의 연구 주제와 관련된 이야기 혹은 서사를 채록, 기록, 작성하게 된다. 이렇게 현장에서 일차적으로 마련된 텍스트를 현장 텍스트라 한다. 그리고 이 텍스트가 일련의 연구 방법에 따라 주제를 추출하고, 또 연구 참여자와 연구자간의 지속적인 이야기 과정을 거쳐 다시 이야기되면, 연구 텍스트가 완성된다.

먼저 현장 텍스트의 수집에 대해 살핀다. 현장 텍스트는 일차적으로는 연구 참여자가 자신의 삶에 대해 이야기한 자전적 서사물과 연구자의 연구 일지, 현장 노트 등으로 구성된다. 연구 자료로 쓰일 수 있는 서사 자료는, 다양한 자전적 서사물들, 가령, 일지, 일기, 생애사 구술, 자서전과 대화적 서사물들, 가령, 특정 소집단의 대화적 이야기, 서사 인터뷰 가있다. 다양한 증빙 자료들을 동원할 수 있다. 이 자료들은 생애사적 구술처럼 2~3시간에 걸쳐 채록될 있겠지만, 내러티브적 탐구의 경우는, 1~3년 정도 연구 참여자와 연구자가 지속적인 관계를 맺으면서 삶의 변화 과정을 직접 살고, 서사로 표현하는 작업이 요구되기도 한다. 또, 연구의 타당성 확보를 위해서는 삼각 측정법과 같이 다양한 자료를 구조적으로 활용할 필요가 있다. 연구 참여자의 이야기만이 아니라 그 사회적 정황을 보여주는 다양한 자료들의 수집이 필요하다.

또, 자전적 기술이라고 하더라도 연구 참여자 혼자만 작성하는 것이 아니라 연구 참여자와 연구자가 지속적으로 대화하면서, 그 변화의 과정들을 함께 살아나가는 것이 필요하다. 가령, '국어과 수행평가'를 내러티브적으로 탐구한다면, 평가 이전, 과정, 이후 등 전 과정에 걸쳐 학생과 교사들의 일지를 연구자와 함께 공유한다. 일지와 연구 일지를 함께 읽고, 토론하는 과정에서 새로운 이야기를 만들어가는 것도 방법이 된다.

그런데 자료 수집에서 반드시 짚고 넘어 가야 할 것이 있다. 자료 수집의 어려움과 이에 따른 연구 윤리의 문제이다. 이론가들은 서사는 가장 기본적인 자기표현의 형식이라고 하고 있어 연구자들은 누구나 쉽게 자기 이야기를 털어 놓을 것이라고 기대하게 되지만, 실제 현실은 그렇지 않다. 또 쉽게 이야기를 하는 경우, 오히려 자기 경험에 진솔한 이야기보다는 '보이는 나'로 매끄럽게 구성되는 경우가 많다. 그러한 서사일수록 통일성이 분명하고, 명확하며 뚜렷한 연관 속에서 주제도 분명한데, 이런 자료에는 목소리가 없다. 화자 고유의 이미지와 감정, 그리고 삶의 리듬 등 미세한 부분이 포착될 수 있어야 좋은 자료이다.

연구 참여자의 서사를 이끌어내는 연구 기술에 대해서는 많은 논의들이 있었다. 무엇보다 가장 우선시되어야 하는 것은 연구 참여자와 연구자의 관계이다. 내러티브 접근에서는, 연구자가 청자가 되고, 연구 참여자가 화자의 역할을 하게 된다. 이는 일반적인 인터뷰 상황과 반대이다. 일반적으로는 연구자가 묻고, 이에 연구 참여자가 대답을 하지만 내러티브에서는 연구 참여자가 스토리텔러가 되는 것이다. 연구자는 그들의 서사를 초대한다는 입장을 지녀야 하며, 또, 초대하기 위한 기술을 훈련받아야 한다. 연구자와 연구 참여자는 친밀감과 신뢰감이 있어야 이야기할 수 있는 안전한 환경이 만들어진다. 연구자는 용과 타인의 삶을 이해하려는 수용성, 상호 배려하려는 태도, 상호 신뢰를 지니고 있어야 한다. 필자는 교사의 생애사에 대해 연구한 바 있는데, 교사들이 자기 수업에 대한 이야기를 대단히 꺼려한다는 점을 경험하고는 당혹해 한 적이 있다. '안전한 환경'이 절대적으로 필요한 것이다. 이것이 연구 윤리의 기초로 중요하다.

또, 연구자 참여자에게 글쓰기를 부탁할 때에도 일련의 자전적 서사 쓰는 방법을 알려주고, 교육하는 것이 필요하다. 대부분의 연구 참여자는 자기 삶의 경험에 대하여 이야기하는 것을 힘들어한다. 현대인에게 이야기하기란 망각의 억압 기제를 뚫고 자기 경험의 진정성을 회복하려는 실천적 행위인 것이다. 쿠퍼(E. Cooper)는[26] 보내지 않는 편지 쓰기의 방법을 제시하면서 자발적으로 쓰기, 정직하게 쓰기, 깊이 있게 쓰기, 올바르게 쓰기 등을 제시한 바 있다. 진정한 이야기에는 자아 내부의 다양한 목소리들이 분출되며, 과거의 자아들과 현재, 미래의 목소리들이 상호 교섭한다. 연구 참여자에게 자전적 글쓰기를 요구할 때에는 완결성을 갖춘 서사보다는 일화 중심의 스토리나 연대기적인 기술이 더 적합하다. 그 이유는 전체적인 인과 관계의 서사 경우, 시간적 순서를 인과적 순서로 나타내는 인과적 오류[27]가 있을 수 있기 때문이다. 다만, 구체적인 대화나 분위기, 제스츄어 등의 이미지까지 최대한 자세하게 전달할 수 있도록 세부 사실에 충실한 묘사적 글이 될 수 있도록 해야 하며, 나아가 외적인 사건과 내면적인 심리와 감정을 동시에 기술하는 것이 필요하다. 외적 사건과 내면의 심리가 병행함으로써 대상에 대한 이미지를 형성하기 때문이다. 또, 피나르 역시, 주체적 목소리'의 복원을 위해 자서전 쓰기의 방법론을 개발하였다. 그가 제시한 회귀, 미래, 분석, 종합 등으로 나가는 방법[28]은 과거의 자아에서 미래에 대한 새로운 인식을 이끌어 내는 데 기여한다고 한다.

또한 구술 생애사 텍스트를 채록할 경우에는 인터뷰자의 질문이 연

---

26) Joanne E. Cooper(2002), *Tenure in the sacred groves : Issues and strategies for women and minority faculty*, Albany, p.99.

27) D. Jean Clandinin, F. Michael Connelly(1991), "Narrative inquiry : storied experience" in, *Forms of curiculum inquiry*, by Short, E. C. ed, New York University.

28) William F. Pinar, 김영천 역(2006), 『교육과정 이론이란 무엇인가?』, 문음사.

구 참여자가 진술할 내용에 영향을 미치지 않도록 해야 한다. 대화에서 이야기 가치나 구조는 연구자와의 상호작용에 의해 구성되는 측면이 많기 때문이다.[29] 연구자의 반응은 연구 참여자에게는 일종의 해석이 되어 서사 구조에 암묵적으로 참여하게 된다. 일단, 인터뷰를 하는 사람은 포괄적인 질문, 가령 "이번 학기 국어 수업에서 가장 인상적이었던 사건은 무엇이었습니까?", "쓰기 수업에서 가장 어려운 점은 무엇입니까?"라고 하여, 핵심적인 내용은 연구 참여자가 직접 구성할 수 있도록 하는 것이 필요하다. 그러나 더욱 중요한 일은 연구 참여자가 제도나 조직, 담론적 환경에 어떠한 위치에 있는지를 고려하여 배려하는 질문을 하는 것이다.

또, 누구의 서사를 선택하느냐 하는 정보원 선택의 문제도 있다. 내러티브는 주관적인 진실을 전달하는 관점주의적 요소가 강하기 때문에 다양한 정보원을 동시적으로 선택하여 여러 층위, 여러 목소리, 여러 각도에서 현실을 구성하는 작업이 필요하다. 가령, "국어과 수행 평가"에 대한 내러티브 탐구를 한다면, 교사의 목소리, 학습자의 목소리, 학부모의 목소리, 학교 관리자의 목소리가 모두 고려될 필요가 있는 것이다. 연구 참여자의 이야기만이 아니라 그 사회적 정황을 보여주는 다양한 자료들, 가령, 가정 통신문이나 학교 직원회의, 읽어야 할 책의 도서 목록들, 교사의 수행 평가서 등등이 모두 중요한 자료가 될 수 있다.

2) 해석과 연구 타당성의 문제

수집된 자료의 코딩은 근거 이론 등의 방법을 통해 이루어진다. 이는 별도의 지면이 요구되는 광대한 주제라서 본격적으로 거론할 수는 없

---

29) Susan E. Chase(2005), *Narrative Inquiry : Multiple Lense, Approaches, Voices*, Norman.

고, 다만, 내러티브 연구의 특성상 고려해야 할 점만을 몇 가지 언급하기로 한다.

자전적 서사는 개인적인 요소와 사회, 역사적 요소의 길항 관계 속에서 짜여진다. 특히, 여기서 이야기되는 '자아' 자체도 사회적으로 구성된다는 점에 주목할 필요가 있다. 그 사람의 정체성은 사회 문화적 상황 속에서의 위치 속에서 규정되며, 이에 따라 서사의 사건과 주제가 결정되기 때문이다. 따라서 이들의 목소리는 단일한 실체적 본질보다는 다중적인 목소리로 결합되고 해석될 필요가 있다.

가령, 필자는 초임 국어과 교사의 실천적 지식을 생애사적 접근으로 연구[30]한 적이 있다. 이들 교사들은 편입생 출신으로, 현장에 나가서는 대학에서 배운 내용과 교실에서 요구하는 문제들과의 간극 속에서 있었다. 그런대 학회의 논문 발표 과정에서 이들의 경험이 편입생 때문은 아닌가라는 지적을 많이 받았다. 생각해 보니 나는 '초임 교사'라고 하는 하나의 목소리만을 상정하였었고, '편입생 출신 초임교사'의 복수의 정체성을 고려하지 못하여 자료들을 단순하게 해석하였던 것이다.

외국의 경우[31] 흑인 여자 교장 선생님의 생애사를 연구한 살계가 있는데 여기서 흑인으로서의 정체성과 교장 선생님, 여자의 정체성이 각기 모순적인 주제로 표출되고 있음이 논의된 바 있다. 가령, 교장 선생님으로서는 성공의 경험을 이야기 하면서도 동시에 흑인 여성으로는 불안하고 우울한 부정적 정서를 표출하였다. 특히 하위 문화적 정체성의 목소리들은 복화술적인 어법으로 자신을 드러낸다.[32] 학생들의 서사 역시 마찬가지이다. 그 학습자가 처하고 이는 정체들의 다양한 층위들

---

30) 졸고(2006), "국어과 교사의 실천적 지식 성찰을 위한 방법론적 탐색", 문학교육 21, 문학교육학회.
31) Susan E. Chase(2005), *Narrative Inquiry : Multiple Lense, Approaches, Voices*, Norman.
32) Sigrun Gudmundsdottir(2001), op. cit., 참조.

은 이 목소리에 복합적으로 작용하고 있다. 이것이 고려되지 않는다면, '목소리'는 실체화, 본질화되어 버린다. '목소리'라는 개념의 매력 때문에, 교사의 목소리, 학습자의 목소리는 단일한 어떤 것으로 인정되어 버리는 것이다.

내러티브 탐구 방법에서 가장 문제가 되는 것은, 연구의 타당성과 신뢰성 문제이다. 이는 연구의 일반화 가능성과도 연관되는 것인데, 내러티브적 접근에서는 이 점이 매우 취약하다. 내러티브는 그 자체가 이미 관점주의적 측면이 있기 때문이다. 때문에 연구의 타당성을 위해서는 해당 현실과 관련된 복수 주체들의 다양한 관점과 층위의 시각을 자료로 활용하기도 한다. 또 해석 과정에서 참여자의 검증을 거치기도 한다.

그러나 내러티브적 접근법의 타당성을 일반 양적 접근의 타당성과 동궤에서 논의할 수는 없다. 도스토예프스키 소설이 고전으로 가치를 인정받으며 많은 사람들로부터 인정을 받고 있는 것은 그 세계의 객관성 때문은 아니다. 다만, 그럴 수 있겠다는 개연성이나 나의 삶의 이야기에도 들어맞겠다는 전이 가능성의 차원에서 타당하기 때문일 것이다. 이 개연성과 전이 가능성은 내러티브적 리서치의 타당성 방법이다. 또한 연구자와 연구 참여자가 허심탄회하게 이야기를 나누고, 함께 공유하는 상호주관적 인식 등은 타당성을 확보할 수 있는 주요 범주이다. 물론, 연구 결과가 일반화되어야 한다는 점은 매우 중요한 과제이지만, 그러나 모든 연구 방법이 동일한 쓰임과 효용을 가지고 있다고는 보지 않는다. 오히려 내러티브는 현장적 경험에 대한 '심층 해석 '이라는 점에 가장 큰 의의가 있기 때문이다.

5. 내러티브 리서치의 국어교육적 전망

이제까지 내러티브적 리서치의 국어교육적 의의와 방법에 대해 살펴보았다. 다소 원론적이고 또 때로는 반복적인 논의도 있었지만, 내러티브 리서치의 국어교육적 의의만큼은 확고한 듯하다. 그것은 실제 교육에 참여하는 개별 주체들이 자신의 경험에 부여하고 있는 의미를 이해할 수 있으며, 나아가 새로운 시각을 스스로 얻는 성찰의 과정이 될 수 있다는 점이다. 내러티브는 대단히 대중적이고 누구에게나 익숙한 양식이겠지만, 적어도 국어교육 연구에서는 연구의 새로운 언어를 개척하는 과제를 수행할 수 있다. 우리 국어교육학계는 실제 현장 경험에 대한 실증적 연구가 대단히 부족하다. 그러나 실증적 연구라고 해서 모두가 국어교육 현장에 대한 생생한 탐구가 되지는 않는 듯하다. 이론적 연구의 주석에 불과한 실증이라면 그것은 동어 반복에 불과한 것이다. 내러티브적 접근을 통해 국어교육 연구의 새로운 영역이 개척될 수 있기를 기대한다.

참고문헌

제1부. 언어·문학의 본질과 국어교육 이론 연구

고길섶(2003), "국어교육의 전환, 언어문화교육으로", 『이제, 문화교육이다』, 문화과학사.
김광해(2001), "역대 국어관과 국어교육평가의 방향", 사대논총 제62집, 서울대 사범대.
김대행(1995), 『국어교과학의 지평』, 서울대출판부.
_____(1998), "매체언어교육론 서설", 국어교육 97, 한국어교육학회
김대행·윤여탁·김광해(1999), "국어능력 측정 방안 연구", 국어교육 연구, 서울대 국어
　　　　교육연구소.
김동환(2002), "문화교육으로서의 국어교육", 국어교육학회 21회 학술발표대회.
김문환(1999), 『문화교육론』, 서울대출판부.
_____(2000), "문화·예술 교육의 기초", 『문화교육론』, 서울대출판부,
김병익·한홍구·홍윤기·윤건차·박노자(2002), "특집 : 다시 생각하는 민족주의의 빛과
　　　　그림자", 황해문화 여름호.
김상욱(1995), "소설 담론의 이데올로기 분석방법 연구", 서울대 박사논문.
_____(2005), "국어교육에서 문화의 개념과 지향성", 국어국문학학회 봄 학술발표대회.
김선욱(2002), 『정치판단이론』, 푸른숲.
김성재(2005), 『체계이론과 커뮤니케이션』, 커뮤니케이션북스.
김성진 (1998), "국어교육의 대중 문화 수용을 위한 시론",『국어교육연구』 5집, 서울대교
　　　　육종합연구원.
김수업(1998), 『국어교육의 원리』, 청하.
김종철(2000), "글쓰기의 문화론적 척도",『고전산문교육의 이론』, 집문당.
김중신(2003), 『한국문학교육론의 방법과 실천』, 한국문화사.
김창원(2002), "국어교육과 문화론", 한국초등국어교육 20집. 한국초등국어교육학회
김혜영(2002), "글쓰기 과정에 나타난 장르의 선택 조건과 변용 가능성", 국어교육 108호,
　　　　한국어교육학회.
민병곤(2004), "논증텍스트의 생산 과정에서 논증 도식 운용 양상에 대한 분석 및 교육적
　　　　시사", 국어교육학 연구 18, 국어교육학연구학회.
박구용(2003), "다원주의와 담론 윤리학", 철학 76, 한국철학회.
박영도(1997), "하버마스에서 주체 중심적 사유의 지양과 언술 변증법",『하버마스, 이성

적 사회의 기획, 그 논리와 윤리』, 나남출판.
박영목(1997), "의미생성의 이론", 『선청어문』 29집, 서울대 국어교육과.
______(2002), "독서교육 연구에 있어서의 사회 문화적 접근", 독서연구 7호, 한국독서학회.
박영순(2002), "국어교육으로서의 문화교육에 대하여", 『21세기 국어교육학의 현황과 과
       제』, 한국문화사.
박인기(2000), 『국어교육과 미디어 텍스트』, 삼지원.
______(2002), "문화적 문식성의 국어교육적 재개념화", 국어교육학회 21회 학술발표대회.
박태호(2000), "장르 중심 작문교육의 내용 체계와 교수 학습 원리 연구", 교원대 박사학위
       논문.
방인태(2000), "문화 생산으로서의 국어교육", 『국어교육』 101호, 한국국어교육연구학회.
신명선(2000), "광고 텍스트의 문화적 의미와 국어교육", 국어교육103호, 한국국어교육연
       구회.
염은열(2000), "대상 인식과 내용 생성에 대한 표현교육론적 연구", 서울대 박사학위논문.
우한용(1997), 『문학교육과 문화론』, 서울대 출판부.
원용진(2000), 『텔레비전 비평론』, 한울.
유동엽(2004), "논쟁의 불일치 조정 양상에 관한 연구", 서울대 박사학위논문.
이도영(1998), "언어사용 영역의 내용 체계에 대한 연구", 서울대 박사학위논문.
이삼형 외(2000), 『국어교육학』, 소명출판.
이성영(1994), "표현의도의 표현방식에 관한 화용론적 연구", 서울대 박사학위논문.
이지호(1996), "연암 박지원의 글쓰기 방식 연구", 서울대 박사학위논문.
이창덕 · 임칠성 · 심영택 · 원진숙(2000), 『삶과 화법』, 박이정.
임기대(2004), "쌍방향 문화 시대의 지식과 인간 진화", 『양방향 쌍방향의 문화』, 한양대
       출판부.
정재찬(2003), 『문학교육의 사회학을 위하여』, 역락.
______(2005), "국어교육과 문화론", 『문학교육 현상과 문학교육학』, 역락.
정준섭(1994), 『국어과 교육과정의 변천』, 대한교과서주식회사.
정현선(2004), 『다매체 시대의 국어교육과 문화교육』, 역락.
정호근(1996), "의사소통적 합리성과 권력, 그리고 사회 구성", 장춘익 외, 『하버마스의 사
       상』, 나남출판.
조희정(2002), "사회적 문해력으로서의 글쓰기 교육 연구", 서울대 박사학위논문.
천정환(2003), "근대 초기의 대중문화와 청소년의 책 읽기", 독서학회 9호, 한국독서학회.
최미숙(1997), "모더니즘 시의 글쓰기 방식 연구", 서울대 박사학위논문.
최병우 · 이채연 · 최지현(1999), 『매체언어의 교수-학습 방법에 관한 연구』, 서울대 국어교
       육 연구소 보고서.
최영환(2003), 『국어교육학의 지향』, 삼지원.
______(2005), "언어문화로서 상생화용 연구의 토대", 국어교육학연구 22집, 국어교육학회.
최인자(2001), 『국어교육의 문화론적 지평』, 소명출판.

최지현(1997), "한국 근대시 정서체험의 텍스트 조건 연구", 서울대 박사학위논문.

최현섭 외(2000), 『국어교육학 개론』, 삼지원.

최현섭(1994), "생태학적 국어교육관과 국어교육 평가", 한국초등국어교육 10, 한국초등국어교육학회.

______(1999), "21세기를 대비한 한국어교육의 과제", 한국초등국어교육 15, 한국초등국어교육학회.

______(2003), "相生話用論 序說", 국어교육 113집, 한국국어교육연구학회.

홍윤기(2002), "지구화 조건 안에서 본 문화 정체성과 주체성", 『세계화와 자아 정체성』, 이학사.

A. ManIntyre(1998), *Whose Justice? Which Rationality?*, University of Notre Dame Press.

Alwin Fill(1993), 박육현 역, 『생태 언어학』, 한국문화사.

Arthur N. Applebee(1996), *Curriculum as conversation*, Chicago.

Bakhtin, M, 전승희 외 역(1989), 『장편소설과 민중언어』, 창작과비평사.

Berko, Wolvin(1998), Communicating : A Social and Career Focus, 이찬규 역(2003), 『언어 커뮤니케이션』, 한국문화사.

Carter Ronal(1994), "Knowledge about language in the curriculum", *Teaching English*, Susan.

Claire Kramsch(1996), *Language and culture*, 장복명·강혜순·김정희(2001), 『언어와 문화』, 박이정.

Cope Bill & Kalantzis Mary edt(2000), *Multiliteracies*, Routledge.

D. Sperber·D. Wilson, 김태옥·이현호 공역(1993), 『인지적 화용론』, 한신문화사.

Francis Mulhern, *Culture/Metaculture*, 이병권 역(2003), 『문화/메타문화』, 한나래.

Gail E. Myers Michele Tolelia Myers(1985), 임칠성 역(1995), *The Dynamics of Human Communciation : A Laboratory Approach*, 『대인 관계와 의사소통』, 집문당.

Giesecke, Hermann, 조상식 역(2002), 『근대 교육의 종말』, 내일을 여는책.

Haan Norma(1978), "Two moralities in action context", *Journal of Personality and Social Psychology*.

Hall,. Stuart, 전효관·김수진 역(2000), "문화적 정체성의 문제", 『모더니티의 미래』, 현실문화연구.

Hans Strohner(2001), 진정근 역(2003), 『커뮤니케이션—인지적 기초와 실제적 응용』, 유로서적.

Hodge Robert & Kress Gunther(1979), *Language as Ideology*, Routledge & Kegan Paul.

Hodge Robert & Kress Gunther(1988), *Social Semiotics*, Cornell University Press.

James Paul Gee(1996), *Social Linguistics and Literacies : Ideology in Literacies*, Taylor & Francis.

James Paul Gee(2000), "New people in new words : networks, the new capitalism and schools", *Multiliteracies*, Bill Cope & Mary Kalantzis, Routledge.

John Fiske, 강태완·김선남 역(2001), 『커뮤니케이션학이란 무엇인가』, 커뮤니케이션북스.

Kress Jenks, 김윤용 역(1996), 『문화란 무엇인가』, 현대미학사.

Marchall B. Rosenberg, 캐서린 한 역(2004), 『비폭력 대화』, 바오출판사.
McCormick Kathleen(1994), *The Culture of reading & The Teaching of English*, Manchester University Press.
Mhlhausler Peter(1996), *Linguistic Ecology*, Routledge.
Nel Noddings(1991), *Stories lives Tell*, Carol The college of Teacher.
Nel Noddings, 추병완·박병춘·황인표 역(2002), 『배려교육론』, 다른우리.
R. Williams, 설준규·송승철 역(1991), 『문화사회학』, 까치.
Rosaldo, Renato, 권숙인 역(2000), 『문화와 진리』, 대우학술총서.
Shuter Robert(1999), "The Cultural of Rhetoric",Alberto Gonzalez & Dolores V. Tann, *Rhetoric in Intercultural Contexts*, Sage Publication Inc.
Siegfried J. Schmidt(1994), 박여성 역(1996), 『미디어 인식론 : 인지-텍스트-커뮤니케이션』, 까치.
Strasser, Stephan, 김성동 역(2002), 『현상학 대화 철학』, 철학과 현실사.
Taylor, Charles(1996), "Conditions of an Unforced Consensus on Human Rights", Dissent 43, 소동빈 역, "인권에 대한 비강제적 합의의 조건", 사상.
W. Harbermas, 홍윤기 편역(2005), 『의사소통의 철학』, 민음사.

제2부. 학습자의 언어문화와 문학경험 연구

강만석(1997), "의미-재미-권력의 문제를 통해 본 신수용자론 연구", 성균관대 박사학위논문.
구영산(2001), "시 감상에서 독자의 상상 작용 연구 : 정서체험을 중심으로", 서울대 석사학위논문.
김남희(1997), "현대시 수용에 관한 문화기술적 연구", 서울대 석사학위논문.
김라연(2005), "북클럽 활동에 적합한 텍스트 요건 분석", 독서 연구 13호, 한국독서학회.
김봉순(2002), "균형있는 읽기 교육의 가능성", 국어교육학연구 15집, 국어교육학회,
김상욱(2005), "실천적 이론과 이론적 실천", 문학교육학18호. 한국문학교육학회.
김성진(2005), "서사이론과 읽기 교육의 소통을 위한 시론", 문학교육학 18호, 한국문학교육학회.
김수업(2003), "국어교육 지역화를 해야 하는 까닭", 배달말 33, 배달말학회.
김혜영(2001), "지역문학과 국어교육", 국어교육학연구 13, 국어교육학회.
박혜영(2006), "중등학교 독서 문화 비판", 독서 연구 15호, 독서학회.
서미옥(2004), "청소년의 정신 건강 증진을 위한 독서치료에 활용될 수 있는 도서 탐색", 아동학, 25. 6, 한국아동학회.

선주원(2005), "범교과적 관점에서의 청소년 문학교육 연구", 청람어문학 30, 청람어문학회.
신승렬(1996), "아동의 텔레비전 시청에 관한 문화기술적 연구", 서울대 대학원 석사학위.
안동준(2005), "국어교육의 지역화 구현 방안", 배달말교육 26, 배달말교육학회.
양정실(2000), "반응일지 쓰기의 문학교육적 함의", 국어교육, 한국국어교육연구회.
이재기(2005), "문식성 교육 담론과 주체 형성에 관한 연구", 교원대 박사학위논문.
이정애(2003), "경험담의 구연적 특성과 화법교육적 의의", 화법연구 5, 한국화법학회.
임경순(1998), "이야기 생산 능력에 대한 연구", 국어국문학 118호, 국어국문학회.
임칠성(2001), "지방 자치 시대의 지역 언어 문화와 국어교육 : 지역어와 국어교육", 국어
    교육학연구 13, 국어교육학회.
정옥년(1998), "독서와 청소년 지도", 독서 연구 3호, 한국독서학회.
정유성(1998), "청소년 문화 담론 형성을 위한 시론", 한국청소년연구 제28호, 한국청소년
    연구원.
주창윤(1998), "텔레비전 드라마 수용자의 위치", 한국언론학보 42, 한국언론학회.
진선희(2006), 『문학체험 연구』, 박이정.
추병식(2005), "문화 창조 가능성에 비추어 본 청소년 개념의 재고찰", 청소년학연구, 제
    12권 제3호.
한철우 외(2001), 『문학 중심 독서 지도』, 대한교과서 주식회사.
황인성(1999), "트렌디드라마의 서사적 구조와 텍스트적 즐거움에 관한 이론적 고찰", 한
    국 언론학보 43, 한국언론학회.

Buckingham, D.(1987), *Public Secrets : EastEnders and it's audience*, British Film Institute.
Cassidy Jack, Sherrye bee Garrett(2006), "What's hot in adolescent Literacy 1997~2006",
    Journal of Adolescent & Adult Literacy 50, International Reading Association.
David Buckinghum(2004), 정현선 역(2004), 『전자 매체 시대의 아이들』, 우리교육.
Donna E. Alvermann(2001), "Reading adolscents' readimg identities : Looking back to see
    ahead", *Journal of Adolescent & Adult Literacy* 44 : 8. International Reading
    Association.
Edwards Derek(1997), "Structure and Function in the Analysis of Everyday Narratives", *Journal
    of Narrative and Life History* Vol. 7. International Reading Association.
Elliot W, Eisner, 박병기 외(1998), 『질적 연구와 교육』, 학이당.
Erlbaum Lawrence, Elinor Ochs & Lisater Capps(2001), *Living Narrative*, Havard University
    Press.
Erlbaum Lawrence, Fiese, Barbara H, Marjinsky, Kathleen, Cowan, Philip A(1999), *The Stories
    that Families Tell*, Malden, MA : Blackwell Publishers.
Herman, David Edt (1999), *Narratologies : New Perspectives on Narrative Analysis*, Ohio
    State University Press.
James Paul Gee(2001), "Reading as situated language : A Sociocognitive perspective",

Journal of Adolescent & Adult Literacy International Reading Association.
John Fiske(1987), *Television Culture*, Routledge.
Judith A. Langer(1995), *Envisioning Literature*, Teachers college press.
Kieran Egan(1990), *Romantic understanding : the development of rationality and imagination, ages 8-15*, Routledge.
Labov, W. & Waletzlky(1997), "Narrative analysis : Oral versions of personal experience", *Journal of Narrative and Life History*, Vol. 7.
Lucius-Hoene, Gabriel, 박용익 역(2006), 『이야기 분석』, 역락,
Luke Allan & Elkins John(2000), "Special themed issue : Re/mediating adolescent literacies", *Journal of Adolescent & Adult Literacy* 43 : 5, International Reading Association.
M. Alayne Sullivan(1995), Reader Response, Contemporary Aesthetics and the Adolescent Reader, *Journal of Aesthetic curriculum*, Vol. 29. International Reading Association.
Manguel, Alberto, 정명진 역(2000), 『독서의 역사』, 세종서적.
Moores, S.(1993), *Interpreting Audience : The ethnography of media consumption*, Sage.
Morley(1980), *The Nationwide Audiences*, British Film Institute.
Myers Nalie(1992), "The social contexts of school and personal literacy", *Reading Research Quarterly* 27. 4. A Journal of Intrernational Reading Association.
Ochs Elinor & Capps Lisater(2001), *Living Narrative*, Havard University Press.
Richard Bauman(1986), *Story, performance, and event : contextual studies of oral narrative*, Cambridge University Press.
Rober Havinghurst(1972), "Developmental tasks and Education", New York : Band Mckay.
Smith(1988), *Joining the literacy club* : Further essays into education, Portsmouth.
Stuart Hall(1980), "Encoding / decoding", *Culture, Media, Language*, Hutchinson.
William F. Pinar 외, 김복영 외 역(1995), "현상학적 텍스트로서의 교육과정 이해", 『교육과정담론의 새 지평』, 원미사.
William F. Pinar, 김영천 역(2005), 『교육과정이론이란 무엇인가?』, 문음사.

제3부. 국어교육의 심화·확장과 교육과정 개발 연구

강내희(2003), 『문학의 힘, 문학의 가치』, 문화과학사.
김대행(1998), "매체언어교육론 서설", 국어교육 97, 한국어교육학회.
김동환·이도영·염은열·서유경(2000), "매체 언어와 국어교육 : 매체 언어의 소통 원리와 교육적 대상화의 방법", 서울대 국어교육연구소
김성재(1998), 『매체 미학』, 나남출판.

김형중·심진경·천정환(2004), "뉴미디어 시대 문학의 새로운 지형을 말한다", 문학동네 가을호.

김홍원 역(2003), 『학교 전체 심화학습 모형』, 문음사.

류수열(2001), 『판소리와 매체언어의 국어교과학』, 역락.

＿＿＿(2003), "문학교육의 외연과 텔레비전 오락 프로그램의 가능성", 국어교육학연구 17, 한국어교육학회.

문영진(2001), "서사교육의 방향 설정에 관한 연구", 국어교육학연구 13집, 국어교육학연구학회.

박영목(2004), "국어과 교육과정의 새로운 방향", 국어교육 23호, 국어교육학회.

박인기 외(2000), 『국어교육과 미디어 텍스트』, 삼지원.

박인기(2002), "문화적 문식성의 국어교육적 재개념화", 국어교육학 연구 15집, 국어교육학회.

서유경(2002), 『인터넷 매체와 국어교육』, 역락.

안정임(2000), "미디어교육의 한국형 모델 개발 전략에 관한 연구", 『방송학보』 14-2호, 한국방송학회

우리말교육연구소(2004), 『외국의 국어교육과정 2』, 나라말.

윤여탁(2001), "광고 언어를 활용한 국어과 교재 개발 연구", 2000년도 교과교육 공동 연구 연구보고서.

정구향(2000), "국어과 수준별 교수－학습과 평가 방안", 새국어교육 Vol. 60, No. 1, 국어교육학회.

정현선(2004), 『다매체 시대의 국어교육과 문화교육』, 역락.

제레미 M. 호손, 정정호 역(2003), 현대문학이론 용어사전, 동인.

최병우(2003), 『다매체 시대의 한국문학연구』, 푸른사.

최병우·이채연·최지현(2000), "매체언어의 교수－학습 방법에 관한 연구", 서울대 국어교육연구소.

최유찬(2004), 『컴퓨터 게임과 문학』, 연세대 출판부.

최지현(2003), "인터넷에서의 청소년 문학 생활화 방안", 문학교육9호, 한국문학교육학회.

최혜실(2001), 『디지털 시대의 문화 읽기』, 소명출판.

페리 노들먼, 김서정 역(2001), 어린이문학의 즐거움 1, 시공주니어.

Cope Bill & Kalantzs Mary(2000), *Multiliteracies*, Routledge.

David M. Considine(1997), "Media Literacy : A Compelling Component of school Reform and Restructuring", *Media literacy in the information age*, Transaction Publisher.

David Sole & Stan Denski(1994), *Media Education and the (Re) Production of Culture*, Bergin & Garvey.

In A. Heller, F. J. Monks. & A. H. Passow(1993), *International handbook of research and*

development of giftedness and talent, New York : Pergamon.
Joyce VanTassel-Baska Edt(1996), *Developing Verbal Talent*, Allyn & Bacon.
Lankshear Colin & Peter L. McLaren(1993), Critical Literacy : *Politics, Praxis and the Postmoderm*, State University of New York Press.
Masterman Len(1997), "A Rationale for Media Education", *Media literacy in the information age*, Transaction Publisher.
Piette Jacques & Giroux Luc(1997), "The Theorical Foundations of Media Education Programs", *Media literacy in the information age*, Transaction Publisher.
Renzulli, J. S., & Reis, S. M.(2000), *The schoolwide enrichment model : a how-to guide for educational excellence*, Mansfield Center, CT : Creative Learning Press.
Roland Barthes(1981), *Theory of Text*, McLeod, Ian.
Tangherlini A. E., & Durden, W. G.(1993), "Strategies for nurturing verbal talents in youth : The world as discipline and mystery".
W. James Potter(1999), *Media literacy*, Sage Publication.

제4부. 국어교육 연구 방법의 새로운 모색

김봉순(2000), "학습자의 텍스트 구조에 대한 인지도 발달 연구", 국어교육 102, 한국어교육학회.
김상욱(2006), "문학교육 연구 방법론의 확장과 그 실제", 문학교육학 21, 문학교육학회.
김수업(2006), 『국어교육의 바탕과 속살』, 나라말.
김자영·김정효(2003), "교사의 실천적 지식에 대한 이론적 탐색", 『한국교원 교육 연구』 20.
김혜영(2006), "사범대학교의 국어교사 양성 과정", 국어교육학회 33회 학술 발표대회 발표대회 자료집.
박성희(2004), 『질적 연구 방법의 이해－생애사 연구를 중심으로』, 원미사.
박인기(2003), "생태학적 국어교육의 현실과 지향", 한국초등국어교육 22, 한국초등국어교육학회.
엄 훈(2004), "국어교사의 성장과 변화에 대한 교실 수업 공개와 참관을 통한 두 국어 교사의 변화와 성장의 체험", 국어교육학연구 19, 국어교육학회.
염지숙(2004), "교육 연구에서 내러티브 탐구 방법의 개념과 절차, 딜레마", 한국교육인류학 6, 한국교육인류학회.
우한용(1999), "문학교사의 양성과 재교육", 문학교육학 4호, 문학교육학회.
______(2005), "현대문학교육의 생태학을 위하여", 국어교과교육학회 가을 학술 대회 발표문.

유동엽(1998), "한 국어교사의 말하기, 듣기 수업에 대한교육기술지", 국어교육학연구 8, 국어교육학회.

______(1999), "말하기·듣기 교육의 현황에 대한 사례연구", 화법연구 1, 화법학회.

이삼형·주영미(2005), "쓰기 능력 발달 양상에 관한 연구", 국어교육 118, 한국어교육학회.

이성영(2000), "글쓰기 능력 발달 단계 연구", 국어국문학 126호, 국어국문학회.

이충우(1994), "국어교사론", 국어교육학 연구 4, 국어교육학회.

정재찬(2004), 『문학교육의 현장과 인식』, 역락.

정현선·이미숙(2006), "초등학교 저학년 문학 수업에 대한 실행 연구", 문학교육학 21, 문학교육학회.

정혜승(2002), 『국어과 교육과정 실행 연구』, 박이정.

최지현(2006), "문학교사는 존재하는가", 문학교육학 21, 문학교육학회.

C, Clark.& R. J. Yinger.(1977), "Research on teacher thinking", Curriculum Inquiry 7(4).

Carter, Kathy(1993), "The Place of story in the study of teaching and Teacher Education", *Educational Researche*r, Vol. 22, No. 1. National Foudation For Educational Research in England.

Chase, Susan E.(2005), *Narrative Inquiry : Multiple Lense, Approaches, Voices,* Norman.

Clandinin, D. J.(1997), "Narrative and story in Teacher Education", *Curriculum Inquiry* 27(2), Teachers College Press.

Cooper, Joanne E.(2002), *Tenure in the sacred groves : Issues and strategies for women and minority faculty,* Albany.

D, Clandinin, & F. M, Connelly(1991), "Narrative inquiry : storied experience" in, *Forms of curiculum inquiry,* by Short, E. C. ed, New York University.

__________________________(1995), F. M, "Teacher's professional knowledge landscape", *Advances in contemporary educational thought series,* Teacher's college press.

__________________________(2000), *Narrative inquiry,* Jossey-Bass.

Ershler, Anna(2002), "Narrative that Teach : Learning about Teaching From the Stories Teachers Tell", *Narrative Inquiry in practice,* Teachers College Press.

F, Elbaz(1981), The teacher's practical knowledge, *Curriculum Inquiry* 11.

Gudmundsdottir, Sigrun(2001), "Narrative Research on School Practice", *Handbook of Reasearch on Teaching*(4 edition), Virginia Richardson Edt, American Educational Research Association.

Heath, S. B(1983), *Ways with words : Language, life and work in communities and classroom,* Cambridge university press.

M. Beattle(1995), "The making of a music : the construction and reconstruction of teacher's practical personal knowledge during inquiry", *Curriculum Inquiry 25(2),* Teachers College Press.

McEwan, H & Egan, K(2001), "Narrative in Teaching", *Learning and Reasearch*, Teachers College Press.
Noddings, Nel, 추병완 역(2002), 『배려교육론』, 다른 우리.
Pinar, William F. 김복영 외 역(1994), 『교육과정 담론의 새 지평』, 원미사.
Pinar, William F. 김영천 역(2006), 『교육과정 이론이란 무엇인가』, 민음사.